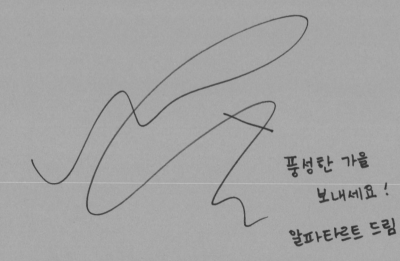

풍성한 가을
보내세요!

알파타르트 드림

재혼황후

재혼 황후

Remarried Empress

4

알파타르트 장편소설

해피북스
투유

차
례

Remarried Empress

15

사랑합니다. 사랑해요.
사랑해

카프멘 대공이 눈을 내리깔자 그의 눈꺼풀이 파르르 떨렸다. 그 모습을 보다가 나는 몸을 돌렸다.

"가만히 있어요. 여기."

그에게 당부하고서 나는 일단 그가 보이지 않는 곳으로 걸어갔다. 생각을 정리하고 싶은데. 카프멘 대공 앞에선 자유롭게 생각할 수도 없으니까. 아무도 없는 곳에 오자 뒤늦게 긴장이 풀리면서 한숨이 나왔다. 나는 잠시 심호흡을 하면서 놀란 마음을 가라앉혔다.

그가 하인리에게 묘약을 먹인 일은 다시 생각해도 화가 난다. 그 일 때문에 하인리가 몹시 괴로워하는 것도, 지금도 풀이 죽어서 내 눈치를 보는 것도. 하지만 내게 자기 약점을 말할 때 카프멘 대공의 표정이, 자기가 새대가리란 걸 들켰을 때 하인리의 표정을 떠올리게 했다.

난 그를 괴물이라 생각한 적이 없는데, 바로 '괴물이 아닙니다'라는 당부가 튀어나온 것도. 게다가…… 카프멘 대공에겐 미안한 일이지만…… 그를 괴물이라 생각하는 정도는 아니지만…… 그 공포에 젖은 표정을 보았는데도 그 능력은 정말로 꺼림칙하게 여겨졌다.

속마음을 읽는다니. 가끔, 정말로 아주 가끔 머릿속에 저절로 하인리가 분수대에 있던 모습이라거나 침대에서 신음하던 모습이 떠오르는데. 카프멘 대공은 그런 것도 알 수 있단 거잖아.

'그것도 알까? 알겠지?'

한참을 그렇게 서성인 끝에야 나는 마음을 정리하고 카프멘 대공을 찾아갈 수 있었다. 그곳에서 그는 여전히 그 자리에 우두커니 선 채 작은 펜던트 같은 것을 꽉 틀어쥐고 있었다. 그러다 내가 다가가자, 카프멘 대공은 얼른 쥐고 있던 걸 감추며 무표정을 꾸며냈다. 내가 무슨 말을 하든 받아들이겠단 듯이.

나는 입을 열었다.

"그대가 한 짓은 내게도 잘못한 일이지만, 하인리에게도 잘못한 일이고, 국제 문제로 비화할 수도 있었습니다."

카프멘은 이번에도 담담하게 수긍했다.

"……압니다."

내가 무어라 말을 하든 수용하겠단 태도였다. 나는 그의 눈치를 살피며 아까 정리한 조건을 읊었다.

"룁트와 서대제국의 교역 때. 우리 측에 유리한 항목을 세 가지 넣을 수 있도록 해줘요."

카프멘은 내가 이렇게 나올 줄은 몰랐던지, 내리깔고 있던 눈을 들어 날 쳐다보았다. 나는 속으로 '진심이야 진심이야 진심이야' 같은 의미 없는 단어를 연달아 생각하면서 그를 마주 쳐다보았다.

아까 여러 가지로 고민해보았다. 이 일을 어떻게 해야 할지. 이걸 국가 문제로 비화할까, 이대로 교역을 끝내고 돌려보낼까 등등. 하지만 국가 문제로 비화하기엔 뢰트와 서대제국 사이의 거리가 너무 멀었다. 뢰트는 서대륙에 있었고, 동대륙과는 교류가 거의 없는 거나 마찬가지다. 이따금 모험심 좋은 상인들이 드물게 오가는 게 전부인 사이. 같은 대륙 안에 있으면 월대륙 안의 중재를 받거나, 그 나라 쪽에 항의하고 일을 처리하면 된다. 하지만 서대륙에 있는 뢰트와는 그게 불가능했다. 그렇다면 차라리 이 일로 확실하게 이득을 취하는 게 낫지 않을까? 이게 내 계산이었다. 물론 이 부분에 대해서는 하인리에게도 양해를 구해야겠지만.

"유리한 항목이라면 어느 정도 수준을 말씀하시는지……."

카프멘이 눈을 가늘게 뜨고 물었다. 아무리 그라고 해도 확실하게 생각하는 게 아닌, 흐릿한 각오 정도는 읽지 못하는 모양이다.

"상식선 안에서 요구할 겁니다. 터무니없는 걸 요구했다간 막상 뢰트의 이모트 이모나께서 교역을 거절할 수도 있으니까요."

카프멘 대공은 고개를 끄덕였다.

"그대의 날카로운 계략조차도 내겐 천사의 하모니…… 그러겠습니다."

중간에 또 헛소리가 튀어나오자 수치심에 입술을 꽉 깨물긴 했지만.

'그러고 보니 이상하네. 하인리는 늦은 밤에 약을 먹어도 새벽에 깨어났다 했는데. 왜 카프멘 대공은 몇 개월이 지나도록 그대로이지?'

눈이 마주쳤다. 순간 속으로 떠올리고 만 생각을 들었을 텐데도, 카프멘 대공은 대답하지 않았다.

"이유를 아나요?"

하지만 내가 직접 목소리를 내어 묻자, 마지못해 대답했다.

"그야 제가 당신을 사랑하기 때문이지요. 아니, 이쪽이 헛소리입니다. 제가 직접 제조한 약이라, 오히려 제게 더 강하게 작용하는 모양입니다."

"라스타에게는 바로 깨지 않았나요?"

라스타의 반응을 보면, 잠시지만 그녀에게도 효과가 나타났던 눈치인데?

"첫 번째로 본 사람이 당신이어서 그렇습니다."

카프멘이 무덤덤하게 대답하며 시선을 아래로 내리자, 그의 검은 눈이 은색 속눈썹 아래로 사라져 보이지 않게 되었다. 나는 그를 뚫어져라 쳐다보았지만, 내게는 남의 속을 읽는 재주가 없었기에 저 말이 사실인지 아닌지 알 수 없었다. 어쨌든 카프멘 대공은 아직 날 사랑한단 거지…….

나는 고민하다가 다시 입을 열었다.

"해주었으면 하는 게 하나 더 있어요."

카프멘 대공이 다시 눈을 들어 날 쳐다보았다.

"무엇입니까?"

하지만 내가 설명하기 전, 그는 먼저 내 머릿속을 읽었는지 표정이 굳었다. 미안한 마음이 들었지만 나는 마음을 바꾸지 않았다. 카프멘 대공의 능력은 두렵지만 아주 유용하고, 그는 나와 하인리에게 큰 잘못을 했다. 아침과 지금의 태도 차이를 보면 하인리에겐 모르겠지만, 최소한 내게는 죄책감을 느끼고 있고. 그러니 분명 내 부탁을 들어줄 것이다. 내가 그의 죄책감과 약효를 이용해 자기 능력을 이용하려 든단 생각은 할 수도 있겠지만.

카프멘 대공은 입을 꾹 다문 채 나를 오래도록 바라보다가 가까스로 대답했다.

"그러겠습니다."

"……고마워요."

우리는 잠시 말없이 서 있었다. 더 할 말은 없는 듯해서, 나는 어색하게 손가락으로 내 등 뒤를 가리켰다.

"이만 가볼게요."

그때였다. 돌아서려는 나를 카프멘이 불렀다.

"폐하."

쳐다보자, 그가 천천히 내 쪽으로 다가오더니 일주일은 굶은 사람처럼 힘없이 말했다.

"사랑합니다. 진심으로."

"!"

또 약에 휩쓸린 건가? 놀라서 쳐다보자, 그가 느리게 말을 이었다.

"그대의 남편이. 그대를."

방으로 돌아온 후, 나는 잠시 복잡한 기분에 방 안을 서성거렸다.

하인리…… 정말로 날 사랑하는 건가. 하인리가?

제일 먼저 든 생각은 '왜?'였다. 물론 하인리 본인의 입으로도 날 사랑한다 말했고, 남의 속마음을 읽을 수 있는 카프멘이 죄책감에 휩싸인 지금 거짓말을 할 것 같진 않지만……. 하지만 하인리가 왜 날 사랑한단 건지 이해가 가지 않았다.

사랑한다면 언제부터? 이따금 '혹시' 싶은 때가 있었는데. 그때도 이미 날 사랑했나? 아니면 결혼한 후 사랑하게 되었나? 그것도 아니면…… 첫날밤에 내내 좋다고 말하더니. 설마 그때?

하인리는 진짜 바람둥이는 아니라지만 사교계에서 인기가 좋은 사람이었다. 그게 나쁘단 건 아니다. 단지 매력적인 많은 사람을 만나보았을 그가, 왜 하필 내게 반했는지 이해가 가지 않을 뿐.

스스로를 비하하는 건 아니지만, 나는 같이 놀기에 즐거운 사람은 아니었다. 대화를 주도하기보단 들어주는 쪽이고, 농담을 좋아하지만 내 농담을 알아듣는 사람은 몹시 드물었다. 사람들과 어울리기는 걸 싫어하진 않지만, 그보다는 방 안에 틀어박혀 책이나 서류를 보는 일이 많고.

아주 재미없는 성격이지. 하지만 이 재미없는 성격조차 희귀한 성격은 아니었다. 세상엔 나만큼 재미없는 이들이 많을 거다. 우리가 같은 나라 사람이고 내가 황후가 아니었더라도, 우리는 사교계 안에서 어울리는 그룹이 달랐을 것이다. 그런데 하인리가 나처럼 재미없는 사람을 사랑한다고? 남편인 소비에슈조차 날 옆에 두고 다른 곳으로 눈을 돌렸는데, 하인리가 나를?

'신기해서인가?'

심장을 퉁 두드리는 소리가 들렸다. 놀라서 정신을 차리고 보니, 심장에서 난 소리가 아니라 공용 침실에서 나는 소리였다.

"하인리?"

문을 열고 들어가니, 하인리가 침대 위에 엎드려 내 베개를 끌어안고 있었다. 그러다 나를 보자, 하인리는 얼른 몸을 일으키며 변명했다.

"향을 맡고 있던 게 아닙니다. 절대로요."

그 쭈그러진 모습이 참으로 사랑스러워서, 나는 충동적으로 다가가 그의 머리를 끌어안았다.

"퀸?"

한참을 그러고 있자, 하인리가 당황해서 날 불렀다.

"퀸. 지금 그러시면…… 이 자세는 조금 곤란합니다."

나는 모른 척 계속 그의 머리를 끌어안고 있었다. 익숙한 향. 이러고 있으니 내 퀸에게서 나는 향과 같은 향이 느껴져서 좋았다.

이 남자가 날 사랑하고 있다고. 생각지 못한 진실에 정신이 산란해졌다. 하지만 그보다 두려움이 더 컸다. 절벽 옆에 꽃다발을 안고 선 기분이었다. 사랑이라. 사랑은 달콤하고 아름다운 것 같지만, 그걸 믿을 수 있나?

그 감정은 냉랭한 카프멘 대공을 혼란으로 몰아넣어 충동적으로 만들었고, 이성적이던 소비에슈를 멍청하고 충동적이게 만들었다.

하지만 그 끝은 어땠지? 카프멘 대공이야 약 때문이라 앞으로 어찌 될지 모르겠지만, 소비에슈를 봐. 모든 허물을 감싸줄 만큼 라스타를 사랑했으면서. 세기의 로맨스를 뽐내더니, 뒤늦게 내게 돌아오라고 말을 한다. 날 쫓아내고 그 애를 황후로 맞이했으면서, 내게 다시 황후가 되라고 말한다.

사랑이란 그런 거였다. 그 정도였다. 그런데 하인리가 날 사랑한다고? 내가 필요해서 결혼한 게 아니라, 날 사랑해서 결혼했을지도 모른다고? 그 사랑이 얼마나 오래갈까? 그리고 그가 날 사랑하지 않게 되었을 땐 어떻게 나올까? 그게 두려웠다.

생각에 잠겨 있자니, 하인리가 들릴 듯 말 듯한 목소리로 중얼거렸다.

"사랑해요."

"……."

"지금 대답해주지 않아도 돼요. 어차피 우리는 부부고, 난 평생 그대의 옆에서 대답을 기다릴 수 있으니."

하인리는 안고 있던 내 베개를 내려놓더니, 두 손으로 내 허리를 꽉 끌어안으며 눈을 감았다. 그렇게 잠시 우리의 세상에서 말이 사라졌다.

빠른 걸음으로 회랑을 걸어가고 있자니, 온갖 다양한 종류의 마차가 하얀 길을 따라 멀어져 가는 게 보였다. 결혼 피로연에 왔던 귀빈들이 하나둘 돌아가는 거겠지. 저 사람들이 갈 즈음 부모님이 오실 것이다. 피로연이나 결혼식에서 라스타와 소비에슈를 마주치고 싶지 않다 하셨으니까. 멀어지는 마차를 쳐다보다가 나는 다시 빠르게 걸어갔다. 조용한 곳에서 심란한 마음을 좀 진정시키고 싶었다.

'어제부터 도대체 이게 무슨 일이지.'

그런데 별궁 근처를 지나가다 보니 낯익은 검은 머리가 보였다. 그 모습을 보는 순간 땅속에서 돋아난 손이 내 발목을 붙잡은 것처럼 발걸음이 저절로 멈춰졌다.

'소비에슈.'

그가 내가 잠시 머물던 별궁 근처에 서 있었던 것이다. 내가 아직 저곳에 있다고 생각해서 온 건가? 아니면…….

곰곰이 생각하고 있자니, 소비에슈가 내 쪽으로 고개를 돌렸다. 눈이 마주치자 그가 대번에 이쪽으로 다가왔다. 그도 오늘 돌아가는지, 피로연에 참석할 때보다 편한 옷차림이었다. 하긴. 라스타는 임산부이니 오래 머물긴 어렵겠지.

'오늘은 술을 안 마신 모양이네.'

게다가 술 냄새도 나지 않는다. 나는 소비에슈를 향해 외국 황제를 대하듯 인사했다.

"오늘 돌아가나요?"

하지만 소비에슈는 대답 대신 표정을 일그러뜨렸다.

대답하기 싫으면 하지 마. 나는 덤덤한 표정으로 그의 구겨진 얼굴을 쳐다보았다. 그가 시선을 피하기 전까지. 하지만 그는 눈길을

돌리지 않았다. 할 말이 가득한 얼굴로 침묵한 채 나를 바라보기만
할 뿐.

얼마나 그러고 있었을까. 한참이 지나도 말이 없기에, 결국 내가
먼저 입을 열었다.

"할 말이 없다면 가겠어요."

예전에는 남들의 시선 때문에 소비에슈의 옆에서 웃으려 했다.
황제 부부는 사이가 좋아 보여야 하니까. 소비에슈가 라스타를 데
려왔을 때도 마찬가지였다. 누군가는 내게 자존심도 없다 하겠지
만, 그래도 나는 소비에슈를 보며 웃었다. 하지만 이젠 남들의 시선
때문에 소비에슈와 말없이 서 있을 수 없다. 대제국의 황제인 그를
이유 없이 배척하진 않겠지만, 전남편인 그와 둘이서 슬프고 아쉬
운 분위기를 연출하고 싶지도 않았다.

"나비에."

그러나 소비에슈가 나지막한 목소리로 나를 붙잡았다. 할 말이
있는 건가? 있으니 붙잡았겠지만. 나는 가만히 서서 무표정으로 그
를 응시했다. 그래, 말할 게 있으면 해봐. 다행히 차갑거나 냉정하
거나 쌀쌀맞은 표정을 만드는 건 내 장기 중 하나여서 전혀 어렵지
않았다.

"나비에. 사람은…… 누구나 실수를 하지?"

그러나 긴 망설임 끝에 소비에슈가 한 말은 이상한 질문이었다.
뭐야. 무슨 의도로 저런 말을 하는 거지? 자기가 실수로 나와 이혼
했단 건가? 설마 그런 식으로 말하진 않겠지. 제발 아니길 바란다.
내 인생이 그의 실수로 인해 찢겨 나갈 뻔했단 건 잔인하지 않나.

"내 실수는 오만하게 혼자 계산을 한 거였어. 네게 다 이야기했어야 했는데. 그러지 못해서 미안해."

그러나 소비에슈는 거듭 말했다. 그가 저지른 모든 게 실수였다고. 그는 거기서 멈추지 않았다. 반걸음 내게 다가오더니 터지기 직전의 봉선화 같은 얼굴로 물었다.

"어떻게 하면 돌이킬 수 있을까?"

평소보다 건조해진 눈동자는 퍽퍽한 라브라도라이트 원석처럼 보였다. 건드리면 깨져버릴 것처럼 위태로워 보였다. 그는 온 힘을 다해 눈으로 괴롭다고 내게 외쳤다.

하지만 여기서 내가 무어라 대답할까.

"너랑 나 사이의 부부의 연은 끊어졌지만, 그렇다고 해서 네가 내 모국의 황제가 아닌 건 아니야. 계속 동대제국을 잘 보살펴줘. 항상 그랬던 것처럼."

나는 최대한 덤덤한 목소리로 말했다. 실수? 웃기지도 않은 말이다. 하지만 설령 소비에슈가 정말 실수로 나와 이혼했다 한들, 아니, 카프멘 대공의 약에 취해서 나와 이혼했다 한들 이미 돌이킬 방법은 없었다.

소비에슈 역시 내가 마음을 돌릴 거란 기대는 하지 않나 보다. 바로 거절을 했는데도 힘없이 웃었다. 알아들었나? 그렇다면 다행이야. 그에겐 라스타에게 했던 것처럼 이것저것 나라를 부탁하는 긴 충고는 하지 않아도 되겠지. 우린 모든 걸 같이 배웠다. 당연히 내가 아는 건 그도 알고 있을 거다. 제정신만 차리고 있다면.

"사랑해."

그러나 이어진 말에 알 수 있었다. 그가 제정신이 아니란 걸.

슬슬 대화를 끝내야지, 생각하다가 나는 머리를 강하게 맞은 충격에 놀라 그를 쳐다보았다. 뭐라고?

"장난해?"

저절로 거친 목소리가 나갔다. 안 그럴 수가 없었다. 이제 와서 사랑한다고? 돌아와달란 말이야 백번 양보해서 그렇다 칠 수 있다. 둘이서 나누어 하던 일을 혼자 하려니 힘들겠지. 하지만 사랑한다고? 이제 와서? 3일 전에 결혼한 내게?

소비에슈는 더 긴 말을 하는 대신 다시 한 번 말했다.

"사랑해."

숨이 막히는 기분이다. 아니, 정말로 숨을 쉴 수가 없다. 너무 기가 막혀서. 나는 호흡을 멈추고서 그를 바라보다가, 결국 화가 나서 물었다.

"이제 와서 이런 말을 하는 의도가 뭐야? 그렇게 말하면 내가 돌아갈 것 같아?"

"아니."

"그럼?"

"비웃으라고."

"!"

"자신만만하게 떠나놓고서는 뒤늦게 후회하는 멍청이가 전남편이었단 거 알라고. 뒤늦게 자기 마음을 알고 괴로워하는 거, 꼴좋게 여기라고. 그래서 이 이혼이…… 네게 상처가 아니라, 비웃고 고소해할 수 있는 일이 되라고."

그 말을 듣는데, 어째서인지 눈가에 열기가 어렸다. 나는 입술을 깨물고서 그를 노려보았다. 무언가가 볼을 따라 흘렀다.

머릿속에 동대제국에서의 일이 하나하나 떠올라 지나갔다. 그가 날 의심하던 일, 라스타를 편들며 내게 준 상처, 사람들 앞에서 날 버리고 라스타를 따라간 일, 내 오빠를 추방하던 일, 결국 내게 이혼을 신청한 일까지. 그 기억은 점점 더 시간을 거슬러 가서, 라스타가 처음 온 날, 라스타를 데려오기 전 함께 식사하던 일, 최고의 황후가 자신의 아내라며 웃던 모습, 대관식의 일, 어릴 때의 결혼식, 처음 약혼하던 날로 점점 올라갔다.

미치겠다. 울고 싶지 않은데 자꾸만 눈물이 나오잖아. 옛날처럼 베개로 그를 내려치고 싶었다. 왜 날 버렸냐고 묻고 싶었다. 우리가 짙은 사랑을 나누진 않았지만 그래도 친구였는데. 아니, 나는 널 좀 좋아했는데. 어떻게 내게 그럴 수 있냐고, 평생을 함께한 우리 시간은 뭐냐고, 늦었지만 울고 소리 지르고 싶었다. 네가 내 남편이었는데, 난 네 아내였는데, 어떻게 네가 그럴 수 있었냐고.

표정을 관리하고 싶은데 자꾸만 눈물이 나온다. 얼굴이 흉하게 일그러졌을 거란 걸 알지만, 이번엔 표정을 관리하기 어려웠다. 손수건을 찾았지만, 이 와중에 손수건도 없다. 결국, 눈물만 뚝뚝 흘리며 서 있자니, 소비에슈가 손을 움찔했다. 하지만 그는 눈물을 닦아주는 대신 주먹을 쥐었다.

"우리 일을 떠올릴 때, 지금 이 순간으로 기억해줘. 내가 준 상처에 아파하지 말고, 너한테 매달리던 구질구질한 전남편을 떠올리며 비웃어."

돌아가는 마차 안은 조용했다. 라스타는 이전처럼 신이 나서 떠들지 못했고, 소비에슈 역시도 창밖에 시선을 둔 채 아무 말도 하지 않았다. 침묵은 달갑지 않았다. 라스타는 제법 볼록해진 배 위에 손을 올리고 몇 번이나 소비에슈의 눈치를 살폈지만 소비에슈가 넋이 나간 듯 아무 말도 하지 않자, 결국 먼저 입을 열었다.

"폐하. 라스타에게 하고 싶은 말씀이 없으세요?"

소비에슈는 그제야 힐긋 라스타를 보았다. 이어서 그녀가 손을 올린 배도. 3초간의 기묘한 정적 후. 소비에슈는 다정하게 웃으면서 창문에 괴고 있던 팔을 내렸다.

"왜 그러지? 심심하느냐?"

"그 문서 일이요. 라스타에게 아직 아무 말씀도 안 하셨잖아요."

"?"

"말하지 못해서 미안하다든가…….."

"넌 조금만 스트레스를 받아도 배가 아프다고 울지 않느냐. 그 얘길 했다가 충격을 받아서 쓰러질 수도 있었고."

라스타가 입술을 부루퉁하게 내밀자, 소비에슈는 한숨을 내쉬고는 부드러운 목소리를 냈다.

"자, 화내지 말고. 뭐 가지고 싶은 건 없느냐?"

"라스타는 뭐, 선물만 안겨주면 기분이 풀리나요? 라스타는 뭐, 고깃덩어리만 입에 물면 화가 풀리는 강아지인가요?"

"강아지보단 네가 귀엽지."

"그건…… 그렇지만."

"어쨌든 지금 말은, 아무것도 필요 없단 말이지? 참으로 검소하구나. 네 뜻은 받아들이마."

소비에슈가 다시 창틀에 턱을 괴고 시선을 돌리자, 라스타는 눈이 동그래졌다. 진짜야? 필요 없다 한다고 진짜 아무것도 안 주겠단 거야?

진짜였다. 소비에슈가 다시 상념에 잠긴 듯 보이자, 라스타는 결국 작게 울음을 터트렸다.

"라스타? 왜 또 울고 그러느냐."

"폐하가 미워요. 라스타를 놀리지 마세요."

"내가 널 언제 놀렸다고."

"방금 놀렸잖아요. 라스타에게 아무것도 주지 않겠다 하셨잖아요."

"필요 없다면서."

"선물도 주고 기분도 풀어달란 말이었죠!"

라스타가 단호하게 말하자, 소비에슈의 표정이 반은 웃고 반은 일그러졌다.

"왜요?"

그 미묘한 표정을 본 라스타가 눈치를 보며 묻자, 소비에슈는 가볍게 웃으면서 고개를 저었다.

"아니다. 그래. 무슨 선물을 가지고 싶은데?"

"선물은 폐하께서 알아서 주셔요."

"기분은? 어떻게 하면 풀리겠느냐?"

"……."

"괜찮다. 말해보거라."

"나비에 황후요."

"나비에가 왜."

"라스타를 나비에 황후랑 비교하지 마세요."

"내가 언제 비교했다고."

"라스타에게 나비에 황후만큼은 안 바라겠다면서, 막 그러셨잖아요."

"알았다. 안 그러마. 되었느냐?"

소비에슈의 선뜻한 약속에 라스타는 그제야 고개를 끄덕였다.

소비에슈와 라스타가 마차를 타고 떠나는 그 시각. 하인리는 집무실에 맥켄나를 비롯한 측근 몇 명을 불러놓고서, 칭제 이후의 일에 관해 논의 중이었다. 칭제 전에도 서왕국은 이미 제국의 위상을 뽐냈지만, 이젠 나라의 이름이 달라지는 만큼 공식 서류를 전부 바꾸는 대작업이 필요했다. 외교 절차 역시도 마찬가지. 스스로를 대제국이라 칭하기 위해서는 그에 맞는 격식이 필요했다.

하인리는 빠른 속도로 종이를 넘기며, 이번 피로연 때 외교 사절단들과 나눈 회담 내용을 점검했다. 대부분의 나라는 순순히 서대제국을 황제국으로 예우하였으나, 몇몇 나라는 영 떨떠름해했다. 하인리는 그 두 부류의 나라를 구분해놓으며 맥켄나에게 지시했다.

"사절단을 준비해서, 이쪽 그룹의 나라와 저쪽 그룹의 나라에 한 번씩 번갈아 들르게 해라."

"예우를 한 나라와 하지 않은 나라에요? 차라리 아예 이쪽도 두 부류의 나라 대우를 다르게 하는 게 낫지 않습니까?"

"우리를 제국으로 예우하지 않은 게 사절 개인의 짓인지 국가의 짓인지를 구분해야지."

"예."

"그리고 예우를 하겠다 말했지만, 그게 말뿐인지 아닌지도 확인을 해야지."

"예, 폐하."

"이 부분을 염두에 두고 보고서를 만들어 올리게 해."

"예."

맥켄나는 하인리가 분류한 서류 위에 각기 다른 색깔로 표시를 하고, 다른 봉투에 나누어 담는 등 손을 바삐 움직였다. 그러면서도 낄낄 웃어댔다.

"외무부에서 아주 일거리에 묻혀 한 달은 죽어 나가겠군요."

"외무부뿐일까."

"한 번에 일을 다 해치우려는 건, 역시 그거 때문이시지요? 케트런 후작."

하인리는 말없이 웃는 걸로 맥켄나의 말에 동의했다.

하인리는 즉위한 후 대부분의 대신들을 자신의 사람으로 교체해 버렸다. 하지만 자신의 사람이 아니더라도 능력이 뛰어난 이들은 제자리에 두었는데, 그중 하나가 케트런 후작이었다. 선대왕 때부터 외무부 장관직을 맡아온 데다 크리스타의 최측근이기도 한 케트런 후작은, 하인리로서는 이래저래 바꿔 끼우고 싶은 바퀴였으나 어쩔 수 없었다. 아직까지 그를 대체할 만한 적임자가 없었기에. 그러니 일이라도 왕창 맡겨 화풀이를 하는 수밖에.

"적어도 자기 일에 한해선 철두철미한 자이니."

케트런 후작을 떠올리니 자연스럽게 크리스타의 일도 떠올라, 하인리는 한숨을 내쉬었다.

"형수님에 대한 일도 처리를 해야 하는데……."

"선대 전하께서 형수님을 보살펴달라 유언하셨다면서요."

"……."

"그분께서 스스로 컴프셔로 가시겠다 하면 모를까, 억지로 보내면 말이 나올 겁니다."

맥켄나는 걱정스럽게 중얼거렸다.

형제간의 정쟁을 통해 왕위에 오른 게 아니지만, 병약한 후계자 형과 머리 좋고 건강한 동생이란 늘 사람들의 가십거리였다. 형의 불임 문제, 이따금 있던 암살 시도, 귀족들과의 트러블……. 사람들은 이 모든 일의 배후로 당연하게 하인리를 떠올렸다. 하인리가 아무리 밖을 나돌아 다녀도, 의심에 가득 찬 시선은 핏물처럼 스며들어 빠지지 않았다. 그런데 하인리가, 형이자 선대왕의 유언이 있었는데도 크리스타를 컴프셔로 보낸다? 그것도 크리스타의 의지를 무시하고? 트집을 잡기 좋아하는 이들은 거기에서도 트집을 잡을 것이다.

"안다. 하지만……."

하인리는 자신이 약 때문에 몸이 굳어 있을 때. 손수건을 꺼내 들고 다가오던 크리스타를 떠올리며 인상을 찡그렸다. 몸 상태가 이상하단 걸 분명 알 텐데, 그녀는 사람을 부르지 않고 직접 땀을 닦아주었다. 그리고 그 열기 오른 얼굴과 흔들리던 시선······.

하인리는 깊은 한숨을 내쉬며 눈을 감았다. 에르기 공작과 둘이서 온갖 나라의 파티를 휘어잡고 다닐 무렵, 그런 시선을 보낸 영애들이 적지 않았다. 하인리는 그 표정과 눈빛이 어떤 의미인지 잘 알았다. 자신을 향해 그런 눈빛을 보내는 형수를 곁에 둘 수는 없었다. 하지만 문제는 형의 유언뿐만이 아니었다. 나비에. 나비에 역시도 하인리에게 나서지 말란 말을 이미 한 적이 있지 않은가. 그런데 자신이 나서서 크리스타를 보내버리면, 나비에는 어떻게 생각할까.

"일단 이 문제는 부인과 상의를 해봐야겠다."

하인리의 무거운 목소리에 맥켄나가 인상을 쓰며 투덜거렸다.

"컴프셔의 대저택은 말이 대저택이지 사실 궁전이나 다름없는 곳이잖습니까. 아니, 군대를 수용할 만한 시설이 없단 걸 제외하면 정말 궁전이죠."

"예술의 도시에 있고."

"그러니까요. 그곳은 사계절 내내 축제 같은 분위기일 정도로 즐거운 곳인데, 도대체 왜 가기 싫어하시는지 모르겠습니다. 여기서 눈치를 보니, 그곳의 주인으로 대우받으며 지내는 게 나으실 텐데요."

크리스타가 하인리를 좋아한단 걸 모르는 맥켄나는 진심으로 이

해가 가지 않는 듯했다. 하인리는 말없이 웃었지만, 마음은 누구보다 무거웠다.

⚜

아직 황궁에 남아 있는 귀빈들도 있고, 그들이 주최하는 작은 티파티나 파티들도 여기저기서 열리지만 공식적인 결혼 피로연은 이제 모두 끝났다.

슬슬 괜찮겠다 싶을 즈음. 나는 앞으로 내가 해야 할 일들을 목록으로 만들었다.

1. 황궁 예산 확인. 장부 볼 것. ☆☆

2. 고용된 사람들의 숫자와 위치, 월급, 하는 일 확인.

3. 서대제국의 복지 정책 점검.

4. 륍트와의 교역 추진 준비 ─ 어떤 것부터 하지? 카프멘 대공과는 어떻게 연락? 편지? 사람을 보낼까? 막막하다.

5. 멀레이니 양의 집안 사정에 대해 자세히 조사.

6. 서즈 공주 생일 선물.

7. 대신관께 감사 선물. 후원?

8. 서대제국 역사 공부 필요. 이해 안 가는 부분이 있다.

9. 부관 필요.

10. 집무실 필요!

그런데 생각나는 대로 쓰다 보니, 머리 위에서 멍한 시선이 느껴졌다. 마스타스다. 그녀가 입을 반쯤 벌린 채 노트를 바라보고 있었다.

"왜 그래요?"

턱을 닫아주며 묻자, 마스타스는 머쓱하게 웃으며 말했다.

"물음표가 많아서요."

"아. 정식 서류가 아니어서. 생각나는 대로 쓰고 있어요."

"그래 보입니다."

마스타스는 신기한지 내 목록을 빤히 바라보다가, 내가 그만 보라고 팔을 가볍게 두드리자 그제야 얼른 "아아. 이게 아닌데." 하고 허둥지둥하다 어딘가로 갔다. 그러더니 온갖 편지 봉투들이 담긴 하얀 바구니를 들고 나타났다.

"뭔가요?"

펜을 내려놓으며 묻자, 마스타스는 히죽 웃으며 설명했다.

"황후 폐하께 온 편지들입니다."

"편지?"

뭔지 알겠다.

"오빠에게 반한 영애들이 보냈군요?"

나도 저절로 웃음이 나왔다. 화사하게 차려입은 영애들 틈에서 뭘 어찌해야 될지 몰라 쩔쩔매던 오빠가 떠올라서. 그러나 마스타스는 "아니던데요?" 하고 바로 대답했다.

"아니라고요?"

"네. 발신인에 무슨 무슨 부인 이런 서명이 많았습니다."

마스타스는 확인해보라는 듯 얼른 바구니를 내밀었다.

"부인?"

영애들이 어머니를 설득해서 내게 편지를 보내게 한 건가? 집안 대 집안으로 나서서 결혼을 진행해달라고? 확인해보면 알겠지. 일단 가장 곁에 있는 금색 봉투를 뜯어 편지를 꺼냈다. 세 번 접힌 편지를 열자 정갈하고 단정한 글씨체가 드러났다.

"……."

"어떤 내용입니까?"

나는 마스타스에게 "잠시만요." 하고 말한 후, 이번에는 다른 편지를 꺼내 읽었다.

"……."

몇 번 그러길 반복하자, 마스타스가 의아한 얼굴로 고개를 기웃했다. 다른 바구니를 들고 온 로즈도 어느새 옆에서 마스타스와 비슷한 행동을 했다. 본인들은 모르겠지만.

거의 스무 통을 뜯어 읽은 후. 나는 확신에 차서 말했다.

"마스타스 양 말이 맞아요. 귀부인들이 보냈군요."

상냥하고 친절한 문구로 가득한 편지들이었고, 그 안에는 결혼식을 축하한단 인사와 가까워지고 싶단 호의가 가득 담겨 있었다.

칭제 직후. 하인리 측근 가문 사람들이 내게 몹시 잘 대해주기에, 그 가문의 귀족들이 내게 이런 편지를 보내올 거란 예상은 했다. 그렇지만 그 숫자가 이렇게 많다고? 그 외 사교계의 귀족들이 피로연에서 날 보고 '당장 배척하진 말자'고 마음을 바꾼 거라 해도 이상하긴 마찬가지다. 이곳 사교계의 반은 크리스타가 차지하고 있다 했잖아. 그 사람들은 내가 아무리 조심해서 행동하더라도 색안경을 쓰고 볼 텐데……. 중립까지 포함해 크리스타의 편이 3분

의 1을 차지하고 있다 하더라도 마찬가지였다. 이상해. 그래도 일
단 답장은 해야겠지.

"로라 양, 편지지를 좀 더 구해 와야 할 것 같아요."

"네, 폐하."

"로즈 양, 로즈 양은 이 일에 대해 좀 조사해주겠어요?"

"예. 염려 놓으세요."

어떤 목적으로든 이들이 내게 호의를 가졌다면 고마운 일이다.
하지만 내게 붙는 척했다가 뒤통수를 치려는 게 목적이라면 조심
해야겠지.

황궁에 돌아온 라스타는 도착하자마자 바로 로테슈 자작에게 사
람을 보내, 내일 오전 10시까지 입궁하란 명령을 내렸다.

"명령?"

로테슈 자작은 라스타의 전언에 기분이 나빠 식식거렸으나, 지
시대로 오전 10시에 라스타를 찾아갔다. 라스타는 그가 오길 기다
리고 있다가 차갑게 물었다.

"노예 매매 증서. 지금 어디 있어?"

원래 그 서류는 베어상회에 맡겨뒀지만, 코샤르가 귀를 뜯어 갈
때 그 서류까지 같이 뜯어 갔다. 하지만 로테슈 자작은 그 사실을
알면서도 뻔뻔하게 거짓말했다.

"당연히 내게 있지."

라스타는 손톱을 물고 씹으며 눈을 가늘게 떴다.

"정말이야?"

얘가 뭘 알고 저러는 건가.

로테슈 자작은 움찔했으나 이번에도 발뺌했다.

"당연하지. 그럼 그게 누구에게 있겠느냐?"

"잃어버린 건 아니고?"

"아니다."

"그래?"

"그래!"

"거짓말!"

라스타가 버럭 외치며 옆의 협탁에 놓인 컵을 집어 던지자, 로테슈 자작은 움찔해서 목을 거북이처럼 움츠렸다. 휙 날아간 컵은 벽에 부딪혀 조각조각 깨졌다.

"이, 이게 미쳤나."

어지럽게 바닥에 흩어진 파편을 본 로테슈 자작은 기가 막혀서 씩씩거리다가, 라스타의 표정을 보고는 입을 다물었다.

"'이거'라고? 라스타한테 '이거'라고 했어?"

라스타가 음산하게 질문하며 고개를 기웃하는데, 여기서 한 번만 더 말을 잘못하면 벽이 아니라 얼굴에 컵을 던질 태세였다. 로테슈 자작은 입을 다물었다. 권력을 잡았으니 사람이 좀 변할 거란 생각은 했다. 원래 다들 그러니까. 하지만 이렇게 빠른 시간에 변할 줄은…….

로테슈 자작은 자기가 옛날에 라스타에게 '천한 게 내 아들을 넘

본다'면서 빗자루를 휘두른 건 생각지도 못하고서 혀를 찼다.

"뭘 어떻게 했길래 그 서류를 폐하께서 알고 있는 거야?"

라스타가 다시 오싹하게 묻자, 로테슈 자작은 억지로 웃는 낯을 꾸며내며 변명했다.

"이게 다 코샤르 그놈 때문이다. 그놈이 그 서류를 훔쳐 가서 그래."

라스타는 싸늘하게 로테슈 자작을 노려보다가 명령했다.

"꼴도 보기 싫어. 나가!"

"……."

"나가라고 했어!"

로테슈 자작은 마지못해 일어섰다. 라스타는 그 모습을 쳐다보다가, 손에 쥔 반지를 빼서 그의 발치로 던졌다.

"가지고 가든가."

카펫 위의 보석 반지는 바닥을 나뒹굴면서도 빛을 받아 아름다웠다. 로테슈 자작은 허리를 굽혀 반지를 줍고는 히죽히죽 웃으면서 방을 나섰다. 이런 대우 따위는 전혀 개의치 않는 것처럼. 그러나 복도로 나설 때 그의 표정은 무서울 정도로 싸늘해졌다.

'저 건방진 것이 감히 어디서.'

남들에게 '평민들의 희망'이나 '살아 있는 동화' 취급을 받지만, 로테슈 자작에게 있어 라스타는 자기가 부리던 노예일 뿐이었다. 아무리 라스타가 높은 사람이 된다 해도, 로테슈 자작은 그녀를 고귀하게 생각할 수 없었다. 그는 그런 인간이었다. 그리고 이 꽉 박힌 생각은 로테슈 자작의 분노를 활활 부채질했다.

'본때를 보여주어야겠어. 양부모가 나타났을 때. 그때 버릇을 고쳐두었어야 했는데.'

곧장 이혼 소식이 전해지는 바람에 몸을 사리느라 가만히 있었더니 이렇게 됐다. 로테슈 자작은 지금이라도 라스타의 기를 누르기로 결심했다. 작정을 하자마자, 그는 자신의 저택으로 가 알렌을 불러 지시했다.

"알렌. 너, 알현을 신청해라."

알렌은 어리둥절해서 "알현이요?" 하고 물었다. 평민이건 귀족이건, 알현을 신청하면 황제와 대화를 나눌 수 있었다. 그러다 보니 알현을 신청하는 사람들 수가 무척 많아서, 그 대기 줄만 해도 어마어마하게 길었다. 알현을 신청하고 오는 이들은 그 긴 기다림을 무릅쓰고 오는 것이었다. 그런데 이제 와서 알현을 신청하라고?

"알현은 왜요?"

"알현식에는 라스타도 나오지 않느냐."

라스타의 이름에 굳어진 알렌에게, 로테슈 자작이 웃으며 말했다.

"그 애도 자기 아들을 보고 싶어 할 거다. 안을 데리고 가서 슬쩍 얼굴을 보여주고 와."

알렌은 눈을 휘둥그렇게 떴다.

"하지만 그렇게 되면……."

로테슈 자작은 쯔쯔 혀를 찼다.

"이 무심한 녀석아. 어찌 그리 사람 마음을 몰라."

"마음이요?"

"걔가 겉으로만 차갑게 구는 거지, 속마음은 아니야. 얼굴 한 번 못 본 자기 아이를 위해 우리에게 이런 저택까지 줄 정도 아니냐. 얼마나 지 애가 보고 싶겠어."

"아."

로테슈 자작의 말에 알렌이 탄식을 터트렸다.

"그러네요. 라스타는 착하고 애정이 깊으니까요."

그 착하고 애정이 깊은 라스타를 자기가 배신했단 건 생각하지도 못하는 듯했다. 그 모습은 로테슈 자작이 보기에도 퍽 우스웠으나, 알렌은 곧 진지하게 걱정했다.

"하지만 아버지. 안은 라스타와 똑같이 생겼는데요. 이 특이한 머리 색도 그렇고…… 사람들이 이상하게 보지 않을까요?"

"모자를 씌워서 머리카락을 감추면 되지. 왜, 아가들이 뒤집어쓰는 그 모자 있지 않으냐."

로테슈 자작이 뭘 그런 걸로 걱정하느냐고 타박하자, 알렌은 느릿하게 납득했다.

"알겠어요."

"서둘러서 알현을 신청하도록 해라. 사람이 많이 밀려 있으니."

"예."

알렌이 아기를 안고 멀어졌다. 로테슈 자작은 그 뒷모습을 지켜보다가 끌끌 위태롭게 웃었다.

늦은 밤이었다. 나는 머리를 빗고 가운을 걸친 후 침실 안으로 들어갔다. 그 순간. 문 옆에 숨어 있던 하인리가 나를 번쩍 들어 올렸다. 아무 생각 없이 걸어가다가 눈 깜짝할 사이에 두 발이 허공에 떠오른 것이다.

"하인리!"

놀라서 어깨를 붙잡자, 그는 나를 든 채 가뿐하게 한 바퀴를 돌고는, 웃으면서 내 배에 머리를 기댔다.

"하인리!"

떨어질 것 같아서 그의 머리를 붙잡자, 하인리는 그것도 좋은지 아예 내 배에 머리를 비비적거리며 물었다.

"놀랐어요?"

"왜 맨날 숨어 있는 거예요?"

"재밌잖아요. ……혹시 싫은가요?"

"싫은 건 아니지만……."

이것도 새의 습성이냐고 물어보면 그가 기분 상해할까? 머뭇거리고 있자니, 하인리는 그 상태로 곧장 침대로 걸어가 나를 내려주었다. 침대에 앉자 그는 나란히 앉아 자기 무릎을 내게 가져다 대더니, 내 머리카락에 손을 넣어 가볍게 머리카락을 문질렀다.

부드러운 손길에 저절로 눈이 감기려는 걸, 억지로 눈에 힘을 주면서 물었다.

"언제부터 문 뒤에 숨어 있었나요? 아무 소리도 안 났는데."

"음…… 5분 정도……."

"5분?"

"사실은 10분이요."

"10분을 벽에 붙어 있었다고요?"

10분을 기다렸단 소리를 듣자 잠이 깼다. 아니, 날 놀래주고 싶어서 10분을 벽에 붙어 있었단 말이야? 놀라 쳐다보자, 하인리는 내 시선을 피하더니 머리카락에서 손을 뗐다. 그러고는 이번엔 내 손가락의 말랑한 부분을 꾹꾹 누르다가, 자연스럽게 손을 깍지 끼며 물었다.

"퀸. 부인. 나한테 하고 싶은 말 없어요?"

"있어요. 마침 잘됐어요."

"뭔가요?"

"카프멘 대공에 대해서예요."

"……."

하인리의 표정이 굳는다. 그도 내 말의 중요성을 대번에 파악한 모양이었다. 나는 자세를 바로 하고서 그에게 나와 카프멘 사이의 거래를 알려주었다.

"그가 자신의 죄를 인정했어요. 그 대가로 서대제국과 륍트의 교역 때 우리 측에 유리한 항목을 세 가지 넣기로 하였고요."

"그렇군요……."

"그래도 괜찮겠어요?"

"당연히 괜찮습니다."

"혹시 다른 생각이 있다면 말해요."

"아니요. 그런 건 없습니다."

"그런데 표정이……?"

"아. 그게. 그냥, 전 퀸이 다른 이야기를 할 거라 생각해서요."

내가 눈에 힘을 주자 하인리는 얼른 덧붙였다.

"하지만 그 일도 아주 중요한 일이군요. 네. ……이해했습니다, 퀸."

뭔가 하인리가 기대한 말이 따로 있던 건가? 내가 그에게 해야 할 말이 있나?

"퀸. 다른 할 말은 없습니까?"

기대하는 말이 있나 보다. 또다시 묻는 걸 보니. 내가 대답하지 못하자, 하인리는 아예 "힌트를 줄까요?"라며 대놓고 물었다.

"말해봐요."

"힌트는 부부입니다."

잠시 생각하다가, 나는 그의 의도를 눈치챘다.

"알겠어요."

하인리의 입꼬리가 슬쩍 올라갔다. 나는 그에게 잠시 가만히 있으라 말하고서, 얼른 내 방으로 건너가 낮에 만들어둔 할 일 목록을 가져왔다.

"퀸?"

나는 아까 그 자리에 앉아서, 하인리에게 가져온 노트를 건네며 뿌듯하게 말했다.

"내가 해야 할 일들을 적어놨어요."

이걸 보고 싶던 거지? 부부간이라 해서 비밀이 단 한 톨도 없진 않겠지. 하지만 부부들은 많은 일을 공유한다. 하인리도 내게 그런 걸 원한 게 틀림없었다.

그러나 하인리는 떨떠름한 표정으로 "어……" 하고 말끝을 흐렸다.

'이걸 원한 게 아닌가?'

그러고는 덧붙이는 한 마디.

"알찬 계획서네요."

"재미없나요?"

난 이런 거 적고 보는 게 재미있는데. 남이 보기엔 별로일까.

"재미있습니다, 부인. 재미는 있는데……."

하인리는 다시 말끝을 흐리더니, 내 눈치를 살폈다. 그러더니 돌연 눈을 부리부리하게 뜨고서, 내가 건넨 노트 속 글씨를 하나하나 살폈다. 어느새 내가 건넨 노트는 두 손으로 꼭 붙잡고 있었다. 하인리는 노트를 다섯 번은 정독할 시간이 지난 후에야 도로 건네며 말했다.

"참으로 알찬 계획서입니다, 부인."

"아까랑 소감이 같은데요."

"부관과 집무실은 제가 내일 바로 준비시키겠습니다."

급하게 말을 돌린 티가 나지만, 넘어가주자.

"고마워요."

"아니, 부관은 그대가 직접 살피고 잘 맞는 사람들로 고르는 게 낫겠지요?"

적당히 응수해주며 고개를 끄덕여주기를 얼마간. 갑자기 하인리가 말을 뚝 멈추더니 갑자기 조용해졌다. 왜 저러지? 의아해서 보자, 하인리가 머뭇거리다가 말했다.

"전 따로 적어둔 게 없어서…… 보여드릴 게 없는데요."

아. 내가 이 수첩을, 서로 교환해서 보자고 내민 거라 생각한 모양이었다. 나는 그런 게 아니라고 말하는 대신, 몹시 아쉽단 소리를 했다.

"그래요? 그대 것도 보고 싶은데."

아니라면 그가 민망해할 테니까. 다행히 하인리는 민망하지 않은 듯 "아, 그러면……" 하고 웃으면서 입을 열었다. 그러나 눈 깜짝할 사이 웃음이 사라지더니, 말을 잇는 대신 한 손으로 자기 얼굴을 감싸며 시선을 내렸다. 갑자기 왜 저러지?

"그게, 제 것은……."

"자신 없나요?"

자세히 보니 얼굴도 그사이에 붉어져 있었다.

'왜 이러지?'

의아해서 쳐다보자, 하인리는 입을 다물고 고개를 저으며 다시 물었다.

"퀸. 처음 한 얘기는 아주 중요했고, 두 번째에 해준 얘기도 아주 알찼지만, 그, 제가 듣고 싶은 이야기는 좀 더 사적인 이야기입니다."

"사적인 이야기요?"

도무지 짐작이 가지 않는다. 설마 몸의 대화를 나누자든가, 그런 뜻은 아니겠지. 저 말간 얼굴로 그런 의도를 가졌을 것 같진 않고…… 혹시 고백에 대한 답을 들려달란 걸까? 약간 짐작 가는 바가 있지만, 나는 계속 모른 척 고개를 저었다.

"잘 모르겠는데요, 무슨 말인지."

하인리는 시무룩해졌지만, 더 물어보는 대신 순순히 옆으로 가누우며 팔을 뻗었다. 문제는, 그 팔이 내 자리를 침범했단 데 있었다. 그의 긴 팔이 내 베개 바로 밑에 있었다. 게다가 내가 그의 팔과얼굴을 번갈아 살펴도 팔을 치울 생각을 하지 않는다. 결국 좀 민망하겠지만 확실하게 이야기했다.

"하인리. 여긴 내 자리입니다."

"예?"

팔 치우라고.

"내 자리예요."

딱 잘라서 다시 말하자, 하인리는 눈을 휘둥그렇게 뜨더니 천천히 팔을 거두었다.

"팔을 크게 뻗어서 자고 싶으면 좀 더 왼쪽으로 가서 누워요, 하인리. 침대가 넓으니까 그렇게 해도 될 겁니다."

얌전히 접혀진 그의 팔을 몇 번 두드려준 후, 나는 침대에 누워불을 껐다. 그러나 불을 끄자마자 이번엔 옆에서 바람 빠지는 소리가 났다.

"?"

왜 저러나 싶어 보니, 하인리가 입술을 악물고 어깨를 떨고 있었다.

"하인리?"

다시 불을 켜고서 상체를 일으키자, 하인리는 결국 참지 못하겠

다는 듯이 아예 몸을 옆으로 하며 웃었다. 한참 후에야 그는 가까
스로 진정해서 사과했다.

"미안해요. 난 그냥, 퀸에게 팔베개를 해주고 싶었어요."

"!"

자고 있는데 근처에서 고소한 냄새가 났다. 그 냄새를 맡자 일어
나고 싶지 않은 기분과 냄새를 더 맡고 싶은 기분이 제멋대로 충돌
했다. 눈을 감은 채 머리를 좌우로 흔들어보았지만, 결국 멀지 않은
곳에서 들리는 웃음소리가 신경 쓰여서 눈을 떠야 했다.

"하인리?"

눈을 뜨자마자 보인 건 음식용 카트 옆에 선 하인리였다.

"그게 뭐예요?"

상체를 일으키며 묻자, 하인리는 카트 위에 놓인 은색 뚜껑을 치
웠다. 안에는 노란 오믈렛이 담긴 접시와 짙은 색 커피가 놓여 있
었다.

"아침 식사요."

그게 아니라, 왜 카트가 여기에……? 일어나서 가져온 건가? 놀
라서 보고 있자니, 하인리는 포크에 오믈렛을 찍어서 내밀었다. 얼
결에 입을 벌려 받아먹자, 그는 뿌듯하게 웃으면서 물었다.

"맛이 어때요?"

"맛이 있긴 한데……."

"요리 잘하죠?"

"잘하네요."

"취미입니다."

황족은커녕 귀족들만 되어도 요리를 전혀 하지 못하는 사람이 많은데. 정말 신기한 사람이다. 그리고 이런 사람이 날 사랑한다고 고백했다. 이상한 기분에 멍하니 있자니, 하인리가 다시 오믈렛을 찍어 내밀었다.

"또 먹고 싶은 거 있어요, 퀸?"

"다 해줄 수 있나요?"

"당연히."

어색하게 입을 벌려 받아먹자, 하인리는 신이 나는지 계속 음식을 포크로 찍어주었다. 몇 번이나 그러다가 나는 결국 참지 못하고 묻고 말았다.

"하인리."

"네, 퀸."

"그건…… 그대 종족의 습성인가요?"

"?"

"새들은 먹이를 직접 먹여주잖아요. 혹시 그대도 그래서……?"

하인리는 내 말에 생각지도 못했다는 듯 눈썹을 치켜올렸다. 그러고는 잠시 나를 뚫어져라 쳐다보다가, 심각한 표정으로 팔짱을 꼈다. 종족 특성이 아닌가? 혹시 내가 너무 새 취급을 해서 기분이 나빠졌나? 걱정되어 바라보자, 하인리는 한참 만에야 털어놓았다.

"잘 모르겠어요. 그런데 퀸의 말을 듣고 보니 그런 것 같기도 합니다.”

“그래요?”

“아버지가 무척 엄하셨는데, 이상하게도 음식은 꼭 먹여주셨거든요.”

“!”

“형님도 별로 안 친했는데, 이상하게 음식을 먹여주더라구요.”

“아.”

“생각해보니, 저도 퀸을 사랑하게 된 순간부터 이런 생각이 들었습니다. 내가 저 사람에게 음식을 먹여주어야겠다.”

그럼 우리 사이에 아기가 태어나도 하인리는 자기가 하나씩 다 음식을 떠먹여주려나? 좀 귀여울 것 같기도 한데⋯⋯. 그 순간. 위험한 생각이 떠올랐다.

“하인리. 정말로 궁금해서, 아니, 중요해서 물어보는 건데요.”

“네, 퀸.”

“혹시 그대 일족은 그⋯⋯.”

“?”

“알로 태어나나요?”

소비에슈는 카를 후작을 불러 그에게 은밀하게 지시했다.

“라스타의 노예 매매 증서가 궁전 안에 있을지도 모른다고 한다. 그걸 찾아서 내게 가져와라.”

카를 후작은 기겁해서 되물었다.

"그게 정말입니까, 폐하?"

"확실하진 않아. 코샤르가 라스타에게 한 말이니."

어쩌면 코샤르는 라스타에게 화가 나서 일부러 거짓말을 한 것일지도 몰랐다. 그러나 코샤르가 그 서류를 처음 가져간 것, 현재 그 서류가 사라진 것. 이 두 가지는 진실이었다. 충분히 확인해볼 만했다.

"자칫 잘못하다간 이야기가 퍼질지도 모르니 조심해서 찾아야 한다."

"예, 폐하."

카를 후작은 굳은 얼굴로 대답했다. 라스타의 아기가 태어나기 전에 노예 매매 증서가 공개된다면. 아니, 태어난 후에라도 그 문서가 공개된다면 아주 큰일이었다. 무슨 수를 써서라도 찾아내야 했다.

한편 그 시각. 라스타는 이미 그 문서를 찾기 위해 직접 돌아다니는 중이었다. 소비에슈에게는 그를 위해 입을 다문 채 대신 움직여줄 측근들이 많았지만, 라스타에게는 그런 이들이 없었다. 그나마 에르기 공작이 친구이지만, 그는 친구이지 부하가 아니었다. 그러니 직접 나서서 문서를 찾아보는 수밖에.

"황후 폐하께 인사드립니다."

"황후 폐하, 안녕하십니까."

그러나 황후가 된 그녀를 못 알아보는 이들이 없다 보니, 은밀히 움직이기 불편했다. 라스타가 지나갈 때마다 사람들은 다 허리 숙여 인사했고, 인사를 한 뒤에도 라스타를 계속 주시했다. 라스타가 먼저 나서서 대화를 시도하지 않는 이상 길게 대화가 이어지진 않겠지만, 아무래도 남들의 시선이 쏠리는 만큼 행동에 한계가 있었다.

'저기도 찾아보고 싶은데. 저쪽 구석은? 저쪽도 틈이 있는 것 같아.'

라스타는 황후로서의 체면 때문에 몸을 굽혀 여러 틈새를 찾아보지 못하고 발을 동동 굴렀다. 황후가 되면 무조건 편할 줄 알았는데. 이런 건 불편했다.

'나도 빨리 측근이나 부하를 만들어야겠어.'

황후라면 응당 손가락 끝으로 사람들을 부려야 하는데. 이게 뭐람. 라스타는 투덜거리면서도 열심히 여기저기 뒤지고 다녔다. 그렇게 정문에서부터 본궁으로 쭉 이어진 길을 가고 있을 때였다. 처음 보는 화려한 마차가 보였다.

'누구지?'

남궁의 귀빈이 사용하는 마차인 줄 알았으나, 마차는 남궁으로 가는 길목을 지나쳐 쭉 본궁으로 향했다. 보통은 이 안쪽까지 마차를 끌고 올 수 없기에, 라스타는 의아해져서 마차를 뚫어져라 보았다. 시선을 느끼기라도 했는지, 마부는 근처까지 오자 마차를 세우고는 얼른 마부석에서 내려 라스타에게 인사했다.

"라스타 황후 폐하를 뵙습니다."

라스타는 고개를 끄덕여 인사를 받은 뒤, 턱으로 마차 안을 가리키며 물었다.

"저 안엔 누가 타고 있어?"

그런데 마부의 반응이 이상했다. 그냥 순순히 대답하면 될 텐데. 마부는 대답하기 곤란하다는 듯 여기저기 눈동자를 굴렸다.

"누가 있길래 그래?"

라스타가 미간을 찡그리며 묻자, 마부는 라스타의 눈치를 살피며 고했다.

"그…… 에벨리 양입니다."

"에벨리 양?"

라스타는 인상을 찌푸렸다. 그렇게 말하면 어떻게 알아듣는단 말인가. 노예일 적에는 몰랐으나 황후가 된 후, 라스타는 이 세상엔 참으로 많은 귀족이 있단 걸 알게 되었다. 게다가 노예의 입장에서 보는 귀족과 황후의 입장에서 보는 귀족은 또 위치가 달랐다. 그런데 단순히 '에벨리'란 이름만 알려주면 어떻게 알아듣는단 말인가.

"에벨리 양이 누군데?"

결국 라스타가 대놓고 물었지만 마부는 더욱 우물거렸다. 라스타는 인상을 쓰다가, 문득 아주 기분 나쁜 사실을 떠올렸다. 생각해 보니 마부는 자신에게 '황후 폐하'라며 인사를 올렸고, 둘은 대화를 나누었다. 작은 목소리로 나눈 대화가 아니니, 마차 안에 탄 사람도 대화를 다 들었을 것이다. 그런데도 마차 안의 사람은 나와서 황후를 대하는 예를 갖추지 않고 있었다. 뒤늦게 화가 난 라스타는 마차를 향해 명령했다.

"누군지 몰라도 예의가 없구나. 당장 나와서 인사를 올리도록 해라."

잠시 후. 마차 문이 달칵 열리고 노란 구두가 빠져나왔다. 마차 밖으로 나온 건 처음 보는 여자였다. 르베티 또래 정도로 보이는 여자. 라스타는 호통을 치려다 흠칫했다. 분명 처음 보는 여자인데. 그 여자가 라스타를 원수라도 되는 양 노려보고 있어서.

그 서늘한 시선에 라스타는 자기도 모르게 괜히 움찔했다. 그러나 곧 그보다 더한 짜증이 몰려왔다.

'내가 황후란 걸 알면서도 저렇게 노려보고 있어?'

참으로 고얀 게 아닌가.

"누구인데 감히 그딴 식으로 라스타를 쳐다보는 거지?"

마부는 쩔쩔매다가 황급히 '에벨리 양'이란 여자에게 다가가 타일렀다.

"에벨리 양. 황후 폐하십니다. 얼른 인사를 올려요."

마부는 그 여자를 어려워하는 듯 보였다. 하지만 그 여자보다는 라스타를 더 무서워하는 내색이었다.

결국 여자도 마지못해 입을 열었다. 그러나 튀어나온 말은 인사도 사과도 아니었다. 라스타도 마부도 예상하지 못한 말이었다.

"제가 알고 있는 황후 폐하와 다른 분이신데요."

뚱한 목소리와 불만에 가득 찬 눈동자. 그리고 저 건방진 말. 세 가지 모두가 다 라스타의 분노를 화르르 지폈다. 라스타는 더는 화를 참지 못하고 앞으로 발을 내디뎠다. 그때, 본궁 쪽에서 랑트 남작이 황급히 달려오며 말했다.

"황후 폐하, 저분은 황제 폐하의 손님입니다."

"폐하의 손님이라고?"

라스타가 차갑게 묻자, 랑트 남작이 "예." 하고 대답했다. 대답을 하면서도 그는 '에벨리 양'이란 여자를 두 번이나 곁눈질했다. 라스타는 괜스레 불안해져서 덩달아 그녀를 힐긋거리며 물었다.

"무슨 손님인데요?"

그러나 랑트 남작은 바로 대답하지 못했다. 게다가 얼굴에 떠오른 곤란하단 기색.

"나중에 알려드리겠습니다, 황후 폐하."

이 모든 게 라스타를 화나게 했다. 분노를 토해내기 위해 몇 번 입술을 뻐끔거렸으나, 라스타는 가까스로 화를 꾹 누르며 말했다.

"이 애는 라스타를 보고서 황후가 아니라고 했어요."

그래도 상대가 랑트 남작이기에 최대한 화를 참는 것이다.

"라스타는 이 애가 누군지 알 권리는 있다고 봐요."

"그게……."

랑트 남작은 쩔쩔매며 곁눈질로 에벨리를 보았다. 하지만 문제의 발단인 에벨리는 눈조차 깜빡이지 않고 서 있을 뿐이었다. 게다가 턱은 치켜들고 눈은 거만하게 내리깔았다. 랑트 남작은 그 태도를 보자 화가 치솟았다. 안 그래도 난처한 상황을 에벨리 저 여자가 더욱 나쁘게 꼬고 있는 것 같았다. 결국 그는 에벨리를 향해 버럭 소리 질렀다.

"에벨리 양. 얼른 황후 폐하께 사죄드리십시오. 감히 뭘 하고 있는 겁니까!"

그러나 에벨리는 여전히 뚱하게 대답했다.

"전 아무것도 하지 않았어요."

"아무것도 하지 않았으니 문제란 겁니다. 황후 폐하께는 그에 맞는 예를 다하세요."

"제가 알기로 황후 폐하는 분명 다른 분이었는데요."

"에벨리 양!"

랑트 남작의 얼굴이 분노로 발개졌다. 이쯤 되자 라스타는 오히려 어리둥절해졌다. 도대체 누구길래 저 애는 저렇게 뻗대는 거지? 랑트 남작이 대놓고 화를 내는 걸 보면 귀족가 영애는 아닌 듯한데?

약간의 소란이 벌어지긴 했으나, 랑트 남작은 거기서 계속 에벨리에게 호통을 칠 처지가 아니었다. 황제인 소비에슈가 그녀가 오기를 기다리고 있었다. 마차가 들어왔단 보고는 이미 올라갔을 터. 황제가 오래 기다리지 않게 얼른 에벨리를 데리고 가야 했다. 라스타는 영문 모를 여자의 등장에 씩씩거렸지만, 소비에슈가 그녀를 기다린단 이야기에 마지못해 비켜서야 했다. 에벨리는 고개를 치켜들고서 라스타를 가는 눈으로 쳐다보다가 랑트 남작을 뒤따라갔다.

"그분은 황후 폐하시니 행동에 주의를 기울이도록 해요."

궁 안으로 들어가 복도를 걸어가면서, 랑트 남작은 에벨리에게 충고했다.

"굳이 처음부터 황후 폐하와 척을 질 필요야 있겠습니까?"

그러나 에벨리는 그의 말에 아예 대꾸도 하지 않았다. 랑트 남작은 참으로 거만하고 모난 성격이라며 혀를 찼다.

아까 랑트 남작이 에벨리를 제대로 소개하지 못한 건, 실제로 소비에슈가 왜 에벨리를 데려오라고 한 건지 모르기 때문이었다. 마력이 사라진 마법사라던가 그랬던 것 같은데. 한때 마법사였다 한들 지금 마법사가 아니라면 마법사로서는 아무 소용이 없다.

그렇다고 정부가 되기에는, 이 여자는 그다지 매력도 없어 보였다. 도움이 될 배경도 없고, 신분도 높지 않고, 얼굴은 평범한데 성격도 나빠 보이지 않는가. 힘든 상황에서도 늘 방긋방긋 웃으며 주위 사람들을 위로했던 라스타와는 아예 달랐다. 저런 성격으로는 정부가 되더라도 금세 쫓겨나지. 랑트 남작은 속으로 혀를 찼다.

이 생각은 에벨리 역시 비슷하게 가지고 있었다. 에벨리는 마법사가 아닌 자신이 왜 여기에 불려온 건지 알 수 없었다.

'곧 알게 되겠지.'

우뚝 선 눈앞의 문을 보며, 에벨리는 깊게 심호흡을 한 다음 용기를 끌어모아 안으로 들어갔다.

'아!'

그러나 에벨리는 안으로 몇 발자국 들어서자마자 무의식적으로 작게 탄성을 질렀다. 집무실 책상 앞에 앉아 있던 소비에슈 황제의 외모 때문이었다. 원래 에벨리는 소비에슈 황제를 싫어했다. 저 황제 때문에 그녀가 가장 존경하고 좋아하고 흠모하는 분이 먼 나라로 떠나버렸으니까. 에벨리는 소비에슈 황제가 아주 멍청하고 못됐으며, 그런 성격이 얼굴에도 뚜렷이 드러나리라 생각했다. 하지만 실제로 본 소비에슈 황제의 얼굴은 잘생기다 못해 찬란할 정도였다. 사람들이 황제가 잘생겼단 이야기를 많이 하긴 했지만, 그건 그냥 황제니까 추켜세우는 거라 여겼는데. 세상에. 너무 놀라서 멍하니 있자니, 뜻밖에도 황제가 먼저 미소까지 지으며 놀리는 투로 말했다.

"거기 있으면 대화하기 어려울 텐데."

랑트 남작이 뒤에서 더 안쪽으로 들어가라고 지시하자, 에벨리는 주춤주춤 황제의 책상에서 세 걸음 정도 떨어진 곳으로 다가갔다.

멀리서 보아도 잘생겼던 소비에슈는 가까이서 보니 더 잘생긴 얼굴이었다. 에벨리는 몇 번 만난 적 없지만 볼 때마다 감탄했던 나비에를 떠올렸다. 대번에 저 황제와 나비에가 나란히 붙어 있는 모습이 상상되었다. 두 사람이 나란히 서 있는 모습은 얼마나 멋졌을까.

속으로 안타깝게 생각하다가, 에벨리는 주위가 몹시 고요하단 걸 알아차렸다. 퍼뜩 정신을 차리고 보니 황제가 그녀를 가만히 바라보고만 있었다. 아무 말도 하지 않고 쳐다보는 눈길은 몹시 복잡하고 어지러웠다. 하지만 그뿐. 황제는 통 말을 걸지 않는다. 그래도 다른 귀족들이라면 황제가 입을 열 때까지 계속 기다렸을 것이나, 에벨리는 황제를 대하는 법을 모르기에, 참다 참다 답답해서 먼저 입을 열었다.

"절 왜 부르셨는지 궁금합니다, 폐하."

랑트 남작이 뒤에서 도끼눈을 뜨며 "에벨리 양." 하고 낮게 이름을 불렀다. 협박하는 목소리였으나, 소비에슈는 손을 저어 그에게 나가라 지시했다. 그리고 둘만 남아 있게 되자 웃으면서 되물었다.

"그걸 아직 듣지 못했느냐?"

"들었습니다."

"한데 왜 물어보는 거지?"

"처음 제게 말을 전한 분은, 제가 황후 폐하의 후원을 받아서 황제 폐하의 진노를 샀다 말하였습니다."

처음 듣는 이야기에 소비에슈의 눈썹이 삐죽 올라갔다. 나비에의 부관들. 감히 저딴 식으로 말을 하였단 말이지…….

"그리고 다음으로 만난 분은, 제가 황제 폐하의 두 번째 정부가 될 거라 하였습니다."

삐죽 올라갔던 소비에슈의 눈썹이 더욱 올라갔다. 그는 이마에 힘을 준 채 바람 빠진 웃음을 터트렸다.

"뭐? 정부?"

"어느 쪽인가요?"

당돌한 질문에 소비에슈는 다시 한 번 웃음을 터트렸다.

"어느 쪽도 아니다. 첫째, 난 황후를 미워하지 않아. 둘째, 설령 미워한다 해도 후원을 받았단 이유로 널 미워하는 건 부조리하지. 셋째, 내 정부가 되기에 넌 너무 어리다."

"그럼 절 왜 부르신 건지……."

"영리하고 재능이 넘치는데, 마력이 사라지는 현상에 휘말렸다 들었다."

"……예."

"마력이 사라졌다 해서 영리한 머리까지 사라지진 않겠지. 특이한 케이스이니, 그 좋은 머리를 잘 살리도록 후원할 생각이다."

말을 마친 소비에슈는 그제야 다시 종을 쳐 랑트 남작을 불렀다. 그러나 막상 랑트 남작이 들어왔으나, 소비에슈는 그쪽은 쳐다보지도 않고 에벨리에게 계속 말을 이었다.

"마법을 학문적으로 연구하는 이들이 있다. 개중 한 명이 마침 조수가 필요하다 했으니, 널 조수로 추천하려 한다. 괜찮겠느냐?"

"……예."

"랑트 남작, 저 아이를 악셀 경에게 데려가라."

"예, 폐하."

"그 후에는 레이게스 백작 부인에게 데려다주어라. 에벨리?"

"네."

"네가 혼자 지낼 수 있게 될 때까지는 그 부인이 널 보살펴줄 거다."

더 이상 할 말은 없는 듯, 소비에슈는 나가도 좋다 말하며 옆에 내려놓은 깃털 펜을 들었다.

그러나 에벨리는 랑트 남작을 따라 나가는 대신 "저, 폐하." 하고 한 걸음을 더 앞으로 내디뎠다.

소비에슈가 고개를 들어 쳐다보자, 에벨리는 용기를 가지고 물었다.

"남는 시간엔 하녀 일을 해도 괜찮으니, 궁전에서 지내게 해주시면 안 될까요?"

랑트 남작은 맹랑하고 당돌하다면서 뒤에서 혀를 찼으나, 소비에슈는 기분 나쁜 내색 없이 물었다.

"빈방이 많으니 상관은 없지만. 헛소문에 시달릴지도 모르는데. 괜찮겠느냐?"

"상관없어요."

"그러면……."

잠시 생각해보던 소비에슈는 랑트 남작에게 다시 지시했다.

"남궁에서 지내게 해주어라."

소비에슈 황제가 한때 마법사였던 미녀를 데려와 궁에서 지내게 한다. 결혼한 지 얼마 안 되어 마법사의 조수로 위장했지만, 곧 두 번째 정부가 될 예정이다. 소비에슈가 에벨리에게 한 경고처럼, 소문은 몇 시간 만에 쫙 퍼져 나갔다. 심지어 상당히 과장되어서.

당연히 라스타의 귀에도 이 이야기가 들어갔다.

"누가 어디서 지낸다고?"

라스타는 당황해서 되물었다.

그 표정이 하도 매서워 베르디 자작 부인이 우물거리자, 라스타는 이를 악물고서 주먹을 쥐었다. 몇 시간 전의 그 맹랑하고 무례한 여자가 떠오른 것이다. 전에 소비에슈가 마법사 여자를 데려올 거란 말이 돌았는데. 그 여자가 분명했다. 게다가 소비에슈는 정말로 그 여자를 정부로 삼을 생각이고!

"어떻게…… 아직 아기도 태어나지 않았는데 벌써부터."

라스타는 기가 막혀서 소파에 앉아 한숨을 내뱉었다.

베르디 자작 부인은 라스타의 눈치를 살피며 소리 없이 차를 치운 후, 살금살금 문으로 걸음을 옮겼다. 이럴 때는 자리를 비우는 게 최선. 곁에 있어봐야 괜히 불똥만 튄다.

그러나 밖으로 나서기 전.

"베르디 자작 부인."

라스타가 먼저 그녀를 불렀다. 베르디 자작 부인은 어쩔 수 없이 다시 돌아와 공손하게 웃으며 물었다.

"왜 그러십니까, 황후 폐하?"

"라스타가 황후로서 할 수 있는 일이 제한적이지만, 그래도 하녀한 명 정도는 다른 데 보낼 수 있지?"

"물론입니다."

"죄수의 아이들 중에 하녀 일을 할 만한 사람을 찾아봐. 부모와 사이가 나쁘지 않은 여자애로. 집안 형편이 어려우면 더 낫고."

"예?"

라스타가 화풀이를 할 거라 여겼던 베르디 자작 부인은, 의외의 명령을 듣고 눈을 휘둥그렇게 떴다. 뜬금없이 죄수의 아이라니?

"황후 폐하, 그 아이들을 어디에 쓰시려고……?"

"라스타에겐 측근 하녀가 한 명밖에 안 남아 있잖아. 여러 명이 더 필요해."

"예."

라스타는 눈을 영리하게 빛내며 덧붙였다.

"그리고 한 명은 마법사 여자한테 보내줘야지."

"예……."

"그리고 하나 더."

"네, 황후 폐하."

"수도 내의 남자 귀족들에게 티파티 초대장을 돌려."

"남자 귀족들이요?"

"어. 남자 귀족들만."

베르디 자작 부인이 밖으로 나간 후. 라스타는 자신의 배를 두 손으로 감싸며 마음을 다잡았다. 무작정 나비에 황후를 따라 하느라 큰일이 날 뻔했다. 생각해보니 나비에 황후는 결국 자신에게 모든 걸 다 넘기고 물러난 패배자가 아니던가. 황후로서의 역할을 할 때 외에는 따라 할 필요가 없는 사람인데. 귀족들의 비위를 맞추느라 잠시 그걸 잊어버렸다. 하지만 소비에슈가 다른 여자를 데려온 걸 보자 이제 정신이 번쩍 들었다.

'황후로서 귀족들의 애정을 받을 수 없다면, 남자로서 날 사랑하게 만들면 돼. 시녀 측근을 만들 수 없다면 하녀 측근을 만들면 되고. 그 마법사 여자도 아예 싹도 트지 못하게 밟아둘 거야.'

커다란 마차가 곱게 갈린 자갈길을 우르륵 소리를 내며 나아가

다 궁전 앞으로 난 정원에서 멈추었다. 맥켄나는 미리 대기하다가 얼른 그쪽으로 달려가 마차 문을 열며 인사했다.

"서대제국에 오신 걸 환영합니다."

마차 안에 타고 있던 부부는, 기사나 마부가 아닌 사람이 문을 열어주자 깜짝 놀라 엉덩이를 들다 말고 도로 붙였다.

"그대는 누구인가?"

"실례하였습니다. 서대제국 황제 폐하의 수석비서인 맥켄나입니다."

맥켄나가 자신의 신분을 밝히자, 부부는 깜짝 놀라 황급히 마차 밖으로 나와 인사했다.

"직접 맞이해주시니 감사합니다."

맥켄나는 그 인사에 다시 한 번 화답하며 빠르게 트로비 공작과 공작 부인을 살폈다. 부부의 외양은 나비에 황후를 이리저리 흩어 놓은 것처럼 보여서, 차가운 인상인데도 괜히 친근하게 여겨졌다.

트로비 공작 부부 역시 어리둥절한 와중에도 맥켄나를 유심히 살폈다. 맥켄나는 그들의 두 번째 사위가 된 하인리 황제의 최측근이었다. 그것도 어린 시절부터 함께 자라온 최측근. '친구를 보면 그 사람을 알 수 있다'고 했다. 물론 아닌 경우도 있지만, 하인리와 맥켄나처럼 어렸을 때부터 붙어 지낸 사이라면 이 말을 적용할 수도 있을 터. 맥켄나를 통해 미리 그들의 사위를 짐작해보는 것이었다.

"황제 폐하께서 기다리고 계십니다. 이쪽으로 오시지요."

맥켄나는 하인리에게 언질을 받은 대로, 최대한 친절하고 호감

가는 목소리로 부부를 안내했다. 맥켄나가 트로비 공작 부부를 안내한 곳은 귀빈들을 맞이하는 별의 방이었다. 그곳의 옥좌 앞에는 이미 하인리가 우뚝 서 있었고, 좌우로는 몇몇 관리와 기사들이 서 있었다.

대부분의 귀빈들이 이 방에 들어서며 그러듯, 트로비 공작 부부 역시 방의 어마어마한 화려함에 혀를 내둘렀다. 그러나 더욱 놀라운 건, 이 아슬아슬하게 화려한 공간에서도 하인리는 묻히거나 눌리지 않은 채 당당하게 빛나고 있단 점이었다. 오히려 그의 연한 금발이나 보라색 눈동자가 여기저기서 반사되는 빛을 받아 덩달아 반짝거리는 것처럼 보였다.

하인리는 트로비 공작 부부가 가까이로 오길 기다리다가, 몇 걸음을 남기고 다가오자 옥좌가 놓인 단에서 내려와 직접 부부의 손을 잡았다.

"폐하!"

깜짝 놀란 트로비 공작이 뒤로 반걸음 물러났다가, 황제를 민망하게 하지 않기 위해 도로 반보 다가왔다.

"어서 오십시오, 어머님. 아버님."

하인리는 친근하게 공작 부부를 부르며 초록 사과처럼 웃었다. 하인리가 이렇게 구는 건 이미 공작저에서 겪었지만, 설마 사람들, 그것도 자신의 부하들 앞에서까지 이럴 줄은 몰랐기에, 트로비 공작 부부는 난처한 얼굴로 따라 웃었다.

"퀸께서, 아. 이건 우리만의 애칭입니다. 부인께서 두 분을 아주 많이 그리워하였습니다. 물론 저도요."

잠시 튀어나왔다 들어간 딸과 사위의 애칭에, 트로비 공작 부부의 시선이 빠르게 흔들렸다. 권력이 커지면 황제의 경계를 사는 법이라, 트로비 공작은 딸인 나비에가 황태자비로 낙점되었던 이후 일부러 관직에서 물러난 지 오래였다. 하지만 황제를 대하는 예법을 잊을 리는 없었기에, 하인리의 이런 발언이 몹시 고마우면서도 부담스러웠다.

"환대에 감사드립니다, 폐하. 또한 서대제국으로 칭제하신 걸 경하드립니다."

"경하드립니다."

결국 부부는 이번에도 칼같이 인사를 했고, 하인리는 그 모습을 보며 생각했다.

'퀸은 부모님을 많이 닮았구나.'

궁전에 고용되어 일하는 사람들의 숫자와 위치, 하는 일, 경력, 업무 평가 등등을 살피고 있자니 하루가 너무 빨리 지나갔다.

결국 시간이 모자란데 점심을 제대로 차려 먹기도 귀찮아서, 나는 주베르 백작 부인에게 부탁해 음식을 책상에 가져다놓고 눈으로 서류를 확인하며 한 입씩 입에 담았다. 지금 보는 것들은 모든 일의 기초가 되는 확인 작업이니만큼 최대한 빨리빨리 해치우고 싶었다.

"어머니랑 아버지가 오셨다고?"

하지만 멀리서 부모님이 오셨다는데도 엉덩이를 떼지 않을 수는 없었다.

"네. 지금 황제 폐하와 함께 있으시답니다. 폐하께서 사람을 보내셔서……."

"지금 오라고 했나요?"

이것까지만 더 보면 되는데. 조금 아쉬운 기분에 묻자, 로즈는 눈썹을 치켜세우며 잠시 끊긴 말을 마무리 지었다.

"두 분과만 나누고 싶은 대화가 있으니, 황후 폐하는 저녁 식사 때 오시라고……."

뭐?

"정말인가요?"

그러나 로즈가 전해준 이야기는 전혀 예상하지 못한 말이었다. 아까까지의 아쉬운 기분이 싹 가셨다. 하인리가 나한테 오지 말라 했다고? 날 빼고 우리 부모님과만 해야 할 이야기가 있다고?

"무슨 이야기를 하기에?"

"저도 잘 모르겠어요."

로즈가 고개를 기웃하자, 근처에서 창을 초립하던 마스타스가 얼른 끼어들었다.

"전 알 것 같습니다. 분명 그겁니다."

"그거?"

"이젠 동대제국 대 서대제국 구도이지 않습니까. 동대제국의 약점을 물어보시려는 걸 겁니다. 분명해요."

아무래도 자기 나라의 일인지라 로라가 눈을 동그랗게 떴다. 로즈도 잠시 생각해보다가 수긍했다.

"그럴 수도 있겠습니다. 황제 폐하께서는 가벼워 보이시지만, 유 님이 그랬거든요. 그분은 절대로 쓸데없는 말을 하지 않으신다고."

"!"

트로비 공작 부인은 난처한 기분에 이마를 구겼다.

"나비에가 뭘 좋아하는지 알려달라고요?"

공식적인 환영 인사가 끝난 후. 하인리는 트로비 공작 부부에게 함께 나비에에게 가자고 제안했다. 그러나 트로비 공작은 미안해 하면서 조심스럽게 부탁했다.

"폐하께서 괜찮으시다면, 나비에가 없는 곳에서 잠시 드리고 싶 은 말씀이 있습니다. 급한 일은 아니지만요."

부탁을 해보긴 하지만, 하인리가 거절할 수도 있다 여기는 듯 굳 은 표정이었다.

"괜찮습니다."

하인리가 흔쾌히 허락한 후에도 트로비 공작 부부는 안심하지 못했다. 그들이 하인리에게 하고 싶은 말은 '딸을 잘 부탁한다'는 지극히 평범한 부모님의 당부였다. 그러나 상대가 어엿한 일국의 황제이다 보니, 평범한 사위 대하듯 말해도 좋을지 확신하기 어려웠던 것이다. 하지만 아무 말도 하지 않기에는 두 부부는 나비에가 너무 걱정되었다.

코샤르도 걱정이 되긴 마찬가지이지만, 코샤르에 대한 문제는 하인리에게 부탁할 일이 아니었다. 코샤르는 자기 자신을 단속해야 할 일이었으니. 그러나 결혼 생활은 달랐다. 부부 중 한쪽이 아무리 잘한다 해도, 다른 한 쪽이 엉망이라면 결혼 생활은 끔찍해진다. 그러니 염치를 불구하고, 황제에게 결혼 생활에 대해 당부하려는 것이었다.

동대제국을 사랑하고 동대제국 황실에 충성하기에 부부는 코샤르와 나비에를 따라 서대제국에 귀화하진 않았으나, 그렇다고 해서 부부가 두 아이를 사랑하는 마음이 남들보다 약한 건 절대 아니었다.

하지만 예상과 달리 하인리는 트로비 공작이 간절하게 부탁하자, 웃으면서 대답했다.

"무슨 그런 당연한 말씀을 하십니까, 장인어른도."

"당연한 일 같지만 당연하지 않은 경우가 많아서요."

"전 부인을 사랑합니다. 정확히 말하자면 짝사랑이지만요."

"!"

"걱정하시는 일은 없을 겁니다, 안심하세요."

마지막 말은 아주 진지한 표정으로 한 하인리는, 뒤이어 '내가 몇 번이나 이 이야기를 했는데 왜 아직도 안 믿으십니까?'라고 따라붙을 뻔한 말을 가지치기했다.

첫 번째 사위가 엉망이어서 저러는 것이겠지. 몇 년 늦게 태어나 버려서 두 번째 사위로 밀렸으니, 저 불신을 삭이려면 행동으로 보이는 수밖에 없었다. 하인리는 앞으로의 일을 구구절절 다짐하는 대신, 이 일을 기회로 삼아 물었다.

"그러고 보니 저도 두 분께 드릴 말씀이 있었습니다."

"무엇입니까?"

트로비 공작 부인이 약간 긴장한 채 날카롭게 물었다. 하인리는 그 모습에서 다시금 나비에를 발견하고는, 기분이 좋아져서 밝게 물었다.

"부인이 뭘 좋아합니까?"

트로비 공작 부부는 당황해서 서로를 곁눈질했다. 그러나 이 질문은 시작일 뿐이었다. 이어서 질문이 끝도 없이 튀어나왔다.

"부인의 어린 시절 이야기를 좀 들려주세요."

"부인이 뭘 싫어합니까? 아, 놀리려는 게 아니라 피하려고 그러는 겁니다."

"부인이 새를 좋아하나요?"

"부인의 옛날 초상화라든가, 그런 게 남아 있을까요?"

"부인이 혹시 제 얘기는 하지 않았습니까?"

트로비 공작 부부는 하나하나 성의 있게 대답해주었다. 관심이 없는 것보단 많은 게 나으니까. 그러나 "나비에는 커다란 개를 길렀습니다. 생일이 같아서 아주 예뻐했지요"라고 말한 후. 하인리가 "그 개는 어떻게 생겼습니까?"라고 물었을 때에는 부부 모두 아무 대답도 하지 못했다. 옅은 금색 털에 키가 크고 아주 잘생겼다……

고 말하려다 보니, 꼭 눈앞에 있는 어디 황제의 외모처럼 들렸기 때문이다. 그러고 보니 분위기도 많이 비슷했다.

"왜 두 분 다 갑자기 말씀을 안 하십니까?"

방긋 웃으면서 묻는 황제 사위를 보다가, 트로비 공작 부부는 작게 웃음을 터트렸다.

"?"

부모님과 함께한 저녁 식사는 제대로 진행되지 못했다. 아버지가 또 울음을 터트렸기 때문이다. 어머니는 평소처럼 아버지를 말리셨지만, 어머니 자신도 오늘은 감정이 북받치시는지 이따금 아무런 말도 하지 않고서 나이프만 쥐었다 펴길 반복했다. 하인리가 그걸 보고서 표정이 묘해졌지만, 그 모습조차 모르실 정도로.

그래도 두 분을 보는 것만으로도 좋았다. 게다가…….

"부모님과 무슨 이야기를 했어요?"

"퀸이라 해도 그건 비밀입니다."

"우린 부부인데, 내 부모님과 한 대화조차 비밀인가요?"

"나와 부모님 사이에도 의리란 게 있습니다."

"……."

"흠 안 봤어요, 퀸. 그렇게 가자미눈으로 쳐다보지 마요."

"알아요. 그냥, 갑자기 사이가 좋아진 것 같아서 그래요."

그래. 도대체 날 빼놓고 무슨 이야기를 나눈 건지, 하인리와 부모님 사이가 부쩍 가까워진 듯 보여서 궁금했다. 마음을 터놓고 하하 호호 할 정도는 아니지만, 그래도 부모님이 동대제국에 있을 때보다는 하인리를 덜 부담스러워하시는 게 눈에 보여서. 그러면서도 철저하게 예의는 지키려 하셨지만.

"내가 부모님과 가깝게 지내는 게 싫나요, 퀸?"

"그럴 리가요."

하인리는 조용히 웃더니, 자기 옆을 톡톡 두드리며 졸랐다.

"그런데 부인, 언제까지 책만 볼 겁니까?"

까만 밤이었고 창밖으로는 희미하게 빗소리가 들려왔다. 나는 원래 오늘은 새벽까지 궁정인들에 대한 자료를 볼 생각이어서, 하인리에게 먼저 자라고 말했다. 하지만 하인리가 곁에 있기만 해달라며 잡아끄는 바람에, 어쩔 수 없이 마석 침대에서 책을 읽고 있었다. 그런데 언제는 옆에서 책을 읽으라더니. 막상 옆에서 책을 읽고 있자 읽지 말라며 저러는 것이다.

"잠이 올 때까지?"

솔직하게 대답하자, 그는 작게 한숨을 내쉬더니 슬금슬금 몸을 이동해서 내 바로 옆까지 왔다. 그러고는 슬며시 다리 위에 머리를 올리고는, 자연스럽게 내 종아리에 입을 맞추는 게 아닌가. 방해하지 말라고 머리카락을 살짝 잡아당기자, 그는 오히려 야하게 웃으면서 자기 옷고름을 잡아 풀었다.

"배운 거 다 까먹겠습니다, 부인. 복습도 해야 하고 응용도 해야 하는데, 자꾸 홀로 남겨둘 건가요?"

힐끗 내려다보니, 그는 아예 작정한 듯 가운을 내리면서 내 손목을 가져다가 손목 안쪽의 여린 살에 입을 연거푸 맞추었다. 그러면서도 눈은 끝까지 나를 쳐다보았다. 이래도 내버려둘 거야? 물어보기라도 하는 것처럼.

어쩔 수 없다 싶어서 한숨을 내쉬자, 그는 한쪽 입꼬리를 삐뚜름하게 올리며 승리에 찬 미소를 짓고는, 자연스럽게 내 손에 들린 책을 집어 옆으로 치웠다.

눈 깜짝할 사이에 이번엔 그가 위에서 날 내려다보고 있었다. 놀랄 틈도 없이, 하인리는 손을 뻗어 내 머리카락 안쪽을 쓸더니 이마에 한 번, 눈꺼풀에 한 번, 귓가에 한 번 입을 맞추며 속삭였다.

"제대로 배웠나 확인해줘요."

그의 말을 듣자 목 안쪽이 수분 한 방울 없이 말라붙는 느낌이 들었다. 심한 갈증에 따끔거릴 정도였다. 나는 입술을 열었다가 다물고 침을 삼켰다. 그렇지 않으면 쉰 목소리가 나갈 것 같아서. 사실 지금은 달리 할 말도 없지만.

하지만 하인리는 그걸 어떤 신호로 받아들인 모양이다.

"퀸."

탄식하듯 중얼거린 그는 곧장 내 입술을 깨물면서, 내 목이 자신의 손아래에 있단 것처럼 목을 부드럽게 쓸었다. 목부터 귀를 동시에 쓸자 기분 나쁘지 않게 소름이 돋으면서 저절로 손이 그의 뺨으로 올라갔다. 한 손으로 그의 뺨을 감싸자 단단한 가슴과 달리 보드라운 피부가 손바닥에 달라붙었다.

"뭘 하고 싶어서 이래요?"

연달아 목에 키스를 퍼붓는 그에게 묻자, 하인리는 내 살을 깊게 빨아들였다가 숨과 함께 뱉으면서 물었다.

"어디까지 해도 돼요?"

"하고 싶은 데까지. 해봐요."

그가 자꾸 내 목을 아프지 않게 물었다 놓기를 반복하는 바람에 자꾸 말이 끊어졌다. 그가 세게 깨물지 않으리란 걸 알면서도 그의 이가 목에 닿을 때마다 근육이 긴장으로 수축하다 풀어지길 반복했다.

"목이 예뻐요."

목 주위를 얼씬거리던 그의 손이 아래로 내려가더니, 이번에는 내가 걸친 가운 끈을 당겼다. 쉽게 풀어지지 않도록 잘 묶어둔 가운은 그가 약간 힘을 주어 당기자 손쉽게 양옆으로 풀어져 침대 위에 늘어졌다.

"목만 예쁜 건 아니지만요."

하인리는 목에서부터 점점 더 아래로 내려오면서 소곤거렸다. 심장 부근에서 들려오는 속삭임에 등이 쭈뼛하며 발바닥이 간지러워졌다. 어느새 내 눈에 보이는 건 그의 부드러운 머리카락뿐이었다. 그러다 그가 점점 더 아래로 내려가자, 그의 머리카락이 내 배 위에 펼쳐지면서 분위기에 맞지 않게 계속 웃음이 흘러나왔다.

웃음소리를 들었는지 잠시 고개를 든 하인리는 잠시 날 빤히 올려다보더니, 눈이 마주치자 나른하게 웃었다.

잠시 뒤. 그가 입술을 혀로 핥으며 다시 위로 올라와 물었다.

"제대로 배운 거 같나요?"

그땐 이미 기운이 다 빠져서 뭐라고 대답할 여력도 없었다. 맞다고 대답해주자니 자존심이 상했고, 아니라고 대답하자니…… 그건 거짓말이었다.

그러다 대답을 망설이는 사이. 하인리는 내 대답을 알아서 짐작하더니, 어쩔 수 없다는 듯 한숨을 내쉬었다.

"아직 부족한가 보네요. 어쩔 수 없네. 다시 연습하러 갈게요, 퀸."

"잠깐! 하인리!"

도로 슬금슬금 아래로 내려가는 그의 머리카락을 황급히 붙잡자, 하인리가 머리카락 일부만 내게 틀어잡힌 채 고개를 들었다. 그의 입꼬리는 이미 승리감으로 가득했다.

하인리와 아침을 먹은 후 내 방으로 돌아오니, 하녀들이 이미 욕조 안에 목욕물을 준비해둔 상태였고, 로라는 내 목욕 시중을 들기 위해 기다리고 있었다.

"오늘은 목욕 시중을 들지 않아도 괜찮아요."

나는 로라에게 그렇게 말하고서 방으로 돌아가 쉬라고 했다.

"앗, 그러면 여기서 기다리다가 옷 입는 걸 도와드릴게요!"

로라는 활짝 웃으면서 말했지만, 나는 괜찮다고 말한 후 그녀를 돌려보냈다. 대신 이따가 옷을 입는 건 주베르 백작 부인의 도움을 받기로 했다. 로라는 시무룩해서 돌아갔지만 어쩔 수 없었다. 지금은 몸이 얼룩덜룩해서…….

어색하게 방 안을 서성이다가 나는 서둘러 욕실로 들어가 가운을 벗었다. 그러고서 거울을 보니, 내 몸인데도 아주…… 민망했다.

'자꾸 입으로 몸 여기저기에 입을 맞추려 드는 것도 새의 습성일까? 새들이 부리로 털을 골라주는 것처럼…….'

아니면 다른 사람들도 다 이렇게 하나? 궁금하지만 이런 건 누구에게도 물어볼 수 없겠지. 새벽의 일이 떠올라 괜히 얼굴이 화끈거린다.

나는 서둘러 따뜻하게 데워진 물 안에 들어갔다. 아침에 하인리가 팔다리 근육을 풀어주어서일까, 따뜻한 물 안에 들어가 앉으니 다시 잠이 쏟아졌다. 몇 번이나 물속에서 꾸벅거리다가, 주베르 백작 부인이 문을 두드리는 소리를 듣고서야 나는 놀라서 정신을 차렸다.

"황후 폐하?"

시계를 보니 욕실에 들어온 지 한 시간이 훌쩍 지나 있었다. 놀라서 욕조에서 일어난 후 얼른 커다란 수건으로 온몸을 덮었다.

조앤슨은 걱정스럽게 방 안 탁자를 맴돌았다. 그러다가 거실과 작은 응접실, 자신의 방과 동생의 방, 부엌, 욕실, 정원, 그리고 다시 거실로…… 그의 몸은 한시도 가만히 있지 못하고 계속 이동했다.

그럴 수밖에 없었다. 동생은 주기적으로 편지를 보내 안부를 물어오는데, 이번에는 오래도록 연락이 없었다. 먼 곳에 사는 것도 아니고, 코앞의 궁전에서 사는 동생. 심부름꾼을 통하면 길어봐야 몇 시간 내로 연락을 취할 수 있는 그런 가까운 거리에 사는 동생인데. 왜 연락이 없지? 이건 동생이 궁전에 하녀로 들어간 이후 처음 있는 일이었다.

'걱정되네. 자식, 진짜 괜찮은 건가?'

처음엔 동생이 서대제국 황제와 황후의 결혼식에 따라간 줄 알았다. 동생은 라스타 황후에겐 하녀가 자신까지 포함해 고작 두 명뿐이라고 했으니까. 그 이야기를 들은 조앤슨이 '참으로 검소한 분이구나!' 하고 감탄한 터라, 그 기억은 또렷하게 남아 있었다.

홀몸이 아닌 채로 먼 나라까지 다녀오는 여정이니 당연히 하녀를 모두 데려갔겠지. 조앤슨은 이렇게 생각하며 아주 약간 불안한 마음을 달랬다. 그러나 황후와 황제가 도착하고 며칠이 지나도 동생의 소식은 없었다. 두 번째 정부이니 어쩌니 하는 이야기만 있을 뿐.

일이 이렇게 되고 보니 조앤슨도 동생의 행방이 몹시 걱정되기 시작했다. 결국 조앤슨은 직접 궁전에 동생의 행방을 묻기로 했다. 기자 활동으로 몇 번 취재를 온 적이 있었기 때문에, 경비는 조앤슨이 찾아가자 얼굴을 알아보고 안으로 바로 들여보내주었다. 더 안으로 들어가기 위해서는 몇 가지 복잡한 절차를 거쳐야 했지만, 조앤슨은 이 모두를 통과해 마침내 궁 내부 담당 관리를 만나 직접 동생에 관해 물을 수 있었다.

"델리스라고, 내 동생이 한 달이나 연락이 안 되고 있어서요. 아, 동생은 여기서 일합니다."

"동생이요?"

"예. 황후 폐하의 하녀로 있습니다."

"한 달이나 연락이 안 된 게 확실한 거요?"

"그게…… 대략 한 달이란 거지 정확한 건 아닙니다. 좀 더 됐을 수도 있고 좀 덜 됐을 수도 있고요."

그러나 속 탄 이쪽 마음과 달리 궁 내부 담당 관리는 귀찮아하는 내색이 가득했다. 관리는 쯧 혀까지 차며 대수롭지 않게 말했다.

"얼굴이 반반한 하녀라면 보나마나 어느 기사와 눈이 맞아서 달아난 거겠지요."

조앤슨은 네가 내 동생 얼굴을 언제 봤다고 그따위로 말하냐고, 소리 지르고 싶은 걸 꾹 참느라 주먹을 꽉 쥐었다. 어찌 되었건 그는 소란을 피울 처지가 아니었다.

"그래도 좀 알아봐주시지요."

조앤슨의 손에서 몇 개의 은화가 넘어가자, 궁 내부 담당 관리는 거들먹거리며 물었다.

"그래, 동생이 어디 소속이오?"

아까 이미 한 번 설명했던 질문이었다. 관리는 이전엔 조앤슨의 말을 귀담아듣지도 않았던 것이다. 조앤슨은 발끈했지만, 그의 마음이 바뀌기 전에 얼른 대답했다.

"서궁에서 황후 폐하를 모시고 있습니다."

조앤슨은 동생에게 들은 이야기를 그대로 들려주었다. 궁 내부 담당 관리는 흔쾌히 고개를 끄덕이고서, 관리들의 명단을 살폈다. 그러나 돌아온 대답은 말도 안 되는 이야기였다.

"그쪽 동생 이름이 델리스라 했지? 그 아가씨는 이미 퇴사한 걸로 나오는데?"

조앤슨은 더욱 이해가 가지 않아 따졌다.

"그럴 리가요! 자세히 봐보십시오!"

관리는 시큰둥하게 대답했다.

"그건 모르겠고, 어쨌든 그쪽 동생은 여기 없어."

별 성과 없이 돌아온 조앤슨은, 다음으로는 황후궁에 직접 연락하는 방법을 선택했다. 최측근 하녀는 두 명뿐이겠지만, 여러 가지 잡일을 도와주는 궁정인들이 많을 터. 누군가는 동생의 행방을 알 것 같았다. 하지만 이번에도 동생은 찾을 수 없었다.

'무슨 일이 있는 게 분명해.'

걱정이 된 조앤슨은 다시 초조하게 방 안을 맴돌았다.

무슨 일이 있는 건 확실한데…… 뭘 어떻게 해야 하지?

동생이 마지막으로 있던 곳이 궁전이니 그곳을 수색해보아야 하는데. 개방된 장소라면 몰라도, 황후의 궁전인 서궁까지 그가 뒤져볼 수는 없었다.

'방법을 생각해내자. 방법을.'

꿋꿋하게 머리를 짜낸 결과, 조앤슨은 한 가지 묘안을 떠올렸다. 라스타 황후. 평민들을 몹시도 사랑하는 그 황후에게 직접 물어보면 될 터였다. 서궁을 뒤적거리는 것보다 오히려 그게 더 쉬운 일이었고.

판단을 끝내자마자 조앤슨은 알현 서류를 신청해 넣었다.

"어느 정도 기다려야 합니까?"

"대기자가 많아서요. 짧더라도 일주일은 기다리셔야 합니다."

그 후에는 알현 순서를 바꾸어줄 사람을 찾아다녔다. 다들 오랜 시간을 기다려 황제 부부에게 하소연하러 가는 것이기에 웬만해서는 순서를 바꾸어주지 않으려 했지만, 집요하고 끈질기게 매달린 끝에, 조앤슨은 마침내 최대한 순서를 앞당길 수 있었다. 바로 이틀 뒤였다.

그리고 알현실에 가는 날. 조앤슨은 단정하게 차려입고서 본궁에 위치한 알현실로 갔다. 알현실은 저 안쪽으로 황제와 황후의 옥좌가 나란히 있고, 그 앞으로 긴 카펫이 깔려 있는 구조였다. 사람들은 그 카펫에 줄을 서서 차례를 기다렸다가, 순서가 되면 앞으로 나아가 자신의 사정을 털어놓는 것이다.

조앤슨은 빨리빨리 자신의 순서가 되길 기다렸다. 그의 동생이 어디에서 어떻게 버티고 있을지 전혀 모르는 상황이다 보니, 마음이 자꾸 조급하고 초조해졌다. 그러나 생각보다 줄이 빨리 빠지지 않아서, 나중에는 멍하니 서 있기만 하자 다리가 아프고 좀이 쑤실 정도였다.

"안, 착하지? 쉿…… 그래, 착하다, 우리 아기."

그래도 혼자 기다리는 조앤슨은 형편이 나았다.

알현실 안에는 아기를 데리고 온 사람들이 많았는데, 바로 앞 순서의 남자 역시 마찬가지였던 것이다. 게다가 제법 덩치가 큰 아기는, 내내 팔다리를 허우적거리며 알아듣기 힘든 소리를 냈다. 남자는 그때마다 곤란스러워하며 "안, 착하지? 안, 왜 이래." 하고 달래느라 바빠 보였다.

'차라리 저 모자를 벗겨주면 아기가 덜 울 텐데.'

조앤슨은, 보는 사람이 갑갑할 정도로 커다란 모자를 쓴 아기를 보며 혀를 찼다. 그렇지만 굳이 모르는 사람에게 이런저런 조언을 하진 않았다. 그러는 사이에도 줄은 조금씩 조금씩 줄어들어서, 마침내 아기를 안고 있는 아빠의 차례가 되었다.

"이쪽으로 와서 두 분 폐하께 인사를 올리시오."

황제의 비서가 알리자, 아기를 안은 아빠는 앞으로 나아가 소비에슈 황제와 라스타 황후에게 인사를 올렸다. 그 순간. 조앤슨은 황후의 표정이 무섭게 굳는 걸 발견했다. 어째서인지는 모르겠다. 그러나 황후의 표정은 칼날의 끝처럼 무서웠다.

'왜 저러시지?'

의아해하는 사이, 아기를 안은 아빠가 간절한 목소리로 황후에게 청했다.

"황후 폐하. 이 아기는 태어나서 단 한 번도 어머니 품에 안겨보지 못한 아기입니다. 황후 폐하께서는 동대제국의 어머니와 같은 분이니, 부디 어머니가 된 것처럼 한 번만 아기를 안고 축복해주시길 바랍니다."

쉬운 부탁. 그러나 황후는 꼼짝도 하지 않았다. 웅성거리는 소리가 번지기 시작했다.

웅성거리는 소리가 점점 더 커지자 라스타는 어쩔 수 없이 손을 뻗었다. 알렌은 조심스럽게 걸어 나가 라스타에게 아기를 건넸다. 라스타는 어색하게 아기를 안아 들었다.

그녀를 꼭 닮은 얼굴이 코앞으로 다가왔으나, 라스타는 아기의 까만 눈을 보자마자 공포에 질렸다. 아기는 누가 봐도 그녀의 아기 였다. 모자로 머리카락을 다 감싸고 있지만, 알렌이 아기의 잘린 머 리카락을 준 적이 있기에 머리카락 역시 짐작이 갔다. 이 아기는 머리카락마저 자신과 꼭 닮았으리란 걸.

"참으로 귀엽군."

옆에 앉은 소비에슈가 아기의 얼굴을 보며 감탄하자, 라스타는 더욱 겁에 질려 아기의 얼굴을 감추듯 꽉 끌어안았다. 신기하게도 칭얼거리던 아기는 라스타에게 안기자마자 조용해졌다.

그러나 라스타는 아기를 안자, 축 늘어진 조그만 시체를 끌어안 던 생각이 나면서 속이 매슥거리고 소름이 돋았다. 짙은 공포감이 몰려왔다. 당장에라도 품 안의 아기가 피를 토하며 죽어버릴까 봐 손이며 다리가 후들후들 떨렸다.

게다가 소비에슈. 옆에서 소비에슈가 아기의 얼굴을 보고 있다. 그가 이렇게 닮은 아기를 보면 이상하게 여기지 않을까? 결국 라스 타는 견디지 못하고 알렌에게 떠넘기듯 아기를 도로 건넸다.

"아기가 예쁘네요."

알렌은 얼른 다가와 아기를 소중하게 받아 들었다. 이런 짓을 꾸 민 주제에 미안한 마음이라곤 조금도 없는 얼굴로. 라스타는 그를 빠르게 노려보고서 얼른 시선을 피했다. 이마에서 식은땀이 축축 하게 나왔다. 차마 소비에슈의 얼굴을 바라볼 수 없었다.

하지만 라스타의 염려는 괜한 걱정이었다. 소비에슈는 이미 저 아기가 라스타의 아기란 걸 알고 있었기 때문이다. 게다가 소비에슈는 라스타가 자신의 아기를 늘 그리워하고 사랑한다 여겼기에, 라스타의 굳은 표정도 미화해서 받아들였다. 그는 라스타가 자신의 아기를 보자 그립고 애절해서 저런 표정을 지은 것이라 생각해, 오히려 안타깝게 여겼다. 라스타가 생각했던 것처럼 착하지 않단 건 인정했지만, 적어도 이런 애정만큼은 순수하고 진실해 보였다.

알렌과 라스타, 소비에슈 모두가 각기 다른 생각에 잠긴 사이. 부관은 알렌에게 차례가 끝났으니 물러나란 신호를 보냈다.

"안. 너희 엄마가 널 보니 슬픈가 보다."

알현실을 빠져나온 알렌은 긴 복도를 빠져나오며 아기에게 속삭였다.

"너랑 같이 있지 못해서 슬픈가 봐."

아기는 울지 않고 까만 눈을 반짝이며 알렌의 목을 끌어안으려 짧은 팔을 버둥거렸다. 알렌은 문득 슬퍼졌다. 라스타의 옆에 앉아 있어야 하는 건 자신인데. 왜 라스타는 다른 남자와 나란히 앉아 있는 걸까.

그 사이, 평민 기자인 조앤슨은 부관에게 '당신 차례니 앞으로 나가라'는 말을 듣고, 정해진 자리로 걸어가고 있었다. 자리에 도착한 그는 얼른 공손하게 황제 부부에게 인사를 올렸다.

'누구지? 어디서 본 얼굴인데?'

라스타는 조앤슨을 보며 얼굴이 낯익다고 생각하다가, 곧 그녀는 결혼식 전에 만났던 기자 무리를 떠올렸다. 그래. 저 남자는 평민 기자였다. 확실했다. 자신이 평민들을 위해 살 거란 말을 하자마자, 몹시 감동받아서는 온갖 찬양을 퍼부었기에 기억에 남아 있었다. 실제로도 그는 다음 날 기사에 라스타를 두고 동대제국의 미래이자 평민들의 빛이고 희망이라 칭송하지 않았던가.

라스타는 안심해서 웃었다.

'날 지지하는 사람이니 괜한 소리는 하지 않겠지.'

마음이 편해지자 입가에 부드럽고 아름다운 미소가 떠올랐다. 아까 일을 떠올리면 여전히 두렵지만, 그 일도 점차 이성적으로 판단할 수 있게 되었다.

알렌이 아기를 데려온 건 보나 마나 협박하기 위해서일 것이다. 자신이 며칠 전 로테슈 자작을 매정하게 대한 일 때문이겠지. 자기들 손에 아기가 있단 걸 상기시키려는 것일 터. 적당히 달랜다면 괜찮을 것이었다.

"무슨 일로 왔지?"

"제 동생은 황궁에서 일을 하는데, 한 달 전부터 소식이 끊겼습니다. 늘 안부를 주고받았기에 걱정이 되어 인사관리 담당자를 찾아갔더니, 이미 퇴사 처리가 되어 있단 이상한 대답을 들었습니다."

그러나 조앤슨이 꺼낸 말은 영 이상했다. 그가 자신을 찬양할 거라 여겼던 라스타는 미간을 찡그렸다. 뜬금없이 동생이라니? 게다가 제법 심각한 일인 듯했다. 소비에슈 역시 진중한 얼굴로 조앤슨의 말에 귀 기울였다.

"계속 말해보라."

"동생은 여기서 나고 자랐기에 일을 관두었다 한들 다른 곳으로 갈 리가 없습니다. 우리는 싸운 적도 없고, 싸울 만한 일도 없었고요. 인사 담당자는 제 동생이 어느 기사와 눈이 맞아 달아난 게 아니냐고 하지만, 동생은 미혼인데 기사와 눈이 맞았다고 달아날 이유가 없지 않습니까."

귀족들이야 대놓고 정부를 두고 지내니, 기사 쪽이 기혼이라고 해서 달아날 이유가 없긴 마찬가지였다.

"일리가 있다."

소비에슈는 고개를 끄덕이며 물었다.

"동생이 어디에서 근무한 누구이지?"

"황후 폐하의 측근 하녀인 델리스입니다."

소비에슈는 라스타의 측근 하녀란 말에, 조앤슨의 동생이 누구인지 바로 알아차렸다. 라스타의 옆에서 일하던 그 키 큰 하녀를 말하는 것일 터. 소비에슈는 속으로 혀를 찼다. 라스타가 그 하녀의 혀를 잘라 감옥에 가두라 명령한 게 떠올라서. 소비에슈는 힐긋 라스타를 보았다. 라스타는 얼굴이 피가 빠져나간 것처럼 하얗게 질려서, 옥좌 손잡이를 움켜쥔 채 눈도 깜빡이지 못하고 있었다. 하지만 곧 슬픈 표정을 지어내더니 힘없이 중얼거렸다.

"참으로 안타까운 일이군요."

조앤슨은 황급히 라스타에게 물었다. 그는 여전히 라스타를 믿고 있어서, 라스타에게 매달리면 동생이 돌아올 거라 믿는 얼굴이었다.

"황후 폐하, 혹시 제 동생에게 무슨 일이 생겼는지 아십니까?"

그러나 라스타는 고개를 저으며 안타깝다는 듯 대답했다.

"나는 측근 하녀가 둘뿐이다 보니, 하녀들의 일이 무척 많습니다. 델리스는 이 일이 힘들다며 그만두었구요. 이후로는 나도 그녀가 어찌 되었는지 모르겠어요."

"일을 그만두었다면 집으로 왔어야지요!"

"그러니까요. 참으로 이상한 일이군요."

라스타의 말에 조앤슨은 절망 어린 표정을 지었다.

소비에슈는 라스타가 눈도 깜빡이지 않고 술술 거짓말하는 걸 지켜보다가, 결국 안 되겠다 싶어서 느릿하게 끼어들어 기자에게 말했다.

"그 일은 내가 철저하게 조사해줄 테니 안심하라."

"감사합니다, 황제 폐하! 감사합니다, 황후 폐하!"

황급히 인사를 한 조앤슨이 나간 후, 다시 평범한 알현이 이어지자 라스타 역시 다시 평범한 표정으로 돌아왔다. 그러나 알현이 끝나자마자 라스타는 소비에슈에게 겁먹은 얼굴로 물었다.

"정말로 그 기자에게 사실대로 알려줄 거예요?"

황후의 권력을 사용한 일이기에, 라스타도 자신이 델리스에게 벌준 일을 소비에슈가 모르리라 여기진 않았다.

소비에슈는 차갑게 되물었다.

"이런 일이 있을 거란 생각은 못 했느냐?"

"델리스가 먼저 잘못을 저질렀는걸요!"

"그럼 그 말을 그 애의 가족 앞에서도 할 수 있었어야지."

"라스타는…… 황후니까 그렇게 해도 되는 줄 알았어요. 황후 자리는 그런 자리잖아요. 이런 데 쓰라고 황실모욕죄가 있는 거잖아요."

"할 수는 있지. 하지만 그에 대한 비난을 피할 수는 없다."

"라스타는 잘못한 게 없어요, 폐하!"

말은 이렇게 하지만 라스타는 소비에슈가 몇 번이나 방에 부르는 걸 거절한 상태였다. 자신이 깃털을 뽑은 파란 새가 아직도 소비에슈의 방에 있는데, 그 새가 자신을 보고 이상한 반응을 보일까 봐 겁이 나서였다. 만약 새가 그녀를 피한다면, 소비에슈는 새의 깃털을 뽑은 게 델리스가 아니란 걸 바로 눈치챌 테니까.

소비에슈는 한숨을 내쉬었다. 그러고는 일부러 이 일을 어떻게 처리할지 알려주지 않고 가버리자, 라스타는 발을 동동 구르다가 결국 겁에 질려 에르기 공작을 찾아갔다.

"공작님!"

라스타는 둘만 있게 되자, 울면서 에르기 공작을 불렀다. 에르기는 문을 닫다 말고 라스타가 그를 애처롭게 부르자 어리둥절해졌다.

"라스타 님? 무슨 일입니까?"

라스타는 비틀거리며 얼른 탁자 앞으로 가 앉았다.

"표정이 안 좋은데요?"

에르기 공작은 의아하게 여기면서도, 라스타가 평소 좋아하던 간식거리를 챙겨 가져왔다. 라스타는 에르기 공작이 곁에 앉길 기다렸다가 알현실에서 있었던 일을 이야기했다.

"라스타의 하녀 중 한 명이, 라스타를 저주하려 해서 크게 벌을 준 적이 있어요."

처음 듣는 이야기라는 것처럼 에르기 공작이 눈썹을 치켜올렸다.

"그렇습니까?"

"어쩔 수 없었어요. 그런 사람을 용서해주었다간 또 무슨 짓을 할지 모르니까요."

"물론입니다."

"그런데 그 여자애의 오빠가 기자였나 봐요. 그것도 라스타와 인터뷰를 했던 평민 기자요."

"아."

에르기 공작이 작게 탄식했다. 그 태도에 라스타는 겁이 나서 더욱 울상을 지었다.

"그런데 그 기자가 알현실에 찾아와서 자기 동생이 없어졌다고 찾아달라 해요. 어떡해요?"

"동생이 어디에 있는데요?"

"감옥에요……."

"무슨 무슨 죄 때문에 가둔 거라 알려주지 그랬습니까."

"죄가 있어 가두었다 해도 그 사람은 믿지 않을 거잖아요. 죄가 있단 걸 인정해도 라스타를 미워할 건데…….”

“그럼 폐하께서 해결해주실 겁니다.”

라스타는 고개를 빠르게 저었다.

“폐하께선 라스타가 그 애를 벌한 일로 화가 나셨어요. 그 하녀는 제법 예쁘게 생겨서, 사실 폐하께서 남몰래 마음에 두고 있었거든요.”

에르기 공작은 다시 눈썹을 치켜세웠다.

“정말입니까?”

“네. 게다가 그 하녀도 폐하를 흠모했고요.”

라스타는 힘없이 말하다가 얼른 덧붙였다.

“그 일 때문에 라스타가 그 하녀를 벌준 건 아니에요.”

“당연히 그렇겠지요.”

라스타는 울상을 지으며 에르기 공작을 바라보았다.

“폐하께선 라스타를 돕지 않을 거예요. 아무 말도 없이 화만 내고 가셨어요. 어떻게 해야 할지 막막하고 무서워요.”

에르기 공작은 부드럽게 미소 지으며 달래는 목소리를 냈다.

“라스타 님은 황후이시니, 일이 잘못되면 황실의 위엄도 같이 떨어집니다. 복중엔 아기님도 계시니, 말만 그렇게 할 뿐 결국 나서서 처리해주실 겁니다. 안심하세요.”

상냥한 목소리였지만 그 목소리에는 흔들림이 전혀 없어서 상대에게 신뢰감을 주었다. 라스타는 안심이 되어 배를 감싸 안다가, 그렁그렁해진 눈으로 에르기 공작을 바라보았다.

“라스타는 공작님이 없었으면 정말 힘들었을 거예요.”

"라스타 님께 힘이 될 수 있어서 좋습니다."

에르기 공작은 당연한 일이라는 듯 대답했다. 그 대답이 믿음직
스러워서 라스타는 다시 눈시울을 붉혔다. 에르기 공작의 태도는
냉담한 소비에슈의 반응과 전혀 달랐다.

에르기 공작은 가늘게 떨리는 라스타의 등을 바라보다가 살며시
손을 뻗어 그녀의 어깨를 감쌌다. 라스타는 잠시 놀랐으나 곧 말없
이 에르기 공작의 품으로 파고들었다. 가련한 사슴처럼 그녀는 에
르기 공작의 가슴에 얼굴을 묻었다. 이 탓에 그녀는 에르기 공작의
눈꼬리가 가늘게 휘었다는 걸 보지 못했다.

아직 내 집무실이 없기에, 나는 국서 보관함의 장부 열 권을 모
두 내 방에 가져와 쌓아놓고 보고 있다. 고용된 사람들의 월급과
하는 일 등을 정리하다 보니, 차라리 장부와 같이 비교하는 게 나
을 거란 생각이 들어서였다. 그러나 이 일들을 다 끝내기도 전에,
맥켄나가 내게 또 다른 서류를 가져와 내밀었다.

"서왕국이 서대제국이 되었으니, 그에 맞는 위상을 갖추어야 합
니다. 휴, 황후 폐하께서는 관련된 일을 누구보다 잘 알고 계셔서
다행입니다. 정말로 살았어요."

서류에는 새롭게 정비해야 할 일들이며 없어지는 직군과 생겨날
직군, 통합되거나 분리될 직군 등이 정리되어 있었다.

"이미 다 된 거 아닌가요?"

잘 정리된 것 같아서 되물었으나, 맥켄나는 절대 아니라며 손을 내저었다.

"전부 임시로 처리했을 뿐인걸요. 실용적으로 바꾸어야 합니다. 이대로는 절대 쓸 수 없어요."

"어려운 일은 아니지만……."

손이 많이 가는 일인데. 내가 멍하니 바라보자, 맥켄나는 헛기침을 하며 시선을 피했다. 그러나 슬쩍 올라간 입꼬리를 보니, 그가 지금 자기 일손을 덜 수 있어서 좋아하고 있단 티가 났다.

결국 세 가지 일을 동시에 하게 되어서 하루가 몹시 바빴다. 게다가 부모님이 아직 서대제국 안에 있어서, 매일 하루에 한 번 이상은 부모님과 식사를 하려다 보니 시간은 더욱 부족했다. 내가 펜세 개와 노트 여섯 개를 늘어놓은 채 일하는 걸 처음 본 로즈와 마스타스는 기겁했지만, 로라는 오히려 즐거워하며 말했다.

"그 여자가 황후 폐하처럼 할 수 있을까 모르겠네요."

주베르 백작 부인 역시 고소하다는 듯 웃음을 터트렸다.

"그러게요. 소비에슈 폐하께서 고생 좀 하시겠어요."

그런데 한창 일을 하고 있을 때였다. 문을 두드리는 소리가 나더니, 하인리의 비서가 찾아왔다.

"무슨 일인가요?"

의아해서 묻자, 그는 기쁜 표정을 억지로 감추려 애쓰며 말했다.

"황제 폐하께서 황후 폐하께 보여드리고 싶은 곳이 있으니 모셔오라 하셨습니다."

보여주고 싶은 곳? 말을 듣자마자 어디인지 짐작이 갔다. 내 집무실! 할 일 목록을 보여주었을 때, 하인리는 집무실을 정비하고 부관을 구하는 건 자신이 해야 할 일 아니냐고 웃으면서 물었다. 그러고는 서둘러 준비해주겠다고 했지. 굳이 부르는 걸 보니 집무실이 완성된 게 분명했다.

"가지요."

하지만 하인리의 비서가 날 데려간 곳은 내 집무실이 아니라, 하인리의 집무실이었다.

'하인리와 같이 집무실을 구경하라는 건가?'

왜 굳이 여기로 온 건가 의아해하는 찰나. 뒤에서 소리가 났다. 몸을 돌리자, 뜻밖에도 하인리의 집무실 맞은편 방문이 열리며 하인리가 나오고 있었다.

"하인리? 왜 거기서?"

놀라서 묻자, 그는 웃으면서 "이쪽입니다." 하고 말하더니 활짝 자기가 나온 방문을 열었다. 조심스럽게 안으로 들어가자, 벽 전체를 뒤덮은 책꽂이와 창가 앞에 커다란 책상이 놓인 훌륭한 집무실이 나타났다. 게다가 방 앞으로 작은 대기실이 있고, 집무실 안쪽에는 잘 꾸민 휴게실까지 딸려 있었다. 게다가 방 안은 내가 좋아하는 금색과 편안한 초록색이 조화롭게 어우러져서, 편안하면서도 우아해 보였다.

"아……!"

"마음에 드나요?"

"몹시. 몹시 마음에 들어요."

진심으로 감탄해 고개를 끄덕이자, 하인리는 기쁜 듯 웃으며 말했다.

"부관은 퀸이 직접 고르는 게 나을 듯해서, 우선 후보만 골라두었습니다. 모두 성적이 우수하고 성실한 인재들이니 마음에 들 겁니다. 마음에 차지 않는다면 아예 다시 골라도 되고요."

기쁜 마음에 손을 쥐었다 폈다 하고 있자니, 커다란 손이 내 손바닥에 겹쳐졌다. 옆을 보자, 그는 자연스럽게 깍지를 끼고서 딴청을 부리고 있었다.

우리는 잠시 창틀에 나란히 앉아서 담소를 나누었다. 그러다가 화제가 크리스타에 대해 흘러갔다. 하인리는 크리스타 이야기가 나오자 표정이 굳어졌으나, 곧 어색하게 피로연 때 크리스타의 행동에 대해 털어놓았다. 그러고는 내 눈치를 살피며, 어떻게 처리해야 할지 당혹스럽다고 말했다. 크리스타를 황명으로 컴프셔에 보내고 싶은데, 형의 유언이 있고 그 유언을 들은 사람이 많다 보니 골치 아파 하는 듯했다.

나 역시 덩달아 당혹스러워졌다. 하인리는 대놓고 '형수님이 날 좋아하는 것 같다'고 말하는 대신, 크리스타의 행동에 대해서만 알려주었다. 하지만 그것만으로도 크리스타가 지금 누구를 마음에 담고 있는지 알기 어렵지 않았다. 게다가 이상하게도, 그 말을 들으니 집무실을 보며 들떴던 기분이 폭 꺼지듯 가라앉았다.

'크리스타가 하인리를 좋아한다고……?'

순간 크리스타를 컴프셔로 보내라 말하고 싶은 충동이 솟았다. 하인리는 크리스타를 어떻게 해야 할지 곤란해하고 있으니, 내가 이렇게 말한다면 부탁을 들어줄 테지. 입술이 의식하지도 못할 새 자꾸만 열렸다. 말을 하기 전에 몇 번이나 되짚어 생각하는 버릇이 없었더라면 분명 충동적으로 말해버렸을 것이다.

'진정하자.'

그래. 절대로 그런 말은 하면 안 돼. 크리스타를 황명으로 컴프셔에 보내는 건, 지금의 난처한 처지를 벗어나는 하책이었다. 당장은 편리하겠지만 장기적으로는 좋지 않아.

서대제국에는 크리스타를 따르는 귀족들이 많았다. 게다가 컴프셔는 수도 못지않게 커다란 도시인 데다, 예술가들과 음유시인들이 모여드는 화려한 사교계의 장이지. 억지로 그곳에 보낸다 한들 사교계에서 크리스타의 영향력이 줄어들 리 없었다. 오히려 외로운 마음을 달래기 위해서, 그녀는 사람들을 더욱 많이 불러 대접할 테지. 사교계 내에서 그녀의 영향력은 더 높아질 것이고.

하인리의 형은 크리스타를 이곳에 두고 보살펴달라 유언을 한 데다, 하인리는 선왕의 불임과 이른 사망에 대해 여러 가지로 의혹을 받고 있었다. 이 와중에 억지로 크리스타를 컴프셔에 보낸다면, 사람들은 하인리를 더욱 의심할지도 몰랐다. 켕기는 게 있어서 선왕의 유언을 따르지 않는 게 아니냐고. 그러니 크리스타는 무슨 일이 있어도 자신의 뜻으로 컴프셔에 가야 했다.

"퀸?"

내가 말없이 앉아 있자, 하인리가 걱정스럽게 날 불렀다.

"괜찮나요?"

"괜찮아요."

나는 웃으며 대답했다. 마음은 아직 무거웠지만, 실제로도 괜찮을 거란 생각이 들긴 했다. 귀부인들이 피로연 다음 날 내게 편지를 우르르 보낸 게 떠오른 탓이다. 당시엔 왜 이러나 싶어서 곤혹스러웠는데. 하인리에게 피로연 이야기를 들으니 어찌 된 영문인지 알 것 같다. 어쩌면 일이 잘 해결될 수도 있었다.

'하지만……'

그것과 별개로 왜 이렇게 기분이 뒤숭숭한 걸까.

내 방 안에 있던 장부와 서류를 집무실로 옮기는 작업이 끝난 후. 식사를 할 시간이 되어 나는 집무실 밖으로 나갔다. 내내 일을 했으니 시녀들과 함께 놀면서 식사를 할 생각이었다. 그러나 식사 도중, 뜻밖의 소식을 들었다.

"전에 황후 폐하께서 알아보라 하신 일이요. 알아내었습니다."

말을 꺼낸 건 로즈였다.

나는 스푼을 내려놓고서 로즈를 쳐다보았다. 내가 로즈에게 지시한 건, 귀부인들이 왜 갑자기 내게 호의 가득한 편지를 보내는지를 알아봐달란 것이었다. 그 편지에 담긴 게 호의인지 조롱인지 함정인지 확인하고 싶어서. 그런데 이제 그 결과가 나왔다니.

"어떻던가요?"

"은밀하게 도는 소문인데……."

"소문인데?"

왜 로즈가 말을 하다 말고 난처해하지?

"로즈 양?"

이상해서 그녀를 부르자, 로즈는 몹시 속상하단 얼굴로 털어놓았다.

"황제 폐하와 크리스타 님이 남몰래 연애를 하고 있단 소문이 돈다는군요."

말을 마치자마자 땡그랑 하는 소리가 났다. 로라가 들고 있던 포크를 은그릇 위에 떨어트리며 난 소리였다. 로라의 표정이 엄청나게 험악해져 있자, 마스타스가 슬며시 자기 앞의 나이프를 가져다가, 아직도 동그랗게 말려 있는 로라의 주먹에 쥐여주었다. 로즈는 시무룩해져서 말을 이었다.

"피로연 날에, 크리스타 님이 황제 폐하의 이마를 직접 손수건으로 닦아주고, 황제 폐하는 그걸 가만히 서서 받아들이셨답니다. 목격한 귀부인들이 하나둘이 아닌가 봐요."

제정신을 차린 로라가 나이프를 와그작 쥐면서 거친 목소리를 냈다.

"설마 그 피로연이 결혼식 피로연은 아니죠?"

로즈가 대답하지 않자, 로라는 입에서 불을 뿜을 기세로 씩씩거렸다. 하지만 내가 멀뚱히 있기만 하자, 로라는 자기가 더 화가 나서 포효했다.

"황후 폐하! 당장 그 여잘 컴프셔로 보내야 해요! 그리고 황제 폐하도 그냥 두고 봐선 안 돼요! 아시잖아요, 그냥 뒀다가는!"

"로라 양!"

주베르 백작 부인이 차갑게 이름을 부르자, 로라는 입을 다물었다. 그렇지만 아직도 노여운지 씩씩거리며 흥분을 가라앉히지 못했다. 나는 이미 하인리에게 들어서 사정을 알기에, 일부러 최대한 평온해 보이게 웃으며 말했다.

"그 일은 오해예요. 황제 폐하께 그날 일에 대해서는 이미 들은 바가 있습니다."

"정말인가요?"

"그럼요."

"그렇다면 다행이지만……."

로즈와 주베르 백작 부인은 그래도 영 걱정스러운 표정들이었다. 처음 라스타가 나타났을 때에도 난 괜찮을 거라고 말했지. 로즈와 주베르 백작 부인은 그 일이 떠올라 괴로운 듯했다.

"괜찮아요."

나는 거듭 웃으면서 두 사람을 안심시켰다.

"오해인 게 확실하니까요. 게다가 이 일이 전화위복이 될지도 몰라요."

사실 속마음은 전혀 괜찮지 않았다. 하인리가 내게 크리스타 이야기를 했을 때 느낀, 그 정체 모를 찝찝하고 불쾌한 느낌이 아직 남아 있었으니까. 하지만 이 일이 전화위복이 되리라 여기는 건 진실이었다.

"전화위복이라니요?"

마스타스가 어리둥절해 물었다.

"이곳 귀부인들은 다들 크리스타 님의 처지를 가엾게 여겨서, 나에 대해 제대로 보려고 하지도 않았지요. 하지만 지금은 내게 호감을 가지고 편지를 보내주고 있잖아요."

로라는 고개를 끄덕거렸으나, 로즈는 걱정스러운 듯 어두운 표정으로 반박했다.

"하지만 황후 폐하. 동정과 존경은 다릅니다."

"그렇지요."

"동정심 때문에 보이는 호감엔 결국 한계가 있지 않을까요? 황후 폐하께서는 가장 높은 분이니, 결국엔 자신들이 동정할 상대가 아니라 여겨 다시 마음을 접을 겁니다."

"괜찮습니다. 최소한 나라는 사람을 색안경 없이 봐줄 기회가 생겼으니까요."

"아!"

"그 사람들은 이전엔 내가 무얼 하든 언짢게 보려고만 했지요. 일시적이겠지만 마음에 쌓아둔 그 장벽은 내려갔습니다. 이건 기회이고, 그걸 잡는 건 내 몫이지요."

"다녀왔어요, 아버지."

방 안으로 들어선 알렌은 피곤하지만 행복한 얼굴이었다. 하지만 그러면서도 그늘져 있어서, 마음이 복잡해 보였다.

"라스타는 만나보고 왔느냐?"

로테슈 자작이 묻자 알렌은 멍하니 "네." 하고 대답했다.

"라스타가 어찌 하던?"

"그냥……."

"좋아하더냐?"

"좋아하는 것 같았어요."

알렌은 아기를 끌어안고 눈가가 붉어진 라스타를 떠올렸다. 그녀는 자신의 아기를 감당하지 못하는 듯 보였다. 그 가련하고 연약해 보이던 모습이, 알렌은 기쁨에서 온 거라 생각했다. 라스타는 아기를 임신했을 무렵 하루 종일 아기 이야기를 할 정도로 아기를 좋아했다. 게다가 아기가 죽었다고 생각했을 때에는 실제로 반쯤 실성한 것처럼 굴었다. 알렌은 라스타가 당시의 아기를 몹시 사랑했으니, 당연히 지금 이 아기도 똑같이 사랑할 거라 여겼다.

로테슈 자작은 아들의 말을 전혀 믿진 않았으나, 일단 만족스럽게 웃으면서 염소처럼 난 수염을 만지작거렸다.

"그럼 됐다. 두 번째 정부도 들어오게 됐으니, 이젠 그 건방진 것도 제 주제를 알고 고분고분해지겠지."

그의 말이 끝나자마자 알렌과 르베티가 동시에 놀라 고개를 들었다.

"두 번째 정부라니요?"

"아버지, 무슨 소리예요?"

로테슈 자작은 혀를 찼다.

"어찌 젊은것들이 이 아버지보다 정보에 어두운 거냐. 사교계에 잘 적응하려면 귀를 잘 열어두고 눈도 크게 떠야 하지 않겠어!"

르베티는 입술을 부루퉁하게 내밀었다. 몹시 좋아하던 나비에 황후가 서대제국으로 간 이후, 그녀는 인생이 참으로 허무하다 여기고 있었다. 뭘 해도 재미가 없어서, 최근에는 새로 사귄 친구들과도 잘 어울려 다니지 않았다. 당연히 정보에 어두울 수밖에.

알렌 역시 마찬가지로, 그는 사교계에서 사람들과 어울리기보다는 안을 보살피길 좋아했다. 그는 내내 집 안에 틀어박혀 있으니 르베티보다도 더 정보에 어두웠다.

"소비에슈 황제가 마법사인지 마법사였는지 모를 여자를 데려와 남궁에 두었다더라. 다들 그래, 그 여자가 두 번째 정부가 될 거라고."

"라스타를 두고 정부를 둔다고요?"

알렌은 기가 막혀서 물었다. 감히 라스타가 옆에 있는데 어떻게 다른 여자를 볼 수 있단 건지, 그의 상식으로는 이해가 가지 않았다.

"라스타부터가 정부 출신이잖아."

르베티는 기가 막혀서 오빠를 타박하다가, 문득 좋은 생각을 떠올리고 입을 다물었다. 내내 시무룩해 있던 딸이 눈을 반짝반짝 빛내고 있자, 로테슈 자작이 꺼림칙해하며 물었다.

"넌 또 뭘 그리 좋아해? 뭔 엉뚱한 생각을 하는 거야?"

"엉뚱한 생각을 하지 않았어요."

"?"

"아버지. 나, 소비에슈 폐하의 세 번째 정부가 될래요."

조용히 차를 마시던 알렌이 입안에 머금었던 차를 도로 뿜어냈다. 푸 소리와 함께 튀어나간 찻물이 로테슈 자작의 얼굴에 쏟아지자, 알렌은 아버지의 매서운 시선을 받고 기가 죽어서 얼른 고개를 숙였다.

"무슨 헛소리를 하는 거냐."

로테슈 자작은 손수건으로 얼굴을 닦으며 르베티를 타박했다.

"정부는 무슨 정부! 넌 아주 대단한 집안의 영식과 결혼하게 될 거다. 너만 바라보고 바람도 안 피고 정부 따위도 안 두는 아주아주 성실하고 착한 남자와."

그래도 르베티는 여전히 눈을 반짝거렸다.

"내가 황제 폐하를 유혹해서, 라스타 눈에 피눈물이 흐르게 할 거예요. 그다음엔 황제 폐하를 매정하게 버리는 거죠!"

"……."

"그러면 둘 다에게 복수할 수 있잖아요! 내가 나비에 님의 원한을 갚아줄 거예요!"

딸의 철없고 방대한 계획에 로테슈 자작은 혀를 찼다. 어차피 가능성이 없어 보이니, 말릴 시늉조차 하지 않는 것이었다. 반면, 눈치 없는 알렌은 쓸데없이 현실적으로 르베티의 계획을 지적해 주었다.

"나비에 님과 라스타를 부인으로 맞았던 황제 폐하가, 네가 눈에 들어올까?"

"뭐야? 내가 어때서!"

그 보답은 푹신한 쿠션이 되어 날아왔다. 쿠션에 머리를 맞은 알
렌은 황급히 안을 끌어안고 일어나 방으로 달아났다.

잠들어 있으면 꼭 근처에서 먹음직스러운 향이 나고, 눈을 뜨면
하인리가 음식용 수레를 옆에 두고 날 내려다보고 있다. 눈이 마주
치면 그는 이마 위에 가볍게 입을 맞췄고, 내가 이불을 덮어 얼굴
을 가리면 이불을 쥐느라 드러난 손가락에 입을 맞춰준다. 결국 마
지못해 이불을 내리면, 그는 슬쩍 음식용 수레를 발로 밀어 치우면
서 좀 더 붙어 있고 싶다고 소곤거렸다. 잠깐만 틈을 보여도 하인
리가 빈틈없이 몸에 달라붙어 와서, 아침에 일정을 제대로 지키려
면 눈에 불을 켜고 있어야만 하는 나날. 하지만 이제는 이 모든 게
습관이자 일과가 되어버렸다.

"그대는…… 왜 이렇게 건강한 건가요."

좋긴 하지만 침실에서 너무 꾸물거리느라 아침 일과가 늦어질
때가 가끔 있다 보니, 나중에는 그가 만들어준 성게알 수프를 먹으
며 작게 한탄하고 말았다.

말을 하고 보니 이상해서 얼른 "내 말은 몸의 건강이 아니라……"
하고 덧붙였지만…… 이 말을 하니 더 이상하네. 그냥 입을 아예 다
물자.

"퀸은 너무 체력이 부족합니다."

하인리는 한숨을 내쉬며 같이 한탄했다.

"그대가 체력이 강한 거예요."

"좋은 스승을 둔 덕입니다, 퀸."

"!"

눈을 가늘게 뜨고 째려보자, 그는 능청스럽게 웃으면서 새로 변해 품 안에 들어와 눈을 예쁘게 뜨고 순진한 새 흉내를 냈다. 이건 요즘 들어서 그가 익힌 신기술로, 내가 화를 낼 것 같으면 늘 이랬다. 그가 퀸의 모습을 하고 있을 땐, 내가 화를 내지 못한단 걸 노리는 것이다.

"못된 새!"

그게 너무 얄미워서 나중에는 새의 모습일 때 궁둥이를 팡 때렸는데, 이후 벌거벗은 사람이 된 그는 그걸 가지고 더욱 놀려댔다.

"야한 손. 맨날 어딜 만지는 겁니까?"

"새의 모습일 땐 깃털이 많으니 괜찮아요."

"새의 모습일 때만 만지는 게 아니잖아요."

"!"

내가 다시 도끼눈을 뜨자, 하인리는 아차 싶은지 다시 새로 변해 날아갔다. 그래봐야 방 안이라 도로 잡혔지만.

— 구!

"어디서 순진한 척이에요?"

— 구…….

"안 속아요."

조금 소란스러웠던 아침 식사가 끝나고 목욕을 한 후. 드레스를 입을 때에도 약간의 소란이 벌어졌다. 이제 날씨가 많이 따뜻해져서 얇은 옷을 입어야 하는데. 하인리…… 하인리 때문에 몸 여기 저기가 울긋불긋했기 때문이다. 황후 된 체면에, 아니, 황후가 아니더라도 굳이 이런 걸 몸에 달고 돌아다닐 수는 없었다. 결국 주베르 백작 부인은 길고 얇은 옷으로 드레스를 골라주다가, 약간 짜증을 냈다.

"황후 폐하. 여기 소매가 짧은 옷도 예쁘고, 목선이 드러나는 이 드레스도 예쁩니다. 입혀드리고 싶은 드레스가 이렇게 많은데, 황제 폐하 때문에 선택권이 아주아주 좁아지고 있어요."

"미안해요."

"황후 폐하의 탓은 아니지요. 하지만 황제 폐하께 좀 말씀드려주세요."

어색하게 웃으면서 고개를 끄덕이자, 주베르 백작 부인은 한숨을 내쉬고서 며칠 전에 입었던 드레스를 다시 꺼냈다.

"여기도 가리고 저기도 가리려면 지금은 이것밖에 없군요."

그런데 옷을 갈아입고 집무실로 가보니, 의외로 하인리가 먼저 와서는, 내 책상에 기대어 선 채 내가 작성 중인 서류를 살피고 있었다.

"하인리?"

이름을 부르며 다가가자, 하인리는 서류를 내려놓으며 웃었다.

"퀸은 글씨도 퀸 같습니다."

글씨가 나 같다는 게 어떤 뜻인지는 모르겠지만, 글씨를 잘 쓴단 이야기는 들은 적이 많다. 서류에 사인할 일이 많을 것 같아서 소비에슈와 같이 연습을 많이 했으니까. 나는 대답하는 대신 그의 가까이 다가가서, 약간 내려온 그의 옷깃을 올려주었다.

"퀸?"

"……보여요."

"네?"

"빨간 자국."

주베르 백작 부인이 왜 내게 자국을 남기지 말라 하소연했는지 알겠네.

하인리는 "아아." 소리를 내며 자기 목 언저리를 문지르더니, 살짝 웃으면서 꽁꽁 감싼 내 목을 쳐다보았다.

"가을까지는 조심하도록 할까요?"

"그래요. 옷이 얇아지고 짧아지니까."

"안 보이는 데는 괜찮겠지요?"

대답하는 대신 나는 괜히 그가 내려놓은 서류를 가져다 살피는 척하며 물었다.

"여기엔 무슨 일로 왔나요?"

"아. 국무회의 때문에요."

"국무회의?"

"이제 같이 들어가도 괜찮지 않을까 싶어서……."

"같이 들어가도 괜찮은가요?"

"선대 왕비님들에 대해 묻는 거라면, 참여했던 분도 있고 아닌 분도 있습니다. 형수님은 들어가지 않은 걸로 알고 있고요."

"그런데 내가 들어가면 다들 받아들여줄까요?"

"퀸은 동대제국에서는 회의에 자주 참여했다고 들어서요."

"관련된 회의에만 들어간 거였어요."

내가 나설 필요가 없는 회의엔 나가지 않았다. 시간상 비효율적이었으니까. 하인리는 그것까진 몰랐는지 "아." 하고 눈썹을 올려 떴다. 하지만 잠시 생각해보다가, 나는 같이 들어가겠다고 했다. 그가 굳이 와서 말을 전해주기도 했고, 나도 여기 회의가 어떤 식인지 보고 싶으니까.

예상했던 것처럼 내가 하인리와 함께 회의실에 나타나자 관리들은 당황한 것 같았다. 왕비가 참여하지 않는 회의에 익숙해 있다 보니, 얼떨떨한 듯했다.

애써 그런 분위기를 모른 척하고서, 나는 조용히 회의에 집중했다. 다행히 내가 조용히 회의에 집중하자, 다른 사람들도 처음에만 내 눈치를 살필 뿐, 얼마 지나지 않아 자기 일에 몰두했다. 그럴 수밖에. 회의실 안에서는 혓바닥이 칼이었고 정보와 재치가 방패였다. 같은 목적을 향해 나아가더라도 그 안에서 이익 분배가 다르고 방향성이 다르다 보니, 대신들은 자기들끼리도 자주 의견이 충돌했다. 자기들 이득을 챙기기도 바쁜데, 날 신경 쓸 여력이 없을 것이다.

하지만 이 와중에도 예외인 사람은 있었다. 바로 크리스타의 사촌인 케트런 후작. 그는 회의가 진행된 이후에도 내내 나를 곁눈질했는데, 상시천 이야기가 나오자 결국 대놓고 날 지목해 어려운 질문으로 칼을 겨누었다.

"상시천의 습격 가능성이 가장 높은 영지는 한 곳이지만, 그 주위로 총 다섯 개의 영지가 붙어 있습니다. 여섯 영지에서는 모두만약을 대비해 병력을 보내주길 바라지만, 여섯 곳 모두에 지원을하다간 오히려 병력만 분산이 될 수도 있습니다. 동대제국은 내내상시천과 싸워왔으니, 황후 폐하께서도 이 일에 대해 전문가시겠지요. 좋은 의견을 들려주십시오. 어디어디에 지원을 해야 한다 생각하십니까?"

동대제국은 황제가 마법사 군대라는 강력한 힘을 보유하고 있어서, 영주들의 영지 세습과 사병 보유를 허락해주었다. 반면 서대제국은 육군에 주력하기 때문에 영지 세습과 사병 보유를 제한했다. 즉, 서대제국 황제는 군권을 혼자 차지할 수 있지만 그에 대한 책임 역시도 홀로 져야만 한다. 게다가 내가 알기로, 서대제국의 국경지대에는 이미 주둔 중인 군대가 있었다. 지금 케트런 후작이 요구하는 건 추가 지원이겠지.

'어쩐다.'

케트런 후작의 말처럼, 한 곳에 병력을 집중 지원하면 그만큼 방비하기 좋아진다. 그러나 한 곳에 보낼 병력을 여섯 곳으로 나누어 보내게 되면 그만큼 수가 줄어들게 된다. 가능성이 낮은 일을 두고서 군대를 분산시키는 건 인적으로도 자원적으로도 소모되는 금액이 클 텐데…… 문제는 낮은 가능성이라 해도, 그곳의 거주민들에겐 그 낮은 가능성조차 실제적인 위협과 두려움이란 거지. 하인리가 그들을 돕지 않는다면, 다섯 영지의 영주민들은 나라를 원망하며 불만을 가질 수밖에 없었다.

"그건 장관인 그대들이 생각해내야 할 일인데."

내가 대답하기에 앞서 하인리가 먼저 차갑게 케트런 후작을 잘라냈다.

"결혼한 지 1년도 되지 않은 황후에게 그런 일들을 죄다 밀어낼 정도면, 내 밑의 장관들은 도대체 얼마나 무능한 거지?"

케트런 후작은 발끈했지만 곧 미소를 띤 채 하인리의 타박에 대응했다.

"황후 폐하께서는 동대제국의 황후 폐하일 적부터 영민하기로 이름이 높으셨지 않습니까."

내가 동대제국에서도 황후였단 걸 굳이 꼬집어 말하는 걸 보니, 크리스타의 최측근은 내가 마음에 아주 안 드는 모양이지.

하인리는 또 무어라 말하려 했으나, 이번엔 내가 먼저 입을 열었다.

"선공해야 합니다."

하인리는 입을 다물고 나를 쳐다보았다. 나는 덤덤한 목소리를 내어 내 말에 신뢰성을 높였다.

"어느 쪽으로 올지 모르는 상황이라면, 선공을 해버리면 됩니다. 그러면 병력이 분산되지 않지요."

케트런 후작이 바로 반박했다.

"그러다가 상시천과 척을 지게 되면요? 그들은 서대제국을 노리고 계속 쳐들어올 겁니다! 아, 혹시 동대제국 출신이시라 서대제국의 사정에 관심이 없으신지?"

"케트런 후작. 입을 조심하라."

냉랭한 하인리의 목소리에 케트런 후작은 그제야 입을 다물었다. 하지만 여전히 눈빛엔 불만이 가득했다.

하인리는 나이가 많지 않은 데다 즉위한 지도 얼마 되지 않았지. 게다가 왕자인 시절에도 세력을 기르기보다는 밖을 떠돌길 좋아했다. 이런 여러 가지 점 때문에, 하인리의 형이 남기고 간 세력은 하인리에게 충성심이 깊지 않은 모양이구나.

하인리에게 충성하지 않는 세력이라면 내게도 득 될 게 없다. 그런 자들은 언제건 하인리가 쳐낼 테니까. 게다가 저자는 크리스타의 지지자……. 나는 판단을 마치자마자 상황 살피기를 그만두고, 일부러 비웃는 것처럼 웃었다. 내내 날 힐긋거리던 케트런 후작이 시선이 매서워졌다. 속으로 '비웃어?' 하고 씩씩거릴지도.

"왜 웃으시는 겁니까, 황후 폐하?"

"케트런 후작은 상시천에 관해 전혀 모르나 보군요."

"?"

"그들은 철저하게 이익을 위주로 활동하는 도적 떼입니다. 사사로이 복수를 하지 않지요. 수지에 맞지 않다 여기면 포기하고 장소를 옮깁니다. 그대 말처럼, 나는 동대제국 출신이기에 이들의 행동 패턴에 대해 잘 알고 있지요."

케트런 후작은 내 말에 목덜미까지 붉어져 당황했다. 하지만 포기하는 대신 그는 계속 나를 공격했다.

"황후 폐하의 말씀은 얼핏 듣기엔 일리 있지만, 따지고 보면 어처구니없습니다. 황후 폐하의 말씀대로 되려면, 우리는 그들이 서대제국을 상대하는 게 손해라 여길 정도로 맹공을 해야 합니다. 하지만 상시천은 손쉽게 눌러버릴 수 있는 상대가 아닙니다. 그런데 맹공을 퍼부어 그들의 행동을 제약하자고요? 고양이 목에 방울을 달자는 격이군요!"

"코샤르 경이 상시천을 상대로 50번이 넘는 전투를 벌여서, 그들에 관해선 경험이 풍부하지요. 코샤르 경이 잘 처리할 수 있을 겁니다."

고양이 목에 방울을 달 사람까지 정해주었다. 그것도 내 오빠로. 자, 어때?

이렇게 되자 케트런 후작은 결국 아무 말도 못 하고 입을 다물었다. 이후로는 내게 말을 거는 이가 아무도 없었다.

회의가 끝난 후. 나는 오빠를 불러 지금 서대제국 국경의 일과 상시천, 오늘 국무회의에서 케트런 후작과 나 사이의 대화를 들려준 다음 물었다.

"처리할 수 있겠어?"

나는 당연히 오빠가 처리할 수 있다고 확신했다. 오빠는 동대제국에 있을 적, 상시천을 상대하는 게 자기 일이 아닌데도 굳이 나서서 전투지를 휘젓고 다녔다. 그건 오빠의 취미 생활과도 같은 거였다. 상시천을 상대할 때는 이런저런 기사로서의 규칙과 예절을 다 벗어던지고, 마음대로 휘젓고 다닐 수 있을 테니.

예상대로 오빠는 웃음을 터트리며 수월하게 대답했다.

"간만에 악우들을 재회하겠는데."

그 태도에 안심이 되었다. 그런데 안도하며 보니, 마스타스의 시선이 멍했다. 그녀는 입을 반쯤 벌린 채 멍하니 오빠를 쳐다보고 있었다.

"마스타스?"

왜 이러나 싶어서 나는 마스타스의 이름을 슬쩍 불렀다. 오빠도 그녀의 표정을 눈치채고 어리둥절한 얼굴이었다. 그도 그럴 게, 마스타스는 오빠에게 영혼이라도 뺏긴 표정이었으니까.

"예? 아, 죄송합니다, 황후 폐하."

마스타스는 시선이 자기에게 집중되자 눈을 반짝이며 외쳤다.

"죄송합니다, 코샤르 경. 그냥 갑자기 좀 궁금해져서요."

"궁금하다니요?"

"상시천을 아무렇지 않게 대하는 코샤르 경의 솜씨가요!"

마스타스는 정말로 싸움을 좋아하는구나…….

놀랍기도 하도 신기하기도 하다. 오빠는 거기에 대고 또 태연히 물었다.

"궁금하면 같이 가시겠습니까?"

마스타스는 흥분해서 콧김을 뿜어댔으나, 머뭇거리다가 "아닙니다." 하고 대답했다.

"전 지금 황후 폐하를 지켜야 해서요. 대신 나중에 코샤르 경, 저랑 대련 한번 해주십쇼."

그 시원스러운 태도에 결국 오빠도 웃음을 터트렸다.

한편 그 시각. 라스타는 부모가 죄수인 평민 여자들을 서궁으로 모아놓고 살피는 중이었다. 하녀 일을 할 수 있는 나이라면 몇 살이든 관계없다 했기에, 모인 이들은 연령대가 다양했다. 하지만 부모를 미끼로 삼아 협박하고 회유해야 했기에, 자식이 있는 여자는 다 제외했다. 부모를 두고 협박당하더라도, 자식이 있으면 자식을 위해 부모를 포기하는 사람이 생길지도 모르니까. 같은 이치로, 이미 부모와 사이가 나쁜 사람도 제외했다. 라스타는 그들의 얼굴이며 안색을 하나하나 살피며 건성으로 몇 종류의 질문을 던졌다.

"이름이 뭐야?"

"하녀 일을 해본 적은 있어?"

"황궁은 바깥과 규칙이 전혀 달라서, 예법을 아주 중시하는데. 따라올 수 있겠어?"

모인 이의 대부분은 부모가 죄수인 탓에 사람들에게도 손가락질을 당하고, 일거리도 제대로 얻지 못하는 이들이었다. 그들은 라스타가 어떤 목적을 가지고 자신들을 불렀단 걸 알았지만, 그래도 이 기회를 놓치고 싶지 않아 했다. 황궁 하녀로 일하면 일반 가정집 하녀보다 훨씬 높은 봉급을 받는다. 게다가 황후는 1년에 몇 차례 죄수들을 사면해줄 수도 있으니, 그들은 라스타의 도움이 절실했다.

"눈빛들이 좋구나."

라스타는 단호한 여자들의 표정을 보며 만족스럽게 웃었다.

"하지만 모두를 고용할 수는 없어."

라스타는 마지막 질문으로 그녀들의 장기를 물어본 다음, 베르디 자작 부인에게 시켜 우선 다 돌아가게 시켰다. 그리고 베르디 자작 부인이 돌아오자, 다시 아까의 여자들을 모두 불러오라 지시했다.

"모두요?"

베르디 자작 부인은 라스타가 그들을 전부 고용할 거라 생각하고는 놀라 물었다. 애초에 라스타는 열 명 정도만 고용하리라 했는데. 아까 여자들의 숫자는 너무 많았던 것이다.

"너무 많지 않을까요? 교육을 시켜야 하니, 우선은 조금씩 고용하는 게 낫습니다, 황후 폐하."

라스타는 빙그레 웃었다. 당연히 모두 고용할 마음은 없었다.

"시험을 해볼 거야."

"시험이라면……?"

"일단 불러와."

베르디 자작 부인은 라스타의 속내를 알 수 없었지만, 일단 여자들을 도로 데려왔다. 여자들은 영문을 모른 채 다시 대기실로 들어왔다. 그러나 돌아온 여자들을 맞이한 건 라스타의 호통이었다.

"이 안에 라스타가 무척 아끼는 진주 귀걸이가 있는데, 한 짝이 사라졌다. 너희 중 누군가 가져간 게 분명해! 누구지?"

여자들은 당황해서 서로를 살폈다. 그들은 진주 귀걸이를 가져가기는커녕 본 적도 없었다. 아니, 애초에 대기실 안에 진주 귀걸이를 두는 것도 이상했다. 그러나 황후에게 그런 걸 따질 수는 없었다. 게다가 라스타는 정말로 화가 난 것처럼 보였다.

아무도 나서지 않자, 라스타는 더욱 화내는 척하며 언성을 높였다.

"누가 물건을 가져갔는지 몰라? 모른 체하는 건 아니고? 너희가 서로서로 감춰준다면, 라스타는 모조리 다 처벌할 수밖에 없어!"

라스타는 그렇게 외치고 쾅 자기 침실로 들어가버렸다. 난데없는 상황에 여자들이 오들오들 떠는 걸 확인한 후, 베르디 자작 부인은 눈치 좋게 라스타를 따라 들어갔다.

"다들 어쩌고 있어?"

"몹시 겁내고 있습니다."

"한 명씩 들여보내. 들여보내면서, 사실을 말하면 그 사람은 처벌받지 않을 거라고 슬쩍 귀띔해주고."

라스타의 말에 베르디 자작 부인은 일이 돌아가는 상황을 파악했다. 라스타는 자신의 예비 하녀들이 난처한 상황에서 어떻게 벗어나는지 보고 싶어 하는 것이다.

"네, 폐하."

베르디 자작 부인은 시키는 대로 했다. 그녀는 가장 앞줄에 있던 여자를 라스타의 방으로 데려가면서, 슬쩍 힌트를 주듯 말했다.

"뭔가 본 게 있다면 솔직하게 말하도록 해라. 황후 폐하께서는 어진 분이시니, 네가 범인이 아니란 걸 안다면 분명 용서해주실 거야. 아니면 정말로 모두가 같은 벌을 받게 될지도 모른다."

몇몇은 겁에 질려 거짓말을 했다. 그들은 자기가 생각할 때 가장 범인 같은, 혹은 가장 만만해 보이는 사람의 이름을 대고서, 그 사람이 수상하다고 주장했다. 몇몇은 아예 훔쳐 가는 장면을 자기가 보았다고 딱 잘라 거짓말했다. 그러나 몇몇은 자신은 아는 일이 없다며 진실을 굽히지 않았다.

베르디 자작 부인은 라스타가 당연히 진실했던 이들을 고용할 거라 여겼다. 그러나 아니었다. 그들 중 라스타가 고용한 건 거짓말을 했던 이들이었다.

"괜찮을까요?"

"괜찮지. 황궁에서 일하는 데는 융통성이 필요해. 알잖아?"

"하지만 상황에 따라 거짓말을 할 수 있다는 게 걸립니다. 그게 황후 폐하께 도움이 될 수도 있지만 아닐 수도 있어요."

"알아. 그렇지만 베르디 자작 부인, 이들은 어차피 자기 부모를 구하려면 라스타에게 충성을 바쳐야만 해. 그 여자들의 기지는 결국 라스타를 위해 쓰이게 될 거야."

"하지만……."

베르디 자작 부인은 필요에 따라 누명을 만들어낼 수 있는 사람과 가까이하기 싫었다. 한두 사람이면 몰라도, 그런 사람들이 서궁을 가득 채우고 있다니. 상상만으로도 끔찍했다.

라스타는 더욱 깊게 웃었다.

"시험은 이걸로 끝이 아니야."

"예?"

라스타는 더 설명해주는 대신, 탈락한 여자들을 찾아갔다. 그러고는 아쉬워하는 여자들에게 미안하다며 부탁했다.

"괜한 의심을 해서 미안하다. 하지만 이 일이 알려지면 라스타의 체면이 상할 테니, 다들 비밀로 해줬으면 해."

여자들은 모두 알겠다고 대답했다.

다음 날, 라스타는 호위들을 시켜 일부러 탈락한 여자들의 집을 찾아가게 했다. 그러고는 어제 궁전에서 일어난 일에 대해 캐묻도록 지시했다. 이때에도 몇몇은 입을 다물고 몇몇은 겁에 질려 사실을 털어놓았다. 라스타는 입을 다문 이들을 추가로 고용했다.

이후, 거짓말을 잘해서 뽑은 하녀를 에벨리에게로 보냈다.

그때 이미 에벨리에게는 황제가 보낸 하녀가 있었다. 단 한 번도 하녀를 둔 적이 없던 에벨리는, 황제가 보내준 하녀만으로도 몹시 부담스러웠다. 그런데 이 와중에 황후까지 자신에게 하녀를 보내자, 몹시 꺼림칙하게 여겨졌다. 지금의 황후는 에벨리의 은인을 내쫓고 자리를 잡은 황후이니 좋게 볼 수가 없는데. 심지어 이곳에

오는 첫날에 이미 사이가 틀어졌는데. 그런 사람이 갑자기 하녀를 보내준다고? 호의로? 말도 안 된다.

'수상해.'

하지만 마법사가 되지 못한 데다, 가문이나 후원자도 없는 에벨리가 황후가 보낸 '호의'를 거절하고 쫓아낼 수는 없었다. 에벨리는 결국 마지못해 황후가 보낸 하녀와도 함께 지내게 되었다. 그렇지만 내내 황후가 보낸 하녀를 경계하며, 혹시라도 꼬투리를 잡히지 않기 위해 애썼다. 다행히 에벨리는 궁정 마법사의 조수였고, 그와 함께하는 시간이 많아 황후가 보낸 하녀와 부딪칠 일 자체가 적었다.

그러던 어느 날. 출근 준비를 도와주던 하녀가 에벨리의 목을 보며 감탄했다.

"아가씨는 항상 이 목걸이를 하고 계시네요. 참으로 값비싸 보이는 목걸이입니다."

라스타가 보낸 하녀는 이곳에 오면서 몇 가지 명령을 받은 게 있었다. 그중 하나가, 황제가 에벨리에게 선물을 한 듯한 물건을 알아보란 것이었다. 하녀는 에벨리가 마법사의 조수이고 월급이 많지 않은 데다, 평민 고아란 걸 알았다. 하녀는 에벨리가 이런 값비싼 목걸이를 혼자 살 리 없으니, 분명 황제에게 받은 거라 확신했다.

"아카데미에서 받은 선물이야. 신경 쓰지 마."

에벨리는 단호하게 말하고서, 목걸이를 옷 안쪽으로 넣었다.

사실 그 목걸이는 하인리의 명령을 받은 맥켄나가, 그녀에게 마력을 돌려주기 위해 특수하게 제조해 후원자에게 보내고, 그 후원자가 다시 학장에게 보내 전달한 물품이었다. 그러나 에벨리는 이런 사실은 모르고 있었다.

"아카데미에서 선물도 주는군요?"

하녀는 에벨리의 말에 웃으면서 중얼거렸다. 그러나 속으로는 저 목걸이를 준 게 분명 소비에슈 황제라 확신했다. 하녀는 에벨리보다 안목이 좋아서, 저 목걸이가 조금 값비싼 정도가 아니란 걸 알았다. 저런 목걸이를 왜 굳이 아카데미에서 준단 말인가. 이야기를 전해 들은 라스타 역시 같은 생각이었다.

"라스타는 그럴 줄 알았어."

라스타는 이를 갈고서, 하녀에게 잘했다며 루비와 다이아로 장식된 팔찌를 보상으로 주었다.

"기회를 보아서 그 목걸이는 훔치거나 망가뜨리도록 해."

"예, 황후 폐하."

"황제 폐하와 만나는 걸 직접 보진 못했어?"

"일을 한답시고 항상 밖으로 나가서요. 거기까진 따라갈 수가 없습니다."

라스타는 분노를 삭이며 하녀를 내보냈다.

델리스의 오빠가 다녀간 후, 소비에슈는 더욱 소원해졌다. 물론 여전히 그녀를 찾아와 자장가도 불러주었고, 먹고 싶은 게 있는지 확인한 다음 요리사를 시켜 음식도 가득 보내주었다. 궁정 의사를 하루에 한 번 보내 검진도 받게 했으며, 가지고 싶은 게 있으면 무엇이든 말하라며 선물도 안겨준다. 그러나 라스타는 소비에슈가 이전만큼 따뜻하지 않다고 여겼다. 그리고 그 원인을 에벨리에게

서 찾았다. 소비에슈는 이미 전형적인 귀족인 나비에가 싫다며 순진하고 신선한 자신에게 관심을 돌린 전적이 있다. 그러니 이번에는 무식한 사람이 싫다며 영리하고 똑똑한 다른 여자에 관심을 돌릴 가능성도 충분했다.

"아가야, 네가 빨리 태어나야 하는데."

라스타는 배를 감싸며 중얼거렸다.

그러나 대답은 바깥에서 들려왔다. 똑똑 노크하는 소리가 나더니, 베르디 자작 부인이 이스쿠아 자작 부부가 찾아왔다 알린 것이다. 라스타는 그들을 들어오게 했다. 가짜 부모이지만 부모랍시고, 그들은 이따금 라스타를 친딸처럼 챙겨주었다. 거기에 기대 지금의 피곤한 마음을 조금이라도 위로받고 싶었다.

하지만 그들은 조금도 위로가 되지 못했다.

"라스타, 네 동생은 찾았니?"

16

사랑은 언제까지
살아 있을까

라스타는 순간 어이가 없었다. 머리를 작은 망치로 퉁 두드린 기분이었다. 동생이라니? 그게 왜 자기 동생이란 말인가. 찾아달라고 부탁을 할 수는 있겠지. 하지만 부탁을 하더라도 '네 동생'이란 표현은 하면 안 되는 거 아닌가? 그러나 이스쿠아 자작 부부는 진심으로 하는 말 같아서, 라스타는 순간 저들이 미친 건 아닐까 의심했다. 그새 머리가 어떻게 잘못되어버려서, 우리가 가짜 가족이란 걸 잊어버린 게 아닐까?

"……찾아야지요."

하지만 라스타는 마지못해 마음에도 없는 소리를 했다.

"당연히 찾고 있답니다. 너무 염려 마세요."

이스쿠아 자작 부부는 몹시 밝고 유쾌한 사람들이었다. 그들은 욕심이 없고, 사람을 대할 때 결코 경솔하지 않았다. 이런 성품에

다, 어린 시절 자식을 잃어버리고 떠돌이가 된 처지는 사람들의 동정을 사기 쉬웠다. 귀족들은 부부와 몇 마디 대화를 나누고 나면 눈물을 글썽였다. 그러고는 라스타에게 말하는 것이다.

"부모님께 잘하셔야겠어요. 참으로 고생이 많았네요."

라스타는 그때마다 웃으면서 그래야겠다고 대답했다. 분위기상, 그렇게 대답하지 않으면 자신이 못된 사람이 되어버릴 것 같아서. 하지만 속마음은 전혀 그렇지 않았다. 라스타는 그들이 자기 친자식 이야기를 할 때마다 미칠 것 같았다.

"찾고 있으니 곧 행방을 알 수 있을 거예요."

라스타의 위로에, 부부는 안심해서 손수건으로 눈물을 꾹꾹 찍어댔다. 그러나 볼일이 여기에서 끝난 게 아닌 듯했다. 그들이 나가는 대신 우물거리자, 라스타는 화를 누르며 물었다.

"또 무슨 일이세요? 동생은 찾고 있다니까요?"

가짜 부부는 훌쩍거리면서 라스타에게 말했다.

"그래, 들었다. 하지만 네가 혼자 힘으로 이 넓은 나라를 어떻게 뒤지겠니."

"우리도 따로 찾아볼 테니 도움을 좀 주련?"

"여럿이 동시에 찾는 게 가장 효율적일 것 같아서 그런단다. 절대로 허튼 데 쓰진 않을 거야."

짧게 말했지만 돈으로 달란 뜻이었다. 라스타는 쉬이 대답하지 않았다. 그들 말대로, 이 부부는 엉뚱한 데 돈을 쓰진 않았다. 그러나 예전에도 이런 식으로 돈을 받아 가서 아이를 찾는 데 탕진했지 않던가. 라스타는 진심으로 궁금해졌다. 이 사람들은 남들도 자기

자식을 찾기 위해 전 재산을 바치는 게 당연하다 생각하나?

"네 동생을 찾는 건데, 이게 싫니?"

라스타가 바로 대답하지 못하자 부부가 원망조로 흐느꼈다.

라스타는 속에서 불이 나 주먹을 꽉 쥐었다. 아무리 황후의 권력을 지니고 있어도 부모는 권력으로 누를 수 없었다. 잃어버린 동생을 찾는 일에 돈을 아낀다고 하면, 다들 손가락질하며 매정하다고 할 것이다. 라스타 자신이 극적인 가족의 상봉으로 많이 이득을 보았기에 특히 그랬다.

라스타는 어쩔 수 없이 알겠다고 대답했다.

"랑트 남작에게 말하고 받아 가세요."

며칠 동안은 몹시 바빴다. 나는 함께 일할 부관을 골라야 했고, 오빠는 상시천을 처리하기 위해 출정 준비를 시작했다. 상시천을 급습해야 하기에, 이 모든 준비 과정은 무척 신속하게 진행되었다. 그리고 오빠가 여섯 군데로 나눈 병력을 끌고 수도를 떠난 날. 로즈는 내게 멀레이니에 대해 조사한 내용을 가져왔다.

"전에 말씀하신 대로 멀레이니 양의 가문에 대해 조사해보았습니다."

"어떤가요?"

"그 양아들이요. 멀레이니 양의 아버지인 아마레스 후작이 후계자로 삼기 위해 데려온 양아들. 원래는 외조카라고 합니다."

"친조카가 아니라 외조카요?"

"네. 리버티 공작의 아들이고, 이름은 위얀입니다. 아, 리버티 공작은 멀레이니 양의 외삼촌으로, 크리스타 쪽 사람이고요."

리버티 공작의 이름은 전에 사교계 이야기를 할 때 들었다. 하지만 그 이름이 여기서 또 등장할 줄이야.

"계속 말해봐요."

"외조카이긴 하지만, 두 집안은 이전에도 사돈을 맺은 적이 몇 번 있어서, 따지자면 아마레스 후작의 친척이기도 하답니다."

"그렇군요……."

그래서 외조카를 데려온 거구나. 외조카라도 자기 혈육이니까.

"게다가 이 위얀이란 청년은 원래도 똑똑하기로 이름이 나 있어서, 다들 셋째 아들인 걸 안타깝게 여겼나 봅니다. 공작의 장남보다도 훨씬 머리가 좋은데, 후계자가 되지 못하니까요."

"아."

"리버티 공작은 자기가 아끼는 아들이 아마레스 후작가를 잇게 하고 싶으니 아들을 얼른 넘겨주었고, 아마레스 후작 부인도 아마레스 후작의 친조카보다 자기 조카가 후작이 되는 게 좋으니 별말 없이 양아들로 삼았다는군요."

"후작 부부는 멀레이니 양이 작위를 잇고 싶어 하는 걸 모르나요?"

"야심이 있단 건 알지만 신뢰하지 않는 모양이었습니다. 양아들인 위얀이 어릴 적부터 워낙 영민하기로 소문이 난 터라……."

"……."

"대신, 작위는 양아들에게 물려주되, 재산의 상당 부분은 멀레이니 양에게 주기로 되어 있고요."

원래 나는 멀레이니와 거래를 할 때, 그녀의 어머니를 움직이려 했다. 하지만 멀레이니의 어머니가 이미 조카를 밀어주고 있는 상황이라면…….

"가족들의 지원을 받긴 힘들겠군요."

"네. 재산을 다 멀레이니 양이 가지기로 했다 보니, 사람들은 의붓동생이 받기로 한 유일한 작위까지 뺏어 가려는 걸 이해하지 못하는 눈치였습니다."

멀레이니 입장에선 애초에 전부 다 자기 것이었는데, 사촌 동생이 나타나 작위를 빼앗기게 되었다 여기고 있고. 사람들은 멀레이니가 동생에게 단 하나도 주지 않으려 드는 이기적인 누나라고 생각하는 건가.

"로즈 양. 그대는 위얀을 만나본 적이 있나요?"

"사교계에는 거의 나타나지 않습니다. 아마레스 후작이 일찍이 후계자로 데려온 터라, 여기저기 데리고 다니며 업무를 미리 교육하고 있구요."

여러 가지로 불리한 조건이구나. 재산을 멀레이니에게 주는 조건이 있다 보니, 사람들은 아마레스 후작이 박정하다 말하기보다는, 그가 공정하고 냉정하게 가문을 위한 결단을 내린다 생각하겠어.

"그렇다면 우선, 멀레이니 양이 위얀보다 훨씬 우수하다는 걸 보여야겠군요."

로즈가 걱정스럽게 날 쳐다보았다.

"가능할까요? 웬만큼 차이가 나지 않는 한, 아마레스 후작은 뜻을 바꾸지 않을 것 같아서요. 후계자로 삼겠다며 입양해놓고, 필요 없다며 내치는 것도 잔인한 일이니까요."

"일단 판을 깔아줘보지요."

"판이라니요?"

아마레스 후작은 지금은 현직에 있지 않지만, 국가 주도의 사업에 참여해 큰 이익을 몇 번 남긴 적이 있었다. 본 건 아니지만 최소한 기록으로는 그랬다. 게다가 그의 가문에서 굴리는 상단이며 몇 가지 사업체가 있다 했지. 이 점을 염두에 두고서, 나는 멀레이니와 위안을 불러오게 했다.

두 사람은 영문을 모른 채 나를 찾아왔다. 위안은 아예 상황이 무슨 일인지 모르는 눈치였고, 멀레이니 역시 비밀 거래를 요청한 내가 대놓고 자기를 부르자 이상한 듯했다. 게다가 굳이 그의 의붓 동생까지 같이 불렀으니까.

나는 그들을 일부러 집무실로 오라 한 후, 미리 준비해두었던 똑같은 서류를 건네며 말했다.

"오늘 두 사람을 부른 건 교역 문제로 도움을 받기 위해서입니다."

"교역이요?"

"무슨 말씀이신지……."

"지금 서대제국에 뤼트의 왕족이 와 있단 건 알고 있겠지요?"

"예, 황후 폐하."

"네. 카프멘 대공이라 알고 있습니다."

아직 두 사람은 내 뜻을 이해하지 못한 것 같았다. 나는 일부러 멀레이니 쪽을 보지 않고 웃으며 말했다.

"카프멘 대공과 나는 처음으로 대륙 간 국가 무역을 진행해보기로 했습니다."

두 사람이 놀라 흠칫했다. 곧 영리하다는 위얀이 먼저 현실적인 걱정거리를 내밀었다.

"하지만 거리가 너무 멀지 않을까요? 그 먼 거리와 위험을 무릅쓸 만큼 이득이 있는지 모르겠습니다."

아마레스 후작이 여기저기 데리고 다닌다더니. 이미 상업 쪽으로는 많은 걸 알고 있는 듯했다. 멀레이니 역시도 질세라 바로 말했다.

"몇 번 사무역상들이 도전했지만 실패했다 알고 있습니다, 황후 폐하. 조심해서 접근해야 합니다."

나는 웃으면서 두 사람을 번갈아 보았다.

"그래서 두 사람을 불렀습니다. 조심하기 위해서요."

"?"

"뤼트에 대한 사전 정보가 필요합니다. 둘은 관련된 정보를 모으고, 어느 품목을 거래해야 시간과 거리의 단점을 덮을 수 있을지 알아 와줘요."

실무자들을 쫓아다니면서 조금씩 공부를 한 것과 본격적으로 그걸 맡아서 해보란 건 무게감이 전혀 다르지. 멀레이니가 입을 커다랗게 벌렸다. 위안 역시 초조하게 인상을 찡그렸다.

"아마레스 후작가는 상재가 뛰어나 국가 주도의 여러 사업을 맡아 성공했다 들었습니다. 그대들은 후작의 후계자'들'이니 만만치 않은 수완을 지녔겠지요. 그 능력을 내게 보여주세요."

그날 저녁, 나는 식사를 하면서 하인리에게 낮의 일을 알렸다. 하인리는 내 말을 곰곰이 듣고 있다가 걱정스레 물었다.

"둘 다 초보인데, 이런 일을 맡겨도 될까요? 멀레이니 양은 영리하다지만 정식으로 일을 한 적이 없고, 위안 역시 후작이 이것저것 가르쳤지만 책임자의 위치에서 일을 주도한 적은 없는 걸로 압니다."

나는 웃음을 터트렸다.

"당연히 맡기지 않아요."

"예?"

하인리는 내 말에 눈을 휘둥그렇게 떴다.

나는 하인리에게 '전 황후 폐하의 밑에서 10년이 넘게 공부한 나도 처음 실무 책임자가 되었을 때는 허둥지둥했는데, 당연히 두 초보자에게 큰일을 맡기지 않을 거'고 말을 하려다가 그만두었다. 하인리에게 내가 동대제국에 있었을 때의 일을 떠올리게 하고 싶지 않아서.

"따로 제대로 된 조사를 할 겁니다. 하지만 결과가 나오면, 둘 중 누가 쓸모 있고, 누가 도움이 되는지 구분이 가겠지요."

하인리는 눈썹을 치켜올렸다.

"둘 다 쓸모가 없으면요?"

"누가 작위를 잇든 후작가는 미래가 없겠지요. 그러니 나와 한편인 멀레이니 양을 밀어줄 거예요."

"둘 다 쓸모가 있으면요?"

"내게 큰 도움이 되겠지요."

"그러면, 둘 다 쓸모가 있지만, 멀레이니 양보다 남동생이 더 뛰어나다면 어떻게 할 겁니까?"

나는 고기를 자르다 말고 하인리를 보았다. 아까는 진심으로 내 얘기를 듣고 있더니. 도대체 언제부터인지 모르겠지만, 하인리가 장난스러운 표정을 짓고 있었다. 내게 곤란한 질문을 하고 대답을 듣는 게 재밌나 보지?

"응, 퀸? 어떻게 할 겁니까? 그래도 우정을 위해 멀레이니 양을 지지할 겁니까?"

그가 내게 농담을 하는 것 같기에, 나도 나이프를 일부러 탕 소리가 나게 내려놓으며 냉랭한 척 대답했다.

"내게 도움이 되는 쪽을 지지할 거예요. 다른 쪽 역시 달리 쓸 방법을 찾을 거구요."

그러나 문득 말을 하고 나니 걱정이 되었다. 사람들은 내 농담을 잘 알아듣지 못한다. 하인리도 내가 정말로 삭막하고 냉정하다 생각하면 어쩌지? 그에게 그런 사람으로는 보이고 싶지 않았다.

그러나 하인리는……

"퀸. 난 그대가 칼같이 굴 때마다 흥분돼요."

이상한 반응이었다. 그는 내 농담을 이해한 것 같진 않았지만, 날 삭막하고 냉랭하게 여기는 것 같지도 않았다. 아니, 오히려 얼굴이 붉어진 채, 한 손으로 턱을 괴고서 날 바라보는데…… 눈빛이 좀…….

이 와중에 왜 눈빛이 저렇게 깊은지 모르겠다.

"가끔 생각하는 건데. 그대는 취향이 약간 이상해요."

결국 나는 냉랭한 척하길 멈추고 떨떠름해서 말했다. 정말로, 정말로 그랬다. 아까는 단순히 장난을 치는 듯 짓궂은 표정이었다면, 지금 하인리는 몹시 갈증인 난단 얼굴이었다. 게다가 눈빛이 어둡고 야해서, 도대체 저 머릿속으로 무슨 상상을 하는지 짐작이 가지 않았다. 도대체 이 와중에 왜? 도대체 어느 지점에서 흥분한 거지?

하인리는 입꼬리를 가볍게 말아 올렸다. 그러고는 목소리만은 여전히 장난스럽게 해서 물었다.

"내 취향이 어떤 것 같은데요?"

"좀……."

"좀?"

"……."

"말해도 괜찮아요. 우리는 부부잖아요."

"가끔 그대는, 좀, 거칠게 대해주는 걸 좋아하는 것 같아요."

생각해보니 항상 그랬다. 하인리는 내가 차갑게 대하거나 날카롭게 대꾸할 때면, 얼굴이 붉어지며 좋아했다. 첫날밤에 내가 그의 손을 눌렀을 때에도 유독 흥분했지. 혹시 그는 약간…… 취향이?

하지만 이걸 물어보긴 어색하잖아. 결국 주저하다가 그냥 도로 포크를 쥐고서 스테이크 끄트머리를 쥐어뜯어 입에 가져갔다. 그러나 어느새 분위기가 이상하게 변해 있어서, 내가 뜯는 게 스테이크인지 마른 가죽인지 구분이 가지 않을 정도였다. 입안이 텁텁하고 덩달아 갈증이 났다. 하인리의 시선 때문이다. 그가 열기 가득한 눈으로 쳐다보니 이래.

결국 도로 포크를 내려놓고 물을 입에 머금었다. 그러나 물을 채 삼키기도 전에,

"거칠게 해주는 것도 좋아하고 거칠게 하는 것도 좋아해요."

"!"

그의 지나치게 솔직한 말에 사레가 들려버렸다. 콜록거리며 쳐다보자, 하인리는 눈웃음을 지으며 손을 뻗더니, 계속 기침하는 내 눈가를 닦아주며 속삭였다.

"예뻐요."

슬쩍 째려보자, 하인리는 손을 뻗어 그릇을 옆으로 다 밀어내고는 반쯤 몸을 일으켰다. 그러고는 식탁 너머로 내 쪽을 향해 몸을 숙여 귀에 대고 속삭였다.

"내가 이러는 거, 싫습니까?"

어느새 그의 손이 내 귓가의 머리카락을 뒤로 넘기고 있었다. 잔 머리가 귓가에 닿으며 저절로 어깨가 떨렸다. 하나를 배우면 백을 안다던 하인리는, 정말로 딱 그대로였다.

'첫날에 부끄럽다며 떨던 내 독수리는 도대체 어디 간 거지?'

하지만 내가 대답하지 않자, 하인리는 금세 기죽은 얼굴로 물었다.

"퀸, 내가 이러는 거 정말 싫습니까?"

가슴을 펴고 자신만만하게 다가온 독수리가, 그새 잘못을 비는 커다란 강아지로 변해 있었다. 당혹스럽긴 하지만…….

"싫진 않아요."

나는 몇 번 헛기침을 하고서 대답했다. 싫을 수가 없었다. 위험하고 음험해 보여서 낯설다가도, 내가 반응해주지 않으면 바로 이렇게 귀여운 내 하인리로 돌아오는데.

하지만 대답을 듣자마자 다시 자신만만해져서는 볼이며 귀를 입으로 지분거리기 시작하는 걸 보니, 좀 속은 기분이 들기도 한다.

'설마…… 일부러 기죽은 척 군 건가?'

소비에슈는 카를 후작으로부터 에르기 공작에 대한 보고를 받고 있었다. 카를 후작의 보고에 따르면, 에르기 공작은 위험한 해적과 관련된 소문이 많다고 했다. 하지만 그 모든 소문엔 실체가 없어서, 단순히 헛소문인지 아닌지는 알기 힘들었다.

소비에슈는 이야기를 들은 후 작게 비웃었다.

"해상 국가 왕족들이 해적들과 한통속이란 건 알 만한 사람은 다 알지."

에르기 공작이 해상 국가 블루 보헤안의 왕족이란 걸 두고 하는 말이었다.

"그래. 그 외에는?"

"에르기 공작은 사교계 내에서 이미 몇 번 치정 사건을 일으켰다 합니다."

"그건 소문이라고 하기도 어렵지 않나? 유명하잖아."

"그런데 이상한 점이 있습니다."

"이상한 점이라니?"

"치정 사건 중에서도 유독 일이 크게 발생했을 때요. 언제나 에르기 공작이 피해를 입은 것처럼 되어서, 상대 쪽이 큰 대가를 내놓아야 했답니다."

"대가?"

"자세한 이야기는 상대 쪽에서도 쉬쉬하다 보니 알려져 있지 않지만……."

카를 후작은 걱정스러워하며 덧붙였다.

"여러 가지로 질이 나쁜 자 같습니다. 외국 귀빈들이 원하면 머물게 해주는 게 관례라지만, 에르기 공작은 핑계를 대서라도 내보내는 게 낫지 않을까요?"

카를 후작은 그러고서도 한참 머뭇거리다 덧붙였다.

"에르기 공작은 황후 폐하와 가까운 사이인데, 그와 염문설이 난 상대는 모두 끝이 좋지 않았으니 괜히 걱정됩니다."

라스타가 보낸 초대장을 받고 찾아온 귀족 남성들은 당황했다. 티파티가 엉터리여서는 아니었다. 크리스탈 하우스의 정원에 마련된 커다란 테이블들은 하얗게 정돈되어 있었고, 그 위를 덮은 테이블보는 햇빛에 자잘하게 빛을 반사해서 몹시 호화롭게 보였다. 테이블 위에는 바삭하게 구운 쿠키와 초콜릿을 뿌려 말린 과일, 연분홍색과 연노란색의 귀여운 머랭, 복숭아로 만든 푸딩 등 온갖 맛있는 음식들이 가득했다. 누가 봐도 감탄사가 나올 만큼 잘 차려진 다과상이었다.

귀족 남성들을 당황하게 한 건, 그 아기자기하고 예쁜 티테이블 주위에 죄다 정복 차림의 사내들뿐이기 때문이었다. 티테이블 근처에서 즐겁게 얘기하고 있어야 할 귀부인이나 영애들은 아무도 보이지 않았다. 나중에 오는 건가? 시간대를 다르게 잡았나? 내가 너무 빨리 왔나? 귀족 남성들은 각기 다양한 추측을 했다. 그러나 얼마 지나지 않아, 라스타가 나타났으므로 질문을 입 밖에 꺼내진 않았다.

라스타가 짙은 보라색의 드레스를 입은 채 양산을 들고 나타나자, 귀족 남성들의 눈이 반짝거렸다. 그들은 저도 모르게 감탄사를 터트렸다. 저토록 화려하고 위엄 있는 색을 저렇게 청초하게 소화할 수 있는 사람이 또 누가 있을까! 홀로 보라색 드레스를 입은 라스타는, 들풀 사이에 혼자 핀 라일락처럼 보였다.

"어서 와요."

라스타는 방긋 웃고서 귀족들에게 상냥하게 권했다.

"다들 재미난 시간을 보내고 갔으면 해요."

말을 마친 라스타는 접시에 놓인 포도를 한 알 똑 따서 자기 입에 머금었다. 얼결에 귀족 남성들의 시선이 라스타의 입으로 향했다.

라스타는 바로 포도를 먹는 대신, 불그스름한 입술로 짙은 보라색의 동그란 포도 알을 오물거리다가 쏙 빨아들였다. 연한 녹색을 드러낸 포도 알갱이는 입술 안으로 천천히 사라졌다. 이를 지켜보는 귀족 남자들은 자기도 모르게 마른침을 삼켰다. 라스타는 눈웃음을 지으며 "맛있네요"라고 밝게 말하고는 천천히 테이블 가장 상석으로 가 앉았다.

"다들 앉아요. 왜 멍하니 서서 날 보고만 있는 거지?"

라스타는 입꼬리를 희미하게 올리며 웃었다. 그녀는 자신이 남자들에 대해 잘 안다고 생각했다. 진중하게 마음을 붙들어놓는 방법은 모른다. 알았다면 알렌이 배신하지도 않았겠지. 하지만 단시간에 그들을 휘어잡는 방법이라면 훤했다. 라스타의 경험상, 귀족이 아닌 남성들은 귀족적인 여성에게 끌렸다. 그들은 고귀하고 우아하고 지적인 여성에 환상을 가졌다. 반대로 귀족 남성들은 귀족적이지 않은 여성에게 환상이 있었다. 그들은 귀족 여성들이 속물적이고 계산적이라 생각했고, 귀족이 아닌 여성들이야말로 순수한 사랑을 줄 수 있다 여겼다. 라스타는 단지 그들이 원하는 모습을 보여주기만 하면 되었다.

그러나 라스타의 이런 행동은 금세 사교계에 나쁜 소문을 몰고

왔다. 남자 귀족이 남자 귀족들만을 초대해 놓고, 여자 귀족이 여자 귀족들만을 초대해 노는 일은 드물지 않았다. 그러나 이성 귀족만 초대해 티파티를 열다니. 이런 일은 동대제국 역사상 단 한 번도 없었다. 적어도 라스타의 '남자 티파티' 이야기를 들은 귀족들은 다 그렇게 여겼다. 라스타의 티파티에 초대되어 그녀의 이슬 같은 매력에 넋이 나갔던 귀족 남성들 역시, 이 일로 라스타를 두둔하지 않았다.

사교계는 하나의 덩어리였고, 그 안에서 귀족들은 남자와 여자가 아닌 이득과 파벌에 따라 갈라졌다. 황후가 배척한 여자 귀족들은 초대받은 남자 귀족들과 같은 가문 사람이었다. 그들은 당연히 자기 가족을 편들 수밖에 없었다.

라스타는 사랑보다 가문을 택했던 알렌에게 상처를 받았으면서, 다시 같은 실수를 하고 만 것이다. 가문끼리 똘똘 뭉치는 귀족들의 습성을 완전히 파악하지 못한 게 원인이었다.

그렇지 않아도 에르기 공작과 자주 붙어 다녔던 터라, 이 일은 곧 라스타의 행실에 관한 문제로 이어졌다. 보수적이고 폐쇄적인 귀족 중에는, 정통성 있는 나비에 황후가 여러 가지 안 좋은 소문이 도는 평민 출신 황후에게 밀려난 걸 못마땅하게 여기는 이들이 많았다. 그들은 이스쿠아 자작 부부가 라스타의 친부모였다는 깜짝 소식에도 눈 하나 꿈쩍하지 않았다. 핏줄이 귀족이라 한들 평민으로 자랐으니 평민이라 여겼다.

그런데 황후가 되어서 한다는 게 남자들을 모아놓고 파티를 하는 거라니! 심지어 늘 붙어 다니는 친구는 바람둥이로 유명한 타국의 왕족이었다. 그들은 라스타가 동대제국 황실에 격이 맞지 않다 여겨 분노했다. 이들이 배후에는, 친구가 쫓겨난 탓에 아주 성이 나 있는 파르앙 후작의 부채질도 단단히 한몫했다.

"이스쿠아 자작이요? 몰락 귀족, 그것도 외국의 몰락 귀족 아닙니까. 몰락 귀족도 우리나라에서 귀족 대우를 해주어야 하는 건가요? 심지어 그럴듯한 지위까지 주면서요."

파르앙 후작은 이스쿠아 자작 부부를 굴러온 돌처럼 취급하며, 권위적인 귀족들을 살살 부추겼다.

"황태자 전하가 태어나도 문제입니다. 외국의 왕족이나 대귀족이면 모를까, 외국 몰락 귀족의 핏줄인 거 아닙니까."

분위기를 읽은 랑트 남작은 결국 라스타를 찾아가 걱정스레 조언했다.

"황후 폐하. 요즘 들어 좋지 못한 소문이 계속 돌고 있습니다."

"좋지 못한 소문이라니요?"

"그게……."

"왜요? 무슨 소문인데 그러나요?"

랑트 남작은 저속한 소문을 그대로 들려주진 못하고, 최대한 완화해서 충고했다.

"에르기 공작은 평판이 좋지 못합니다, 황후 폐하. 그와 어울리면 남자건 여자건 경박하단 소리를 피할 수 없지요. 대제국의 황후 폐하께서 가까이 두실 만한 자가 아닙니다."

"라스타가 에르기 공작과 어울리는 걸 사람들이 싫어하나요?"

"예. 게다가 며칠 전에 귀족 남자들만 불러서 티파티를 열었던 일도 좀……."

"불쾌하네요."

라스타는 단호하게 딱 잘라 못마땅한 기색을 드러냈다.

"우정을 이상하게 보는 쪽이 나쁜 거 아닌가요? 사람을 멋대로 오해하는 쪽이 나쁜 거지, 잘못 없이 오해를 받는 쪽이 나쁜 게 아니잖아요."

라스타는 랑트 남작의 말을 전혀 받아들이지 않았다. 랑트 남작은 쩔쩔매며 몇 마디를 더 건넸지만, 결국 소득 없이 물러나 소비에슈에게 이 일을 부탁했다. 소비에슈도 라스타에 관한 이야기를 여기저기서 듣고 있었으므로, 그날 저녁 바로 라스타에게 쓴소리를 했다.

"요즘 좋지 못한 이야기가 들리고 있는데. 조심하도록 해라, 라스타."

라스타는 억울했지만 결국 기가 죽어서 "네." 하고 대답했다. 하지만 속으로는 너무나 억울했다. 에르기 공작은 귀족들이 결혼 선물조차 보내지 않고 자신을 배척할 때 홀로 곁에 있어준 친구였다. 그런 친구를 친구도 아닌 생판 남들이 멀리하라 손가락질하다니. 너무 괘씸했다.

"이게 다 남궁에 와 있다는 마법사 여자 때문이야."

라스타는 화살을 남궁에서 지내는 예비 정부 에벨리에게로 돌렸다.

"하지만 그 여자는 일만 하며 지낸다 들었습니다만……."

"폐하께서 그 여자를 두둔하고 아끼니까 귀족들이 라스타를 함부로 말하는 거잖아. 폐하께서 귀족들에게 따끔하게 그런 헛소리를 하지 말라 하면 끝날 일인데."

베르디 자작 부인은 라스타의 결론이 좀 이상하다 여겼지만, 굳이 입 밖으로 내어 라스타를 불쾌하게 만들진 않았다. 경력 많은 하녀 아리언은 별 관심이 없기에 라스타를 위로하지 않았고, 아직 하녀가 된 지 얼마 되지 않은 신입들도 황후에게 감히 말도 붙이기 어려워 입을 다물었다.

라스타는 누구의 위로도 받지 못한 채 밤새 고민하다가, 결국 다음 날 날이 밝자마자 에벨리를 만나기 위해 남궁으로 찾아갔다. 어차피 에르기 공작도 보러 갈 셈이기에 겸사겸사 간 것이었다.

"누구세요?"

그러나 에벨리는 라스타를 보자마자 몹시 무례하게 대했다. 그 태도에는 예의범절이라고는 눈곱만큼도 느껴지지 않았고, 눈빛은 멸시로 가득 차 있었다.

"누구세요?"

라스타는 기가 막혀서 되물었다. 자신을 황후로 인정하지 못하고 빈정거리는 귀족들도 있었으나, 그들도 최소한 황후를 대하는 예법은 지켰다. 그런데 어디서 굴러왔는지 모를 여자가 이따위로 구니 몹시 기분이 상했다. 사실 에벨리는 라스타보다도 더 궁중 예법에 무지했으나, 에벨리를 마법사라 알고 있는 라스타는 그런 점은 생각지도 못했다.

"무례하구나."

라스타는 나비에를 흉내 내 차갑고 위엄 있게 말하면서 인상을 찡그렸다. 그러나 나비에와 흡사한 그 목소리에 에벨리의 표정은 더욱 어두워졌다.

"넌 일전에 나와 만난 적이 있지. 랑트 남작을 통해 내가 황후란 것도 들었을 텐데, 어찌 이리 무례하게 구는 거지? 끌려가서 감옥에 갇히기라도 하고 싶은 건가?"

"절 감옥에 가두었다간 황제 폐하께서 가만히 두지 않으실 겁니다."

에벨리는 첫날 이후 만난 적도 없는 소비에슈의 이름을 끌어들여 방패로 삼았다. 하지만 소비에슈 방패는 라스타에게 가장 잘 통하는 방패였다. 라스타는 움찔했다. 동시에 분노가 더욱 거세졌다. 황후를 보고 예의조차 차리지 않는 무례한 여자가, 남편의 이름을 가지고서 자신에게 건방지게 대하다니. 견디기 힘들 정도로 화가 났다.

"폐하께서 황후인 내 편을 들지 평민인 네 편을 들지 구분도 가지 않는가 보군."

라스타는 태연한 척 중얼거리면서 에벨리를 쏘아보다가, 베르디 자작 부인에게 당장 이 여자를 황후모독죄로 체포하란 말을 하려 했다. 그러나 한발 앞서 에벨리가 차갑게 웃으며 말했다.

"곧 언니 동생 하게 될 텐데. 너무 박하게 굴지 말아요, 언니."

남궁에서 지내다 보니 에벨리는 동대제국에 와 있는 외국 귀빈들을 만날 일이 많았다. 그들은 마법사였던 에벨리에게 흥미를 느끼고서 재밌는 일들을 여러 가지 들려주었는데, 그 '재밌는 일' 중에는 전 황후에게 지금 황후가 정부 시절 한 말들이 포함되어 있었다. 에벨리는 라스타가 사람들 앞에서 나비에를 '언니'라 불렀던 일을 이미 들은 바 있었던 것이다.

이런 사실을 모르는 라스타는 에벨리가 '언니' 소리를 꺼내자마자 기겁해 외쳤다.

"내가 왜 네 언니냐!"

팔뚝에 소름이 돋았다. 남의 남편을 채 가고 싶어서 남의 집에 똬리를 틀고 앉은 건방진 여자가 친근하게 굴려 드는 게 소름 돋았다.

에벨리는 눈썹을 치켜 올리더니 방긋 웃으면서 설명했다.

"한 남편을 두고 살면 언니 동생 하는 거라 들었는데. 아니던가요?"

라스타는 에벨리가 자신을 비꼰단 걸 알아차리고, 곧 싸늘하게 웃었다.

"이런. 어디서 굴러들어온 돌인가 했더니, 전 황후가 떨어트리고 간 돌멩이였나 보네."

"전 황후?"

"무슨 얘길 들었는지 모르겠지만, 그때와 지금은 상황이 다르지. 전 황후는 폐하와 정략결혼을 한 사이였고, 애초에 일말의 정도 없었어. 그런 사이라면 언니 동생 할 만하지. 하지만 난 폐하와 사랑해서 결혼한 사이이니, 당연히 언니 동생 할 수 없다."

"나비에 님이 정이 없었는지 아닌지 그쪽이 어떻게 아는데요?"

"너보단 내가 잘 알지, 당연히. 더 오랫동안 같이 있었는데."

"!"

"그러니 언니 소리는 꺼내지도 마라. 너 따위에게 그런 말 듣고 싶지 않으니."

"언니 언니 언니 언니 언니."

에벨리가 연달아 놀리듯 퍼부은 말에, 라스타의 이마에 힘줄이 솟아났다. 라스타는 짜증이 나서 다시 베르디 자작 부인에게 에벨리를 끌고 가라 지시하려 했다. 그러나 이번에도 한발 앞서 다른 일이 벌어졌다.

"저런 버릇없는 것을 보았나?"

이번에 끼어든 건 라스타의 가짜 부모인 이스쿠아 자작 부부였다. 그들도 남궁에서 머무르는데, 소란이 벌어지자 무슨 일인가 찾아온 것이다. 이스쿠아 자작은 남궁에서 요즘 최고의 가십거리인 여자가 자신들의 양딸을 함부로 대하자, 화가 나서 달려가 에벨리의 뺨을 내리쳤다.

"무례한 것. 평민이 황후 폐하께 뭘 하는 짓이냐!"

무서운 호통에 에벨리는 놀라서 눈을 동그랗게 떴다. 이스쿠아 자작 부인도 냉랭하게 에벨리를 욕했다.

"당돌하고 못된 첩 같으니라고. 어디서 시퍼렇게 눈을 뜨고 따박따박 언니 소리를 하는 건지. 내 딸에게 그런 더러운 입으로 친한 척 굴지 마라!"

잠시 놀랐던 에벨리의 눈이 차갑게 가라앉았다. 에벨리가 기가 죽기는커녕 매섭게 노려보자, 이스쿠아 자작은 어이가 없어서 혀를 찼다.

"도대체 뉘 집 자식이기에 이렇게 예의 없을까. 하긴. 제대로 가르쳤다면 저 나이에 황제의 첩이 되겠다며 몸을 팔지도 않았겠지."

에벨리는 분노했지만, 라스타는 흐뭇해져서 웃었다. 친딸을 찾아내라며 달달 볶을 때가 아니라면 이스쿠아 자작 부부는 누가 봐도 어엿한 그녀의 부모였다.

"됐어요, 아버지. 그만두세요, 어머니. 괜히 두 분이 저런 것과 말섞을 필요도 없어요."

라스타는 얼른 따뜻한 목소리로 양부모를 달래며 다른 데 가자고 두 사람의 등을 떠밀었다. 그 뒷모습을 바라보다가 에벨리는 참고 있던 눈물을 터트렸다. 고아원에서 자란 에벨리에게 이스쿠아 자작 부부의 모욕은 너무나 큰 상처였다.

나비에는 대신관, 서즈 공주 등과 선물을 주고받으면서 자신의 인맥을 서대제국에 은연중에 드러냈다. 나비에와 편지를 주고받는 나라 중엔 서대제국과 사이가 나쁜 나라 역시 포함되어 있었다.

나비에가 직접 고른 부관들은 집무실에서 일을 시작했고, 이후 황후로서의 업무는 무서운 속도로 진척되었다. 부관의 동료들은 부관이 나비에와 첫 근무를 마친 날, 몰려들어서 "그 유명한 나비에 황후가 어떻게 일하냐"고 캐물었고, 부관들은 입을 모아 대답했다.

"기계 같으시네."

"너무 궁금해서 15분 동안 얼굴만 쳐다보았는데, 표정 변화 하나 없이 서류를 5분 간격으로 넘기고 계셨어."

이미 국무회의 때 나비에가 케트런 후작을 웃으면서 눌러버린 일은 유명했다. 사람들은 말로만 들었던 강철 같은 황후의 모습을 신기하게 여기면서도 좋아했다. 황후가 일을 잘한다는데 싫어할 국민은 없었다. 적이 아니라면. 하지만 나비에의 업무 처리 속도와 능력에 가장 기뻐하는 건, 역시 맥켄나였다.

"이거 보이십니까, 황제 폐하? 황후 폐하의 부관이 가져온 서류입니다. 제국 관제에 맞게 개편한 서류를 벌써 가져다주셨어요. 전 이제 이거 검토한 다음 그대로 적용하라고 가져다주기만 하면 됩니다!"

맥켄나는 거의 춤이라도 출 기세로 좋아서 경중경중 뛰었다. 칭제는 영광스러운 일이었지만 업무를 과중시키는 일이기도 했던 것이다. 그러나 맥켄나가 좋아하는 모습을 보면서도 하인리의 표정은 영 어두웠다. 맥켄나는 눈치 없는 척 계속 좋다고 낄낄거렸지만, 결국 영 신경이 쓰여서 물었다.

"표정이 왜 그러십니까? 싫으세요? 제가 좀 편해진 게 그리 싫으세요?"

그렇다고 대답한다면 들고 있는 서류들을 내팽개치기라도 할 기세였다. 하인리는 뚱하게 그 모습을 보다가 대답했다.

"조금. 하지만 너 때문은 아니니 염려 말아라."

"그럼요? 무슨 일이 있으십니까?"

"……."

"있으시군요! 무슨 일이십니까? 업무 관련해서라면 당장 말씀해주셨을 테니…… 사적인 일? 맞지요?"

맥켄나의 눈치 좋은 말에 하인리는 혀를 끌끌 찼지만, 결국 슬그머니 고민을 털어놓았다.

"실은 약간 문제가 있다. 아니, 약간의 문제는 아닌지도."

"무엇인데요?"

"퀸이……."

"황후 폐하께서?"

"내 몸만 사랑하는 것 같아."

"몸이라도 사랑해주시니 다행 아닌가요?"

맥켄나의 냉정한 말에 하인리의 눈이 가늘어졌다.

"네가 결혼했을 때도 과연 그 말을 할 수 있나 보겠어."

"전 이미 폐하 때문에 결혼 길이 막혔습니다. 집에 갈 시간이 있어야 결혼도 하지요."

"왜. 코샤르 형님과 더불어 요즘 제일 인기 많은 사윗감이면서."

"결혼식을 할 시간도 없단 말입니다."

딱 잘라 말한 맥켄나는 씩씩거리며 하인리를 쳐다보았지만, 그래도 미운 정은 무서웠다. 그는 결국 더 빈정거리지 못하고 진지하게 조언했다.

"애정도 뭔 계기가 있어야 생기지요. 황후 폐하나 황제 폐하나 늘 낮에는 일하느라 바쁘시니, 가까워질 틈이 없는 게 아닐까요?"

하인리는 맥켄나가 무슨 조언을 하든 '넌 연애도 못 해봤잖아'라고 대답할 작정이었다. 하지만 막상 맥켄나의 말을 듣고 보니 제법 그럴듯하게 여겨졌다.

맞았다. 하인리도 나비에도 너무 바빴다. 나비에는 중독된 게 아닌가 싶을 정도로 일에 열정적이었고, 가끔 놀러 가면 잘 받아주긴 했지만 표정으로 명령했다. 지금 나 좀 바쁜데. 나가주지?

심지어 며칠 전에는 부부침실에 일할 거리를 들고 오는 몹쓸 짓까지 저지르지 않았던가. 부부침실은 자신과 나비에만의 공간이라 여기는 하인리에게, 그건 정말로 정말로 받아들일 수 없는 행동이었다. 나비에가 부부침실에 들고 온 건 단순한 종이 쪼가리가 아니었다. 국가였다. 하인리는 자신과 나비에 사이에 국가가 끼어버린 느낌을 받았다.

하지만 상식적으로, 아무리 일을 좋아하는 나비에라 한들 하루 종일 일만 할 리는 없었다. 만약 하인리가 한가했다면, 나비에가 아무리 바빠도 그는 두 사람이 함께할 시간을 찾아 맞출 수 있었을 것이다. 그러나 문제는 하인리도 바빴다. 하루에 몇 번이나 회의가 열렸고, 각국에서 들어오는 보고서는 몇백 장이었다. 급하게 서명해야 할 공식적인 서류만 수십 장이었고, 남몰래 준비 중인 일들도 계속 진행해야 했다. 하인리는 모르는 일이지만, 이따금 휴식 시간에 그를 찾아온 나비에도 하인리가 회의 중이란 말에 돌아간 적이 몇 번 있었다.

"네 말이 맞다."

하인리가 중얼거리자 맥켄나가 얼른 말했다.

"제 생각엔 조금의 역할극이 필요할지도 모릅니다."

"역할극. 좋지. 하지만 퀸이 아직 내키지 않아 해서……."

"무슨 소릴 하시는 겁니까?"

"이거 말하는 거 아냐?"

"머릿속이 아주 음탕하십니다, 폐하. 제가 말씀드린 건 어려운 상황에서 구해준다거나, 뭐 그런 상황을 인위적으로 만드시라는 겁니다. 보통 남녀가 가까워지기 쉬운 그런 일이요."

맥켄나의 말에 하인리는 자기가 생각한 역할극과 맥켄나가 말한 역할극이 다르다는 걸 깨달았다. 하지만 맥켄나가 말하는 역할극이 무슨 뜻인지도 곧장 이해했다.

"맞아."

하인리는 고개를 끄덕였다. 맥켄나의 두 번째 조언 역시 제법 그럴듯하게 여겨졌다. 연애 한 번 못 해본 비서가 하는 말치고는. 하지만……

"그렇다고 퀸을 일부러 위험하거나 어려운 상황에 몰아넣을 수는 없어."

하인리는 딱 잘라 말했다. 가까워지는 것도 좋지만 사랑하는 사람을 힘들게 하는 건 끔찍한 일이었다. 그러나 곧 좋은 계책이 떠올랐다.

"아. 내가 위험해지면 되겠구나."

"예?"

"가련한 모습으로 덜덜 떨고 있으면 부인이 달려와서 날 구해줄지도 몰라."

"예?"

"날 보고 너무나 약한 초식동물을 본 것처럼 느끼겠지. 그 모습을 보면 동정심이 솟으면서 날 사랑하게 될 거야.”

“예?”

“예 예 예 좀 그만하고, 맥켄나. 사냥 준비를 하거라. 그냥 우리 부부와 측근 몇만 가는 사냥으로.”

“사냥이요?”

평소처럼 바쁘게 지내던 어느 날 밤. 하인리의 품 안에 누운 채 숨을 고르고 있자니, 그가 내 등을 꼭 끌어안아 자기 쪽으로 당기며 물었다.

“거창하게 대회를 열고 그런 건 아니고. 그냥 근처에서 스트레스도 풀 겸 놀지요, 퀸.”

나는 하인리의 손가락을 만지작거리며 그의 얼굴을 보았다. 하인리의 피부는 아직 주름 하나 없이 매끈했고 보드라웠다. 그러고 보니 그는 한창 혈기가 넘칠 나이였다. 오빠도 그렇고 소비에슈도 그렇고 이 나이 때에는 다들 사냥이며 승마 등 바깥에서 하는 놀이에 푹 빠져 있었지. 그런데 하인리는 궁전에 틀어박혀 내내 업무만 보고 있다. 운동을 매일 하는 것 같긴 하지만, 그 정도로는 부족할 테고…….

“그래요.”

나는 웃으면서 수긍했다. 사냥을 즐기진 않지만 승마는 좋아한다. 적당히 대열을 맞춰서 말을 타다가 돌아오면 되겠지.

"사냥 준비는……."

"맥켄나가 할 겁니다. 걱정 말아요, 퀸."

문득 맥켄나가 지르는 것 같은 비명이 귓가를 울렸다. 안 그래도 볼 때마다 바빠 죽겠다고 하소연하던데. 사냥 준비라니. 괜찮을까? 하지만 나서서 도와주기엔 나 역시 몹시 바빴다.

'그냥 가만히 있자.'

그리고 며칠 후, 모든 일을 뒤로한 채 나와 하인리는 함께 궁전 근처의 사냥터로 놀러 갔다. 간단하게 다녀오자는 말처럼, 사냥에 동원된 사람들의 수는 적었다. 하인리, 맥켄나, 하인리의 근위대, 귀족 몇 명, 내 호위를 서주는 초국적 기사단 사람들, 마스타스와 주베르 백작 부인 등. 편의를 보아줄 하인의 숫자는 제법 많았지만, 이 정도면 작은 규모였다.

하지만 막상 사냥터에 도착하자, 그 하인들은 놀라울 정도로 신속하게 막사를 만들고 야외에서 식사할 수 있는 준비를 해나갔다. 사냥감을 가져오면 넣어둘 임시 창고 역시도 눈 깜짝할 사이에 만들어졌다.

막사가 완성되기도 전에 사냥에 나설 사람들은 모두 말에 올랐다. 나 역시도 윤이 나는 백마 위에 앉고서 말의 머리를 가볍게 쓸었다. 이후에는 다 같이 우르르 몰려다니면서, 사냥을 하는지 말을 타고 담소를 나누는지 구분이 가지 않을 정도로 떠들어댔다. 그러다가 사냥감이 하나둘 나타나면서 조금씩 게임처럼 변해갔는데, 마스타스는 특히 신이 나서 창을 꼬나들고 곰을 잡겠다고 다짐했다.

"여기엔 곰이 살지 않는다던데요, 마스타스 양."

"주베르 백작 부인, 곰은 어디에서도 살아요."

"처음 듣는 이야기인데요?"

다른 귀족들도 다들 뭘 잡을 거라고 득의양양해서 말했고, 기사들도 조금 흥분한 듯했다. 그런데 무슨 생각인지, 이 와중에 하인리는 뜬금없이 근위대장 유님을 보며 말했다.

"나는 부인과 둘이서 돌아다닐 생각이니 좀 거리를 두고 따라오너라."

"위험합니다, 폐하."

유님은 놀라서 반대했다. 하지만 하인리가 고집을 꺾을 것 같지 않자, 나를 보며 하인리를 말려달라는 눈빛을 보냈다. 최근 들어 유님은 나에 대한 적의가 많이 꺾였다. 동대제국 근위대장만큼 공손하진 않지만, 처음 만났을 때보다는 한결 나아 있었다. 그러니 오늘도 이렇게 말없이 부탁하는 것이다.

하지만 내가 뭐라 말하기도 전에 하인리는 딱 잘라서 "위험하지 않아"라 말하고는 날 보며 물었다.

"괜찮지요, 퀸?"

나는 고개를 끄덕여 괜찮다는 신호를 보냈다. 어차피 사냥터는 좁았고, 근위대원들이 먼발치에서 따라와줄 것이며, 많은 기사들이 사냥터 주위를 둘러싸고 있었다. 게다가 여기는 황궁 근처 사냥터이기에 위험한 동물을 풀어놓지 않는다고 들었다. 위험한 동물이 민가로 나가기라도 했다간 난리가 나니, 아예 통제하는 것이다. 아까 곰을 잡겠단 마스타스의 말에 주베르 백작 부인이 혀를 찬 것도 과장된 반응이 아니었다. 결국 유님은 불만스럽게 납득하고 물러났고, 하인리는 내게 안쪽을 거닐자고 말했다.

"그래요."

나는 웃으면서 받아들이고 하인리와 함께 말을 나란히 해서 걸어갔다. 기껏 사냥을 나온 것치고는 전혀 사냥 느낌이 아니었지만, 그래도 하인리와 함께 말을 타는 것만으로도 좋으니 됐지. 높은 나무 이파리 사이사이에서는 햇빛이 가득 내려왔고, 그 햇빛은 하인리의 머리카락에서 잘게 흩어졌다. 하인리가 웃을 때마다 바람 같기도 하고 풀 냄새 같기도 한 향이 났다.

나는 그의 머리카락이 바람에 흔들리는 모습이 좋았다. 나와 눈이 마주칠 때마다 눈매가 휘어지도록 웃는 얼굴도. 그가 웃는 걸보면 강아지풀로 심장을 간질이는 기분이 난다.

그런데 얼마나 갔을까. 돌연 하인리가 "어? 저기 뭔가 있습니다, 퀸." 하고 말하더니 갑자기 혼자 말을 빠르게 달렸다.

"하인리?"

당황해서 덩달아 속도를 맞춰 달리자, 하인리는 멈춰 서서는 어색하게 웃으며 말했다.

"퀸, 제가 혼자 가도 됩니다."

"뭔가 있다고 하지 않았나요?"

물어보면서, 나는 얼른 등에 걸린 채 아직 한 번도 솜씨를 발휘하지 못한 활을 꺼내 들었다. 그러나 하인리는 눈을 휘둥그렇게 뜨더니 손을 내저었다.

"그게 아닙니다."

"?"

"그게…… 일단 혼자 가도 됩니다. 내가 퀸에게 주고 싶은 선물이라서요."

말을 마친 하인리는 천천히 따라오라면서 서둘러 앞서 말을 달려갔다.

'뭘 봤기에 저러지?'

이상했지만…… 뭐 자신이 있으니 저러겠지 싶어서, 나는 그의 뜻대로 느긋하게 따라갔다. 하지만 혹시 몰라서 활은 시위를 먹인 채 가만히 두었다.

얼마나 그렇게 갔을까. 슬슬 하인리가 돌아올 때가 되었다 싶어서 주위를 두리번거리는데, 멀지 않은 곳에서 하인리의 비명이 들려왔다. 커다란 비명은 아니지만 분명 하인리의 목소리였다. 나는 황급히 그쪽으로 말머리를 돌려 뛰어갔다. 심장이 뛰었다. 설마 무슨 일이라도 벌어진 건 아니겠지? 그런 거라면……!

그러나 아니었다. 발견한 하인리는 작고 복슬복슬한 귀여운 여우와 결투 중이었다. 결투? 결투라 해야 하나?

나는 황당해서 말을 멈추고 속으로 혀를 찼다. 저건 결투도 아니었다. 하인리는 여우를 향해 연신 이를 드러내고 있지만, 여우는 장난치듯 꼬리를 살랑이며 좌우로 촐싹대고 있었으니. 아니, 그보다 하인리가 타고 온 말은 어디로 갔대?

내가 말에서 내려 다가가자 여우는 네 발로 사슴처럼 뛰더니 내게 다가와 다시 애교를 부렸다. 아주 사교성이 좋은 사랑스러운 여우였다. 턱을 긁어주자 케헤헹 하는 괴상한 소리를 내더니 하인리처럼 웃으며 꼬리까지 흔들고. 귀엽긴 한데…… 하인리는 여우를

싫어하나? 왜 이런 작고 순한 동물과 저러고 있지? 의아해서 쳐다
보자, 하인리가 황급히 외쳤다.

"퀸, 저 여우는 지금 내숭을 부리는 중입니다!"

"……."

"정말이에요. 겉만 귀엽지 사실은 아주 사악하고 악독합니다!
위험해요!"

여우의 머리를 쓰다듬으며 쳐다보자 하인리의 목소리가 점점 잦
아들었다. 여우가 폴짝거리며 사라진 후 하인리에게 다가가자, 그
는 몹시 아픈 척을 하며 내게 말했다.

"퀸이 날 구해주었어요. 내 생명의 은인입니다."

"난 아무것도 안 했는데요."

"존재만으로도 도움이 되었어요. 저 여우가 퀸이 나타나자마자
내숭 부리는 것 좀 봐요."

"내가 오기 전부터 잘 놀고 있던데."

수상하게 왜 이래? 내가 눈을 가느스름하게 뜨고 보자, 하인리는
갑자기 다리를 감싸더니 "아아." 하고 꾀병을 부렸다.

"말에서 떨어질 때 다리를 삐끗한 모양입니다, 퀸."

말에서 떨어지는데 다리를 삐끗했다고? 다른 데는 상처 하나 없
이? 역시 수상하다. 그러나 하인리가 이번엔 자기 이마에 손을 올
리면서 "열이 나네요." 하고 힘없이 중얼거렸으므로, 우선은 그를
챙겨 말 뒤에 태웠다. 이렇게 온몸으로 아프단 표시를 하는데, 걸어
오라 하고 갈 수는 없으니.

"옛날 생각 나지 않나요, 퀸? 옛날이라 할 만큼 오래 되지도 않

았지만."

하인리는 내 뒤에서 날 손잡이마냥 꼭 끌어안으며 속삭이듯 중얼거렸다. 듣기 좋은 목소리였지만, 맞닿은 체온이 자꾸 신경 쓰여서 나는 인상을 찌푸렸다.

'열도 안 나는 것 같은데.'

"아니, 아무리 그래도 그렇지 왜 하필 여우와 싸웠습니까?"

맥켄나는, 가짜 붕대를 감고 필요 없는 물수건을 이마에 올린 채 누운 하인리를 보며 혀를 찼다. 궁의가 보기에도 하인리의 부상은 별거 없었던지 붕대까지 듬성듬성 감아져 있었다. 하인리는 짜증스럽게 대답했다.

"아무리 기다려도 오는 동물이 여우와 다람쥐뿐이었다. 그렇다고 다람쥐와 싸울 순 없잖아?"

"어휴. 그래도 그렇지 어찌 여우와."

"여우를 무시하는 거냐?"

"여우도 여우 나름이죠. 그 쪼끄맣고 해맑은 여우 말씀하시는 거 아닙니까? 하도 귀여워서 아무도 안 잡고 놔두는 그 여우요? 전하 머리만 한 그 여우요?"

하인리는 부루퉁해서 입을 다물었다. 그렇지 않아도 기껏 만든 이 상황극이 아무 효과가 없어서 기분이 상한 참인데. 맥켄나가 옆에서 저렇게 깐죽거리니 입술을 쥐고 좌우로 세게 흔들어버리고 싶었다. 그 꼴을 보다 맥켄나는 혀를 차며 마지못해 위로했다.

"그래도 황후 폐하께서 간호는 해주셨지 않습니까. 연극이 귀여 웠다고 칭찬도 해주시고."

"지적하지 마라. 그 부분이 문제란 말이다, 그 칭찬이!"

요망한 흑심을 품고 내숭을 부렸는데, 그 모습을 사랑받고 싶은 상대에게 정통으로 들켜버렸다. 부끄러울 수밖에 없는 일이었다. 하인리는 수치심을 견디지 못하고 이불 속으로 기어들어갔다. 그 꼴이 꼭 머리를 감춘 거북이 같아서, 맥켄나는 고개를 설레설레 저었다.

그러고 있자니 문이 살며시 열렸다. 맥켄나를 고개를 돌렸다. 문을 열고 고개만 살짝 들이민 이는 이 사건의 발단이자 원인인 나비에였다. 나비에는 눈썹을 치켜뜨고서 돌돌 말린 이불을 보더니, 입 모양으로 '하인리?' 하고 맥켄나에게 물었다. 맥켄나가 어색하게 웃으며 고개를 끄덕이자, 나비에는 조심스럽게 방 안으로 들어왔다. 그러고는 이불 속에 틀어박힌 하인리를 냉랭하게 내려다보았다. 나비에의 눈빛이 워낙 무시무시해서, 맥켄나는 눈치껏 자리를 비켜주었다. 괜한 폭풍에 휩쓸리고 싶지 않았다.

이렇게 귀여운 짓을 해놓고 왜 이렇게 쑥스러워할까? 이불 속에 틀어박힌 하인리가 귀여워서 내려다보고 있자니, 맥켄나가 눈치 좋게 얼른 자리를 비켜주었다. 문 닫히는 소리를 듣고서, 나는 침대에 엉덩이만 붙이고 앉아 볼록 튀어나온 이불에 몸을 기댔다.

"장난치지 마, 맥켄나."

그러자 이불 안에서 힘없이 웅얼거리는 소리가 들렸다. 웃음을 참고서 더욱 힘을 주어 기대자, 이불 안의 몸이 꿈틀꿈틀하더니 뚱한 소리가 또 흘러나왔다.

"간이 부었구나, 맥켄나. 하지 말라 했다."

그 모습이 귀여워서 '나예요'라고 말하려던 순간이었다.

"무거우니 떨어져."

"!"

전에도 하인리의 입으로 들었던 것 같은 말이 '또' 흘러나왔다. 나는 이불에서 몸을 떼고 하인리를 가만히 내려다보았다. 하인리는 진짜로 자길 누른 게 맥켄나라 생각하는 건지, 여전히 이불 안에서 나오지 않고 있었다.

문득 이불 위쪽에 있는 말랑한 베개가 눈에 들어왔다. 손가락이 절로 꿈틀거렸다. 이 망할 독수리, 벌써 두 번이나 나한테 무겁다고 했지. 이 정도면 날 무겁다 여기는 게 본심 아닐까?

밤중에 내가 그의 몸 위에 올라타 있을 때. 하인리에게 무겁지 않냐고 걱정스럽게 물어본 적이 있었다. 그는 처음엔 "깃털처럼 가벼워요"라고 대답했다. 하지만 너무 거짓말하는 티가 나서 솔직하게 말해보라 거듭 조르자, 하인리는 "존재감이 느껴지는 딱 기분 좋은 정도입니다"라고 대답하며 내 몸을 자기 쪽으로 끌어당겨 안았다. 그러고는 내가 온전히 자기에게 무게를 싣게 하고는 연신 좋다고 중얼거렸지. 난 그 말이 사실이라 생각했다. 그런데…… 뭐?

무거우니 떨어져?

크리스타는 최근 곤란한 상황에 처해 있었다. 사교계 내에 도는 소문 탓이었다. 원래 사교계 내에서 크리스타는 평판이 아주 좋았다. 그녀는 점잖고 사람을 대할 때 말을 조심했으며, 왕비이지만 겸손했다. 남편이 정부를 들인 후로는 동정표가 강해졌고, 그 와중에도 꿋꿋한 그녀를 보며 귀족들은 감탄했다.

남편이 죽은 후로는 분위기가 두 갈래로 갈라졌다. 반 정도는 너무나 젊은 나이에 왕비 자리에서 내려온 그녀가 가련하다 했고, 반 정도는 그녀가 궁전에 머무르는 걸 비난했다. 하지만 그녀를 비난하는 이들도 그녀의 처지가 기구하다는 데는 동의했다. 기껏 왕비가 되었는데, 내내 아이가 생기지 않아서 고민하고, 정부들 때문에 고민하고, 명성 높은 하인리 왕자 때문에 고민하다가 돌연 왕비 자리에서 물러나게 되었지 않는가.

그런데 하인리의 결혼식 피로연 이후 돌기 시작한 이상한 소문이 그녀의 평판을 모조리 깎아 먹었다.

— 크리스타 님과 하인리 폐하께서 남몰래 밀회를 즐기고 있었대.

귀족들은 정부를 두는 일에 관대한 편이지만, 그것도 나름의 기준이란 게 있었다. 남편의 동생과 밀회를 한다? 이건 귀족들을 기겁하게 할 내용이었다. 사안이 심각해지는 듯하자 크리스타의 시녀는 어렵게 말을 꺼냈다.

"왕비님. 차라리 우선 컴프셔로 간 다음 상황을 지켜보는 게 나을 것 같습니다. 물론 헛소문이겠지만, 지금 같은 때에는 조심해서 나쁠 게 없으니까요."

컴프셔로 가라고? 시녀의 제안에 크리스타의 표정이 빠르게 굳었다. 싫었다. 컴프셔로 가도 생활은 편리하겠지만, 그녀는 완전히 한물가버린 취급을 받게 될 터였다. 게다가 그녀 덕에 권력을 다진 측근들. 그 측근들까지도 덩달아 '지나간 세대'처럼 여겨져 힘이 빠질 터였다. 가족과 친구들까지 모두 다.

컴프셔로 간다는 건 모든 권력이 다 빠져나가버리고, 크리스타는 남겨진 발자국이 되는 거였다. 남들은 저 앞에 있는데 홀로 뒤에 뚝 떨어져, 흔적마저 사라지길 기다려야 한단 뜻이었다.

"소문은 혼자서 나나요? 황제 폐하께서도 같이 나쁜 소문에 시달리는데, 왜 나만 피해야 하나요."

"그렇긴 하지만…… 황제 폐하께서는 처음부터 그런 쪽으론 소문이 안 좋으셨던지라……."

"하지만 왕비님은 절대로 그런 이미지가 아니다 보니, 더욱 놀란 눈치였습니다."

크리스타는 서글퍼졌다. 이혼한 나비에는 아름다운 새 남편을 맞는데, 사별한 자신은 왜 이런 취급을 받아야 하는 걸까. 게다가 그녀는 나비에와 몇 살 차이가 나지도 않았다. 비슷한 나이인데 한 사람은 새로운 희망이, 다른 사람은 구질구질한 과거가 되어야 한다는 건 몹시 괴로웠다.

"왕비님……."

서글퍼진 크리스타의 표정에, 시녀들이 덩달아 울먹였다. 크리스타는 저 멀리 벽에 걸린 그림을 멍하니 쳐다보았다. 어디서부터. 어디서부터 일이 잘못된 거지?

그러기를 한참 후. 마침내 크리스타는 결론을 내렸다. 마음을 독하게 먹기로.

"이대로 컴프셔에 가봤자 내 인생은 거기서 끝입니다. 목적도 할 일도 없이 그저 가만히 있다가 죽게 되겠지요."

"왕비님! 아닙니다, 절대!"

"어차피 좋지 못한 소문이 나버린 이상, 컴프셔로 간다 해도 마찬가지예요. 그 소문은 날 따라올 겁니다. 도망치듯 떠나면 오히려 소문이 더 강해질지도 모르지요."

덤덤한 목소리로 말한 크리스타는 치맛자락을 움켜쥐고서 눈을 내리깔았다. 지금부터 하려는 일은 몹시 위험할 것이다. 하지만 아무것도 하지 않고 가만히 모든 걸 잃을 수는 없다. 발버둥이라도 쳐보고 싶었다. 반쯤 감겨진 눈꺼풀 아래, 두 눈이 다부지게 빛났다.

"이렇게 된 이상 내가 소문을 이용해야겠습니다."

밤이 되었지만 나는 부부침실로 가는 대신, 내 방 책상에 서류를 펼쳐놓고 일에 몰두했다. 자꾸만 정신이 부부침실로, 정확히는 하인리에게로 향해서 집중하기 어려웠지만……. 안 돼. 지금은 하인리가 너무 얄밉게 여겨진다. 얼굴을 보고 싶지 않았다.

집중하자. 흩어지려는 정신을 붙잡고서, 나는 최대한 글자에 집중하려 애썼다. 다행히 느릿느릿한 속도로 집중력이 돌아와주었다. 그러나 막 책 읽는 속도를 회복하자마자 부부침실 문에서 똑똑 노크하는 소리가 났다. 저 안에 들어갈 수 있는 사람은 나와 하인리뿐이니, 당연히 하인리가 내는 소리겠지.

나는 대답 대신 일부러 펄럭 소리를 내며 종이를 넘기고, 펜을 잉크병에 담그면서도 굳이 유리와 펜이 부딪치도록 해 소리를 냈다. 그래도 노크는 멈추지 않았다.

똑똑 똑똑똑 똑똑똑똑 똑똑똑똑똑

아니, 멈추긴커녕 나중에는 자기도 지루한지, 아예 박자까지 맞춰가며 노크했다.

'누가 이기나 해보자는 건가?'

절대로 열어주나 봐라. 혼자서 놀아보지. 나는 코웃음을 치고서 다시 펜을 쥐었다. 하지만 일을 하면서 저 소음을 무시하긴 힘들었다. 제발 노크에서 박자라도 좀 뺐으면!

결국, 나는 서류를 들고서 슬그머니 내 방을 빠져나가 맞은편에 있는 빈방으로 자리를 옮겼다. 빈방은 사용하는 일이 적었지만 깨끗하게 관리되고 있었고, 사용할 만한 책상도 있으니까. 나는 그 책상에 서류를 펼쳐놓고 의자에 앉으며 고소해서 웃었다. 하인리, 마음껏 문을 북처럼 두드려봐. 나한텐 아무 소용 없을 테니.

하지만 책상과 문 사이의 거리가 멀다 보니, 이번에는 자꾸만 뒤쪽으로 신경이 가서 역시 집중하기 어려웠다. 하는 수 없이 문 옆으로 자리를 옮긴 다음 쿠션을 놓고 그 위에 앉자, 이제야 조금 안정감이 느껴졌다. 무릎 위에 서류를 올린 다음, 슬쩍 문을 손가락만큼 열자 더욱 안정적으로 여겨졌다. 좋아. 이러면 하인리가 나오는지 아닌지 확인하기도 쉽겠지.

"……."

하지만 아무리 기다려도 하인리는 나오지 않았다.

'설마…… 정말로 아직까지 문을 두드리고 있나?'

여기서는 방 안의 소리가 들리지 않으니 알 길이 있나. 서류를 만지작거리고 있자니 괜히 걱정이 되었다. 문을 너무 오래 두드리다가 손뼈에 금이 가면 어쩌지? 아니면 피부가 찢어진다거나? 감옥에 갇힌 죄수가 하도 억울해서 문을 계속 두드려댔더니, 나중에는 손의 피부가 찢어졌단 괴담이 떠올랐다.

결국. 나는 서류를 도로 주섬주섬 챙겨서 일어나 문을 열었다.

그 순간.

"!"

문 옆에 서 있던 하인리를 발견하고 놀라서 심장이 떨어질 뻔했다. 언제 왔지? 내가 분명 계속 보고 있었는데? 당황해서 쳐다보자, 하인리는 날 원망스레 바라보며 중얼거렸다.

"내가 그렇게 싫었어요, 퀸? 여기로 도망 올 정도로?"

"도망을 온 게 아니라, 일할 게 많아서……."

온 거라고 대답을 하려다 보니 뭔가 울컥 치솟았다. 내가 왜 부부침실에 안 들어갔는데? 하지만 '나더러 무겁다면서요'라고 말하자니, 내가 작고 사소한 일에 매달리는 소인배처럼 여겨졌다. 결국, 나는 머뭇거리다가 다른 핑계를 댔다.

"그대는 말에서 떨어져 아프잖아요. 아픈 사람 옆에 누워 있으면 그대가 불편할 거라 생각했어요."

"퀸. 내가 안 아프단 걸 알면서 일부러 이러는 거죠? 내 수치심을 가지고 날 농락하시는 겁니까?"

"농락을 시작한 게 누구인지 먼저 생각해봐요."

딱 잘라 말하고서 몸을 돌려 방에 들어가자, 하인리가 졸졸 따라오며 쪼아댔다.

"어설픈 연극을 한 건 미안합니다. 하지만 그렇게 해서라도 퀸의 눈길을 붙잡아두고 싶었어요."

진짜 이…… 입을 찰싹찰싹 때리고 뽀뽀하고 싶다. 왜 말을 저따위로 귀엽게 하는 거지? 내가 입을 노려보자 하인리는 얼른 뒤로 주춤 물러나며 덧붙였다.

"물론 그렇다고 해서 내가 잘못하지 않은 건 아니지만요."

"아는군요."

"화가 많이 났습니까, 퀸?"

"많이 난 건 아니에요. 그리고 내가 기분이 상한 건 그대의 어설픈 연극 때문이 아닙니다."

"그럼요?"

"양심에 손을 얹고 생각해봐요. ……그대의 양심이 나만큼 무거울진 모르겠지만."

"!"

맥켄나는 나비에가 업무 군단에 합류하면서 자신의 일거리가 줄어든 게 좋았다. 나비에는 여러 가지 업무를 가져가주었는데, 그중엔 비서인 맥켄나가 임시로 맡아 처리하던 일이 많았던 것이다. 부담이 덜어진 맥켄나로서는 당연히 좋을 수밖에.

그러나 나비에가 업무 군단에 합류하면서 나쁜 점도 생겼는데, 아이러니하게도 이건 '일거리가 늘었다'는 점이었다. 이건 하인리 때문이었다. 하인리가 나비에와 결혼한 후 종종 '사적인 고민'에 빠지는데, 이때마다 일의 능률이 뚝 떨어져서.

맥켄나는 유능했으나 하인리의 비서이다 보니, 하인리가 일을 제대로 못 하면 덩달아 일하는 속도가 같이 줄 수밖에 없었다. 예를 들어 지금처럼.

"맥켄나. 물어볼 게 있는데."

"아 또 뭡니까, 폐하."

"아 또? 아 또?"

하인리가 눈을 가느스름하게 뜨자 맥켄나는 제 손으로 자기 입을 툭툭 두드리고는 귀여운 척 "쩩?" 하고 울었다. 나름대로는 새

일 때 모습을 떠올리려고 한 듯했지만, 또래의 사촌에게 하기엔 몹쓸 짓이었다. 맥켄나가 잘생겼다 한들 하인리의 눈엔 징글징글한 친구일 뿐이었으니까.

사람은 망각하는 동물이었고, 자신에게 관대한 동물이었다. 하인리는 자기가 나비에 앞에서 귀여운 새인 척 애교 부리던 걸 까맣게 잊고 신경질을 부렸다.

"넌 가끔 아주 부담스러워. 알아?"

"……왜 부르셨습니까? 바쁩니다. 폐하께서 45분째 결재를 안 해주셔서, 지금 몹시 바쁩니다."

"결재를 안 해줬음 더 한가해야 하는 거 아냐?"

"마음이요! 마음이 바쁘다고요! 결재 좀 해주세요!"

"해줄 거야. 아주 중요한 질문을 한 다음."

"보나 마나 황후 폐하에 대한 질문이겠죠. 뭡니까?"

맥켄나가 체념해서 묻자, 하인리는 고개를 저었다.

"너에 관한 이야기야."

"저 장가보내주시려고요?"

"혹시 내가 침대에 웅크리고 있을 때 말이다."

"언제요?"

"퀸에게 연극한 걸 들킨 후. 부끄러워서 이불 안에 파고들었을 때."

"아…… 예. 그때요."

"위에서 날 덮었니?"

"제가 그런 징그러운 짓을 왜 합니까?"

맥켄나가 질색하며 묻자 하인리의 표정이 창백해졌다. 그 표정을 본 맥켄나는, 그가 괜히 시비를 거는 게 아니란 걸 알아차리고 떨떠름해서 물었다.

"왜요? 그때 무슨 일 있으십니까?"

하인리는 대답 대신 또 물었다.

"맥켄나. 혹시, 그날 퀸이 나한테 다녀갔어?"

맥켄나는 눈썹을 치켜올렸다. 나비에의 냉랭한 표정을 본 그는, 부부싸움이 일어날 걸 대비해 자리를 피한 후 곧장 아래층으로 내려갔다. 이후의 일은 따로 물어보지 않았다. 남이 부부싸움 한 이야기를 캐묻고 싶진 않았으니까. 하지만 맥켄나는 당연히 하인리가 나비에와 대화를 나누었으리라 여겼다. 지금까지는. 그런데 다녀간 줄도 모르고 있었다니……?

"네. 헌데 왜요? 진짜로 무슨 일 있으셨습니까?"

맥켄나의 대답에 하인리가 두 손으로 자기 얼굴을 덮고 절규했다.

"폐하?"

놀라서 엉거주춤 몸을 일으킨 맥켄나는 고개를 뻗어, 손 아래 가려진 하인리의 표정을 살폈다. 몹시 괴로워하는 얼굴이었다.

"왜요? 무슨 일이신데요? 혹시 저라 생각하고 막 엎어치기하고 그러셨습니까?"

"위에서 누르기에…… 난 당연히 넌 줄 알고……."

"진짜 엎어치기했습니까?"

"무겁다고 했다."

자신이 하인리에게 엎어치기 당했을 때를 떠올리고 두려워하던 맥켄나는, 의외로 하인리의 고백이 생각보다 순하자 고개를 갸웃했다.

"그게 왜요?"

그 반응에, 하인리는 멍한 표정으로 맥켄나를 쳐다보았다. 그게 왜요? 그게 왜요라고?

그러나 맥켄나는 진심으로 뭐가 문제인지 모르겠단 얼굴이었다.

"퀸은 그 말을 싫어해. 지금 그 말 때문에 나한테 화가 나신 것 같아."

"네? 왜요?"

"그 말을 싫어하니까."

맥켄나는 눈을 동그랗게 뜨고는 영문을 몰라 되물었다.

"무거워서 무겁다고 하는데 왜 화가 나셨을까요?"

그러나 말이 끝나자마자 뒤에서 낮게 가라앉은 목소리가 들리며 오한이 들었다.

"그렇군요. 무거운 걸 무겁다고 했는데 화날 이유가 없지. 무거워서 무겁다고 했을 뿐인데 왜 화를 내는지, 그게 궁금하던가요, 하인리?"

맥켄나는 천천히 뒤를 돌아보았다. 문가에 나비에가 선 채 생글웃고 있었다. 눈 깜짝할 사이 그 표정은 매섭고 차갑게 변했다. 툭 건드리면 얼음으로 된 가시가 삐죽삐죽 솟아나 발사될 것 같았다. 맥켄나는 이제야 알아차렸다. 아, 이래서 폐하께서 저렇게 떨고 계셨구나.

두 남자의 표정이 똑같이 굳은 걸 무시하며 나는 성큼성큼 안으로 들어가 태연히 말했다.

"전해줄 게 있어 왔어요."

말을 마치자마자, 나는 굳어 있는 맥켄나에게 들고 있던 서류를 획 내밀었다. 맥켄나가 기계처럼 서류를 받자, 이번엔 하인리에게 다가가 그의 책상 위에 서류를 내려놓았다.

"퀸."

하인리가 그제야 황급히 몸을 일으키며 배시시 웃었다. 잘난 얼굴과 사랑스러운 미소를 활용해서 자신의 실수를 무마해보겠다는 거지. 머리 굴리는 소리가 여기까지 들린다.

하지만 나는 그 모습을 비꼬는 대신, 그냥 아무렇지 않게 웃고서 손가락으로 서류를 짚었다. 할 말이나 빨리 해주고 갈 셈이었다. 사실, 저렇게 과도하게 눈치를 보게 할 만큼 화가 난 것도 아니고. 라스타가 내게 언니 언니 부르고, 소비에슈가 라스타와 관련된 일을 다 내 탓을 하던 때에 비하면 이 정도는 뭐. 별거 아니었다.

그러나 막 입을 떼기 전.

"폐하."

집무실 입구에서 유님이 하인리를 불렀다. 쳐다보자, 그가 곤란해하는 표정으로 서 있는 게 보였다.

"무슨 일이지?"

하인리도 내 앞에서 쩔쩔매던 걸 멈추고 황제다운 표정으로 물었다. 정말로 무슨 일이라도 있나? 유님은 몹시 곤란하단 얼굴로 대답했다.

"크리스타 님께서 찾아오셨습니다."

하인리는 미간을 찌푸리고서 명령했다.

"무슨 일로 오신 건지 먼저 여쭈어라."

그러고는 내 눈치를 살폈다. 나는 아까 반쯤 장난으로 차갑게 굴던 걸 그만두고서, 그의 어깨 위에 가볍게 손을 올렸다. 자기가 원해서 벌어진 일이 아닌데도, 하인리는 여전히 크리스타 이야기가 나오면 내 눈치를 많이 살핀다. 괜찮다고, 이젠 그러지 말라고 말해주고 싶었다.

"폐하, 그게……."

그러나 유님은 아까보다 더욱 당황한 표정으로 다시 돌아와 말했다.

"직접 만나보셔야 할 것 같습니다."

무슨 일이기에? 유님의 표정이 심상치가 않아서, 나는 하인리에게 '난 괜찮으니 만나보아라'는 신호로 고개를 끄덕였다. 하인리는 미간을 찡그렸지만 결국 크리스타가 들어오게 해주었다.

잠시 후, 크리스타가 케트런 후작과 함께 들어왔다. 그런데 확실히 이상했다. 그녀의 차림새가 지나치다 싶을 정도로 수수했다. 드레스는 평소 입고 다니는 옷보다 어두운 색상이었고, 장신구 하나 없었다. 머리 역시도 별달리 치장하지 않고 하나로 묶어 늘어뜨렸고. 더 이상한 건, 유님이 몹시 죄송스러운 표정으로 내 눈치를 살피고 있단 점이었다.

'무슨 일이기에?'

유님의 표정과 크리스타의 행색, 그리고 분노한 듯한 케트런 후작의 표정. 이 모든 것들이 내게도 불안한 예감을 전해주었다.

크리스타는 힐긋 나를 보았지만 별 인사 없이 하인리에게만 말했다.

"잠시 사람들을 물려주시겠습니까, 황제 폐하?"

저기서 말하는 '사람들'은 아마 날 말하는 거겠지.

"죄송합니다, 형수님."

그러나 하인리는 딱 잘라 거절하고서 내게 '가지 말아요'라는 신호를 슬쩍 보냈다. 어차피 갈 마음이 없기에, 나는 그의 옆에 선 채 케트런 후작을 살폈다. 케트런 후작의 화난 표정이 너무 거슬려서.

화난 표정이기는 한데…… 이상하지? 왜 내 눈엔 저게 꾸며낸 표정으로 보일까? 연기를 잘하지만 경험은 없는 배우가, 무대에서 자신의 연기력을 최대한 보여주려 애쓰는 것 같잖아?

그사이, 크리스타는 그럴 줄 알았다는 듯 쓸쓸하게 웃으며 말했다.

"그렇군요. 그러면 여기서 그냥 말씀드리겠습니다. 저는 제안할 게 있어 찾아왔습니다."

제안?

"제안이요?"

잠시 크리스타가 말도 숨도 멈췄다. 순간 방 전체가 묘한 긴장감에 바싹 건조해졌다. 크리스타의 입에서 어마어마한 말이 나올 거란 예감이 닥쳐왔다. 그 메마른 분위기 속에서, 크리스타는 천천히 입을 열었다.

"날 정부로 받아줘요."

그리고 툭 튀어나온 말. 바싹 건조해진 방 안에 그 말이 찬물처럼 확 끼얹어졌다. 사방이 조용해졌다. 완전한 정적이 찾아왔다. 아무도 말을 하지 않았다. 나 역시 몹시 놀랐다. 이건…… 생각지도 못한 제안이어서.

정부? 정부로 삼아달라고? 진심이야? 하인리도 자신이 뭘 잘못 들은 게 분명하다 여기는 얼굴이었다. 그러나 막상 어마어마한 발언으로 모두를 놀라게 한 크리스타는 복잡한 표정이었다.

나는 그녀의 생각을 짐작조차 할 수 없었다. 방금 그녀가 한 말이, 내 상식으로는 너무 이해가 안 가는 말이어서.

"형수님. 제가 뭘 잘못 들은 것 같습니다."

정적 후, 하인리는 무표정한 얼굴로 차갑게 말했다. 일말의 정도 느껴지지 않는 얼굴로. 그러나 그 냉랭한 태도 앞에서도 크리스타는 계속해서 자기주장을 펼쳤다.

"나쁜 제안은 아닐 겁니다. 나와 내 가문 사람들이 폐하를 도와 서대제국을 안정시키는 걸 도울 테니까요."

"형수님."

하인리의 표정이 더욱 어두워졌다.

"형수님의 가문이 절 도와 서대제국을 안정시키는 건, 이 나라 귀족으로서의 당연한 의무입니다."

크리스타는 그늘진 미소를 지으며 물었다.

"요즘 저와 폐하 사이에 도는 소문, 폐하께서도 들어보셨겠지요?"

자신의 추문을 직접 공개한 그녀는, 함께 온 케트런 후작의 팔을 꽉 한 번 잡은 후 가련한 모습으로 하인리를 응시했다.

"사람들이 수군거리는 것처럼 전 폐하를 마음에 두고 있습니다."

"형수님!"

더 듣기 싫다는 듯 하인리가 한쪽 귀를 막으며 유님에게 명령했다.

"유님! 형수님을 모시고 나가."

유님이 얼른 달려왔으나 케트런 후작이 유님을 뿌리쳤다. 크리스타는 이 모든 소동이 자신과 관련 없다는 듯, 하인리를 쳐다보며 웃었다.

"압니다, 폐하께서는 절 마음에 두고 있지 않으시지요. 하지만 한 번뿐이지만 폐하께서도 절 받아주셨잖아요?"

"형수님!"

"우리는 분명 밀회를 했고, 많은 귀부인들이 그 광경을 보았습니다. 그 일로 제 정숙한 이미지와 평판은 모두 망가졌지요. 목격자가 없다면 저도 한밤의 꿈으로 간직하려 했으나, 이렇게 된 이상 어쩔 수 없습니다. 우리는 성인이에요. 저도 폐하도 그날 밤 일에 대해 책임을 져야 합니다."

로즈의 표현에 따르자면, 사교계는 말 그대로 발칵 뒤집혔다. 하인리와 크리스타가 밀회를 했다며 수군거리던 귀족들은, 크리스타가 대놓고 자신을 정부로 삼으라 요구하자 다들 얼이 나가버렸다. 그들도 크리스타의 파격적인 행보를 이해하기 어려운 듯했다. 나 역시 크리스타가 어떤 마음으로 그런 행동을 한 건지, 완전히 이해하긴 어려웠다. 그래도 굳이 짐작해보자면…….

"컴프셔에 가게 되더라도 추문을 피할 수 없을 거라 생각했을 겁니다."

지금 컴프셔로 가면 오히려 도망간 인상을 주어서, 사람들에게 얕잡아 보일 수도 있다. 이렇게 해도 저렇게 해도 추문을 피할 길이 없으니, 오히려 정면 돌파를 선택한 게 아닐까? 어쩌면 크리스타는 자신의 남은 인생을 이번에 다 걸고 도박을 시도한 건지도 모르지.

"그래도 그렇지, 황제 폐하의 발목을 잡고 늘어지다니! 악질적입니다!"

하인리가 절대 그럴 사람이 아니라고 믿고 있는 마스타스는, 소문을 듣자 분노에 차 씩씩거렸다. 반면, 로라와 주베르 백작 부인은 크리스타를 욕하면서도 하인리에 대해서는 말을 아꼈다. 내가 하인리를 두둔하니까 믿는 시늉은 하지만, 소비에슈에게 덴 적이 있다 보니 크리스타의 말이 사실일지도 모른다 여기는 눈치였다. 그들은 크리스타가 제2의 라스타가, 하인리가 제2의 소비에슈가 될까 봐 염려하는 듯했다.

"더 웃긴 건요, 황후 폐하. 크리스타 님의 집안사람들은 다 그 허무맹랑한 말을 지지한답니다."

"그 사람들은 그럴 수밖에요."

크리스타가 거짓말을 하는 게 발각되면, 덩달아 망신살이 뻗치게 되었으니. 그 사람들이 그렇게 나오는 건 전혀 놀랍지 않다.

한참을 씩씩댄 시녀들이 나간 후에는, 하인리가 찾아와 차분한 목소리와 떨리는 눈동자로 맹세했다.

"퀸. 절대 아닙니다. 절대로 그런 일은 없었어요."

"당연히 믿어요."

나는 하인리를 진정시킨 후, 절대로 그를 의심하지 않으니 이 일을 해결할 방도나 찾으라고 내보냈다. 하지만 나도 가만히 있을 생각은 없었다.

'이걸 벌써 사용하게 될 줄은 몰랐지만……'

나는 책상으로 가서 안쪽에 난 작은 버튼을 눌렀다. 이 버튼을 누르면 서랍 크기의 비밀 공간이 나타나는데, 여기에…… 아. 여기 있네. 카프멘 대공에게 부탁해 받은 명단이 있지.

아무리 크리스타가 시녀들에게 잘 대해준다 한들, 일차적으로 귀족들을 묶는 건 권력이다. 정 때문에 크리스타의 곁에 남아 있고, 다른 시녀들의 눈치를 보느라 입도 다물고 있지만, 속으로는 시녀 일을 그만두고 싶어 하는 사람들도 있을 테고. 이 점을 염두에 두고, 카프멘 대공에게 크리스타의 시녀들을 조사해달라 부탁한 적이 있지. 이 명단은 그 결과물이었다. 크리스타의 시녀들, 그들이 속한 가문, 그들의 평소 불만, 크리스타에 대한 충성심의 정도 등이 적힌 결과물.

나는 책상 위에 명단을 놓았다. 그리고 그 명단 속 인물 중에서, 충성심이 약한 데다 지금 상황을 불만스레 생각하는 사람 몇몇을 골랐다. 사람을 고른 후에는 내 시녀들을 시켜 그들을 은밀히 데려오게 했다.

"크리스타 님이 무슨 수를 쓰든, 이미 떠나간 권력을 되찾을 수는 없어요."

영문을 모른 채 불려온 그들에게, 나는 그들이 평소 가지고 있던 생각, 가장 두려워하던 생각을 그대로 들려주었다.

"크리스타 님은 자식이 없으니 나와 폐하의 눈치를 볼 일도 없고, 전 왕비이니 웬만한 일로는 처벌도 받지 않지요. 일이 잘못되어도 그분은 지금처럼 전 왕비님일 겁니다. 하지만 여러분은 지금 같은 영광을 그대로 누릴 수 있을까요? 또 여러분의 가족과 아이들은 어떨 것 같나요?"

원래 그들이 가지고 있던 두려움을 한 번 흔들어주는 것뿐이라 결과는 대번에 나타났다. 그래도 의리가 더 중요하다는 시녀들도 많겠지만, 그 시녀들은 애초에 부르지도 않았으니.

"잘 생각해보고, 마음이 바뀌었다면 다음 국무회의 때 와서 진실을 밝혀줘요."

나는 일부러 그들에게 여유롭게 말한 후 일어나며 덧붙였다.

"거짓말은 할 필요도 없고 원하지도 않아요. 크리스타 님이 폐하와 밀회를 했다 주장하는 그 시각에, 정말로 어디 있었는지 진실만 알려주면 되니까요."

나비에가 크리스타의 주장을 무마하기 위해 그녀의 시녀들을 조사하고 부르는 동안, 하인리는 크리스타의 아버지인 즈멘시아 노공작을 불렀다. 그렇지 않아도 노공작은 딸의 폭탄 발언으로 인해 골머리를 단단히 앓고 있었다. 그런 와중에 황제가 자신을 부르자, 그는 좋은 일이 아닐 거라 미리 짐작하고서 잔뜩 굳은 얼굴로 찾아왔다.

사고를 쳤다고 해도 자식이었다. 노공작은 하인리가 어떤 식으로 나오든 크리스타를 두둔할 생각이었다. 크리스타를 위해서도 그 자신과 가문을 위해서도.

능구렁이라 소문난 황제를 상대하는 게 쉽진 않겠지만, 노공작은 자신의 풍부한 경험을 믿었다. 젊은 황제가 어떻게 나오든 흔들리지 않을 자신이 있었다. 그러나 방 안으로 들어와, 편한 의자에 여유롭게 앉은 하인리를 보았을 때. 노공작은 이 만남이 쉽지 않으리란 직감을 받았다. 크리스타의 파격적인 발언으로 안 좋은 소리를 듣는 건 하인리 역시 마찬가지인데, 그는 전혀 신경 쓰지 않는 태도였던 것이다.

허세겠지. 노공작은 원래도 자유분방한 하인리를 싫어했기에, 애써 꼬아서 생각했다. 그러나 그가 자리를 잡고 앉는 동안, 빙그레 웃으며 쳐다보는 하인리는 영 찝찝했다.

"부르셨습니까, 황제 폐하."

그래도 노공작은 최대한 예의를 차려 인사를 건넸다. 그러나 하인리는 노공작의 인사가 무색하게도, 바로 본론을 꺼냈다.

"굳이 나와 척을 질 필요가 있을까?"

"무슨 말씀이신지……?"

노공작은 하인리가 무슨 말을 하는지 바로 알아들었지만, 일단 한 번 발뺌하며 무거운 눈꺼풀을 들어 하인리를 쳐다보았다. 하인리는 여전히 소파에 흐트러지듯 앉은 채였다. 입가의 미소 역시 마찬가지였다. 아니, 오히려 그 미소는 노공작의 발뺌에 더욱 짙어졌다.

하인리는 다시 상냥하게 물었다.

"당장 체면을 지킬 수는 있겠지만, 이후 일은? 그건 감당할 수 있겠나?"

말투는 상냥하지만, 내용은 협박이었다. 노공작은 발뺌을 멈추고 같이 웃으며 인자한 척 대답했다.

"이후 일을 감당하기 어려운 건 폐하시겠지요."

"그렇게 생각해?"

"평판이야 둘 다 깎이겠지만, 크리스타는 자기 입으로 직접 이 일에 책임을 지겠다 했습니다. 그러니 왕비였던 몸으로 정부가 되겠다는 선언을 한 거지요. 이건 용감한 행동입니다. 하지만 폐하께서는 크리스타와의 일을 책임지지 않으려 하십니다. 사람들이 이 일을 어찌 볼 것 같습니까?"

"둘 다 별로지만 책임을 지려는 쪽을 그나마 좋게 본다……. 이 말을 하고 싶은 모양이군."

"미신이 어찌 그리 과격한 말을 하겠습니까. 하지만 크리스타를 이대로 내치시거나, 이 일을 빌미로 삼아 크리스타의 주위 사람에게 해코지한다면, 폐하의 평판은 자연히 떨어질 겁니다. 폐하께서는 이미 남의 나라 유부녀를 아내로 맞이한 전적이 있지 않으십니까."

왕들은 자신의 평판에 민감했다. 그들은 막대한 권력을 쥐고 있으면서도, 늘 사방을 살피며 경계했다. 누가 내 권력을 뺏으러 오진 않을까, 내내 걱정하면서. 노공작은 이 점을 교묘하게 긁고 있었다.

하인리는 짧게 바람 빠지는 소리를 내며 웃더니, 꼬고 있던 다리를 바로 했다. 그러나 두려워하는 기색이나 화난 기색은 없었다. 그는 오히려 턱을 괴고 부드럽게 웃으며 노공작과 눈을 맞추고 속삭였다.

"오해한 모양인데, 공작. 난 어차피 그쪽으론 평판이 쓰레기야. 내가 여기서 더 떨어질 평판이 어디 있다고."

"!"

"난 무슨 행동을 하든, 쓰레기가 쓰레기 짓을 했단 소리밖에 안 들어. 그러면 여기서 질문. 내가 즈멘시아 가문, 케트런 가문, 기타 그쪽 관련 집안사람들을 쳐내기 시작하면, 사람들은 무슨 소리를 할까? 궁금하지 않나?"

하인리의 눈꼬리가 가늘게 휘어졌다.

"난 되게 궁금한데."

노공작은 이를 갈았다.

"절 협박하시는 겁니까."

하인리는 눈웃음을 지으면서 단답했다.

"어."

황제의 정부가 되려면 공식적인 계약서가 필요하다. 보통은 황제 본인의 의사만으로 이 정부 계약서를 작성할 수 있지만, 사안이 사안이다 보니 크리스타에 대한 일은 국무회의에까지 부쳐지게 되었다. 의외인 건, 하인리가 국무회의에서 크리스타 안건을 토론하자는 제안을 너무 쉽게 받아들였던 점이었다. 나름대로 대비를 해 두어서일까?

어쨌든 이 회의에는 나 역시 참가했고, 다른 귀족과 관리들 역시도 다양하게 참석했다. 심지어 크리스타까지도 장례식에 온 것처럼 단정하고 수수한 검정색 옷을 입고 참석했다. 하인리는 내 옆에서는 내내 시무룩한 표정이었지만, 회의가 시작되자 표정을 읽기 힘들 정도로 덤덤해졌다.

관리들은 다양하게 목소리를 냈다. 일이 이렇게 되었으니, 어쩔 수 없지만 크리스타가 정부가 되는 걸 인정해야 한다는 입장, 일은 무슨 일이냐며 말도 안 된다는 입장, 설령 크리스타와 하인리 사이에 뭔가 있던 게 사실이라 하더라도 정부 계약은 할 수 없다는 입장 등.

하지만 피로연에서 크리스타와 하인리가 함께 있는 모습을 목격한 이들이 많다 보니, 대부분은 다들 크리스타의 말을 믿는 눈치였다. 가장 목소리를 크게 낼 수 있는 즈멘시아 공작이 침묵을 지키는 게 이상하긴 했지만, 분위기는 예상했던 것과 비슷하게 흘러갔다.

하인리는 마치 자기 일이 아닌 것처럼 그 모든 회의를 태연히 참관했다. 나는 그 모습에 더욱 마음이 아팠지만, 사람들 앞에서는 일부러 하인리를 챙기지 않았다. 아직 일이 정리되지 않은 상황인데 내가 하인리를 챙기는 걸 보면, 사람들은 부부간에 신의가 두텁다 여기는 게 아니라, 내가 크리스타를 앞에 두고 얄밉게 군다고 여길 테니까.

하인리에게도 미리 말을 해둔 부분이기에 그는 개의치 않는 것처럼 굴었다. '개의치 않았다'가 아니라 '않은 것처럼 굴었다'인 건, 그가 자꾸 머리카락을 쓸어 올리며 내 눈치를 살폈기 때문이다.

어쨌든 나는 몸을 웅크린 짐승처럼, 분위기가 고조되기를 기다렸다. 상황을 확실하게 반전시키려면 다들 흥분시켜두는 게 좋으니까. 하인리를 향한 비난이 가장 높아졌을 때. 내가 지금 노리는 반전 타이밍은 그때였다.

며칠 전 크리스타의 시녀 두 명이 증언하겠다고 심부름꾼을 보내왔지. 내가 신호를 보내면 그 두 사람이 나와서, 문제가 된 그날 밤에 크리스타가 하인리와 있지 않았단 걸 알려줄 것이다.

"선왕 전하께서는 크리스타 님을 잘 보호해달라고 황제 폐하께 직접 말씀하셨습니다. 돌아가시면서도 유언으로 남기셨지요. 그런데 황제 폐하께서는 결혼한 지 하루 만에 형수였던 분을 모욕한단 말입니까!"

"모욕이라니요! 단어 선택에 주의하세요, 케트런 후작!"

"뭐 그럼 영광이라 말해야 한단 말입니까?"

그런데 슬슬 나서야 되겠다 싶을 즈음. 알아듣기 힘든 외국어가 뜬금없이 끼어들었다. 륍트어였다. 난데없는 외국어에, 시끄럽게 싸워대던 관리들이 동시에 조용해졌다. 그들의 고개가 소리가 난 곳으로 돌아갔다.

당연하겠지만 갑자기 륍트어를 한 사람은 카프멘 대공이었다. 사람들의 시선이 자신에게 집중되자, 대공은 기다렸다는 듯이 천천히 중앙으로 걸어 나와 섰다.

카프멘 대공이 갑자기 왜 나선 거지? 나는 당황해서 그를 쳐다보았다. 크리스타의 시녀들을 조사하는 데 그가 준 명단을 사용하긴 했지만, 직접 그와 얼굴을 맞대고 도움을 받은 적은 없었던지라, 대공이 지금 나타나는 건 예상하지 못한 일이었다.

그러나 놀라운 건 여기서부터 시작이었다.

"웬만하면 남의 나라 일엔 참견하지 않으려 했지만, 제 일이기도 하다 보니 끼어들게 되었습니다."

"대공의 일이라니? 무슨 소리요?"

나는 이 부분에서 잠시 긴장했다. 혹시 그가 완전한 진실을 밝히려는 걸까? 그러나 지금 상황에서는 진실이 오히려 더 좋지 않았다. 사람들은 '사랑의 묘약' 이야기에 자극적인 상상을 할 테니까.

"황제 폐하께서는 그날 밤, 저와 함께 계셨습니다."

"!"

그러나 카프멘 대공이 꺼낸 말은 정공법이었다. 그는 다른 변명을 할 것도 없이 그냥 자기 이름을 팔았다.

"정말이오? 카프멘 대공, 괜히 황제 폐하께 잘 보이려 거짓말하는 게 아니오?"

케트런 후작이 차갑게 물었지만, 카프멘 대공은 태연자약하게 거짓말을 이었다.

"저와 폐하가 함께 나간 모습을 본 사람이 많을 겁니다. 제가 잠시 자리를 비운 사이에 폐하께서 크리스타 님을 만났는지 아닌지는 모르겠지만……."

카프멘 대공은 여기서 잠시 말을 멈추더니 힐긋 크리스타 쪽을 살핀 다음 말을 이었다.

"이후 폐하께서는 다시 저와 만나 교역 문제로 이야기를 했습니다."

크리스타의 속마음을 읽어서, 이후 크리스타와 하인리가 떨어져 있던 걸 확실하게 확인한 듯했다. 카프멘 대공이 하인리와 함께 나갔단 건, 이미 몇 차례 목격자들이 이야기한 내용이었다.

심지어 크리스타 쪽 사람들 역시도 이 부분은 인정했다. 물론 그들은 이후 크리스타와 하인리가 함께 시간을 보내며 문제 될 행동을 했다…… 이런 식으로 이어갔지만. 그런데 지금 카프멘 대공 본인이 와서, 자기가 계속 하인리와 함께 있었다 주장하는 것이다.

말없이 이 사태를 지켜보던 크리스타의 표정이 어두워졌다. 그녀 역시도 이후 하인리의 행방을 모르기에, 대공의 말이 정말인가 생각하는 듯했다.

'그러고 보니 카프멘 대공은 라스타를 만난 눈치였지.'

처음 만난 사람이 라스타였다면 그전까지 카프멘 대공은 다른 사람과 마주치지 않았겠구나. 카프멘 대공 자기의 행방이 감춰져 있으니 저렇게 끼워 넣은 거야. 카프멘 대공이 하인리와 있지 않았단 걸 아는 라스타는 이 자리에 없으니.

하여튼 잘됐다. 카프멘 대공이 바람을 잡았으니, 나도 그걸 타야겠다. 나는 얼른 대기 중이던 크리스타의 시녀 둘에게 눈짓했다.

'나와요.'

시녀 두 사람은 얼른 들어왔다. 그런데 두 명이 아니었다. 뒤를 따라오는 시녀가 세 명 더 있었다.

'설마. 마음을 바꿨나?'

예상보다 사람 숫자가 많아지자 덜컥 불안해졌다. 다섯 명 다 내가 회유하려 불렀던 시녀이긴 했지만…… 그들이 마지막 순간에 결국 크리스타를 선택할 가능성은 여전히 남아 있으니까.

초조하게 주먹을 꽉 쥐는 순간.

"크리스타 님은 그날 일찍 돌아오셨습니다."

다행스럽게도, 나타난 시녀들은 내가 기다렸던 말을 해주었다.

됐다!

"방에 돌아오셨을 때 표정이 좋지 않으셨습니다. 밀회를 즐기고 온 분으론 보이지 않았습니다."

"두 시간 정도 방 안에 머물다가 다시 밖으로 나가셨습니다."

"다시 돌아오신 후로는 내내 방 안에 계셨어요."

다른 세 명의 시녀들까지도 다들 앞다투어 그날 일을 이야기했다. 그걸 본 맥켄나는 웃으면서 케트런 후작을 향해 막판 쐐기를 박았다.

"크리스타 님이 외출하셨단 그 시각에, 폐하께선 비서들을 모아놓고 회의 중이셨지요. 아까 말씀드렸다시피."

"……."

케트런 후작은 구겨진 얼굴로 재빨리 하인리의 눈치를 살폈지만, 하인리의 표정은 모호해서 알아보기 쉽지 않을 것이었다. 하인리는 회의가 진행되는 내내 자신을 변호하기보다는 이런 식이었으니.

회의장 안이 조용해지자 자연스럽게 크리스타에게로 시선이 몰렸다. 크리스타는 창백한 얼굴이었지만 여전히 고개를 당당하게 들고 있었다.

다음 날. 집무실에 있으려니 부관이 다가와 크리스타가 컴프셔로 떠났단 이야기를 들려주었다. 나는 무표정하게 고개를 끄덕이고서 다시 하던 일을 계속했다. 부관이 날 이상하게 쳐다보는 게 느껴졌지만, 일부러 더욱 무표정을 유지했다.

하지만 속으로는 몇 번이고 안도의 한숨을 내쉬었다. 크리스타가 이 스캔들로 도박을 한 덕에 결국 그녀를 보낼 수 있었지만, 일이 잘못되면 하인리가 형수를 유혹했단 오명을 뒤집어쓸 뻔했다. 그 생각을 하는 것만으로도 가슴이 섬뜩했다.

일을 마치고 저녁 시간이 되었을 때. 결국 나는 방에서 하인리를 만나자마자 충동적으로 그의 머리를 꽉 끌어안았다.

"퀸?"

"······내 건데."

"네?"

그의 정수리에 머리를 파묻고 냄새를 들이마셨다. 익숙하고 포근한 향을 맡자 두근거리던 가슴이 조금 진정되었다.

"퀸, 이제 화는 다 풀렸습니까?"

눈치 없는 새는 이 와중에도 그저 좋다고 웃으면서 물었다. 대답 대신 나는 그의 입술을 덮어버렸다.

짧은 입맞춤을 하려 했는데. 눈 깜짝할 사이 그가 거칠게 주도권을 가져갔다. 정신을 차리고 나니 난 그의 허벅지 위에 앉아 있었고, 다시 정신을 차리고 나니 테이블 위에 누워 있었고, 다시 정신을 차리고 나니 이번엔 하인리가 내 아래에 깔려 있었다.

장소를 바꾸어가며 옷 사이사이로 드러난 서로의 살이란 살을 다 깨물고 키스를 퍼부은 탓에 하인리는 입술이 평소보다 더 붉게 부풀어 있었다. 적포도처럼 붉고 탐스러워서 세게 누르면 과일즙이 나올 것 같았다.

그 생각을 하자마자 손을 올려 그의 입술을 마구 문질러보았다. 하지만 아무리 세게 눌러도 입술은 말랑거리기만 할 뿐 과일즙이 나오진 않았다. 그러다 손가락이 그의 입안으로 들어가자, 하인리는 내 손톱 주위를 아프지 않게 물면서 내 등을 위에서부터 아래로 천천히 쓸었다.

옷 위를 쓰는데도 그의 손길은 내 피부에 각인된 것처럼 또렷하게 느껴졌다. 나는 하인리의 입술에서 손을 떼고 그의 윗단추를 두개 풀었다. 꽁꽁 감춰둔 목덜미가 좀 더 드러나자 아직 아무 흔적도 없는 쇄골이 드러났다. 그의 목울대가 크게 한 번 움직이자 머리가 아찔해지면 지난밤 그의 흐트러진 모습이 떠올라 숨이 몹시 가빠졌다.

그러다 여기저기 붉은 자국으로 얼룩진 목덜미를 보는 순간. 내가 미쳤단 생각이 들었다. 하인리는 내 시선이 어디에 닿는지 눈치채자 웃으면서 놀려댔다.

"보이는 곳엔 자국을 남기지 말자더니."

하나를 배우면 백을 깨우치신다는 내 제자께서는, 이젠 진한 입맞춤을 하면서도 정신이 멀쩡한가 보다. 귓가를 지분거리는 손길에는 어느새 장난기가 가득했다.

그의 가슴을 짚고서 일어나자, 하인리는 내 날개뼈 부근을 감싸자기 쪽으로 끌어당기며 졸랐다.

"미안해요. 남겨도 좋으니 계속해요. 응?"

나는 그의 뺨을 손으로 감싸고 엄지로 입술과 인중, 코끝을 만지작거리다가 고개를 젓고 일어났다.

"아직 저녁 식사를 안 했잖아요."

하인리는 몇 번 눈을 깜빡이다가 황당하다는 듯이 물었다.

"이 와중에 저녁 식사를 한다고요?"

그럼. 해야지.

"일어나요."

손을 잡고 일으켜주자, 그는 엉거주춤 일어나더니 세수를 하고 오겠다며 나갔다. 테이블에 앉아 기다리자, 잠시 후 하인리는 상심한 얼굴로 나타났다. 그 모습이 우스웠지만, 놀리진 않았다. 지금 하인리의 기분이 어떨지 약간은 알 수 있으니까.

"퀸. 그대는 가끔, 날 손바닥 위에 올려두고 반응을 지켜보는 장난 많은 신처럼 보입니다. 아니요?"

"대신관님이 들으면 달려와서 서약서를 찢어버릴 것 같은 말이네요."

별 농담도 아닌데 하인리는 웃음을 터트렸다. 입가를 냅킨으로 닦으며 물끄러미 바라보자, 바로 머쓱해하긴 했지만. 하지만 그가 내 농담에 웃어주는 게 마음에 들었다. 내 농담을 이해하고 반응해주는 사람은 극히 드무니까. 기분이 좋아지자 자연스럽게 미소가 흘러나왔다.

"퀸. 아까…… 한 말. 다시 들려줄 수 있나요?"

"대신관님이 들으면 달려와서 서약서를 찢어버릴 것 같은 말이네요."

"아니, 그게 아니라."

이번엔 농담을 한 게 아닌데. 하인리가 다시 웃음을 터트렸다. 그는 입술 끝을 주먹으로 누르면서 어깨를 떨더니, 눈이 초승달처럼 휘어졌다.

"입 맞추기 전에 한 말이요."

'내 건데'라고 중얼거렸던 걸 말하나 보다. 나는 괜히 포크를 들고서 완두콩을 슬쩍 휘저었다. 그건 감정이 북받쳐서 한 말이었다.

맨 정신에 하려니 쑥스러웠다.

"퀸?"

"기억이 나지 않아요."

"제가 퀸 거라고 했습니다."

거참 고맙네. 친히 내 기억을 되살려준 하인리는, 다시 한 번 졸랐다.

"이제 기억났으니 말해줘요."

한 마디 하는 게 뭐가 그리 어려울까. 하지만 저렇게 반짝거리는 눈으로 보고 있자니, 그 한 마디가 괜히 어려웠다. 머쓱한 기분에 완두콩을 다시 휘젓자, 하인리는 질문의 방향을 바꿨다.

"이젠 제 마음을 받아줄 준비가 되었습니까?"

"잘 모르겠어요."

"……."

"하지만 그대가, 원하지 않는 사람과 맺어지는 건 별로……."

기분이 좋지 않더라, 하고 말하려 했는데. 그 전에 눈이 마주쳤다. 하인리는 고작 이 말에도 기분이 좋은 듯했다. 그는 내 말을 긍정적인 신호로 해석했는지, 입술 끝을 올리며 웃었다. 그 사랑스러운 표정을 보자 진심으로 궁금해졌다. 난 별로 착하게 살지도 않았는데. 어떻게 이런 남자를 남편으로 맞이한 걸까?

하지만…… 나는 그를 향해 가볍게 웃고서 다시 완두콩에 집중했다. 하인리가 날 사랑한단 건 믿는다. 저런 표정과 행동을 보면서 모를 리가 없지. 그렇지만 하인리가 영원히 진심일 거란 생각은 여전히 할 수 없다. 그에겐 미안하지만, 영원한 사랑은커녕 오래가는 사랑도 믿을 수 없다.

하인리의 마음을 받아들이는 건 쉬운 일이겠지. 나는 이미 그의 애정에 흠뻑 젖어 있었으니까. 그가 내게 건네는 꽃다발은 점점 더 커다래져서, 앞이 절벽이란 게 보이지 않을 지경이었다. 한 걸음. 딱 한 걸음만 내딛는다면 나는 완전히 그에게 빠져버릴 것이다.

하지만 그 후에는? 높은 곳에서 떨어질수록 확실하게 몸은 으깨어진다. 하인리의 사랑은 달콤하기에 그 끝은 더욱 냉정할 터였다. 소비에슈 때와는 비교도 되지 않을 만큼 고통스럽겠지. 평생 그가 나만 사랑하리란 가능성에 매달려 불안해하는 건 비효율적이었다. 사건은 터지기 전에 대비하는 게 낫고. 그러니 지금의 선을 지키자. 그가 다른 사람을 사랑하게 되더라도, 많이 아파하지 않을 이 위치를 지키자.

크리스타를 봐봐. 많은 귀족들의 지지를 받을 만큼 현명하게 굴었지만, 결국 마지막엔 사랑 때문에 스스로를 망쳤잖아? 하인리를 사랑하지 않았더라면, 크리스타는 날 싫어하더라도 내색하지 않았겠지. 날 적으로 만드는 대신 가엾은 전 왕비의 위치를 지키며 선왕의 유언을 방패로 삼았을 거다.

난 그렇게 되고 싶지 않았다.

"도대체 이 고운 머리로 무슨 생각을 하는 걸까."

하인리는 잠든 나비에의 옆모습을 물끄러미 바라보았다.

저녁 식사 때, 완두콩을 포크로 집은 채 심각해진 모습은, 당장 그림으로 그려 간직하고 싶을 정도로 귀여웠다. 하지만 그 표정은 정말로 어둡고 진지했다. 절대로 좋은 생각을 하는 게 아니었을 것이다.

하인리는 나비에가 그런 표정을 지을 때마다 몹시 궁금했다. 도 대체 무슨 생각을 하는 걸까? 왜 날 앞에 두고 표정이 저렇게 어두 운 걸까? 그는 잠든 나비에의 볼과 귀, 관자놀이에 가볍게 입을 맞 추다가, 동그란 어깨에 자신의 이마를 비볐다.

"사랑해요."

작은 목소리로 귀에 속삭였지만 대답은 들려오지 않았다.

"사랑해요."

그래도 하인리는 끊임없이 귀에 속삭였다. 어차피 깨어 있으나 잠들어 있으나, 대답해주지 않는 건 마찬가지. 전혀 어색하지 않 았다.

"하루만 심장을 바꿔 달았으면 좋겠어요."

하인리는 나비에의 어깨에 코를 묻고 있다가, 슬쩍 등에 귀를 대 보았다. 들려오는 심장 소리는 너무나 편안했다. 이번엔 왼손을 들 어 자신의 심장께를 눌렀다. 심장이 걱정스러울 만큼 빨리 뛰고 있 었다. 하인리는 소리 없이 웃었다.

"그러면 퀸도 내 마음을 믿어줄 수 있을까."

나비에의 어깨에 가볍게 입을 맞추었다 땐 그는, 아쉽지만 침대 에서 일어났다. 옆에 꼭 붙어서 자고 싶지만 해야 할 일이 있었다. 그는 반쯤 흘러내린 이불을 가슴께까지 잘 덮어준 후, 나비에의 볼에 가볍게 입을 맞추고 소리 없이 부부침실을 빠져나와 복도로 나갔다. 벽에 기대어 하품 중이던 마스타스가 졸린 눈으로 자세를 바로 했다.

"폐하. 부르셨습니까."

"요즘 잘 쉬었어?"

웃으면서 질문한 하인리는 대답을 듣지도 않고 계단을 내려갔다. 잠시 후 두 사람은 불 꺼진 집무실 앞에 도착했다. 집무실 앞을 지키고 선 근위기사가 얼른 불을 켜고 문을 열었다. 그때까지도 마스타스는 여전히 하품을 하거나 목을 움직이는 등, 불량한 귀족처럼 굴었다. 하지만 문이 닫히자 바로 자세를 바로 하며 하인리를 응시했다.

충성을 바치기는 근위대도 마찬가지겠지만, 지하 기사단과 하인리의 관계는 그보다 더 특별했다. 하인리는 자신이 왕자였던 시절부터 기르고 가꾼 지하 기사단을, 근위대보다 더 믿었다. 이 믿음은 은밀한 명령으로 종종 나타났다. 지금이 꼭 그런 상황이었다.

하인리는 책상 앞에 걸터앉으며 물었다.

"마스타스. 형수님에 대한 일은 너도 알지?"

"모를 리가요. 그 일로 황후 폐하께서 얼마나 심란해하셨는지 모릅니다."

마스타스는 씩씩거리며 대답했다.

하인리는 눈썹을 세모 모양으로 치켜올렸다.

이후로도 마스타스는 그 일이 나비에에게 얼마나 큰 충격을 주었는지에 대해 떠들었다. 또한 나비에가 얼마나 그 일을 의연히 대처했는지도 열심히 이야기했다.

하인리는 그 이야기를 꾸준히 듣고 있다가, 마스타스가 말을 다 마치자 한숨을 내쉬며 중얼거렸다.

"그래. 형수님은 컴프셔로 가도 아직 불안하지. 지금 순순히 떠난다고 해서 앞으로 어떻게 나올지 알 순 없어. 아직 형수님의 사람들이 많이 남아 있으니."

즈멘시아 노공작을 협박해 당장의 행동은 묶었지만, 그가 이쪽으로 돌아섰다고 장담할 수는 없다. 하인리는 이 점을 말하는 것이었다.

"그자들을 한 번에 없앴다간 내가 형을 독살했단 괴소문은 더욱 커질 테고."

"도대체 그따위 소문은 누가 내는지 모르겠습니다."

"조심해야 한다. 소문은 소문으로 덮는 법이니. 지금은 고개를 숙이고 있지만, 형님의 측근들이 어떤 식으로 소문을 덮을지 몰라."

"예."

마스타스는 슬슬 '그런데 폐하께선 날 왜 부르셨지?' 하고 생각하기 시작했다. 지시할 일이 있다며 늦은 밤중에 따로 부르시기에 바짝 긴장했는데. 그냥 평범한 하소연을 하고 있지 않은가. 그러나 하인리의 본론은 이제부터 시작이었다.

"마스타스. 불안 요소는 굳이 남겨둘 필요가 없겠지?"

"물론입니다, 폐하."

"그러면 어떻게 해야 할까. 어떻게 해야 형수님께서, 또 이상한 말로 퀸을 괴롭히지 않을까?"

"쫓아가서 죽일까요? 산적의 소행으로 위장하면 됩니다."

마스타스의 대답은 몹시 거칠었고, 선대 왕비에 대한 존경심이라고는 조금도 없었다. 이게 바로 근위대와 하인리 개인 기사단의 차이였다. 왕실을 존경하는 근위대와 달리, 하인리의 개인 기사단은 선왕이건 전 왕비건 거침없이 대했다.

하인리는 부드럽게 웃으면서 "아니." 하고 대답했다.

"형님이 유언까지 하셨는데, 죽일 수는 없지."

"그러면 협박을 좀 할까요? 함부로 또 헛소문을 내다간 어떻게 될지 모른다고?"

하인리는 고개를 저었다.

"그걸로도 못 믿지."

하인리는 크리스타가 자존심 높은 귀족이라 여겼기에, 추문이 퍼지면 도망치듯 컴프셔로 떠날 거라 여겼다. 그곳에서 일을 도모하더라도 우선은 자리를 피할 거라고. 하지만 크리스타는 예상 밖의 행보를 보였고, 모두의 예측을 뒤집었다. 하인리는 또다시 막연한 추측에 기대다가, 뒤통수를 맞고 싶지 않았다.

"허면……."

마스타스가 조심스럽게 말끝을 흐렸다. 죽이지도 말라 하고. 협박도 말라 하고. 하지만 그냥 두긴 싫다 하고. 그러면 뭘 어쩌란 건지, 짐작이 가지 않았다.

"형수님이 거짓말을 할 때 함께한 이들이 있지? 컴프셔에까지 따라간다던 사람들."

"예."

"형수님이 그자들을 데리고 저택에 들어가거든, 문과 창문을 모두 폐쇄해 나오지 못하게 막아."

"!"

마스타스는 놀라서 하인리를 쳐다보았다. 가둔단 말인가?

하인리는 한 손으로 턱을 괴고 덧붙여 설명했다.

"문과 창문을 막되, 밖에서는 그런 티가 나지 않게 해. 가둔 게 아니라 스스로 나오지 않는 것처럼 보이게."

"예……."

"깨끗한 물, 맛있는 음료수, 여러 가지 술, 좋아하는 음식들. 이런 건 부족하지 않게 매일 채워드려."

하인리는 빙그레 웃으며 중얼거렸다.

"잘 보살펴드리란 유언은 지켜야지."

잠에서 깨어나 보니 익숙한 온기가 없었다. 하인리와 한 침대를 쓴 이후 이런 적은 드물었는데. 이불 안은 따뜻했지만 그래도 하인리의 체온만큼은 아니었다. 괜히 이불 안에서 혼자 뒤척이다가, 나는 슬리퍼를 신고 복도로 나갔다.

그는 물론 어린아이가 아니고, 복도에는 근위대가 많다. 혹시 걷다가 발을 삐끗하더라도 치료해줄 사람도 많지. 하지만 그래도 걱정되었다.

"폐하께서 어디로 갔는지 봤는가?"

"집무실로 가셨습니다."

이 시간까지 일한다고? 기사의 말을 듣고서, 나는 계단을 천천히 내려갔다. 그러나 집무실까지 갈 필요는 없었다. 층계참에서, 계단을 올라오는 하인리와 바로 마주쳤기 때문이다.

"퀸?"

하인리는 날 보자 계단을 서너 개씩 껑충껑충 건너 뛰어와서는, 자기가 걸친 망토를 벗어 내 위에 덮어주었다.

"추운데 왜 나왔어요."

나는 반만 거짓말했다.

"그대가 보이지 않아서……."

그의 체온이 느껴지지 않아 깨어났고, 그가 걱정되어서 나왔단 소리를 하기엔 영 쑥스러웠다.

"감기 걸려요. 밤엔 아직 쌀쌀한데."

이 날씨에 감기라고?

"왜 이렇게 걱정이 많아요?"

"소심해서 그래요."

하인리는 그렇게 소곤거리고는 나를 자기 품 안으로 꼭 감쌌다.

동대제국에서는 따뜻한 날씨를 맞이해 파티가 열렸다. 귀족들은 따뜻한 날씨를 기념하기 위해, 새로 맞춘 얇은 옷을 입고 파티에 참석했다.

하지만 '따뜻한 날씨를 기념한다'는 건 파티를 열 구실일 뿐이었다. 소비에슈가 파티를 연 건, 사실 사교계의 유명 인사인 에르기를 좀 더 자세히 관찰하기 위해서였다. 소비에슈는 적당히 사람들과 어울리면서도 연신 에르기를 곁눈질했다. 그러나 에르기 공작은 겉으로 보아서는 이상한 점이 하나도 없었다. 그는 평범한 사교계의 바람둥이로 보였다.

그런데 소비에슈가 막 빈 잔을 하인에게 건네고 새로운 잔을 받아 들려 하는 찰나였다. 가까운 곳에서 "앗!" 하는 탄식이 들렸다. 돌아보자, 멀지 않은 곳에서 짙은 갈색 머리카락을 짧게 자른 영애가 난처한 얼굴로 드레스를 내려다보고 있었다. 드레스에는 축축한 늪 색깔의 무언가가 묻어 있고, 옆에는 빈 잔이 바닥을 구르는 걸 보니, 아무래도 잔을 떨어뜨리며 드레스에 음료수를 엎지른 듯했다.

"어쩌지?"

영애는 곤란하다는 듯 중얼거리면서 주위를 두리번거렸다. 도와줄 사람을 찾는 듯이. 그러더니 곧 시선이 소비에슈에게 고정되었다.

"?"

나? 소비에슈는 황당했다. 지금 저 여자, 황제인 자신을 콕 집어서 도와달라 하는 건가?

술 냄새는 나지 않는데……. 참 대범하고 이상한 여자라 생각하면서도, 소비에슈는 옆의 시종에게 영애를 도와주라 지시했다. 그 영애는 르베티였다. 음료를 엎지른 것도 소비에슈의 관심을 붙들기 위해 고의로 한 짓이었다. 아버지와 오빠가 비웃었지만, 그녀는 소비에슈를 유혹해 나비에의 복수를 해주리란 각오를 잊지 않고 있었던 것이다. 하지만 소비에슈는 더 말 거는 일도 없이 다시 에르기 공작을 곁눈질했고, 르베티는 풀이 죽었다.

눈이 밝은 몇몇을 제외하고는, 르베티가 시도한 '황제의 관심 끌기'를 그저 웃고 넘겼다. 아니, 사람들은 르베티가 뭘 시도하다 멈췄는지 알아보지도 못했다.

그러나 라스타는 아니었다. 라스타는 르베티를 원망스럽게 보았다. 그녀는 르베티가 싫어서, 르베티의 모든 행동은 원래보다 125배 정도 더 불쾌하게 보였다. 그런데 그 별로인 행동으로 자신의 남편에게 꼬리를 치려 시도하다니! 라스타는 몹시 분노했다. 황후가 되었지만 파티장에서는 르베티를 어떻게 할 도리가 없단 것도 화가 났다. 물론 파티장을 나가서도 공식적으로 르베티를 괴롭힐 수는 없었다. 로테슈 자작이 알 테니까.

허공에서 시선이 마주치자, 르베티가 눈썹을 찡긋하더니 휙 고개를 돌렸다. 황후를 대하는 예의가 아니었다. 라스타는 이를 갈며 당장 저것을 치워버리지 못하는 걸 한탄하다가, 좋은 생각을 떠올렸다. 로테슈 자작이 직접 자기 손으로 딸을 망치게 하는 건 어떨까?

로테슈 자작도 파티에 와 있기에, 그를 부르는 건 어렵지 않았다.

"궁전을 나가기 전에 날 보고 가."

라스타는 로테슈 자작 곁을 지나가며 지시했고, 로테슈 자작은 오후 9시 정도에 찾아왔다. 라스타는 그를 응접실에 가게 한 후, 하녀들을 모두 내보냈다. 무슨 일인가 싶어 심드렁하게 찾아왔던 로테슈 자작은, 라스타가 다른 사람들을 모두 내보내고 둘만 남게 되자 '비밀 얘기를 하는구나' 싶은지, 눈을 빛내며 흥미로워했다.

라스타는 어두운 속내를 감춘 채 입을 열었다.

"입이 무겁고 솜씨가 좋은 용병을 찾아줄 수 있어?"

로테슈 자작은 당연하다며 웃었다.

"용병 찾는 게 무어 그리 어렵다고."

"돈을 받으면 사람도 죽여주는 용병으로."

로테슈 자작은 좀 놀란 표정을 지었지만, 이번에도 역시 음흉하게 웃으며 대답했다.

"당연하지."

로테슈 자작이 돌아간 후 라스타는 희열에 들떴다. 로테슈 자작의 손을 빌려 지긋지긋한 르베티를 죽일 수 있다니! 일이 잘되면 르베티는 죽고 로테슈 자작은 자신이 한 짓도 모른 채 좋아할 것이다. 나중에 그에게 진실을 알려주면 어떨까. 그가 미치지 않을 수 있을까?

하지만 푹 자고 일어나니 불안한 마음이 솟았다. 로테슈 자작이 이 일을 또다시 약점으로 삼으면 어쩌지? 이미 그와는 볼 꼴 못 볼 꼴 다 본 사이였지만, 약점을 굳이 하나 더 늘려야 할까?

고민 끝에 라스타는 에르기 공작을 찾아갔다. 어차피 소비에슈와 랑트 남작이 둘의 우정을 모욕한 일에 대해서도 털어놓고 싶었기에 겸사겸사였다. 그러나 랑트 남작의 이야기에 분노했던 라스타와 달리, 에르기 공작은 라스타가 소비에슈와 랑트 남작의 걱정에 대해 털어놓자, 아무렇지 않게 웃었다.

"소문을 믿을지 말지는 라스타 님이 결정하면 될 일입니다. 중요한 건 소문이 아니라 진실이니까요."

"에르기 공작님은 이렇게 훌륭한데, 왜 나쁜 소문이 도는지 모르겠어요."

"질투죠."

"맞아요. 공작님은 내가 본 남자 중 손꼽히게 아름다워요. 강인한 매력으로 치자면 가장 뛰어나고요."

라스타는 나쁜 소문이 돈다는데도 여유롭기만 한 에르기 공작의 옆모습을 넋 놓고 바라보며 인정했다. 하지만 로테슈 자작에게 용병을 구하는 일을 말하자, 에르기 공작은 아까와 달리 표정이 심각해졌다. 그 변화를 본 라스타는 더욱 걱정되어 물었다.

"로테슈 자작에게 할 만한 부탁이 아닌 것 같아요?"

"그 용병에게 뭘 시킬 건지에 따라 다르겠지요. 뭘 시킬 생각입니까?"

라스타는 차마 '그의 딸을 죽여달라 시킬 거다'는 말은 하지 못하고 우물거렸다. 라스타가 머뭇거리자, 에르기 공작은 먼저 말을 이었다.

"뭘 시키든, 로테슈 자작이 데려온 용병이 그의 사람일지 당신의 사람일지를 잘 판단해보면 될 겁니다."

라스타는 근심스러워졌다. 로테슈 자작은 나쁜 쪽으로 머리가 비상했고, 이쪽의 약점을 잡으려 안달이 나 있었다. 로테슈 자작이 데려올 용병은, 얼마나 솜씨가 좋든 그의 사람일 가능성이 컸다.

"로테슈 자작이 데려온 용병은 믿기 힘들겠어요. 그러면 어떻게 하죠?"

"글쎄요."

"그럼 공작님이 사람을 구해주시면⋯⋯."

"구해주는 건 문제가 아닙니다."

"잘됐네요!"

라스타는 반색했지만, 에르기 공작은 고개를 저었다.

"제가 사람을 구해줄 수 있지만, 문제는 같습니다. 그 사람이 제 사람인지 당신의 사람인지는 확실하지 않아요."

"하지만 공작님은 그 못된 자작과 다르잖아요?"

"그렇지요."

에르기 공작은 미묘하게 웃었다.

"하지만 라스타 님은, 제게도 말할 수 없는 일을 시킬 사람을 찾는 거잖습니까."

일리 있는 말이었기에, 라스타는 방으로 돌아와 차를 마시며 곰곰이 생각했다.

'맞아. 누구를 통해 용병을 구하든, 시킬 일이 꺼림칙하니 조심하고 또 조심해야 돼. 로테슈 자작은 당연히 안 되고⋯⋯. 잘못하다간 제2의, 제3의 로테슈가 나올지도 모르잖아.'

한참을 고민한 끝에 라스타는 결심했다.

'라스타가 직접 구해야겠어. 그렇지 않으면 안심할 수 없어.'

약간 위험하겠지만, 라스타는 자신이 노예로 지내던 곳에 직접 가보기로 했다.

한편, 그 시각. 말을 타고 병사들을 정비해 상시천의 임시 주둔지를 급습한 코샤르는, 상시천의 천주 켈드렉과 대면 중이었다. 상시천의 천주는 다친 동료들을 급히 챙겨 이미 뒤로 물러나 있었고, 코샤르가 끌고 온 기마병들은 말을 탄 채 세 개의 열로 길게 늘어서 있었다. 켈드렉은 이마에서 흘러내리는 땀을 닦다가, 그게 땀이 아니라 피란 걸 인지하자 짜증을 내며 욕설했다.

"왜 또 니가 여기에 있는데! 우리 얼굴 좀 안 보면 안 되냐? 응?"

"간만에 만난 친구한테 너무하는 거 아냐?"

"왜 니가 내 친군데? 미친 새끼!"

"이쪽으로 옮겨 왔어. 그대가 보고 싶어서."

"꺼져! 내 인생에서 제발 좀 꺼져줘!"

코샤르를 따라서 온 서대제국의 기사와 병사들은 서로 눈짓을 주고받았다. 소문 속 무시무시한 도적 떼의 대장이 코샤르 앞에서 일곱 살배기 앙숙처럼 바락바락하는 게 신기했다. 질 나쁜 도적을 상대로, 비슷비슷하게 빈정거리며 놀려대는 코샤르의 모습도 신선했다.

"애정이 식었어? 난 계속 여기서 지내면서 그대 얼굴을 볼 생각인데."

"이 드러운 새끼."

켈드렉은 씩씩거리면서 연신 피를 닦았다. 하지만 코샤르는 웃음을 띤 채 물러설 기미를 보이지 않았다. 그 모습은 수려한 껍데기 덕에 성격 좋은 기사처럼 보였지만, 켈드렉은 코샤르가 얼마나 미친놈인지 이 세상에서 가장 잘 알았다.

동대제국 국경 지대에 머무를 무렵. 처음엔 저놈이 정의감에 불타는 재수 없는 귀족 새끼라 여겼다. 하지만 시시때때로 심심하다며 튀어나와서는 놀아달라며 검을 휘두르는 코샤르를 보며 켈드렉은 깨달았다. 아. 저놈은 미친놈이구나.

저놈을 급습해 죽여버릴 거라고, 몰래 마을에 숨어들어 왔다가 귀족 차림의 코샤르를 보았을 때, 켈드렉은 다시 한 번 깨달았다. 아. 저놈은 정의감 넘치는 귀족이 아니라, 예절을 익혀 광기를 통제하는 미친놈이구나. 다른 귀족들 앞에선 '귀족 사회에 잘 적응하지 못하는 도련님' 흉내를 어찌나 잘 내시는지.

"가증스러운 새끼."

켈드렉은 침을 퉤 뱉으며 다시 욕하고는 부하들에게 물러나란 신호를 보냈다.

"가게?"

코샤르가 아쉽다는 듯 눈썹을 올리며 물었다. 그러면서 말고삐를 슬쩍 당기자 말이 발을 한 번 굴렀다. 말발굽에 발이 깔린 도적이 비명을 질렀다.

"더러워서 다른 데 간다. 니놈 없는 데 갈 거라고!"

오빠는 상시천을 상대로 잘 싸워낼 거다. 몇 년이나 그들을 취미 삼아 쫓아다니기도 했으니……. 하지만 오빠의 능력에 확신을 가지고 있으면서도, 이따금 불안해졌다. 여럿이서 하는 전투엔 돌발 상황이 많지. 혹시라도 오빠가 신묘한 전술에 걸려들어 위험해지기라도 하면?

요 며칠 내내 그 생각에 자꾸만 초조해졌다. 시녀들은 그런 나를 보며 걱정스러워했고. 처음에 나는 시녀들이 무슨 일이 있냐고 물을 때마다 '아무 일도 아니다'고 대답했다. 하지만 그들이 너무 염려해주었기 때문에, 나중에는 나도 내 기분을 솔직하게 털어놓았다. 뜻밖에도 내 고민을 듣자, 마스타스가 얼른 나섰다.

"휴가 다녀오는 길에 제가 보고 오겠습니다. 경이 잘 있는지 아닌지요."

조만간 휴가를 쓰겠단 말은 마스타스에게 들었지만…… 오빠가 내려간 곳은 외진 국경 마을이었다. 그런데 오빠를 보러 거기까지 간다고?

"마스타스 양은 집이 먼 곳에 있나 봐요?"

너무 실례가 되는 게 아닐까 싶어서, 나는 일부러 마스타스에게 돌려 물었다. 멀다고 대답하면 가지 말라고 할 셈이었다. 그러나 내가 뭐라 하기도 전에, 마스타스는 갑자기 풀이 죽어서 웅얼거렸다.

"아. 그건 아니지만요……."

"그렇다면 군이 돌아갈 필요 없어요."

"괜찮습니다. 상시천과 싸우는 모습이 궁금하기도 하고요."

나야말로 괜찮다, 라고 말하려고 했으나 그만두었다. 혹시 마스타스가 오빠에게 관심이 있어서 저렇게 나올지도 모른단 생각이 들어서였다. 흔히 생각하는 귀족 느낌은 없지만, 마스타스는 참으로 좋은 사람이었다. 오빠와 맺어진다면 둘 다 너무 욱하는 건 아닌가 싶지만⋯⋯. 어쨌든 마스타스가 오빠에게 보이는 관심을, 내쪽에서 일방적으로 차단하고 싶진 않았다. 결국 나는 잘 부탁한다고 인사를 했고, 마스타스는 깜짝 놀라 허둥거렸다.

"아니, 그냥 가는 길이에요, 황후 폐하. 정말로요."

마스타스와 대화를 끝낸 후에는 부모님을 찾아 나섰다. 부모님이 동대제국에 돌아갈 날도 머지않았으니, 그분들이 떠나기 전에 더 많은 시간을 함께하고 싶어서.

'저기 있구나.'

나는 2층 테라스에 갔다가 부모님을 발견했다. 두 분은 테라스에서 잘 보이는 산책로에 하인리와 함께 있었다. 세 사람이 함께 걸어가는 모습을 보니 가슴 한구석에 미풍이 불었다. 문득 벅찬 기분이 솟아서, 나는 더 다가가는 대신 가슴께에 손을 올리고 부모님과 하인리를 바라보았다.

내가 가장 좋아하는 사람들이 사이좋게 지내는 광경만큼 감동적인 장면이 있을까? 하인리의 부모님이 살아 계셨더라면⋯⋯ 하인리가 내 부모님께 잘해주는 것만큼 나도 그분들에게 잘해드릴 수 있었을 텐데.

이 점을 생각하면 안타깝다. 난 부모님이 없는 삶을 상상할 수조차 없는데. 그는 너무 빨리 외로워졌으니까. 저 웃는 얼굴 아래에도 진한 외로움이 있을까?

그 순간. 하인리가 뭐라 말을 한 건지 부모님이 웃음을 터트렸다. 그 광경을 보며 나는 속으로 다짐했다. 그가 날 행복하게 해주는 만큼 나도 그를 행복하게 해주자. 여전히 그의 사랑이 영원할 거란 믿음은 없다. 하지만 별개로, 그는 이미 내 남편이고 가족이었다.

하인리와 트로비 공작 부부는 머리 위에서 나비에가 자기들을 지켜보고 있단 걸 몰랐다. 그들은 라벤더와 수레국화가 뒤섞여 핀 아름다운 산책로를 지나, 튤립으로 가득한 정원에 들어섰다.

이 부근에서는 나비에도 그들을 볼 수 없었는데, 다행이라 해야 할지 아니라 해야 할지, 이 부근의 정원에 들어서자 세 사람 사이의 분위기는 한결 무거워졌다. 화제가 가족적이고 사적이고 개인적인 일에서 벗어나 나랏일로 접어들었기 때문이다.

"한 대륙에 두 개의 제국이 있을 수는 있습니다. 네 개의 제국이 동시에 존재한 기록도 남아 있으니까요."

"동서남북에 각기 네 명의 황제가 옹립해 전쟁했던 시기를 말씀하시는군요."

"예. ……황제의 숫자가 많을 수는 있지요. 하지만 그럴수록 보이는 곳에서, 보이지 않는 곳에서 경쟁은 치열했습니다."

트로비 공작은 걱정스럽게 말을 이었다.

"소비에슈 폐하와 별개로 나비에는 동대제국에 대한 애정이 강합니다. 이러니저러니 해도 모국이니까요."

"그렇겠지요."

"황제의 입장과 남편의 입장이 늘 같진 못할 겁니다. 그게 걱정입니다."

"……."

트로비 공작의 말에 하인리는 쉬이 대답하지 못했다. 트로비 공작 부인도 무겁게 말을 보탰다.

"동대제국과 서대제국이 화목하게 지내더라도, 두 개의 황제국을 두게 된 왕국과 공국, 연합국의 입장은 또 다르겠지요. 그들과 직간접적으로 부딪칠 겁니다."

하나하나 맞는 말이었고 정답이 없는 문제였다. 어쩔 수 없었다. 원래 하인리는 나비에와 결혼할 마음이 없었다. 동대제국에 정찰하러 갔다가 그곳의 황후와 사랑에 빠져버린 건, 그가 계획하지 않은 일이었다. 하인리는 나비에를 만난 게 인생 최고의 행복이라 여겼지만, 이 사랑을 얻으면서 몇 가지 인생 계획이 틀어진 것도 사실이었다.

트로비 공작은 생각에 잠긴 사위를 보다가 조심스럽고 다정하게 말했다.

"그런 일이 아예 없다면 좋겠지만, 훗날 황제로서의 입장과 남편으로서의 입장이 달라지게 되더라도, 폐하께서 상처받지 않기를 바랍니다."

림웰 영지로 내려갈 방도를 찾던 라스타에게 예상치 못한 일이 닥쳤다. '황후가 무언가를 찾는 중이다. 아주 중요한 거라더라'는 소문이 사람들 사이에 퍼져버린 것이다. 소문은 야금야금 퍼져갔으나, 라스타는 그 이야기를 지금 들었다.

"그게 무슨 소리야!"

라스타는 제 발이 저려서 버럭 소리 질렀다. 서대제국의 결혼식에 다녀온 후, 라스타는 코샤르가 말한 서류를 찾기 위해 바쁘게 여기저기 돌아다녔다. 커다란 약점이 될 서류를 찾는 일이기에, 일부러 다른 사람에게 맡기지 않고 제 발로 찾아다닌 것이었다. 그런데 그 일이 소문나다니! 라스타는 분노해서 베르디 자작 부인에게 명령했다.

"누가 그런 소문을 냈는지 당장 알아내!"

방이나 정원을 뒤지고 다닐 때, 라스타는 주위에 사람들을 모두 물렸다. 그런데 라스타가 '무언가를 찾아다닌다'고 알려졌다는 건, 분명 주위 사람 중에 소문의 출처가 있단 거였다. 예상대로 오래가지 않아 범인이 잡혔다.

"죄송합니다, 황후 폐하! 죄송합니다!"

라스타가 새로 고용한 하녀 중 하나였다.

"이상한 소문을 내려 한 게 아니에요! 왜 망을 서고 있냐기에, 황후 폐하께서 뭘 찾느라 그렇다고만 말했는데……."

하녀는 울면서 두 손을 모아 싹싹 빌었다. 그녀는 정말 나쁜 뜻이 없었다. 이 정도 이야기는 해도 될 거라 여겼을 뿐.

라스타는 눈을 매섭게 빛내며 하녀의 턱을 잡고 윽박질렀다.

"궁전에서는 입과 눈을 조심해야 한단 걸 분명 말했을 텐데?"

하녀는 거듭 용서를 빌었지만, 라스타는 동정심이 들지 않았다. 게다가 새로 고용한 하녀가 사고를 친 건 이번이 처음이었다. 다음 사례를 막기 위해서라도 일벌백계를 보일 필요성이 있었다. 마음을 굳게 먹은 라스타는 베르디 자작 부인에게 지시했다.

"베르디 자작 부인. 이 애의 부모가 누구지?"

"사형수입니다. 감옥 안에서는 행실이 차분하고 말을 잘 들어서, 몇 년째 사형이 집행되진 않고 있지만요."

라스타는 차갑게 명령했다.

"사형을 집행하라고 해."

베르디 자작 부인은 깜짝 놀라 라스타를 쳐다보았다. 하지만 라스타는 아무 죄책감도 들지 않았다. 죄 없는 사람도 아니고, 어차피 사형당할 사람을 일찍 죽일 뿐이었다. 사형수라면 중죄를 지었을 테고. 아무 문제 없었다.

"아, 안 돼요!"

라스타의 명령을 멍하니 듣고 있던 하녀는, 무릎걸음으로 기어와 라스타를 붙잡고 용서를 빌었다. 하지만 라스타가 꼼짝도 하지 않자 울다가 실신해 쓰러졌다. 이후 깨어나서도 하녀는 곧장 라스타를 찾아가 다시 용서를 빌었으나, 라스타는 하녀에게 거짓으로 알려주었다.

"네 아버지는 이미 교수형 당해 죽었어."

아직 교수형은 집행되지 않았지만, 일부러 상처를 주기 위해 말을 지어낸 것이었다. 사실 궁전에서 오래 일한 사람이라면 라스타가 일부러 저렇게 말을 해도 믿지 않았을 것이다. 그 짧은 시간에 사형수를 바로 교수형 시키기 어렵단 걸 아니까. 그러나 이 하녀는 궁전에서 일한 지 얼마 되지 않은 터라, 황후의 말 한 마디면 몇 시간 만에 교수형이 가능한 줄 알았다. 라스타의 말을 곧이곧대로 믿은 하녀는 기가 막혀 입술을 떨었다.

그녀의 아버지는 살인죄를 저지른 사형수였지만, 아버지가 죽인 피해자는 돈 몇 푼 때문에 그녀의 동생을 납치해 죽인 파렴치한 범죄자였다. 이 때문에 사정이 참작되어서, 사형수여도 사형 집행이 되지 않고, 집안사람들 역시도 연좌제에 휩쓸리지 않았다. 그런데 이렇게 허망하게 가버리다니. 분노한 하녀는 옆에 놓인 의자를 집어 라스타를 내리쳤다.

"죽어!"

의자는 등받이가 없어 가벼웠지만, 온 힘을 실어 내리친 의자에 맞는다면 크게 다칠지도 몰랐다. 라스타는 본능적으로 배를 감쌌고, 베르디 자작 부인은 황급히 하녀를 옆에서 밀쳤다. 의자는 라스타의 이마를 빗맞고 옆으로 튕겨 나갔다. 쿠당탕 소리가 나며 의자가 나뒹굴었고, 온몸으로 의자를 휘둘렀던 하녀도 균형을 잃고 넘어졌다.

"아아악!"

라스타는 배를 감싸고 몸을 웅크리며 비명을 질렀다. 그걸 본 하녀들도 겁에 질려 소란을 피우자, 문밖에 있던 호위들이 급히 방 안으로 들어왔다.

"황후 폐하!"

그들은 고통스러워하는 황후와 나뒹구는 의자, 분노에 찬 하녀를 보고는, 기겁해서 달려와 라스타를 일으켰다. 의자를 휘두른 하녀는 다시 라스타에게 달려들려 했지만, 호위가 황급히 그녀의 어깨를 눌러 바닥에 엎드리게 했다.

하녀는 눈을 번뜩이며 발버둥 쳤다. 공포보다는 분노가 컸다. 이렇게 된 이상 무슨 수를 써서라도 라스타를 죽여버리고 싶었다. 그러나 우락부락하고 건장한 직업 호위를 이기긴 힘들었다.

라스타는 그런 하녀를 머리카락 사이로 노려보다가 이마를 짚었다. 머리는 북채로 두드리는 마냥 아팠고, 속이 울렁거렸다. 특히 이마가 무척 쓰라렸다. 베르디 자작 부인은 손수건을 라스타의 상처에 대며 호위에게 지시했다.

"궁의를 불러오세요!"

호위가 황급히 나가자 라스타가 "궁의라니?" 하고 물었다. 아직 자신의 이마에서 피가 줄줄 흐르고 있단 걸 모르는 듯했다.

"이마가 찢어진 듯합니다."

라스타는 베르디 자작 부인의 말을 듣고서야, 자신의 손이 축축하단 걸 인지했다. 붉게 변한 손을 본 라스타의 얼굴이 창백해졌다. 약 15분가량이 지나자 궁의가 나타났고, 15분가량이 더 지나자 소비에슈가 나타났다.

"폐하……."

라스타는 궁의의 치료를 받다가 벌떡 일어나 소비에슈를 향해 울먹였다.

"라스타, 너무 아파요……."

그의 얼굴을 보자 안심이 되었지만, 반대로 두렵기도 했다. 이런 짓을 한 하녀는 황족을 시해하려 한 죄로 엄히 처벌받겠지만, 혹시 그 하녀의 입에서 아버지나 교수형 이야기가 나올까 봐 걱정되었다. 지난번 델리스 때에는 사건이 터지자마자 혓바닥을 자르라 지시해 말이 새어 나가는 걸 막았는데. 이번에는 호위들이 다 방 안에 들어온 데다가 이마에서 피가 줄줄 흐르다 보니, 하녀의 입을 막을 타이밍을 놓쳐버린 것이다.

"무슨 일이지?"

소비에슈는 라스타의 머리를 둘둘 감은 이마를 보자 놀라 물었다.

"하녀가 황후 폐하를 공격했습니다."

"많이 다쳤나?"

"다행히 그렇진 않습니다만……."

궁의가 말끝을 흐리자 소비에슈가 침대로 다가와 라스타의 머리카락을 뒤로 넘겼다. 붕대 때문에 상처가 보이지 않았다.

"이마와 눈썹 부근이 찢어졌습니다."

"상처가 큰가?"

"최선을 다해보겠지만…… 흉터가 생길 것 같습니다."

라스타는 깜짝 놀라 궁의를 쳐다보았다. 궁의는 라스타에게는 이 이야기를 해주지 않았던 터라, 처음 듣는 말이었다.

"흉터라니요?"

소비에슈는 놀라서 떠는 라스타의 어깨를 다독였다.

"흉터는 천천히 시간을 두고 없애면 된다. 무사하니 그걸로 다행이지."

라스타는 그 흉터가 얼굴에 생기지 않냐고, 뭐가 다행이냐고 고함을 지를 뻔했으나, 소비에슈는 이미 궁의에게 다른 질문을 하고 있었다.

"아기는?"

"지금은 괜찮지만, 좀 주의하는 게 나을 것 같습니다."

소비에슈는 안심했는지 고개를 끄덕이고서, 침실을 나가 하녀를 가두어둔 작은 방으로 들어갔다. 하녀는 두 손이 꽁꽁 묶인 채 호위들에게 붙들려 꿇어앉아 있었다. 하녀는 눈치가 빨랐다. 그녀는 소비에슈가 들어오자마자, 용서를 청하거나 하소연을 하는 대신 재빨리 외쳤다.

"황제 폐하, 황후 폐하께서 제 아버지를 교수형 시켰습니다!"

전후 사정 없이 바로 튀어나온 본론에, 소비에슈는 눈썹을 치켜떴다.

"무슨 말이지?"

"황후 폐하께서 저에 대한 분풀이로 제 아버지를 사형시켜버렸습니다! 제가 말실수를 한 건 맞지만, 가족을 죽여야 할 정도의 죄는 절대 아니었습니다, 폐하!"

소비에슈는 미간을 찡그렸다.

"무슨 소리지? 최근에 교수형 된 죄수는 없는데."

사형을 집행하기 전 소비에슈에게 마지막 확인 절차가 들어온다. 누군가 사형되었다면 소비에슈가 모를 리 없었다. 그 사형이 황후의 지시로 이루어졌다면 더더욱.

"하지만 황후 폐하께서 분명……."

하녀가 말을 잇기 전, 겁이 나서 결국 소비에슈를 뒤쫓아 온 라스타가 황급히 끼어들었다.

"저 하녀가 라스타에 대해 이상한 소문을 퍼트리기에 겁을 주었을 뿐이에요, 폐하. 라스타는 사람을 죽이지 않았어요. 그런 무서운 짓을 할 리가 없잖아요."

그 말에 하녀의 얼굴이 새파랗게 질렸다.

소비에슈는 호위에게 이 일을 자세히 조사해 보고하란 눈짓을 보내고서 한숨을 내쉬었다. 정확한 사정은 보고를 받아봐야겠지만, 대충 어떤 상황인지 알 것 같았다. 아버지가 죽었단 소리에 흥분한 하녀의 상황도 이해는 가지만, 그렇다고 해서 황후를, 그것도 다음 황제가 될 황족을 품은 황후를 의자로 공격하다니. 심지어 머리를. 이건 면책 범위가 넓은 귀족이 저지르더라도 사형시킬 만큼 커다란 죄였다.

"사정이 딱하지만 죄는 죄지. 저 하녀는 우선 감옥에 가두어라."

지시를 내린 소비에슈는 라스타를 데리고 그녀의 침실로 돌아간 후 사람들을 물린 다음 충고했다.

"라스타. 황족 시해와 관련 있지 않은 한, 함부로 사람을 죽일 수는 없다."

"황후인데도요?"

"황후라도."

"하지만 폐하, 그 하녀는 라스타를 이상한 사람처럼 소문냈어요. 황후의 체면이 깎일 일이었는데……."

"그렇더라도 바로 사형시킬 수는 없다."

"전에 랑드레 자작 때는 라스타가 황후가 아니었는데도……."

"그자는 칼을 들고 널 찔렀고 현장에서 잡혔으니까."

라스타는 눈물을 뚝뚝 흘리며 아픈 머리를 감쌌다.

"폐하는 너무 냉정하세요. 라스타가 이렇게 아파하는데, 꾸짖기부터 하고."

소비에슈는 한숨을 내쉬고서 라스타의 다치지 않은 쪽 머리를 쓰다듬었다.

"그 하녀라 해도 바로 사형시킬 수는 없는데, 넌 심지어 그 하녀의 부모를 사형시키겠다 했어."

"사형 안 시켰어요!"

"네가 빈말로 한 것이든 아니든 상관없다. 네가 그 말을 실행할 힘이 있단 걸 아는 사람들에겐, 절대 빈말로 들리지 않을 테니까."

"!"

"그럴 거라 생각은 했지만…… 넌 그 자리를 감당하기엔 모르는 게 너무 많은 듯하구나."

소비에슈의 의미심장한 말에 라스타는 화들짝 놀랐다.

"폐하?"

소비에슈는 고개를 젓고서 밖으로 나가 베르디 자작 부인과 호위들을 불러 지시했다.

"앞으로 라스타가 '황후로서' 누군가를 해치는 결정을 내리거든, 명을 따르기 전에 내게 알리도록 해라. 이를 어길 시엔 그 사람이 모든 일에 책임을 져야 할 거다."

라스타는 깊은 모욕감을 느꼈다. 사람들을 불러놓고 저런 말을 하다니. 저렇게 말하면 황후궁 궁정인들도 황후의 권력에 힘이 없단 걸 알게 될 텐데!

'폐하께서는 사랑보다 체면이 먼저인가 보구나.'

서운한 마음이 든 라스타는 그를 배웅하지 않고 침실에 틀어박혀 울었다. 마음이 식어버린 걸까, 아니면 원래 저런 남자였던 걸까. 소비에슈가 피해자인 자신을 오히려 꾸짖고 모욕하는 게 어이없게 여겨졌다.

'아니야. 원래 저런 분은 아니었어.'

에벨리? 아무래도 에벨리란 여자 때문인가 보다. 라스타는 확신했다. 그 여자에게 빠져버렸으니 소비에슈가 저렇게 모질어진 거였다.

라스타는 한참을 더 흐느꼈지만 지끈거리는 이마 덕에 빠르게 정신을 수습했다. 통증이 오히려 현실을 일깨워주었다. 이대로 있다가는 소비에슈는 또다시 에벨리를 세 번째 황후로 들이려 할 테고, 자신은 아이를 뺏기고 이혼당할지도 몰랐다. 나비에 황후처럼!

영리하고 침착하게 처신해야 했다. 나비에 황후는 미리 불륜 상대가 있어서 바로 다른 남자로 갈아탔지만, 자신은 소비에슈에게만 헌신했으니 가엾은 처지가 될 게 뻔하지 않나. 라스타는 얼른 보석함을 뒤져 커다랗고 예쁜 사파이어 목걸이를 꺼내서, 동료가 입을 함부로 놀렸단 걸 알려준 하녀에게 그걸 선물로 주었다.

"이걸 제게 주신다고요?"

입을 함부로 놀린 하녀에게 채찍을 썼으니, 다른 하녀에겐 당근을 사용하는 것이었다.

"그래."

"이렇게 귀한 걸……."

"팔든 가지든 마음대로 해. 그리고 네 어머니가 감옥에 갇혀 있다 했지?"

"예? 예."

"내 특권으로 출소시켜줄게."

황후는 1년에 세 번 면책특권을 사용할 수 있었다. 이건 소비에 슈가 말한 '남을 해치는 권한'에도 해당하지 않았다.

"감사합니다! 감사합니다, 황후 폐하!"

하녀는 울면서 몇 번이나 거듭 인사한 후, 평생 충성을 다하겠다고 다짐했다. 그러나 하녀가 나간 후, 베르디 자작 부인은 걱정되어 말했다.

"황후 폐하, 그 하녀의 모친은 절대 출소시켜선 안 됩니다. 사람을 셋이나 독살한 흉악범입니다!"

"알아. 조사할 때 봤어."

"한데 어째서……."

"하녀들이 나에 대한 충성심으로 선악을 판단하게 만들고 싶어서. 도덕심이 기준이 되는 게 아니라."

말을 마친 라스타는 거울을 보며 인상을 썼다.

"흉터가 크게 남진 않겠지?"

업무에도 많이 익숙해졌고, 부관들도 내 작업 방식을 파악했다. 자연스럽게 작업 효율이 올라가면서 일에 속도도 붙었다. 이제 몇 가지 다른 업무를 같이 진행해도 될 것 같단 확신이 들 즈음. 나는 부관을 시켜 카프멘 대공에게 립트에 대한 일을 적은 편지를 보냈다. 카프멘 대공은 서너 시간 후 답장을 보냈고, 그 후로 나와 카프멘 대공은 하루에 서너 번씩 편지를 보내 교역 문제를 의논했다.

"직접 만나서 얘기하시는 게 낫지 않을까요?"

며칠을 그랬더니, 부관은 의아해하며 물었지만⋯⋯.

"필요할 때에는요. 지금은 할 말이 많진 않아서요."

나는 적당히 둘러대서 카프멘 대공과 대면할 기회를 뒤로 미루었다. 하지만 부관들은 시간이 지날수록 더욱 이상하게 여기는 눈치였다. 주고받는 편지는 길었고 편지가 오가는 시간 간격도 짧은데 서로 얼굴을 안 보려 하니, 오히려 '두 사람이 싸우기라도 했나?' 염려하는 듯했다. 다행히 그들의 의구심이 더 강해지기 전에, 위얀과 멀레이니가 각자 조사한 결과를 가지고 나타났다.

나는 그들을 집무실 책상 앞에 세워놓고서, 차근차근 보고서를 읽었다. 처음엔 멀레이니의 것을, 다음엔 위얀의 것을. 그사이, 두 후계자는 서로를 곁눈질하면서도 내 반응을 초조하게 기다렸다.

둘 다 진지하고 신중한 모습이었다. 곤란하게도.

나는 들고 있던 보고서를 내려놓으며 두 사람에게 물었다.

"혹시 같이 조사했나요?"

위얀과 멀레이니가 어리둥절한 얼굴로 고개를 저었다. 나는 말 없이 웃고서 위얀과 멀레이니에게 서로의 보고서를 건네주며 권했다.

"읽어볼래요?"

3분도 지나지 않아 둘의 얼굴이 굳었다. 그럴 만도 하지. 두 사람의 보고서는 상당히 흡사했으니. 심지어 오류까지도.

"누가 누굴 따라 한 건진 모르겠지만 좋은 선택은 아니었군요. 나도 따로 조사해보았는데, 이 보고서엔 잘못 조사한 수치가 많아요."

멀레이니와 위얀은 당혹스러운 듯 보였다. 누가 연기를 하고 누가 진짜 당황한 건진 모르겠지만, 제법 그럴듯한 표정들이다.

"엉터리로 조사한 사람도 별로고. 엉터리 자료를 그대로 가져온 사람도 별로네요. 실망입니다. 둘 다 돌아가요. 이 일은 내가 알아서 할 테니."

나는 일부러 무뚝뚝하게 말하고서 두 사람을 내보냈다.

그날 저녁, 내 이야기를 들은 하인리는 웃음을 터트렸다.

"둘 다 그럴 것 같진 않았는데. 의외네요."

"재밌나 봐요?"

"말했다시피, 둘 다 그럴 사람 같지 않았거든요."

나는 그의 가슴에 귀를 댄 채 손을 들어 그의 뺨을 주욱 잡아당겨 늘렸다.

"그런데 정말 그 정도로 형편없던가요?"

"그 정도는 아니었어요. 그저 꾀를 낸 거예요."

하인리는 내 생각을 눈치챈 듯 눈꼬리를 휘며 웃었다.

"둘 중 찾아오는 사람이 보고서를 따라 쓴 사람이라 생각한 거군요."

나는 고개를 끄덕이고서 내내 만지작거리던 그의 볼을 입에 넣어보았다. 이렇게 된 이상, 내가 할 수 있는 건 하나뿐이었다. 찾아오는 사람이 멀레이니가 아니길 비는 것.

"퀸? 심각한 얼굴로 볼을 무니까 무서운데요. 뜯어 먹으려는 것 같습니다."

그러나 사흘이 지나도, 예상과 달리 멀레이니와 위안 누구도 찾아오지 않았다. 둘 다 머리가 좋긴 한 모양이었다. 그렇다면 이젠 어떻게 해야 할까…… 곰곰이 생각하면서 걸어가는 도중이었다. 어디선가 작게 소곤거리는 소리가 들려왔는데, 그 내용이 아주 이상했다.

"귀신이라니. 정말이야?"

"아 무서워. 그런 말 하지 마. 나 밤에 못 다녀!"

"진짜예요. 벌써 본 사람만 몇인지 몰라요!"

"나도 듣긴 했어. 머리에 왕관을 쓴 남자 귀신이래."

"진짜? 그럼 혹시 전하 아냐? 선왕 전하."

"전하가 귀신이 될 일이 뭐가 있어?"

"왜, 폐하께서 선왕 전하를 독살했단 말이 있잖아."

처음엔 웃고 넘길 이야기였다. 동대제국에도 가끔 유령 소동이 있었으니. 하지만 뒤에 나온 왕 유령 이야기는 꽤 위험하게 들렸다. 대번에 크리스타 쪽 귀족들이 떠올랐다. 그 작자들이 퍼트린 소문은 아닐까? 크리스타는 컴프셔로 떠났지만, 그녀를 지지하던 귀족과 관리들은 아직 남아 있었다. 그들은 크리스타를 지지했기 때문에, 그녀가 갑자기 힘을 잃자 이러지도 저러지도 못하고 있을 테지. 설마 그 화살을 하인리에게 돌려 돌파구를 찾으려는 걸까?

하지만 이 일로 걱정하는 건 나 하나뿐인가 보다. 점심 무렵 하인리를 떠보니, 그는 이미 소문에 대해 알고 있었다. 그러면서도 이 일을 크리스타의 세력과 연관 지어 생각하는 기색은 아니었다.

"퀸, 혹시 유령을 무서워합니까?"

그는 오히려 눈을 빛내며 내게 물었다.

"무서우면 해가 진 후부터 뜰 때까지, 내내 함께 있어주겠습니다."

"괜찮아요. 안 무서워요."

"유령인데 안 무섭다고요?"

"별로."

"……."

"하인리?"

"사실 제가 무서워합니다, 퀸. 그러니까…… 해가 진 후부터 해가 뜰 때까지, 내내 함께 있어줄래요?"

"이 일이 크리스타 님의 지지자들과 관련 있단 생각은 들지 않나요?"

"물론 그 부분도 조사해야지요. 하지만 별개로 무섭습니다, 퀸. 전 유령의 존재를 믿거든요."

하인리는 처량한 목소리로 말하고서, 앞으론 내 옆에 꼭 붙어 있어야겠다고 다짐했다. 실제로도 그는 해가 지자마자 바로 내 방에 와서는, 방에서 일하거나 독서를 할 때도 옆에 달라붙어 있었다.

"무서운데, 저녁엔 같이 목욕하면 안 될까요, 퀸?"

"안 돼요."

좀 수상쩍은 구석이 있긴 했지만, 하인리는 정말로 유령이 무섭다는 듯 굴었고, 나는 그런 모습을 지켜보다가 결심했다. 하인리를 위해서 내가 유령의 실체를 밝혀주기로.

마음을 먹은 뒤, 나는 한밤중 호위들을 끌고 유령이 출몰한단 장소로 가보았다. 일부러 부부 공용 침실에서 잠들지 않았기에, 하인리가 도중에 깰 염려도 없었다. 그런데 유령이 출몰한단 곳엔 이미 선객이 와 있었다. 그것도 꽤 여러 명.

"잘 뒤져봐. 장치가 있을 테니까."

1번 선객 하인리.

"이러다 진짜 유령이라도 나오면 어쩔 겁니까."

2번 선객 맥켄나.

"그런 게 어디 있어? 나와도 별로 상관도 없고."

그러면 내 남편과 같은 얼굴을 하고서, 유령은 없다고 당당하게 말하는 이 남자는 누구일까. 내가 아는 하인리는 유령이 있다면서

무섭다고 덜덜 떨었는데. 내 남편의 또 다른 인격, 3번 선객 하인리,
뭐 이렇게 취급해주어야 하나?

"그런데 폐하. 선왕 전하의 유령이 나타나면, 그 유령을 선왕 전
하처럼 대우해야 할까요?"

"소금 뿌려."

17

악마는 다정한 모습으로

"이번 일로 너무 많이 놀랐어요, 폐하. 조용한 시골에서 요양하면서 마음을 진정시켜도 될까요?"

더 이상 궁의의 치료가 필요하지 않게 되자, 라스타는 소비에슈를 찾아가 청했다.

"시골?"

"네. 궁의도 라스타 마음이 편해져야 아기도 편안해진대요. 하지만 여기엔 걸리는 게 너무 많으니까……. 안 될까요?"

라스타는 림웰에 다녀올 생각이었다. 의자 사건이 기분 나쁘긴 했지만, 어차피 림웰에 다녀올 기회를 내내 엿보고 있었기에 지금 다녀오는 게 딱 시기적절하게 여겨졌다.

"어디로 다녀오려고?"

"므아르로요."

므아르는 림웰의 바로 옆에 있는 작은 시골 영지였다.

"예전에 한 번 가본 적이 있는데, 공기가 맑고 풍경이 예뻐서 기억에 남아 있어요."

라스타는 소비에슈가 허락하지 않으면 어쩌나 걱정했지만, 다행히 그는 오래 생각하지도 않고 바로 허락해주었다.

"호위를 많이 데려가라."

실제로도 소비에슈는 많은 호위를 붙여주었고, 특별히 튼튼하게 제조된 마차를 내어주는 건 물론, 므아르에 있는 귀족의 별장 한 채도 급히 사들였다. 그곳 영주의 집에서 머물러도 괜찮지만, 라스타가 괜한 격식에 스트레스를 받기보다는 자기만의 저택에서 자유롭게 지내는 게 나을 거란 판단에서였다.

게다가 최근 며칠, 붕대를 푼 라스타는 이마에 난 커다란 흉터를 보고서 몹시 힘들어했다. 그 흉터는 이마부터 눈썹을 가로지를 만큼 길었는데, 이건 궁의가 예상했던 것보다 더 긴 길이였던 것이다. 앞머리를 잘라 흉터를 가린 후부터는 조금 안정을 찾았지만, 그래도 심신을 평온하게 할 필요는 있었다.

"감사드려요, 폐하!"

라스타는 진심으로 좋아하며 소비에슈의 목을 꼭 끌어안았다. 요 며칠간 소비에슈가 그녀에게 서먹하게 대했던 터라, 그가 예전처럼 챙겨주자 몹시 기뻤다.

하지만 므아르에 도착한 라스타는, 다음 날이 되자 하녀를 대역으로 세워두고서 자신은 바로 별장을 빠져나갔다. 미리 구해둔 마차를 타고 옆 마을로 간 뒤에는, 예전에 자신을 몹시 흠모하던 남자를 찾았다. 그는 라스타가 로테슈 자작의 영지를 빠져나가는 걸 도운 사람이었다. 그가 아직도 이쪽에 대한 신의를 지키고 있다면, 지금부터 하려는 일도 맡길 수 있을 터였다.

하지만 무작정 찾아가 일을 맡길 수는 없기에, 라스타는 남자의 집을 알아낸 후에도 몇 가지 조사를 했다. 그 남자가 자신이 떠난 뒤 어떻게 지내고 있는지, 혹시 더 우선해야 할 다른 사람이 생기지는 않았는지 등.

조사 결과 놀라운 사실이 밝혀졌다. 그 남자는 라스타를 빼돌린 일로 로테슈 자작의 화풀이를 받아 한쪽 눈이 멀었는데, 그 후에도 여전히 라스타를 두둔하며 비밀을 지키고 있던 것이다.

'이 정도로 라스타를 사랑한다면 믿어도 돼.'

라스타는 확신하고서 그의 집으로 찾아갔다. 마침 남자는 바구니 가득 과일을 담아 집 안으로 들어가려던 차였다.

"날 기억해요?"

그에게 다가간 라스타가 쓰고 온 망토 모자를 내리며 묻자, 남자는 눈을 커다랗게 뜨더니 울음을 터트렸다.

"라스타…… 무사했구나."

들고 있던 바구니까지 바닥으로 떨어졌지만, 그는 줍지도 못하고 흐느꼈다.

"어서 들어와. 누가 보기 전에 얼른."

집 안으로 들어가 그간의 안부를 물은 후, 라스타는 슬픈 표정으로 사정을 설명했다.

"간신히 사람답게 살 수 있게 되었는데, 로테슈 자작은 아직도 라스타를 찾아와 협박하고 있어요."

"그런 개쓰레기 같은 자식!"

"르베티는 라스타의 남편을 빼앗으려 추하게 굴고⋯⋯."

라스타가 말을 다 잇지 못하고 울자, 남자는 씩씩거리며 탁자를 주먹으로 내리쳤다. 사랑도 사랑이지만, 남자는 로테슈 자작에 대한 원한도 깊었다. 그런데 로테슈 자작과 그 자식이 아직도 라스타를 괴롭히고 있다니. 피가 거꾸로 솟는 기분이었다.

"그래서 다시 이쪽으로 도망 온 거야? 하지만 여기로 온 건 좋은 선택이 아니야, 라스타."

"픽스, 당신을 만나러 왔어요."

"나를?"

"라스타를 도울 수 있는 사람은 당신뿐이잖아요. 제발 도와줘요."

"내가 뭘 해줄까? 내가 뭘 어떻게 도울 수 있어?"

남자는 라스타를 위해서라면 심장도 뽑아줄 태세였다. 라스타는 그의 거칠한 두 얼굴을 붙잡고 눈물을 글썽였다. 그 모습은 몹시 가련해서, 남자는 어떻게 해서든 자신이 눈앞의 천사를 지켜야겠단 다짐을 했다.

"어려운 부탁은 아닐 거지만 좋은 부탁도 아니에요. 당신을 찾아오긴 했지만 사실 아직도 모르겠어요. 당신에게 이런 부탁을 해도 될까요?"

"괜찮아. 뭐든 말해봐."

"믿을 만하고⋯⋯."

"믿을 만하고?"

"솜씨 좋은……."

"?"

"암살자를 고용하고 싶어요."

남자는 소스라치게 놀랐다. 그는 질 나쁜 친구들이 많았기에, 자연스레 그런 좋지 못한 세계의 일도 많이 알았다. 하지만 그냥 알고 지내는 이들이 있을 뿐, 자신이 그쪽 계통 사람들에게 의뢰를 해본 적은 없었다. 그런데 저 순하고 여린 노예가 암살자를 고용하겠다니!

"로테슈 자작을 죽이려는 거야, 라스타? 하지만 귀족을 죽여줄 정도로 솜씨 좋은 작자들은 의뢰비가 정말 비쌀 거야."

"그건 라스타가 알아서 할게요."

"……."

"미안해요. 하지만 일이 잘못되더라도, 당신은 자세한 이야기를 모르는 게 좋아요, 픽스. 당신에게 폐를 끼칠 수는 없잖아요."

결국, 남자는 라스타가 집 안에서 쉬는 사이, 여기저기 수소문해서 쓸 만한 암살자 길드와 암살자의 별명을 알아냈다. 물론 그 과정에서 라스타의 이름은 절대 알리지 않았다.

몇 시간 후. 남자에게서 정보를 들은 라스타는, 홀로 암살자 길드를 찾아갔다. 예상외로 암살자 길드가 영지 변방에 있었던 것이다. 게다가 길드 본부 건물은 조용하고 한적한 상회처럼 보여서, 절대로 끔찍한 일을 하는 곳 같지 않았다.

"무슨 일로 찾아오셨습니까?"

상냥한 상단 직원처럼 묻는 카운터 직원에게, 라스타는 챙겨 온 커다란 보석을 건넸다. 직원은 미묘한 웃음을 짓더니 "잠시 기다려주세요." 하고 말하고서 일어났다. 10분가량을 기다리자, 직원이 다시 나타나 자신의 뒤쪽에 있는 문을 열어주었다.

"이 안으로 들어가시면 됩니다."

문 안으로는 길고 좁은 복도가 보였다. 복도 양옆으로는 수많은 방이 있었는데, 직원은 손가락으로 가장 끝을 가리켰다.

"방 안에 들어가지 말고, 계속 저 안쪽으로 들어가시면 됩니다."

긴장감에 배가 아팠지만, 라스타는 시키는 대로 했다. 복도 끝까지 걸어가자 벽도 바닥도 새하얀 작은 공간이 나타났다. 공간의 중앙에는 탁상과 의자 두 개만이 달랑 놓여 있었다.

문은 없나? 이렇게 열린 공간에서 이야기를 나누어야 해? 라스타는 불편한 마음으로 주위를 둘러보며 의자에 앉지도 못하고 주위만 서성거렸다. 그러고 있자니 얼마 지나지 않아 얼굴을 복면으로 가린 길쭉한 사람이 어슬렁어슬렁 걸어왔다. 드러난 눈빛이 몹시 형형하고 잔혹해서, 보는 것만으로도 평범한 일을 하지 않는다는 걸 알 수 있는 사람이었다.

라스타는 긴장해서 그를 보았으나, 복면인은 아무런 말 없이 의자 하나를 무심히 끌어다 앉기만 했다. 자리에 앉은 후에도 그는 침묵한 채 라스타를 쳐다보기만 해서, 결국 기다리다 못한 라스타는 어렵게 먼저 입을 열었다.

"돈만 주면 뭐든지 해주는 분이 맞나요?"

암살자는 말없이 고개를 끄덕였다. 제대로 찾아오긴 했구나. 라스타는 머뭇거리다 물었다.

"픽스를 알아요?"

암살자가 다시 고개를 끄덕이자, 라스타는 좀 더 조심스럽게 물었다.

"내가 돈을 주면…… 픽스도 죽여줄 수 있어요?"

무심하던 암살자의 눈에 처음으로 재밌어하는 기색이 떠올랐다. 라스타는 긴장해서 그의 대답을 기다렸다. 암살자가 안 된다고 하면 '어디까지 가능한지 보려고 했다'며 말을 바꿀 셈이었고, 암살자가 된다고 하면 정말로 시험 삼아 픽스를 죽여달라 할 생각이었다. 얼마나 매정하고 얼마나 솜씨가 좋은지를 확인해야 하니까.

암살자는 소름 돋게도, 이번 역시 고개를 끄덕였다.

"그럼 그자를 죽여줘봐요. 이건 시험 의뢰예요."

암살자는 고개를 끄덕이더니 "잠시 여기서 기다리시죠"란 말을 남기고 밖으로 나갔다. '잠시 기다리라'는 것치고는 상당히 많은 시간이 흘러갔다. 체감상 서너 시간은 훌쩍 지난 것 같았다.

도대체 뭘 하러 갔기에 아직도 안 오지? 라스타가 서서히 지쳐갈 즈음. 암살자가 커다란 주머니를 들고 다시 나타났다. 그가 다가올수록 끔찍한 피비린내가 짙어졌다.

라스타는 코를 막고 벌떡 일어났다. 이 냄새는 뭐지? 구역질이 났다. 그러거나 말거나 암살자는 태연히 탁상 위에 주머니를 내려놓았다. 남자가 꼭 쥐고 있던 주머니 주둥이를 놓자, 천천히 주머니가 풀리며 안쪽 광경이 드러났다. 헝클어진 머리카락과 안대를 본 순간 라스타는 참지 못하고 구토했다. 자객은 그 모습을 보면서도 굳이 주머니를 풀어헤쳐 안에 든 머리를 완전히 보여주었다.

라스타는 한참을 웩웩거리며 구토하다가, 테이블 위의 머리를 보고 다시 토악질했다. 한참 후에야 진정할 수 있었지만 여전히 심장은 쿵쿵 뛰었다. 짙은 죄책감과 공포심이 개미처럼 온몸을 갉아내는 느낌이었다. 하지만 곧 희열이 느껴졌다. 이자는 냉정한 데다 솜씨가 좋았다. 이자를 이용한다면 그 얄미운 르베티를 죽이는 건 일도 아니었다.

라스타는 소맷자락으로 입을 닦으며 물었다.

"귀족도 죽여줄 수 있어요?"

암살자가 이번에도 고개를 끄덕였다. 로테슈 자작까지 한 번에 죽여달라 할까, 생각한 라스타는 곧 이건 아니라고 생각을 바꿨다. 그는 자신이 죽으면 안에 대한 소문이 퍼지도록 장치를 해두었다고 하지 않았나.

"그러면 로테슈 자작의 딸인 르베티도 죽여줄 수 있어요?"

암살자가 고개를 끄덕이자, 라스타는 품 안에서 보석을 뭉텅이로 꺼내 그자에게 내밀었다. 하지만 막판에 의뢰를 바꾸었다.

"아니, 죽이진 말고. 다른 나라에 노예로 팔아버려요. 가능해요?"

항상 천한 노예 천한 노예 노래를 불러대고 무시했지. 그 천한 노예, 본인이 직접 되어보라지.

저녁 식사를 할 때, 나는 하인리를 유심히 관찰했다. 이틀 전 밤. 유령의 존재를 믿고 무서워한다던 그가, 부하들을 데리고 가 태연하게 행동하는 걸 목격했다. 하지만 나는 그 장소에서 그를 부르는 대신, 곧장 내 방으로 돌아왔다. 그 탓에 이제야 그때의 일을 상기하며 하인리를 떠보는 것이었다. 어제는 하인리가 급한 다른 볼일로 궁전에 머물지 않았으니까.

"아직도 유령이 무서워요?"

"많이 무서워요, 퀸. 하지만 그대가 곁에 있으면 진정됩니다."

"확실해요?"

"당연하지요. 퀸, 그대는 내게 용기를 줘요."

부드럽게 미소 지은 하인리는 테이블 너머로 손을 뻗었다. 그 위에 내 손을 올리자, 그는 내 손을 가져가 손등 위에 입을 맞추며 웃었다. 미소는 매력적이었고 태도는 사랑스러웠다. 하지만 그가 앙큼하게 내숭을 떨고 있다는 게 눈에 보이니, 자꾸만 눈을 가늘게 뜨게 되었다. 약한 척하는 모습이 귀엽지만 기가 차기도 했다. 덩치 좋은 커다란 사냥개가 낑낑 소리를 내며 과도하게 애처롭게 구는 모습 같아서.

어쨌든 이걸로 확실해진 게 있지. 하인리가 필요에 따라 자기 이미지를 만들어가는 사람이라는 거. 그는 날 대할 때와 남을 대할 때 태도가 좀 다른 게 분명했다.

다음 날, 하인리는 미심쩍은 기분으로 어제 나비에의 표정을 찬찬히 되짚어 생각했다. 차가우면서도 이따금 온화한 빛을 띠던 나비에의 표정이, 어제는 무척 야릇했다. 하고 싶은 말이 있는 것 같았는데…… 끝까지 나비에는 별다른 말을 하지 않았다.

'무슨 말을 하려던 거였지?'

하인리는 괜히 찝찝한 기분이 들어 방 안을 뒷짐을 지고 서성거렸다. 하지만 얼마 지나지 않아 그에 관련된 생각은 잠시 뒤로 밀려났다. 동대제국에 심어놓은 첩자가 직접 찾아와, 그곳에서 시행 중인 마법사 감소 현상에 대해 보고했기 때문이다.

"능숙하게 마력을 다루는 마법사에게서 마력을 빼내는 일은 역시 위험성이 높았습니다."

"위험성이 높다는 건 효과가 없단 뜻인가? 아니면……."

"마력을 빼내려다가 역으로 더 늘어난 사례가 몇 건 있었습니다."

"곤란한데."

하인리는 미간을 찡그리고서 관자놀이를 눌렀다. 서투른 마법사 열 명보다는 능력 있는 마법사 한 명이 더 도움이 된다. 그런데 안 그래도 실력이 빼어난 마법사의 마력을, 이쪽에서 늘려줘버리다니.

"막 발현한 직후이거나 제대로 마력이 자리를 잡지 못했을 때 마력을 빼앗기 가장 좋단 건가."

하인리는 골치 아프게 여겨져서 혀를 찼다. 일이 이렇게 된다면 그가 목표한 전쟁은 좀 더 뒤로 밀려나야 할지도 몰랐다. 첩자는 그런 하인리의 눈치를 보며 계속 말을 이었다.

"그리고 이건 별일이 아닌지도 모르지만…… 소비에슈 황제가 새로운 정부를 들였습니다."

"정부? 라스타인가 하는 여자 외에 다른 정부?"

"예."

"그 정부가 마법사이냐? 그런 게 아니라면 네가 신경 쓸 일이 아니다."

"현재는 마법사가 아니지만, 궁정 마법사의 조수라 합니다."

"궁정 마법사의?"

궁정 마법사가, 마법사가 아닌 사람을 조수로 쓴다고? 하인리가 이상하게 여겨져 뒷말을 기다리자, 첩자가 말을 계속 이었다.

"더욱 특이한 건 아카데미에 다닐 적에 이미 마력을 잃은 사람이라 합니다. 혹시, 저희 계획과 관련 있는 사람은 아닌지 싶어서……."

"마력을 잃은 자기 정부를 마법사의 조수로 들이다니. 소비에슈 황제가 너무 자기 욕심을 채우는구나."

하인리는 헛웃음을 지었다. 그 난리를 치면서 나비에와 이혼을 해놓고, 재혼한 지 얼마나 되었다고 벌써 다른 여자를 정부로 둔단 말인가. 그러나 잠시 후, 그는 찝찝한 기분에 다시 물었다.

"아카데미에 다닐 때 마력을 잃었다고?"

"예."

"그 사람 이름이……?"

"에벨리라 합니다."

하인리는 아이의 이름을 바로 알아들었다. 나비에가 아카데미에 찾아가서 챙기던 그 고아 아이였다. 야무지고 영리하다는 아이. 그 아이를 소비에슈 황제가 데려갔다니. 무슨 꿍꿍이가 있는 걸까?

어찌 되었건 이것도 좋은 일은 아니었다. 동대제국 마법사들은 머리가 비상하고 능력이 좋았다. 마법사의 마력을 빼앗다가 부작용이 발생한 일과 에벨리의 건이 합쳐지면, 마법사 감소 현상이 인위적으로 증폭되었단 걸 알아낼지도 몰랐다.

"우선 동대제국 수도에서 궁정 마법사들의 마력을 빼앗는 일은 중단한다. 문제가 될 여지는 피해 가는 게 낫겠지."

결국 생각 끝에, 하인리는 빠르게 명령을 바꿨다. 아쉽긴 했지만, 잠깐의 아쉬움을 피하려다 평생 일을 그르칠 수도 있으니 신중해야 했다.

"동대제국 황실에 이미 소속된 마법사들의 마력을 빼앗기보단, 추가로 투입되는 마법사들이 늘어나지 않게 해라."

"예."

그런데 평소와 달리, 첩자가 보고를 마치고서도 쉬이 떠나지 않았다. 왜 저러나 싶어 쳐다보자, 첩자가 "외람되지 않으시다면……" 하고 조심스럽게 말문을 열었다.

"폐하의 사적인 부분에 대해 말씀드려도 괜찮겠는지요, 폐하?"

"말해보아라."

하인리가 허락하자, 첩자는 굳은 목소리로 말했다.

"나비에 황후 폐하께서 존경할 만한 좋은 황후시라는 데는 동의합니다. 하지만 황후 폐하로 인해, 황제 폐하께서 옛날부터 준비해 온 계획을 진행하지 못하실까 염려됩니다."

하인리가 이 일에 대해 공격적인 명령을 지시하는 대신, 우선 방어와 회피를 선택하자 평소답지 않다고 여긴 모양이었다.

첩자가 나간 후, 하인리는 맥켄나에게 물어보았다.

"너도 그렇게 생각해, 맥켄나?"

맥켄나는 잠시 생각해보다가 대답했다.

"아쉬운 마음이 없는 건 아니지만, 음. 솔직하게 말해도 됩니까?"

"그게 더 좋아."

"하면 좋죠. 하면 좋지만, 현실적으로 제국이 된 나라를 안정시키는 데는 오랜 시간과 노력이 들어가지 않습니까. 무리해서 전쟁을 밀어붙이는 것보단, 나라를 안정시키는 게 더 이득일지도 모릅니다."

"……"

"다음 세대를 위해 힘을 길러두고, 영광은 후대의 몫으로 남겨도 괜찮겠지요."

한숨을 내쉰 맥켄나는 하인리를 물끄러미 바라보며, 사촌 형제로서의 의견을 말했다.

"평생 숙원을 이루는 것도 중요하지만, 폐하. 거기에 사로잡혀 평생 불행해질 선택을 한다면, 그것도 아주 슬픈 일이 될 겁니다."

맥켄나는 이후 아주 빠른 목소리로 "폐하께서 후회하면서 살진 않으셨으면 좋겠거든요. 이왕이면 잘 사시는 게 좋죠"라고 덧붙였다. 아무래도 형제처럼 지낸 사이다 보니, 이런 말을 느리게 하긴 쑥스러운 듯했다. 진지하고 솔직한 맥켄나의 의견에, 하인리는 깊은 생각에 잠겼다.

"무슨 생각을 하세요?"

주베르 백작 부인의 질문에 나는 상념에서 깨어났다. 아무것도 아니라 말하려다 시선을 내리니, 잠시 마음을 가라앉히려 시작한 자수가 엉망이 되어 있었다. 누가 보아도 아무것도 아닌 게 아니네.

"유령 소동을 생각하고 있었어요."

"황제 폐하께서 아무 염려 말라 하지 않으셨나요?"

"그렇긴 하지만……."

"신경 쓰이시나요?"

나는 고개를 끄덕이고서 자수틀을 옆으로 치워두고 의자에서 일어섰다.

"아주 작은 소문도 어떻게 변할지 모르니까요. 미리 잠재워두는 게 좋을 거라 생각합니다. 특히 그 소문을 낸 사람의 의도가 좋지 못하다면 더욱."

하지만 어떻게 해야 할까? 소문을 낸 사람을 골릴 방도는 있었다. 그러나 소문낸 사람을 찾기가 어려웠다. 랑드레 자작의 도움을 받아서 유령 소동이 일어난다는 장소에 기사들을 숨겨두기도 했지만, 그것도 효과는 없었다. 하긴. 쉽게 잡힐 범인이라면 하인리가 잡았겠지. 하인리도 나름대로 범인을 잡으려 노력은 하는 듯했으니.

그러나 답은 의외로 예상치 못한 곳에서 나왔다. 더 이상 카프멘과의 회의를 물릴 수 없는 상황이 되어서, 그를 내 집무실로 불러 교역 품목을 의논한 날이었다.

"그러면 의논한 대로, 월대륙과 화대륙에서 구할 수 있는 필수품, 두 대륙에서 구할 수 있지만 꼭 필요하진 않은 물품, 두 대륙에서 구할 수 없는 유용품, 두 대륙에서 구할 수 없지만 꼭 필요하진 않은 물품, 이국적인 사치품, 교역 가능한 과일이나 곡물 등을 교역 품목으로 하도록 하지요."

"시장조사는 어느 무역상에게 맡기는 게 좋겠습니까? 그대의 마음이라면 제가 가고 싶지만, 그게 아니니…… 젠장."

"이 부분은 황제 폐하께 도움을 받아야겠습니다. 저 역시 서대제국에 온 지 얼마 되지 않은지라, 세세한 상단의 정보는 없으니까요."

약효가 그대로인 카프멘이 중간중간 헛소리를 하고 자괴감에 빠지긴 했지만, 그래도 서신을 통해 회의하는 것보단 훨씬 효율적이었다.

그런데 회의를 마치고, 일어서는 카프멘을 배웅하기 위해 따라 일어났을 때였다. 카프멘이 조용히 서서 나를 바라보기에, 나도 그를 재촉하는 대신 가만히 서서 그가 말을 꺼내길 기다려주었다. 그는 멋대로 움직이려는 입과 싸우느라 저렇게 침묵할 때가 종종 있었으니까. 그때 카프멘이 꺼낸 말은 몹시 의외로웠다.

"케트런 후작이 주도했고, 리버티 공작이 눈감아주고 있습니다."

다른 말은 없었다. 그는 딱 거기까지 말한 후, 재빨리 밖으로 나갔다. 하지만 그가 말한 내용을 바로 이해할 수 있었다.

유령 소동! 크리스타의 사촌이 주도한 거였구나!

"그자라면 충분히 그럴 만하지요."

카프멘의 도움을 받았다며 이 이야기를 전해주자, 하인리는 인상을 쓰고 투덜거렸다.

"게다가 그는 환상 마법을 사용할 수 있습니다. 유령 소동에 그 마법을 이용했나 보군요."

"케트런 후작이 마법사라고요?"

나는 깜짝 놀라 물었다. 외무부 장관인 그가 뜬금없이 마법사라니. 마법사는 좀 더 관련 부서에서 일하는 게 어울리지 않나? 하지만 생각해보니, 뛰어난 마법사인 카프멘 대공이나 하인리 모두 마법 관련한 일을 하진 않고 있구나.

"리버티 공작이 멀레이니 양의 외삼촌이었던가요?"

"네, 퀸."

그 공작의 차남이 멀레이니의 의붓동생이자 경쟁자란 건가……. 일단 이 부분은 나중에 생각하자. 지금은 유령 소동부터 마무리 지어야지.

"하인리. 이 일은 내가 처리해도 될까요?"

"퀸이요? 물론 괜찮지만…… 어떻게 하려고 그럽니까?"

"눈에는 눈 이에는 이 방식을 사용할 겁니다."

내 단호한 말에, 하인리는 눈웃음을 지었다. 마음에 드는 모양이었다.

"구체적인 방법도 생각해둔 겁니까?"

"생각은 미리 해두었지요. 우선 랑드레 자작에게 부탁해서, 초국적 기사단의 몸이 날랜 기사 몇을 빌릴 겁니다. 그리고 케트런 후작이 일주일 정도 깨어나지 못하게 만들어야지요."

하인리는 고개를 끄덕이며 내 말을 듣다가 황당하단 표정으로 물었다.

"그건 '눈에는 눈 이에는 이'가 아닌데요, 퀸?"

"맞아요."

"아닌데……. '주먹으로 모든 걸 해결한다'처럼 들립니다."

하인리는 뭐가 그리 우스운지 배를 잡고 혼자 즐거워했다. 하지만 내가 가만히 쳐다보자, 그는 내 눈치를 살피며 얼른 표정을 관리했다.

"미안해요. 비웃은 게 아니라 퀸의 대범한 면이 좋아서 웃었습니다."

"사과하지 않아도 돼요. 난 그대가 웃음을 그치길 기다렸을 뿐이니까."

"……미안합니다, 퀸."

정말로 사과하지 않아도 되는데. 인상을 찡그리자 하인리가 더욱 난처한 표정을 지어서, 나는 그가 더 오해할까 봐 일부러 내 계획을 더욱 자세히 들려주었다.

"케트런 후작이 기절하자마자 유령 소동이 잦아든다면, 누가 범

인인지 뻔히 나올 테지요. 그렇게 되면 이번엔 우리 쪽에서 그 이
야기를 퍼트리면 됩니다."

내가 말한 '눈에는 눈'의 '눈'은 소문이었다. 물론 그쪽은 헛소문
을, 이쪽은 진실을 이용한다는 차이점은 있겠지만.

하인리는 그제야 내 말을 이해하고 감탄사를 뱉었다.

"주먹을 쓰는 게 아니군요!"

"아니라 했잖아요."

도대체 날 어떻게 보는 거야?

랑드레 자작은 내 부탁을 듣자 쉬운 일이라며 흔쾌히 수락했다.
대신, 구체적인 계획은 자기가 잡고 싶다 요청했다. 초국적 기사단
만의 행동 방식이 있는데, 그걸 다른 기사들에게 맞추고 싶진 않단
것이다. 나는 수긍했고, 랑드레 자작은 바로 이튿날 밤 날 찾아와
계획의 성공을 알렸다.

"이제 유령은 더 이상 나타나지 않을 겁니다."

"후작은 확실하게 재웠나요?"

"예, 짧으면 일주일 길면 열흘가량은 깨어나지 못할 겁니다."

"고마워요."

"어려운 일도 아니었는걸요."

여기까지는 계획대로 되었지만, 이후에도 나는 안심하지 못했
다. 혹시 케트런 후작의 측근이나 리버티 공작이 다른 수를 써서

유령 소동을 이어가면 이 계획은 허탕이 되니까.

하지만 이 일은 오롯이 케트런 후작의 마법에 의지한 모양인지, 케트런 후작이 잠들자 유령도 바로 출몰하지 않게 되었다. 그렇게 되자 나나 하인리가 소문을 낼 것도 없이 사람들은 알아서 소곤거리기 시작했다. 그들은 이 일이, 크리스타가 쫓겨난 일에 원한을 품은 케트런 후작의 짓이라고 확신에 차 분노했다.

라스타는 암살을 의뢰한 후 곧장 므아르의 별장으로 돌아왔다. 처음 며칠은 죽은 남자의 모습이 떠올라 괴로웠지만, 시간이 지날수록 충격은 사라졌고, 르베티가 노예가 될 생각에 몹시 통쾌해졌다. 덕택에 남은 시간은 즐겁게 시골의 정경을 즐기며 보낼 수 있었고, 이 모든 게 지루해졌을 즈음에서야 그녀는 궁전으로 돌아갔다.

로테슈 자작이 찾아온 건 궁전에 도착한 바로 다음 날이었다.

'아아. 맞아. 자작에게도 용병을 구해달라 부탁했지.'

라스타는 잊고 있던 사실을 떠올렸다. 하지만 자작이 응접실에서 기다리는데도 바로 부르지 않고서, 라스타는 잠시 홀로 고민에 잠겼다. 르베티를 납치할 자객은 구했는데. 굳이 자작이 고용한 용병이 필요할까? 돈 낭비란 생각이 들었다. 그러나 결론은 '필요하다' 쪽으로 났다. 그녀는 수족처럼 부릴 사람이 많이 필요했다. 그러니 로테슈 자작과 공모해 할 만한 일이라면, 그가 데려온 용병도 충분히 쓸 만했다.

마음을 정한 라스타는 그제야 침실을 나갔다. 응접실에는 로테슈 자작이 늘 자기가 앉는 그 자리에 앉아 있었는데, 그의 옆에는 망토를 뒤집어써 얼굴을 가린 사람이 서 있었다.

'저자가 용병이구나.'

"왜 이렇게 늦게 나온 게냐."

로테슈 자작은 한차례 짜증을 내고는, 옆에 우뚝 서 있는 망토 입은 사람을 가리켰다.

"이쪽이 내가 구한 용병이다. 아주 솜씨가 좋지. 무엇이든 시키고 돈만 제대로 주면 돼."

라스타는 그자를 위아래로 훑어보다 물었다.

"망토는 벗으면 안 돼?"

자객도 그렇고 이자도 그렇고. 왜 죄다 얼굴을 가리고 있는지. 그러나 용병은 안 된다고 딱 잘라 말했다. 이 계통 일을 하다 보면 원한을 너무 많이 사서, 절대로 얼굴은 공개하지 않는다는 것이다.

"그러면 그쪽을 어떻게 알아봐?"

라스타가 미간을 찌푸리며 물었다. 직접 의뢰한 암살자에 대해서라면, 암살 길드와 별명을 아니 괜찮았다. 또한 그자는 몹시 마르고 길어서, 멀리서 봐도 한눈에 알아볼 수 있을 체형이었다. 하지만 눈앞의 사람은 특이한 체형이 아니어서, 망토를 입으면 구별이 되지 않을 것 같아 보였다.

용병은 자신의 검지, 중지, 약지에 낀 같은 모양의 반지를 보였다. 그걸 보고 구분하라는 듯했다.

"알겠어. 그렇지만 바로 고용할 수는 없어. 우선 솜씨를 보고 싶은데.”

　말해보라는 듯 용병이 고개를 끄덕이자, 라스타는 순간 ‘옆에 있는 사람을 죽여버려!’라고 외치고 싶은 충동이 들었다. 물론 절대 안 될 일이었기에, 그녀는 찬찬히 생각해본 뒤 말했다.

　“오늘 밤, 에르기 공작을 찾아가서 그가 팔에 차고 있는 팔찌를 가져다줘. 단, 절대로 다치게 해선 안 돼.”

　그러고서 로테슈 자작이 용병을 데리고 돌아가자, 라스타는 황급히 에르기 공작을 찾아갔다. 그에게 이 일을 미리 알리고 양해를 구할 생각이었다. 라스타는 에르기 공작은 자신에게 너그러운 데다 이건 위험한 일이 아니니, 당연히 웃으면서 그러라고 할 거라 여겼다. 그러나 막상 이야기를 들은 에르기 공작은 차갑게 대꾸했다.

　“라스타 님께선 절 참 여러 방면으로 잘 이용하시는군.”

　반말과 존댓말이 묘하게 섞인 그 말에는 불쾌감이 가득했다.

　“에르기 공작님?”

　라스타는 당황해서 쩔쩔맸다.

　“절대로, 절대로 그런 게 아니에요. 라스타는 공작님을 가장 신뢰하기 때문에 이 일을 맡아달란 거였어요. 정말이에요.”

　“가장 신뢰하는 사람에게 이처럼 위험한 일을 맡깁니까?”

　“그자는 절대 공작님을 해치지 않아요. 다치게도 할 수 없어요. 다치게 하지 말고 팔찌만 가져다 달라 했으니까요.”

　그러나 에르기 공작은 여전히 냉랭했다. 특유의 비뚜름한 미소를 입가에 단 채, 팔짱을 끼고 벽을 쳐다보기만 할 뿐, 눈조차 마주치지 않으려는 모습에 라스타는 속상해졌다.

하지만 일을 맡긴 게 당장 오늘 밤이었다. 얼마 남지 않았는데, 이제 와서 시험 의뢰를 취소할 수도 없었다. 우선 라스타는 한발 뒤로 물러나서 서궁으로 돌아갔다. 에르기 공작이 화가 풀린 후에 다시 말하기 위해서.

그러나 라스타에게 내내 쌀쌀맞게 대하던 에르기 공작은, 라스타가 밖으로 나가자마자 바로 표정이 풀리며 입꼬리를 올렸다. 그러고는 창가에 서서 라스타가 완전히 멀어지길 기다렸다가 자신의 종자를 불러 지시했다.

"타락을 데려와라."

새벽 공기는 맑았으나 라스타는 초조해서 잠을 이루지 못했다. 용병이 팔찌는 잘 가져왔을지, 에르기 공작은 아직도 화가 많이 나 있을지, 신경이 쓰여서 도무지 잠이 오지 않았다.

'괜찮아. 내일 가서 사과하면 화가 풀려 있을 거야. 그래도 너무 비굴하게 나가면 안 돼. 오히려 상대가 이쪽을 우습게 여길 수도 있으니까.'

잠시 시간을 두며 마음이 가라앉기를 기다리면 돼. 라스타는 자꾸만 불안해지려는 마음을 억지로 편안하게 했다. 그러나 오전 4시, 용병이 에르기 공작의 팔찌를 들고 나타나자 라스타는 거센 분노에 휩싸였다. 팔찌에 피가 묻어 있던 것이다. 팔찌를 내미는 그의 손가락 위에서 반지 세 개가 촛불을 받아 붉게 반짝였다.

"이게 뭐야!"

라스타가 버럭 호통을 치자, 용병은 아무렇지 않게 변명했다.

"에르기 공작이 너무 강한 데다 호위들도 있어서, 피를 보지 않고는 팔찌를 뺏을 기회가 없었습니다."

라스타는 속이 부글부글 끓었지만, 일단 실력은 인정했다. 에르기 공작은 척 보기에도 강해 보였다. 그런 공작뿐만 아니라 호위를 제치고 다녀올 정도라면, 확실히 강할 것이다. 하지만 별개로 에르기 공작 일이 더욱 걱정되기 시작했다. 용병에게 그런 부탁을 했단 것만으로도 화를 낸 공작이, 상처까지 입었으니 더욱 기분 나빠지지 않았을까?

다음 날, 라스타는 아침 식사를 하자마자 남궁으로 갔다. 그러나 예상한 대로 에르기 공작은 이미 어제보다 더 화가 나 있었다. 그는 라스타를 향해 가식적인 웃음조차 지어주지 않았다. 그뿐만이 아니었다.

"떠나겠습니다."

그의 입에서 예상하지 못한 말이 나오자 라스타는 깜짝 놀라 되물었다.

"떠나다니요?"

"말씀드린 대로입니다. 더 이상 여기 머물 필요가 없으니, 그만 가려 합니다."

"어디로요?"

"제 고향으로요."

"가지 말아요!"

라스타는 황급히 공작을 붙잡았다.

"공작님이 가면 라스타는 이 살벌하고 무정한 곳에 혼자 남아요. 폐하께서도 이젠 라스타를 예전처럼 대해주지 않으시고, 모두가 라스타의 황관만 보고 있어요. 공작님만 라스타를 라스타로 대해주는데, 공작님이 가버리면…….'

"미안합니다. 하지만 전 어제 일로 몹시 실망했습니다. 제가 라스타 님께 보내는 우정이 이용당한 기분이었으니까요."

에르기 공작이 짐 가방을 챙기느라 손을 뻗자, 팔찌가 있던 부근이 붕대로 감긴 게 드러났다.

"돌아가주십시오."

그가 너무 단호한 태도여서, 라스타는 어쩔 수 없이 서궁으로 돌아왔다. 하지만 돌아와서도 온통 에르기 공작이 떠날 거란 생각만 들 뿐, 다른 일은 생각나지 않았다.

라스타는 용병이 에르기 공작에게서 벗겨 왔다는 피 묻은 팔찌를 보다가 울음을 터트렸다. 이곳 귀족들에게 냉대를 받을 때마다, 에르기 공작은 그녀를 편들어준 유일한 상대였다. 정부가 된 후에도, 황후가 된 후에도. 라스타 본인이 노예 출신이란 소문이 돌았을 때도, 그게 뭐 어떠냐며 화를 내준 사람이었다. 자신이 귀족 출신이 아니란 걸 알면서도 유일하게 편견 없던 친구. 그런 상대가 화가 나서 가버리려고 한다는 사실이 너무나 두렵고 힘들었다.

에르기 공작이 사라진 뒤에도 이전처럼 지낼 수 있을까? 라스타는 자신의 가슴께를 눌렀다. 인정해야 했다.

'내가 에르기 공작님을 좋아하나 봐.'

소비에슈는 가장 힘들 때 그녀를 구출해준 왕자님이었으나, 변덕이 심해 사람을 쉽게 버린다. 반면 에르기 공작은 곤경에 처해 있을 때 도움을 준 건 물론, 이후로도 끊임없이 지지와 도움을 보내주었다. 그녀는 소비에슈를 여전히 사랑했지만, 소비에슈의 태도를 보면 이 사랑은 점차 사라질 게 분명했다. 반면 에르기 공작을 향한 마음은 앞으로 더욱 커질 일뿐이었다.

라스타는 충동적으로 에르기 공작에게 달려갔다. 빈말을 했던 게 아닌지, 에르기 공작은 어느새 마차까지 준비해 짐을 싣고 있었다.

"할 말이, 할 말이 있어요!"

"저는 더 할 말이 없습니다."

"꼭 해야 해요! 이건 명령이에요!"

라스타는 단호하게 외치고, 에르기 공작을 방 안으로 데려갔다. 그리고 문을 닫았으나, 에르기 공작은 바로 뒤돌아 나가려 했다. 라스타는 뒤에 서서 그에게 간절히 외쳤다.

"좋아해요. 사랑해요. 떠나지 말아줘요."

에르기가 웃고 있단 걸, 뒤에 선 사람은 알 수 없었다.

에르기는 웃으면서도 딱 잘라 말했다.

"미안한 마음에, 홧김에 그냥 하시는 말 같은데요."

하지만 이전보다는 덜 냉랭한 목소리였다. 라스타는 그 차이를 알아차리고 희망에 차 에르기 공작을 보았다.

"제가 볼 때 라스타 님은, 지금 황제 폐하와 사이가 나쁘니 잠시 감정을 착각하고 계신 겁니다. 아니면 고의로 착각한 척하시는 거든가요."

"정말이에요. 진심이에요. 에르기 공작님이 떠난단 생각을 하는 것만으로도 이렇게 괴로운데, 이게 사랑이 아닐 리 없어요."

라스타는 황급히 말하고서 에르기 공작을 뒤에서 끌어안았다.

"내 정부가 되어주세요, 공작님."

에르기 공작은 깜짝 놀란 표정을 지었다. 실제로도 몹시 놀란 상태였다. 정부라니? 왕족이 다른 나라의 황후나 황제의 정부로 들어가는 경우가 없진 않았다. 그러나 이 경우는 좀 달랐다.

"저도 라스타 님에게 마음이 있으니, 정부가 되어주는 건 문제가 아닙니다."

"그러면요?"

"하지만 라스타 님은 황후로서의 힘이 없고 권력이 적지 않으십니까. 안타깝지만…… 지금은 이름뿐인 황후시지요."

"!"

"다른 나라의 왕족인 제가 그런 라스타 님의 정부로 들어간다면, 제 모국의 체면이 상할 겁니다."

"이름뿐인 황후가 되지 않을게요. 약속할 수 있어요."

"그건 라스타 님의 선에서 할 수 있는 문제가 아니니까요."

라스타는 자존심이 상했다. 늘 희망적인 말만 해주던 그가 이렇게 나오자, 사실인데도 듣기가 싫었다. 그러나 에르기 공작이 드디어 문고리에서 손을 놓고 돌아보았으므로, 더는 그 생각을 하지 못하고 그를 간절히 바라보았다.

"하지만 정부 계약을 맺을 때, 라스타 님이 제게 주는 선물이 몹시 가치 있다면, 사람들이 덜 비웃을지도 모르겠습니다."

"선물이요?"

라스타는 정부 계약서를 쓴 후 소비에슈에게 자신이 받은 막대한 보석과 드레스 등을 떠올리며 황급히 물었다.

"뭘 원하나요? 돈? 보석?"

"그런 건 이미 많습니다. 발에 채일 정도로 많지요."

"그러면……."

에르기 공작은 곰곰이 생각하는 시늉을 하더니, "아." 하고 탄성을 뱉으며 말했다.

"영지. 바닷가와 인접한 영지 하나를 제게 주십시오."

라스타는 화들짝 놀랐다. 영지를 달라고?

"아시다시피 제 모국은 해양 왕국이라, 바닷가 근처가 편해서요."

"하, 지만 라스타에겐 그런 권한이……."

"그 정도가 아니라면 왕족인 절 정부로 둘 순 없으십니다."

에르기 공작은 딱 잘라 말하더니, 몹시 아쉽다는 듯 라스타를 내려다보았다. 그 눈길은 그윽하고 다정해서, 두 사람이 맺어지지 못하는 미래를 안타까워하는 것처럼 보였다.

"서로의 미래를 위해서 이 이상은 나아가지 않는 게 낫습니다."

"방법을 찾아볼게요!"

라스타는 황급히 에르기 공작을 붙잡으며 외쳤다.

"라스타가 방법을 찾아볼 수 있어요!"

"황후 폐하께서 떠나려는 에르기 공작을 붙잡은 일로 말이 많습니다."

카를 후작이 어두운 얼굴로 보고하자, 소비에슈가 잠시 멈칫하고서 물었다.

"대놓고 붙잡았나?"

"에르기 공작이 짐을 싣고 있을 때 황후 폐하께서 황급히 달려오셨고, 이후 두 분이 방 안에 들어가 오랫동안 대화를 나누셨다는군요. 에르기 공작은 이후 도로 짐을 풀었다고 합니다."

카를 후작은 몹시 걱정스러웠다. 사람들은 좋지 못한 출신의 황후가 황실의 체면을 깎고 있다 생각했다. 정부를 두는 황후야 많았지만, 사랑놀이하며 매달리는 황후라니. 좀 더 음흉한 자들은 라스타가 에르기 공작을 방에 데리고 들어가서 입으로 말린 건지 몸으로 말린 건지는 알 수 없다고 비웃었다. 물론 그런 말을 하는 이들은 남들도 백안시하는 부류였지만, 아무래도 못된 소문일수록 들으면 혹하는 점이 있는 법이지 않던가.

"순수했던 사람일수록 더 빨리 어두워지는 모양이로군."

소비에슈는 한탄했다. 영악한 면이 있고 상식 외의 행동도 이따금 보여주었지만, 소비에슈는 라스타가 정말 순수하다고 생각했다. 계산적인 사람들로 둘러싸인 곳에서, 라스타는 홀로 바람을 견디는 한 송이 들풀처럼 보였다. 그는 라스타의 그런 순수성은 보호받아야 마땅하다 여겼다. 물론 사람은 모두 환경의 영향을 받으니, 언젠가는 라스타도 변할 거란 생각도 했다. 하지만 이토록 빨리 변할 줄이야……

"황제 폐하. 황후 폐하를 말려야 하지 않을까요? 이대로 두었다간 황실이 덩달아 우스갯거리가 될까 두렵습니다."

"우스갯거리는 결혼식에 그 말린 미역 같은 드레스를 입고 나타났을 때부터 이미 시작됐지."

냉정하게 중얼거린 소비에슈는 고개를 작게 저었다.

"일단 내버려두어라. 지금은 배 속의 아이가 중요하니. 다른 안건은? 없는가?"

"이건 동대제국 일은 아니지만……."

"?"

카를 후작이 머뭇거리자, 소비에슈는 왜 저러나 싶어 눈썹을 치켜올렸다. 그는 곧 카를 후작이 어디 이야기를 하고 싶어 하는지 깨달았다. 서대제국 이야기를 하려는 거였다.

원래도 동맹국이나 적국, 강대국에서 화제가 된 일은 소비에슈가 직접 신문으로 읽거나 비서들에게 보고를 받았다. 당장 중요한 일은 아니지만, 나중에 어떻게 그 정보를 사용할지 모르니 미리 다양한 방면으로 알아두는 것이었다. 그러니 카를 후작이 서대제국 이야기를 한다 해서 이상할 건 없었다.

"괜찮아. 눈치 보지 말고 말해라."

소비에슈는 씁쓸한 마음을 내색하지 않으며 아무렇지 않게 말했다.

"크리스타 전 왕비와 하인리 황제의 스캔들입니다."

그러나 카를 후작의 말을 듣자마자, 소비에슈의 표정은 바로 굳었다.

"뭐?"

카를 후작은 그 사건이 언제 벌어졌는지, 어떻게 생겨난 스캔들인지, 어떻게 해결되었는지 등등을 다 이야기했다.

"알고 보니 크리스타 전 왕비가 하인리 황제와 함께 있었다 주장한 그 시각에, 하인리 황제는 카프멘 대공과 있었다더군요. 결국 거짓말을 한 게 밝혀져서, 크리스타 전 왕비는 컴프셔의 저택으로 도망치듯 떠났다 합니다."

소비에슈는 문제가 되었다던 그 시각, 라스타와 함께 있던 카프멘 대공을 떠올리고는 헛웃음을 뱉었다. 누가 거짓말을 했단 거야?

"카프멘 대공이 하인리 황제를 도왔군. 아니면 나비에를 도왔거나."

"예?"

소비에슈는 차갑게 비웃었다.

"그러면 그렇지, 그 바람둥이 날건달이 순애보 행세를 오래 한다 싶었지."

카를 후작은 소비에슈가 하인리 황제를 욕하는 중이란 걸 깨닫고 입을 다물었다.

소비에슈는 가서 쉬라며 카를 후작을 내보냈다. 하지만 뱃속이 드글드글 끓는 느낌에, 본인은 의자에 일어났다 앉기를 내내 반복했다. 나비에는 이제야말로 자신만을 사랑해주는 사람을 만났다며 기뻐하고 있을 텐데. 결혼한 지 하루 만에 바람을 피워? 그 반반한 낯짝을 주먹으로 갈겨버리고 싶어 열이 났다. 나비에가 괜찮은지 확인하고 싶었다.

하지만 그가 나비에에게 위로할 편지나 선물을 전한다 한들, 그게 제대로 전달이 되긴 할까? 나비에는 자존심이 강했다. 전남편의 위로를 받아들이지 않을 게 분명했다. 한참을 고민한 끝에야 소비에슈는 좋은 생각을 떠올렸다.

그 시각, 마스타스는 코샤르가 주둔 중인 영지에 막 도착한 상황이었다. 하인리의 명령을 수행하기 위해 컴프셔로 갔다가, 일을 마무리 짓고 나비에와의 약속을 지키기 위해 들른 것이다. 궁전에서 내려 보낸 군대를 찾는 건 어렵지 않은 일이었다.

"저쪽에 작은 언덕이 보이시오?"

"예. 저기 커다란 나무 세 그루가 나란히 있는 언덕이죠?"

"으응, 그 뒤를 넘어가면 넓은 평지가 나온다오. 긴 장벽이 펼쳐져 있지. 그 사이 어디쯤엔가 있다 알고 있소."

"고맙습니다."

마스타스는 사람들에게 묻고 물어서 코샤르가 있을 장소를 찾아갔다. 노인이 알려준 곳에는 과연 막사로 쓰기 위한 커다란 천막이 연달아 있고, 임시로 세운 마구간과 화덕 등이 보였다. 마스타스는 얼른 그쪽으로 내려갔다.

"코샤르 경을 찾아왔습니다."

하지만 막상 코샤르는 그곳에 없었다.

"코샤르 경은 뭐 살 게 있다고 마을로 들어갔는데요?"

오히려 마을에 있다고 했다. 조금 전에 마을에서 이쪽으로 온 건데. 마스타스는 기다렸다 만나고 갈까 생각해보다가, 결국 방향을 바꾸어 도로 마을로 갔다. 그러고는 사람들에게 '굉장히 잘생긴 미남을 보았느냐'고 질문을 바꿔 코샤르를 찾아다녔다. 얼마나 그렇게 다녔을까.

'이 부근 어디라 했는데……?'

골목길을 두리번거리고 있자니 무기 부딪치는 소리가 들려왔다. 그런데 특이하게도 그 무기 부딪치는 소리가 굉장히 빨랐다.

'일대일로 싸우는 게 아닌가?'

뒤이어 거친 욕설이 들려오고, 그다음엔 흐느끼는 소리가 들려오자, 마스타스는 황급히 우는 소리가 나는 쪽으로 달려갔다. 건달들이 사람들을 괴롭힌다면 혼쭐을 내주고 말릴 생각이었다.

그러나 도착한 곳의 풍경은 뜻밖이었다. 괴롭힘을 당하는 사람이 있긴 했다. 괴롭히는 사람도 있긴 했고. 문제는 괴롭히는 사람은 한 명이고 당하는 사람은 족히 열네댓 명은 되어 보인다는 점.

심지어 괴롭힘을 당하는 쪽은 대부분 덩치가 우락부락하거나 인상이 험악했는데, 둘씩 등을 붙이고 서 있었다. 두 손은 상대방과 묶여 있어서, 옆으로만 이동할 수 있었다. 반면 괴롭히는 쪽은 짙은 금발이 인상적인 아름다운 남자였는데, 마치 재밌는 놀이라도 하듯 그들을 향해 활을 쏘고 있었다. 활은 화살촉이 없어서 상처를 입히진 않았지만, 맞는 사람은 아픈지 다들 엉엉 울었다.

마스타스는 황당해서 입을 벌렸다. 바닥에 일렬로 늘어선 각양각색 무기 숫자가 딱 열네 개. 그렇다면 저 열네 명이 든 무기를, 저 금발 남자 한 명이 빼앗은 다음 저 꼴로 만들었단 건가?

'어? 저 사람?'

그러다가 뒤늦게 마스타스는 저 금발이 나비에 황후의 옆에서 활짝 웃고 있던 코샤르임을 깨달았다.

"아!"

그걸 깨닫자마자 마스타스는 자기도 모르게 손가락을 치켜들며 탄식했고, 그 소리를 들은 코샤르는 놀이를 멈추고 이쪽으로 고개를 돌렸다. 그러다 눈이 마주치는 순간. 코샤르는 아무 말도 하지 않았지만, 마스타스는 그가 속으로 분명 욕을 했을 거란 확신을 받았다.

실제로도 코샤르는 곤란하단 생각을 하고 있었다. 나비에에게 줄 선물을 사러 왔다가, 난데없이 강도를 만나 싸우게 되었다. 둘을 때려눕히니 다섯이 왔고, 다섯을 때려눕히니 아홉이 왔고, 아홉을 쫓아내니 떼로 왔다. 지금처럼. 싸운 것까지야 그렇다 치더라도, 강도들을 눕히는 사이 좀도둑들이 끼어들어 선물로 산 보석이며 드레스를 죄다 훔쳐 간 건 참을 수 없었다.

결국, 분에 차서 좀 화풀이를 하고 있었는데. 이 광경을 나비에의 시녀가 보고 만 것이다. 게다가 저 놀란 표정이라니……. 분명 저 시녀는 나비에에게 이 일을 이야기하겠지. 나비에는 '여기 와서도 사고를 치고 다녀?' 하는 눈으로 한심스럽게 쳐다보다 휙 고개를 돌릴 것이다.

차라리 저 시녀가 시녀가 아니라 못된 깡패였더라면 처리하기 쉬울 텐데. 동생의 시녀는 그의 방식으로 처리할 수도 없으니 난감했다. 일단 말리자. 뒤늦게 정신을 정리한 코샤르는 화살을 내려놓으면서, 사교용 미소를 지었다.

"안녕? 이런 곳에서 다 보네요."

그런데 인사를 건네는 순간. 멍하니 있던 마스타스가 갑자기 "좋아요!" 하고 외치더니, 등 뒤로 손을 넘겨 커다란 장창을 꺼내 들었다. 그러고는 창을 꼬나 쥐고 종종걸음으로 달려와 외쳤다.

"결투해보고 싶습니다, 코샤르 경!"

코샤르는 인상을 찡그렸다. 뜬금없이 결투라니?

그러나 농담은 아닌지, 마스타스는 진지하게 메고 있던 가방까지 내려놓고 있었다. 코샤르는 황당해서 그녀를 쳐다보다가 거절했다.

"미안하지만 동생 시녀와 겨룰 순 없습니다."

"아, 전 괜찮아요!"

"제가 안 괜찮습니다."

하지만 곧 코샤르는 마음을 바꿨다. 눈이 반짝거리는 걸 보니 저쪽도 꽤 무술에 미친 모양인데. 적당히 상대를 해주면 입을 닫게 할 수 있지 않을까?

"그럼 하나 약속해주시겠습니까?"

"뭐요?"

"지금 본 건 나비에한테 비밀로 하기로."

"좋습니다!"

마스타스가 신이 나서 외치자, 코샤르는 빙그레 웃고서 허리춤에서 검을 뽑았다. 다행히 상대가 말이 통하는 시녀라 마음에 들었다. 물론 진심으로 겨룰 생각은 없었다. 자칫 잘못하다가 저 시녀에게 약간이라도 상처를 입히면 나비에가 화를 낼 테니까.

"시작합니다!"

그러나 몇 번 검을 나눈 후, 코샤르는 자신의 결정을 후회했다. 상대는 건성으로 몇 번 검을 휘둘러주고 치울 실력자가 아니었다. 제대로 상대해야 한다. 하지만 제대로 상대해주다간 정말로 상대를 다치게 할지도 몰랐다.

어쩌지? 그냥 기절을 시킬까? 아니면 적당한 타이밍에 졌다고 빠질까? 그렇게 이러지도 저러지도 못하고 검 쓰기를 망설이는 사이. 뭔가가 머리를 확 후려쳤다. 코샤르는 멍하니 눈을 깜빡거렸다. 눈앞에서 경악한 시녀의 얼굴이 흔들리고 있었다. 3초 후, 그는 곧바로 고꾸라졌다.

"으악, 코샤르 경!"

비가 오기에, 하인리와 우산 하나를 같이 쓰고 정원에 나왔을 때였다. 빗소리를 들으며 산책을 하자니 문득 오빠 생각이 났다.

"지금쯤 마스타스 양이 오빠를 만났을까요?"

내가 묻자, 하인리는 "그렇겠지요." 하고 대답을 하면서 내 어깨를 자기 쪽으로 끌어당겼다.

"그보다 이리 와요. 어깨에 비가 떨어지잖아요, 퀸."

"그냥 각자 우산을 쓰면 되는데……."

굳이 하나를 나눠 쓰느라 딱 달라붙어 있어야 하나?

"이편이 따뜻하지 않습니까?"

"아니요."

"……그런데 퀸. 코샤르 형님은 결혼 생각이 아예 없는 겁니까? 귀족치고는 결혼이 늦는 것 같은데. 약혼녀가 있단 이야기도 못 들었고요."

"오빠는 검과 싸움 외엔 별 관심이 없어서요."

그렇다고 정략결혼을 하기엔 소문이 너무 안 좋아서……. 정략결혼이 아무리 집안과 집안의 결혼이라지만, 자기 딸을 흉악한 남자와 결혼시키고 싶은 부모는 없을 테니 말이다.

"전 퀸과 코샤르 형님의 성격이 다른 게 늘 신기합니다."

"그런가요? 하지만 그대도……."

그대의 형과 성격이 다르잖아요, 라는 뒷말은 얼른 삼켰다. 아무래도 크리스타 사건이 끝난 지 얼마 안 되었으니까. 그 이야기는 하지 않는 게 낫겠어.

나는 얼른 말을 돌렸다.

"아, 그대의 생일이 멀지 않은데. 가지고 싶은 게 없나요, 하인리?"

"가지고 싶은 건 없습니다."

역시 그렇겠지.

"하지만 해보고 싶은 건 있어요."

말을 마친 하인리가 갑자기 멈춰 서더니 나를 뒤에서 슬쩍 끌어안았다. 왜 이래? 고개를 들어 쳐다보자, 그가 묘한 눈길로 날 바라보고 있었다.

'분명 야한 요구를 할 거야.'

그 눈을 보자, 그가 뭘 원하는지 짐작이 갔다. 강렬한 시선을 마주하자 저절로 마른침이 넘어갔다. 지나치게 침을 삼키는 소리가 큰 것 같아 부끄러웠지만, 나는 모른 척 덤덤하게 말했다.

"적당한 수위라면 고려해보겠어요."

"수위라니요?"

"!"

내가 생각한 '그런' 선물을 바란 게 아닌가? 순간 당황스러웠으나, 나는 최대한 자연스럽게 고개를 돌리며 둘러댔다.

"구하기 힘든 선물을 말하진 말란 뜻입니다."

하지만 이것도 좋은 변명은 아니었다. 말을 하자마자 자책하는 마음이 올라왔다. 바보같이! 둘러대도 하필 이렇게 매정하게 둘러댔지? 처음으로 축하해주는 생일인데, 여기에 대고 구하기 힘든 선물은 말하지 말라니! 미안한 마음이 깊어졌다. 나는 그에게 약간 더 몸을 붙이고서, 우산을 들지 않은 손을 꼭 붙잡았다.

하인리는 몸을 움찔했다. 이윽고 목덜미로 무거운 한숨이 내려왔다.

"퀸. 도대체 언제쯤 손바닥 위에서 날 내려줄 셈입니까?"

"손바닥 위라니요?"

"손 한 번 잡는 것만으로 날 통제하잖아요."

하인리는 우리가 맞잡은 손에 더욱 힘을 주어서 꽉 잡더니, 그 상태로 내 손과 자기 손을 같이 들어 올려 내 손등 위에 가볍게 입을 맞추었다.

"말이…… 내 생각보다 너무 차갑게 나가서 그랬어요."

나는 솔직하게 털어놓고서 슬쩍 손을 당겨 뺐다. 손등에 닿는 그의 입술은 부드럽고 좋았지만, 굳이 밖에서 이럴 필요는 없잖아? 황제 부부의 금실이 좋은 것도 잘된 일이지만, 그렇다고 해서 애정 행각을 이리저리 보이고 다닐 필요는 없지.

하인리는 순순히 내 손을 놓아주고는 좀 더 나를 자기 품으로 끌어당기며 우산을 세웠다. 그사이에 비는 거의 멎어가고 있어서, 곧 그칠 것 같았다. 손을 우산 밖으로 내밀어 몇 방울 떨어지지 않는 비를 맞자, 하인리가 그 모습을 지켜보다 작게 속삭였다.

"음. 사실 같이 목욕해보고 싶어요."

나는 손바닥에 닿는 차가운 물방울을 즐기다가, 놀라서 손을 얼른 회수했다. 하인리는 다시 말했다.

"생일 선물로, 같이 목욕해요."

"응큼해."

하인리는 부정하지 않았다.

"맞아요."

"……생각해볼게요."

아직 생일까지는 몇 달 남았으니까.

"만약 같이 목욕할 수 없다면, 하루 종일 시간을 빼서 우리 둘이 서만 놀아요, 퀸. 시종이나 시녀들도 빼고 딱 우리 둘이서만."

나는 고개를 끄덕이다가 물었다.

"왜 이렇게 목욕에 집착해요?"

사실 집착이라고 할 만큼 내내 조른 건 아니지만. 그래도 많고 많은 선물 중에 굳이 이런 걸 원하다니. 전에 유령 소동 때에도 겁 이 많은 척하면서 같이 욕실을 쓰고 싶다 했잖아?

민망할 만도 하건만. 하인리는 태연히 대답했다.

"보송보송한 퀸도 좋지만, 물에 젖은 퀸도 좋을 것 같아서요."

고작 그런 이유냐, 라고 말을 하려고 보니 머릿속에 떠오르는 광 경이 하나 있었다. 새에서 사람의 모습으로 변한 하인리가 분수대 에 서 있던 모습. 달빛 아래에서 물에 젖은 채 머리카락을 넘기던 모습은 확실히 몹시 아름다웠다.

"그건 그래요. 물에 젖은 그대는 아름다웠어요, 하인리."

내가 순순히 인정하자, 하인리는 '거봐요'란 듯이 눈으로 웃었 다. 하지만 곧 눈썹을 치켜올리더니 나를 뚫어져라 쳐다보았다.

"퀸?"

마침 비도 그쳤기에, 나는 먼저 우산을 빠져나가 빠른 걸음으로 앞서갔다.

에벨리는 긴장해서 소비에슈를 찾아갔다. 궁정 마법사의 조수로 넣어준 후, 소비에슈는 그녀에게 하녀를 붙여주고서, 무엇이든 필요한 게 있으면 그 하녀에게 말하게 했다. 그뿐만 아니라 2주에 한 번 용돈도 받았다. 라스타가 보낸 하녀가 걸리적거렸지만, 그 외에는 불편하지 않은 생활이었다.

하지만 이런저런 배려를 해주면서도 소비에슈는 그녀를 따로 부르지 않았고, 덕택에 에벨리도 소비에슈를 의식하지 않고 지낼 수 있었다. 그런데 뜬금없이 부르다니. 혹시 라스타 앞에서 소비에슈의 총애를 받는 척 거짓말한 게 들통났나? 그런 거라면 좀 민망한데. 에벨리는 제발 그 일은 아니길 바라며 조마조마한 마음으로 소비에슈를 바라보았다.

"나비에가 널 많이 아꼈지. 괜찮으면 나비에에게 내 선물을 전해주고 올 수 있겠나?"

다행히 소비에슈는 에벨리가 염려했던 일로 부른 게 아니었다. 하지만 전혀 의외인 말을 하는지라, 에벨리는 눈을 휘둥그렇게 뜨고 되물었다.

"선물이요?"

"그래. 하지만 내 선물이란 말은 하지 말고. 네가 주는 선물로 해서."

"저는 괜찮지만……."

"서대제국에 사절단을 보낼 일이 있거든 따라갈 수 있게 해주겠다. 괜찮겠느냐?"

"네. 나비에 님을 만날 수도 있고, 전 괜찮습니다."

하지만 왜 굳이 내 이름으로? 그냥 보내면 안 되나? 굳이 이렇게 번거롭게 선물을 전해야 하나? 에벨리는 소비에슈의 눈치를 살피다가 깨달았다. 아아. 이혼 후 어색한 사이가 되셔서 그렇구나.

"뜬금없이 찾아가면 너무 티가 날 테니, 하인리 황제의 생일 연회에 맞춰서 가도록 해라."

"네."

"그때쯤 다시 부르겠다."

"네, 폐하."

의문 하나가 풀리자 또 다른 의문이 나타났다. 에벨리는 정말로 궁금해졌다. 소비에슈 황제는 라스타를 사랑해서 나비에와 이혼한 게 아닌가? 그런데 왜 이혼한 나비에를 챙기는 걸까? 죄책감?

게다가 라스타. 멀쩡한 부인을 내칠 만큼 소비에슈 황제가 사랑하는 라스타. 에벨리는 소비에슈 황제가 라스타에게 꼼짝하지 못할 만큼 사랑에 빠져 있을 거라 여겼다. 그러나 막상 이런저런 소문을 들어보니, 소비에슈 황제는 이 두 번째 황후를 그리 잘 챙기지도 않는 듯했다. 두 번째 황후는 뜬금없이 블루 보헤안의 왕족과 염문설이 났고.

아니, 그러면 대체 이혼은 왜 한 걸까? 에벨리는 복잡한 생각에 잠긴 채 멍하니 복도로 나왔다. 대답을 안다고 해서 재혼한 나비에가 돌아오지도 않을 테고, 소비에슈가 임신 중인 라스타를 내치지도 않겠지만……. 그런데 몇 발자국 걸어갔을 때였다.

"천한 게 왜 여기 있지?"

소곤거리는 목소리가 들려왔다. 에벨리는 인상을 찡그리고 소리가 들린 방향을 보았다. 이스쿠아 자작 부부가 계단 가에 서서 이쪽을 쳐다보고 있었다. 소비에슈의 방이 멀지 않기 때문인지 이전처럼 대놓고 욕을 하진 않지만, 표정으로 불쾌감을 드러내고 있었다.

에벨리도 표정을 험악하게 했다. 그녀는 아직도 그들이 자신에게 한 모진 말들을 기억했기에 그들과 얼굴을 맞대는 것만으로도 싫었다.

'부모나 자식이나 똑같아.'

혀를 찬 에벨리는 인사를 생략하고 홱 몸을 돌려 반대 방향으로 걸어갔다.

한편, 평민 기자 조앤슨은 하루하루 인내심이 닳아갔다. 알현까지 신청해 황제 부부를 만나 동생에 대한 일을 알렸고, 동생 일을 조사해주겠다는 대답까지 받았는데. 왜 아직도 궁전에서는 연락이 없을까?

동생이 사라진 지 이미 오래였다. 동생과 자주 투덕거리긴 했지만, 그건 형제자매끼리 얼마든지 싸울 수 있는 범위 내에서였다. 조앤슨은 동생에게 나쁜 일이 생겼을 거란 상상만으로도 괴로워졌다.

결국, 그는 방향을 바꾸어서 동생과 함께 근무하던 하녀를 추궁해보기로 했다. 아리언. 경력이 풍부한 데다 일 처리가 능숙해서,

늘 이런저런 도움을 받고 있다고 동생이 자주 이야기한 그 하녀를.

'그 여자가 궁전 밖으로 나오기를 기다리면 되겠지.'

하지만 황후궁 소속 궁정인들의 일정을 알아내기는 어려웠기에, 조앤슨은 아예 궁전 근처 여관을 잡아놓고 그곳에서 하녀를 기다렸다. 그러기를 며칠이나 지났을까. 마침내 그 노력이 결실을 보았다. 그날도 조앤슨은 간단한 달걀 요리를 들고 2층 객실 창가에 앉아 식사 중이었다. 손은 음식을 챙기면서도 눈은 성문에서 떨어지지 않았다. 그런데 커다란 성문 옆의 작은 문이 열리더니, 거기에서 한 여자가 나오는 게 보였다. 조앤슨은 먹던 걸 멈추고 그곳으로 달려갔다. 당연히 아리언이란 하녀가 아닐 수도 있었다. 이미 이런 식으로 허탕을 친 게 여섯 번이었고. 하지만 늘 그랬듯, 조앤슨은 그 여자를 찾아가 물었다.

"혹시 아리언 씨입니까?"

"그런데요."

그러나 이번엔 그녀가 맞았다. 조앤슨은 그 순간 눈앞의 하녀가 한 줄기 희망처럼 빛나 보였다.

"황후 폐하의 전속 하녀가 맞으십니까?"

그래도 혹시 몰라 그는 거듭 물었다.

"맞아요."

아리언은 덤덤히 대답했으나, 조앤슨은 저도 모르게 왈칵 눈물을 터트렸다. 드디어 동생의 흔적을 찾을 방법이 생기다니.

"갑자기 찾아와 죄송합니다."

생각만으로도 목이 막혀서, 조앤슨은 쿵쿵 소리를 내며 사과했다. 그 모습이 이상하게 보이는지, 아리언이 눈을 가늘게 떴다. 조앤슨은 그녀가 가버리기 전에 황급히 자신이 누구인지 말했다.

"저는 델리스의 오빠입니다. 델리스가 누구인지는 아시겠지요?"

아리언의 표정에 처음으로 변화가 나타났다.

"델리스의 오빠라고요? 그 기자인……?"

조앤슨은 황급히 고개를 끄덕였다.

"네, 제가 그 사람입니다. 제가……."

조앤슨은 말을 하려다가 멈췄다. 뒤늦게 떠오른 불안감에 사방을 살폈다. 생각해보니 이곳은 동생이 사라진 장소였다. 이곳에서 동생이 실종된 게 확실하다면 입을 조심해야 했다. 자신이 델리스를 찾아내는 걸 원하지 않는 사람이 있을지도 몰랐다.

"괜찮으시다면 다른 곳에서 이야기해도 될까요?"

그러나 아리언은 고개를 젓고서, 황급히 다른 곳으로 걸어갔다. 조앤슨이 역병이라도 되는 것처럼 고개조차 돌리려 들지 않았다. 이쪽을 두려워하는 것 같기도 했다. 그 태도가 조앤슨의 의심을 더욱 자극해서, 그는 델리스를 뒤따라가며 불렀다.

"동생에 대해 듣고 싶어 그럽니다. 동생이 사라졌어요. 당신은 동생을 많이 도와준 고마운 사람이라 들었습니다. 같이 근무했으니, 왜 내 동생이 갑자기 사라진 건지 대답해줄 수 있지 않습니까."

조앤슨은 울면서 그녀를 쫓아갔다.

"제발 동생을 찾는 걸 도와주세요. 아니, 돕지 않아도 됩니다. 아는 게 있다면 하나라도 알려주세요!"

그 절절한 태도에 마음이 바뀐 걸까. 거침없이 나아가던 아리언이 우뚝 멈춰 섰다. 그녀는 힐끗 고개를 돌리더니 조앤슨을 물끄러미 바라보았다. 그 시선은 몹시 애매모호했다. 말하고 싶은 게 있는데, 말해도 될지 아닐지 망설이는 것처럼.

"제발 부탁입니다!"

그래도 조앤슨이 다시 매달리자, 아리언은 머뭇거리다 딱 한 마디를 했다.

"저도 목숨이 아까워 이야기하기 힘듭니다."

목숨이 아까워 이야기하기 힘들다니. 이렇게 무서운 말이 있을까. 조앤슨의 두려움이 더욱 커졌다. 아리언의 말은, 이미 동생이 죽었단 것처럼 들렸다.

조앤슨이 절망으로 흐느끼자, 아리언의 표정이 어두워졌다. 결국 그녀는 한참을 망설이다가, 몇 걸음 앞으로 다가갔다. 그러고는 남들이 들을 수 없도록 아주 작은 목소리로 이야기했다.

"사람은 보이는 게 다가 아닙니다."

"그게 무슨 말입니까?"

"제 말을 잘 생각해보면 답이 나올 겁니다. 당신이 가장 믿고 있는 사람을 의심하세요. 제가 드릴 수 있는 말씀은 여기까지입니다."

조앤슨은 표정이 멍해졌다. 아리언은 그를 착잡하게 바라보다가, 뒤돌아 바쁜 걸음으로 사라졌다.

그리고 3일 후. 휴가를 마치고 궁전으로 복귀한 아리언은 휴가 전 대여해 갔던 커다란 책을 가지고 도서관으로 갔다. 반납증에 이름을 적은 그녀는, 책을 제자리에 꽂아두겠다며 인적이 드문 서가로 걸어갔다. 놀랍게도 서가 안쪽에는 소비에슈가 뒷짐을 지고 서 있었다. 아리언은 그에게 인사를 한 후 가져온 책을 내밀며 작게 중얼거렸다.

"시키신 대로 하였습니다."

"잘했다."

소비에슈는 짧게 대답하고서 책을 받아 앞의 책꽂이에 넣었다. 아리언이 망설이며 조앤슨에게 해준 이야기들은, 모두 다 소비에슈의 허락이 있던 일이었던 것이다. 그녀는 여전히 라스타가 두려웠고, 그녀가 믿을 수 없는 사람이라 생각했다. 한 번의 실수로도 엄한 벌을 내리는 주인을 진심으로 따르는 사람은 없는 법. 현실적이고 안전을 중시하는 아리언으로서는, 언제 터질지 모르는 라스타보다는 안정적인 권력을 가진 황제에게 충성하는 게 당연했다.

"이대로 하면 된다."

소비에슈가 나지막하게 이야기했다.

"이대로만 하면 넌 어떤 처벌도 받지 않을 거다."

깨어난 코샤르가 처음 본 건, 기절하기 직전에 본 바로 그 얼굴이었다. 약간 초록색 느낌이 나는 잿빛 머리카락과 다람쥐처럼 까만 눈. 몹시 건강해 보이는 인상으로 해맑게 사람 머리를 내려친……. 코샤르는 지끈거리는 머리를 짚고 몸을 일으켰다.

"여긴?"

주위를 둘러보니 허름한 방이었다. 침대가 있고 서랍장이 있고 의자 두 개와 탁자가 있는 방.

"아, 기절하셔서요. 근처 여관으로 들고 왔습니다."

마스타스는 코샤르의 질문에 기가 죽어 웅얼거렸다.

"들고 왔다고요? 누가?"

"제가요."

마스타스는 다시 코샤르의 눈치를 살피며 대답했다. 그러고는 얼른 벌떡 일어나 허리를 꾸벅 굽혔다 펴며 우렁차게 외쳤다.

"죄송합니다, 코샤르 경! 코샤르 경이 생각보다 연약하신 줄 몰랐습니다!"

"……연약?"

"약한 사람은 괴롭히는 거 아니라 배웠습니다! 죄송합니다. 적당히 봐드려야 했는데."

마스타스가 진심으로 자책하며 사과하자, 코샤르는 황당해서 입을 벌렸다. 누가 누굴 봐줬단 거야? 하지만 코샤르는 굳이 마스타스에게 '방심한 내 탓'이란 말은 하지 않았다. 생각해보니, 어쨌든 자기가 다친 거라면 이 시녀가 나비에에게 엉뚱한 소리는 하지 않을 게 아닌가. 그래. 차라리 이렇게 되어서 다행이다. 기절까지 할 줄은 몰랐지만. 코샤르는 안심해서 웃었다.

마스타스는 황후의 오빠를 다치게 한 게 두려워 움츠리고 있다가, 코샤르의 미소를 보고 잠시 멍해졌다. 그의 미소는 수면 위에서 반짝거리는 햇빛처럼 보였다. 그걸 보자 마스타스는 돌연 갈증이 나서 황급히 옆에 놓인 물병을 들고 물을 콸콸 마셨다.

기사가 고작 창대 한 대 맞았다고 기절한 게 이해하기 어려웠는데. 은은하게 피어난 저 미소를 보니, 바로 납득이 되었다. 저 사람은 꽃미남이라 연약한가 보다!

딱 같은 찰나, 코샤르는 이렇게 생각했다.

'저 커다란 물병 물을 한 번에 다 마신다고?'

코샤르의 동공이 잠시 커다래졌으나, 그는 실례일 거란 생각을 하고서 황급히 모른 척 고개를 돌려주었다. 물을 다 마신 마스타스는, 갈증은 가라앉고 눈앞은 반짝거리자 기분이 좋아져서 물었다.

"그런데 여긴 완전히 축제 분위깁니다? 음악 소리가 여기저기서 들리는데, 무슨 일이라도 있습니까?"

유령 소동이 끝나자, 당시 카프멘이 알려주었지만 잠깐 뒤로 미뤄둔 이야기가 떠올랐다. 리버티 공작이 케트런 후작의 유령 소동을 알면서도 방관했다던 일. 멀레이니의 라이벌인 위얀이 리버티 공작의 차남이었지. 양자로 보냈다지만 위얀과 리버티 공작의 사이가 나쁘진 않을 거야. 아들의 미래를 위해서 결정한 일이었으니. 그렇다면 위얀도 리버티 공작의 사상에 영향을 받지 않을까?

그래. 아마레스 후작이 지금은 거의 중립이라지만, 위얀이 후계자가 되면 방향을 바꿀지도 모른다. 멀레이니가 후계자가 되어야 할 이유가 하나 더 생겨났다. 하지만 작게 보면 그들 가문의 집안 일인데, 나나 하인리가 대놓고 거기에 끼어들 수는 없었다. 결국, 나는 고민 끝에 우선 멀레이니를 직접 불렀다. 원래 멀레이니와 비밀 협약을 맺은 건 크리스타와 사이가 멀어지지 않기 위해서였지만, 크리스타와 사이가 완전히 멀어진 지금은 굳이 그녀의 눈치를 살펴서 몰래 부를 이유가 없었다.

멀레이니는 부른 지 얼마 지나지 않아 나타났다. 멀지 않은 곳에 있다가 달려온 듯 볼이 상기된 채였다.

"부르셨다 들었습니다, 황후 폐하."

"바쁜데 부른 게 아닌가요?"

"근처에서 일이 좀. 하지만 바쁘지 않아요."

부관에게 부탁해 차를 가져다 달라고 한 후 그녀에게 내밀자, 멀레이니는 두 손으로 찻잔을 쥐고 황급히 물을 마셨다. 나는 그리고 그녀가 진정될 즈음 솔직하게 털어놓았다.

"이전에 내가 준 숙제는, 일부러 멀레이니 양의 능력을 돋보이게 하려고 준비한 무대였습니다."

멀레이니는 찻잔을 손에 쥔 채 내 눈치를 살폈다.

"일이 이렇게 돼서 안타깝군요."

그런데 어째서일까? 멀레이니가 갑자기 찻잔을 쥔 차세 그대로 움직이질 않았다. 심지어 눈꺼풀까지도. 상기되어 있던 볼은 더욱 발갛게 변했다. 뭔가 초조해 보이는 얼굴이었다.

"멀레이니 양?"

의아해서 묻자, 그녀는 그제야 눈을 몇 번 깜빡이더니, 찻잔을 그대로 도로 내려 무릎 위에 올렸다. 그러고는 머뭇거리다 고백했다.

"전의 그 보고서요. 사실…… 제가 따라 한 거예요, 황후 폐하."

이건 또 예상하지 못한 일이었다. 어느 쪽이 상대를 따라 한 건지 결국 밝혀지지 않았지만, 나는 멀레이니 쪽을 좀 더 믿었다. 그녀의 성정이 니안과 비슷하다고 생각했기 때문이었다. 자존심이 강하니 불리한 위치에서도 남을 흉내 내진 않으리라 여겼는데.

"어째서 그런 일을 했던 건가요? 그럴 사람이 아닐 거라 생각했는데."

내가 실망해 말하자, 멀레이니는 머뭇거리며 설명했다.

"화가 나서 그랬어요."

"화가 났다고요?"

"아버지께서 제가 위안과 같은 과제를 두고 경쟁하게 되었다는 걸 알게 되셨거든요."

"그게 문제가 되나요?"

"그것만으론 문제가 되지 않죠."

멀레이니는 표정을 일그러트렸다. 상처받은 것처럼 보이기도 했다.

"문제가 된 건, 그 사실을 알자마자 아버지께서 위안을 불러 여러 가지 것들을 알려주셨단 거죠. 위안이 절 이기길 바라신 거예요."

이런.

"화가 나서 일부러 위안과 같은 사안들을 조사했어요. 원래 제가 조사하고 싶던 품목은 전혀 다른 것이었는데도요."

멀레이니의 말은 몹시 뜻밖이었다. 하지만 저 말을 듣고 나니,

멀레이니가 위얀을 따라 했단 것보다, 다른 게 더욱 신경 쓰였다.

"그건 좀 이상하군요."

"죄송합니다. 실망하게 해드렸어요."

"그 이야기가 아닙니다."

경험 없는 청년들이라면 실수로 잘못된 보고서를 쓸 수도 있다. 나 역시 그들에게 완벽한 보고서를 기대하진 않았고. 하지만 그 보고서에 아마레스 후작이 개입했다면 문제가 된다. 그자는 노련하고 경험이 풍부한 전문가였다. 그 분야에서는 나보다도 더 뛰어난 실력자겠지. 그런데 나도 뻔히 보이는 오류를 그 사람이 놓쳤다고? 말도 되지 않지. 애초에 아마레스 후작이 이상하게 가르쳐준 게 분명했다.

"황후 폐하?"

내가 말없이 가만히 있자 멀레이니는 불안한 듯 손가락을 꼼지락거렸다. 나는 그녀에게 내 추측을 이야기한 후 결론을 내렸다.

"둘 중 하나겠군요. 그대의 아버지가 알려진 것과 달리 크리스타 님의 지지자였거나. 혹은 그대가 위얀보다 더 잘하기를 바라고서 일부러 위얀에게 적당히 엉터리로 가르쳐주었거나."

어느 쪽이든 기존의 이미지와 다른 건 확실하지만.

멀레이니는 잠시 생각해 보더니 허탈하게 웃었다.

"그럼 전자겠네요. 아버지가 절 위해 위얀에게 엉터리 정보를 줄 리가 없거든요."

"앞으로 지켜보면 어느 쪽인지 알 수 있겠지요."

"……."

"어느 쪽이든 내가 그대에게 해줄 수 있는 건, 그대가 재능을 펼칠 수 있는 무대를 만들어주는 겁니다. 상대를 누르고 빛나는 건, 멀레이니 양. 그대가 직접 해야 해요."

"네……."

"화가 날 일이었단 생각은 해요. 하지만 앞으론 위안을 지나치게 신경 쓰다가 일을 망치지 않았으면 좋겠군요."

다시 기회를 줄 것처럼 말하자 멀레이니가 웅얼거리며 물었다.

"제게 실망하지 않으셨나요?"

"실망했어요."

실망하지 않을 리가. 좀 더 이성적으로 행동해주었더라면 좋았을 거라 생각한다.

"하지만 이 일로 우리의 동맹이 깨지는 건 아닙니다."

리버티 공작이 하인리에게 적대적이니 그의 아들도 믿을 수 없다. 당연히 나로선 멀레이니에게 기회를 줄 수밖에 없었다.

"……감사합니다. 크리스타 님을 보내는 데 제 도움이 크지 않아서, 계속 신경 써주실 줄은 몰랐어요."

"필요할 땐 손을 잡다가 필요 없다고 내치는 건 도리가 아니지요."

하인리는 코샤르의 승전보와 상시천의 퇴각 소식을 전해 듣고 몹시 기뻤다. 게다가 보고에 따르면, 그 부근 사람들에게 코샤르는 완전히 영웅이 되었고, 마을 사람들은 그를 환영하는 축제를 연달아 열고 있다 했다. 코샤르에 대한 보고가 끝나자, 하인리는 싱글벙글 웃으며 맥켄나에게 물었다.

"코샤르 형님이 돌아오면 초대 금의기사로 삼고 싶은데. 어때?"

금의기사는 하인리가 즉위 후 새롭게 만들어낸 직위였다.

기사 중 용맹하고 '충성심이 깊은' 이들을 뽑아 1년에 두 명에게만 부여하는데, 일종의 명예직이라 근위기사 외 다른 직업군에도 줄 수 있었다. 하인리가 굳이 이런 명예직을 만든 목표는 노골적으로 뚜렷했다. 재능 있는 자들의 충성심과 경쟁심. 그렇기에 첫 금의기사는 아주 신중하게 뽑아야 했는데, 너무 신중하게 고르다 보니 아직 초대 금의기사를 누구로 할지 정하지 못하고 있었다. 그런데 보고를 들어보니 여러 가지 점에서 코샤르가 그 자리에 딱 맞는 것 같았다.

맥켄나도 웃으며 수긍했다.

"아무도 반박하지 못할 겁니다."

"또 다른 금의기사로 랑드레 자작을 올리면 너무 노골적일까?"

"노골적인 수준이 아닌데요. 대놓고 황후 폐하를 밀어주는 수준입니다."

"그렇겠지?"

"아무래도요."

하인리는 아쉬운 마음이 들었지만, 빠르게 포기했다. 대신 이 기쁜 소식을 전해주기 위해서, 업무가 끝나자마자 얼른 황후의 방을 찾아갔다.

"오빠가 상시천 일을 잘 해결했다니."

그럴 거라 생각은 했지만, 하인리의 입에서 모든 게 잘 해결되었
단 이야기를 듣자 안심이 되었다. 긴장이 풀려서인지 웃음도 저절
로 흘러나왔다.

하인리는 그게 끝이 아니라며 얼른 말을 이었다. 자신이 즉위하
면서 만든 명예 기사직이 있는데, 그 명예로운 기사 이름을 오빠에
게 수여하겠단 것이다.

"안 좋게 보는 사람들이 있지 않을까요?"

나야 당연히 좋지만 걱정이 되어 묻자, 하인리는 외국이 상시천
때문에 얼마나 고생했는지를 줄줄 읊으면서, 그런 싸움에 휘말리
지 않게 한 건 커다란 공로라고 오빠를 치켜세웠다. 의도는 알겠지
만 듣기 민망할 정도여서, 나는 적당히 고개를 끄덕거렸다.

하인리는 한참을 떠든 후에야 '아!' 하고 뭔가 생각난 듯 탄성을
뱉더니 잠시만 기다려보라며 자기 방으로 건너갔다. 얼마 지나지
않아 하인리가 커다란 녹색 술병을 들고 나타났다.

"그게 뭔가요?"

"카프멘 대공이 전의 일을 사과하면서 준 선물입니다."

카프멘 대공이?

하인리는 의자를 옆으로 끌고 와 붙여 앉더니, 내게 술병을 보여
주었다.

"룁트의 왕족들 정도나 되어야 마시는 굉장히 귀한 술이래요."

그 말대로 술병의 라벨에는 립트어가 씌어 있었고, 왕실을 나타내는 표시도 그려져 있었다. 크리스타 때에도 그렇고 유령 사건도 그렇고 하인리에게 따로 선물을 주는 것도 그렇고…… 카프멘 대공도 자신의 그날 잘못을 만회하기 위해 계속 노력하고 있는 모양이었다.

"같이 마셔요, 퀸."

"그럴까요?"

하인리는 빈 잔 두 개를 앞으로 가져다가, 마개를 뽑고 술을 따랐다. 병은 녹색이었지만 내용물은 금색이었고, 안쪽으로 반짝거리는 게 보였다.

"예쁘네요."

"그러게요."

술잔을 들어 입에 슬쩍 가져다 대자, 의외로 단맛이 느껴졌다. 음료수에 가까울 정도로 달고 부드러운 맛이었다.

"맛있어요."

"그러네요."

하인리도 마음에 드는지 몇 번 만에 술을 다 마셔버렸다. 치즈나 과자 없이 연달아 술을 마셔서인가. 빠르게 기분이 좋아지면서 계속 웃음이 흘러나왔다. 하인리가 평소보다 귀여워 보였고, 내 방의 조명이 좀 더 밝아 보였다. 바닥은 낮아지고 천장은 내려왔다. 이런 사소한 것조차 즐거워 하인리의 어깨에 머리를 기대자, 하인리도 바로 내 허리를 감싸 자기 쪽으로 끌어당겼다. 자연스럽게 입을 맞추자, 그의 입안에서 그 단 향이 느껴졌다.

몇 번이나 시도했고 몇 번이나 실패했지만, 이번엔 그의 입에서 틀림없이 과일 맛이 날 거란 확신이 들었다. 미쳤단 생각이 들면서도 하인리라면 틀림없이 가능할지도 모른단 생각이 들었다.

"날개도 있잖아."

"무슨 말이에요?"

대답 대신 나는 그의 아랫입술을 물고서 꽉 끌어당겼다.

"으."

포도인가. 딸기? 복숭아? 무슨 맛이지, 이게? 술 때문인지 머리가 잘 돌아가지 않아서 무슨 맛인지 알기가 어렵다. 술을 안 마셨으면 바로 알 수 있는데. 달콤한 건 확실한데…… 안 되겠어.

결국 물었던 아랫입술을 놓고, 그의 입안에 손가락을 넣어 턱을 내리게 한 다음 혀를 찾아 이리저리 돌아다녔다.

그리고…….

"?"

정신을 차려보니 나는 침대 위에 누워 있었다. 손에는 베개가 잡혀 있었는데, 반쯤 뜯어진 채였다.

무슨 일이지? 당황해서 베개를 내려놓자, 베개 안에 들어 있던 하얀 깃털들이 폴폴 날아갔다. 여기는…… 공용 침실이구나. 침대는 마석 침대고. 옷차림이 아직 드레스인 걸 보니, 아무래도 술에 취해서 바로 침실로 온 모양이다.

그런데 하인리는? 하인리는 어디 있지? 먼저 일어나서 아침 식사를 차리러 갔나? 그가 아침마다 하던 행동을 떠올리며 하품을 하는데, 베개 사이로 금색의 무언가가 보였다.

퀸? 퀸의 궁둥이였다. 하인리의 주사는 새로 변하는 건가? 귀여워라.

웃음이 나와서 얼른 다가가 두 손으로 퀸을 잡아 들었다. 그리고 두 손으로 들어 올려 무릎 위에 앉혔는데…….

"하인리?"

요즘 동대제국 수도에는 흉흉한 이야기가 돌았다. 황후를 의자로 내리쳤다가 사형당하게 된 여자 이야기였다. 사람들은 미친 게 아니냐며 혀를 찼다. 감히 황후에게 의자를 휘두르다니! 세상에 그런 무도한 사람이 어디 있단 말인가.

"자객도 의자는 안 휘두르겠어."

"상식이 없는 게지."

"원래도 사형수의 자식인데, 부모 때문에 일자리를 못 잡아서 먹고살 길이 막막하다고 고용해준 거였다며? 아주 배은망덕하기 짝이 없지 않나?"

사람들은 소문을 듣자 혀를 차며 수군거렸다. 그러던 중 꽤 이름난 신문에서 사람들의 의견과 전혀 정반대되는 기사가 나왔다.

라스타 황후의 기존 하녀 중엔 여섯 달을 넘긴 사람이 없다. 심지어 제 손으로 그만둔 이도 없다. 이건 정부인 시절부터 지금까지 쭉 계속된 일로, 하녀들은 각기 낙태약, 사기, 습격 등등 온갖 이유가 붙어 벌을 받고 쫓겨났다.

지금은 서대제국으로 건너간 나비에 전 황후 아래에서는 단 두 명만이 하녀 일을 그만두었는데, 그 사유도 결혼과 임신이지 벌을 받아 추방된 게 아니었다. 심지어 임신해 그만두었던 하녀는 이후 복귀했고, 그 외의 교체는 전혀 없다.

그런데도 유독 라스타 황후 아래에서는 왜 이렇게 문제가 터져 나오는 걸까? 평민으로 지낸 시간이 길어서 공격을 받는다? 하지만 하녀들도 모두 평민 출신이다. 평민 출신이라 트러블이 생긴다면, 차라리 시녀들과 생겼어야 옳다. 이 정도쯤 되니 라스타 황후의 성격에 문제가 있어서 아랫사람들이 버티지 못하는 게 아닌가 의심스럽다.

평민들이 많이 구독하는 신문에는 라스타에 대한 칭송이 자주 실렸기에, 라스타는 글을 깨우친 후로는 평민들이 자주 읽는 신문을 즐겨 읽었다. 이 때문에 이번 기사 역시 바로 읽을 수 있었다. 말도 안 되는 기사를 본 라스타는 겁에 질려 소비에슈를 찾아갔다.

"폐하, 이걸 좀 보세요."

소비에슈는 라스타가 내민 신문을 받아 들었다. 그러고는 빠르게 내용을 읽더니, 한숨을 내쉬며 말했다.

"그 기자가 화가 난 모양이로구나."

"그 기자라니요?"

"기자 이름을 확인해보아라. 네가 감옥에 보낸 그 하녀의 오빠지 않느냐."

"알현실에 나타났던……."

"그래. 그자."

라스타는 동생을 찾아달라며 애원하던 평민 기자를 떠올리고는 치를 떨었다.

"설마, 이자는 동생이 사라진 게 라스타 때문이라 생각해서 이런 짓을 하는 건가요?"

그러고는 황급히 소비에슈에게 다가가 애원했다.

"폐하, 이자가 이런 기사를 쓰지 못하게 막아주세요. 사람들이 라스타를 정말 이상하게 볼까 두려워요."

하지만 소비에슈는 고개를 젓고 무겁게 말했다.

"잔뜩 독기가 오른 듯한데. 괜히 건드렸다간 어떻게 튈지 모르니, 내버려두어라."

"내버려두라고요? 이런 식으로 말하는데요?"

"앞으로 같은 일이 또 발생하지 않는다면 알아서 사그라들 소문이다."

소비에슈는 손가락으로 기사 몇 군데를 가리키며 설명했다.

"애초에 제대로 된 증거 없이 상황만 끼워 맞춘 과장된 주장이지 않으냐. 이런 주장은 완전히 자리 잡기 어려워. 벌집과 마찬가지다. 차라리 지금은 그냥 두는 게 나아."

소비에슈의 말은 그럴듯하게 들렸기에 라스타는 마지못해 대답했다.

"······알았어요."

하지만 순순하게 대답하면서도, 라스타는 소비에슈의 말을 온전히 믿어도 될지 의심했다. 예전이라면 바로 믿었겠지만, 요즘 들어서는 소비에슈도 완전히 신뢰하기 어려웠다. 자신이 나타나자 나비에를 버렸듯, 에벨리가 나타났으니 자신에게 관심을 덜 쏟는 걸 지도 모르지 않던가. 결국 라스타는 이 일을 다시 물어보기 위해 에르기 공작에게로 갔다.

그리고 20여 분 후. 소비에슈는 라스타가 에르기 공작을 찾아갔 단 보고를 듣고는 웃음을 터트렸다. 허탈한 웃음이었다.

"어떻게 하시겠습니까?"

보고를 한 기사가 묻자, 소비에슈는 손을 저었다.

"되었다. 놔두어라."

그에게 중요한 건 아기의 건강이지 라스타의 체면이 아니었다.

"그편이 마음이 편하다면 마음대로 취미 생활을 하게 두어라."

한편 그 시각. 리버티 공작가에는 간만에 아마레스 후작가에서 돌아온 위얀이 가족들과 모여 있었다. 위얀은 신이 나서 이런저런 일들을 떠들다가, 며칠 전에 있었던 '황후의 숙제' 이야기를 꺼냈 다. 위얀은 가볍게 한 말이었으나, 이야기를 들은 리버티 공작은 심 각한 표정을 지었다.

"왜요, 아버지?"

위얀은 걱정스럽게 물었다. 자신이 말을 잘못한 걸까? 아니면 황 후의 숙제를 했단 게 기분이 나쁘신가? 그러나 이후 리버티 공작이 꺼낸 말은, 위얀의 예상과 전혀 달랐다.

"앞으로 같은 일이 있거든, 더욱 신경 써서 제대로 해 가거라."

"네?"

"황후를 만날 일이 있거든 말과 행동을 조심해서 귀염을 받도록 해."

"네?"

위안이 어리둥절해서 쳐다보자, 형이 '이걸 못 알아듣냐'는 투로 말했다.

"넌 황후파가 되란 말씀이시잖아."

위안은 깜짝 놀라서 "진심이세요?"라고 물었다. 그도 자기 아버지와 형이 친황후파가 아니란 건 알고 있었다. 그런데 뜬금없이 자기에겐 황후파가 되라니?

"황후가 너와 멀레이니에게 이상한 시험을 내는 게 널 위한 건 아닐 거다. 멀레이니를 돕기 위해서겠지."

"멀레이니도 황후와 별 접점은 없다 하던데요?"

"어쨌든 널 위한 과제는 아니었을 거다. 하지만 상관없지. 어차피 중요한 건 결과니까."

빙그레 웃은 리버티 공작은 차남의 머리카락을 쓰다듬었다.

"네가 멀레이니보다 더욱 뛰어난 모습을 보인다면, 황후는 널 총애해줄 거다. 그분은 실용주의자라 하니까."

"아……."

"무슨 수를 써서든 황후의 사람이 되도록 해."

"그러면 아버지와 형님과 반대 길을 가게 되잖아요?"

위안이 풀이 죽어 말하자, 리버티 공작은 웃음을 터트렸다.

"아니지. 이렇게 해두면 어느 한쪽이 무너지더라도 우리 가문엔 영향이 없을 게 아니냐."

얼굴 가득 떠오른 미소는 식사 후 위얀이 돌아가자 사라졌다. 리버티 공작은 심각한 얼굴로 장남에게 말했다.

"우리가 탄 배는 여기저기 너무 큰 구멍이 뚫려버렸지. 수습은 해보겠지만, 이대로라면 가라앉고 말 거다. 그러니 넌 동생을 잘 도와주어라. 그 애가 우리 집안을 구원할 줄이 될지도 몰라."

"지금이라도 황후 쪽으로 붙는 게 낫지 않을까요?"

"우리는 지금 와서 친황후파가 되어봤자 큰 신뢰를 받을 수 없어. 가까이 갈 수 없다면 굳이 멀리서 꼬리를 흔들 필요는 없다."

딱 잘라 말한 리버티 공작은 품 안에서 편지 봉투를 꺼내 내밀었다.

"이걸 보아라."

"무엇입니까?"

"크리스타 님께서 떠나기 전 남겨주신 편지다."

장남은 깜짝 놀라 편지 봉투를 열었다. 편지에는, 그녀가 라스타에게 들었단 이야기가 씌어 있었다.

그 여자가 말하길, 나비에 황후가 이혼당한 결정적 원인은 자신이 아니라, 황후의 불임 때문이라 하였습니다. 이 사실이 세상에 밝혀지면 벌어질 일이 가엾어서 그동안은 입을 다물고 있었지만, 이렇게 된 이상 내가 입을 다물어 무슨 소용이 있을까 싶습니다.

장남은 굳은 표정으로 리버티 공작을 보았다.

"아버지, 이건……."

"사실인지 아닌지 우선 확인부터 해야 한다. 이 일은 정말로 신중해야 해."

"예."

"라스타 황후에게 사람을 보내어 이 말이 사실인지부터 확인하
거라."

새가 된 작은 몸뚱이는 평소보다 힘없이 늘어졌고, 부리는 약간
벌어진 채 머리가 축 처졌다. 미역 같았다.

"하인리. 하인리! 하인리?"

몇 번이나 깨워보려 애썼지만 퀸은 미동도 하지 않았다. 나는 그
를 안고 침대에서 무릎걸음으로 빠져나왔다. 궁의, 궁의! 아냐, 궁
의는 안 돼! 지금 하인리는 하인리가 아니잖아! 비밀이라 했는데,
하인리가 새라는 걸 밝힐 수 없어. 그렇다면 동물 전문가를 불러와
야 하나? 하인리의 몸이 평범한 동물이 맞긴 한가? 평소엔 어떻게
했지? 평소엔…… 맥켄나! 맥켄나도 새와 사람의 몸을 오가지. 그
라면 하인리가 평소 새 상태로 다쳤을 땐 누구에게 치료를 받는지
알려줄 수 있을 거다.

판단을 내리자마자 나는 하인리를 다시 베개 사이에 눕혀놓고서
얼른 공용 침실을 나갔다.

"로즈 양, 맥켄나를 불러줘요. 빨리!"

로즈가 맥켄나를 데리러 간 사이 빠르게 씻고 술 냄새 나는 옷을
갈아입었다. 머리카락은 대충 하나로 묶고서 방 안을 서성거리자,

얼마 지나지 않아 맥켄나가 나타났다.

"황후 폐하, 무슨 일이십니까? 급한 일이 있다 들었습니다."

나는 로즈를 내보낸 후, 그에게 부탁했다.

"잠시 여기 있어봐요."

"예?"

길게 설명하는 대신 얼른 공용 침실로 들어가 하인리를 들고 나갔다. 맥켄나는 어리둥절한 얼굴로 서 있다가, 내 품에서 축 늘어진 하인리를 보고는 펄쩍 뛰며 외쳤다.

"어이구, 이 술주정뱅이 폐하 같으니라고!"

그리고…… 어?

술주정뱅이? 아직 아무 설명도 안 했는데?

내가 놀라 쳐다보자, 맥켄나가 눈썹을 치켜올리며 두 손으로 자기 입가를 가렸다.

"앗, 술에 취하신 게 아닙니까?"

구체적인 사정을 말해주자 맥켄나는 도로 눈썹을 내리고 손을 치우며 말했다.

"술에 취한 게 맞네요. 술에 취하면 항상 새로 변하십니다. 뭐 개로 변하는 사람들보단 훨씬 나으시지만요."

"그래도 그렇지, 하루가 지났는데 이렇게 정신을 못 차릴 수 있나요?"

"가끔 새 모습으로 술을 마시는데, 그러면 이러시더라고요."

새 상태로 술을 마신다고? 그래도 되는 건가?

"그냥 놔두면 알아서 잘 일어나십니다."

내가 너무 걱정하는 표정이어서인지, 맥켄나는 히죽 웃으면서 정말로 별거 아니란 투로 달래주었다.

"걱정 안 하셔도 괜찮습니다, 황후 폐하."

그제야 마음이 편안해졌다.

"고마워요."

"무얼요. 당연한 일이지요."

맥켄나가 나간 뒤. 나는 하인리를 다시 공용 침실에 데려가 눕혀 놓고, 주베르 백작 부인에게 맑은 수프를 가져다 달라 부탁했다.

수프는 빠르게 준비됐다. 침대에 누워 축 늘어진 퀸이 제정신을 차리는 것보다 더 빨리. 나는 수프 그릇을 협탁에 내려놓고 퀸의 옆에 앉아 그의 몸을 찬찬히 쓸었다. 맥켄나가 괜찮다고 거듭 말해 주어서인가. 놀란 마음을 누르고서 잘 살피니 확실히. 퀸은 술에 취해 늘어져 자는 티가 났다.

그 편안한 모습을 보자 저절로 웃음이 나왔다.

아…… 안 되는데.

큰일이다. 하인리에게 점점 빠져가고 있단 게 너무 눈에 잘 보였다. 자세히 보면 술에 취해서 이런다는 걸 알 수 있었을 텐데. 그걸 눈치채지 못해 맥켄나까지 부르고.

"어쩌지?"

물어봤자 술 취해 잠든 하인리가 대답할 리 없다. 허리를 숙여 그의 배에 머리를 살짝 기댔다. 뜨끈한 체온이 이마에 닿자 저절로 눈이 감겼다.

"어떡하지, 하인리? 그대는 숨기는 것도 많고, 감추는 것도 많은

데. 그대를 사랑하면 분명 감당하기 힘들 텐데."

이건 다 하인리, 그대가 앙큼하게 군 탓이다. 깊게 잠든 걸 확인하고서 궁둥이를 한 대 팡 두드리고 보송보송한 이마에 쪽 입을 맞췄다.

맥켄나의 말처럼 하인리는 세 시간 후 멀쩡히 일어났다. 자기가 뭐 실수한 게 있냐며 퍼덕거리던 모습은 몹시 귀엽고 사랑스러웠다.

하지만 그날을 기점으로 난 완전히 일에 몰두했다. 하인리에게 빠져드는 속도를 최대한 늦추고 싶었다. 그를 좋아하더라도 사랑하지 않게, 그를 사랑하더라도 적당히 아프지 않을 만큼만. 이 선을 지키고 싶었다. 다행히 할 일은 어디든 넘쳐났기에, 굳이 일을 만들진 않아도 되었다.

립트와의 교역 일도 빠르게 진행되어서 세 팀의 시범 상단이 꾸려졌다. 이젠 그들이 가져올 결과를 기다리고, 그 결과에 맞추어 시정 사항을 잡아야겠지. 세 팀의 상단에게 축복을 내려주고 공식적인 배웅까지 해준 후. 나는 지쳐서 집무실로 돌아왔다.

며칠 동안 세 시간씩 자면서 일했더니 슬슬 피로가 몰려오고 있었다. 진한 커피를 연거푸 두 잔 마셨지만 잠이 오긴 마찬가지였다. 그러다가 정말로 깜빡 졸아버린 모양이다. 눈을 떠보니 내 몸이 옆으로 기울어져 있었다.

그런데 왜 넘어지지 않지? 지금 내가 뭘 베고 있는 거지? 당황해서 화들짝 머리를 들고 보니, 하인리의 어깨였다.

"하인리?"

언제 온 거야? 당황해서 부르자, 하인리는 자기 머리로 내 머리를 가볍게 통 쳤다.

"너무한 사람."

"하인리?"

"제가 술에 취해서 늘어진 꼴이 그렇게 보기 싫었습니까?"

"그게 무슨?"

"제가 술에 취해 정신 못 차린 날을 시작으로 절 피하고 있잖아요."

"피하지 않았어요. 밤에도 늘 만났는데."

"밤에만 만나주잖아요."

"……."

"낮에는 찾아가도 바쁘다 그러고."

"실제로 바빴어요."

정말이다. 하인리를 피하려 한 게 아니라, 일을 최대한 긁어모아 한 거니까.

"압니다."

하인리는 가자미눈을 뜨고 날 째려보며 말했다.

"알아서 더 얄미워요. 좀 더 시간을 두고 해도 되는 일까지 다 해버리고. 바빠져서 절 피하려 한 거 아닙니까."

"……그렇지 않아요."

거듭 대답하자, 하인리는 내 손을 꼭 쥐며 물었다.

"제가 술 취해서 새가 된 모습이 싫었나요?"

꼭 쥔 손의 엄지는 내 손등을 열심히 쓸고 다녔지만, 표정은 몹시 걱정스러워 보였다.

"그런 게 아니에요."

다시 한 번 부정하자, 하인리는 입을 꾹 다물고서 눈을 내리깔았다. 그를 아프게 할 생각은 아니었다. 정말로. 날 다그치고 몰아칠 생각이었지, 거기에 그를 휩쓸리게 할 생각은 없었다.

그러나 시무룩해진 하인리를 보자 마음이 아려오면서, 내 잘못이란 생각이 들었다. 좀 더 내 마음을 확실하게 말했어야 했을까? 하지만 어떻게? 내가 그대를 사랑하는 모양인데, 적당히만 사랑하고 싶다고?

충동을 이기지 못하고 그의 아랫입술을, 새가 부리로 쪼듯 살짝 쪼았다. 그의 머리카락에 손을 넣어서 부드러운 금발을 문지르고, 얼굴을 숙여 그의 이마에 내 이마를 맞대었다.

"그대는 정말 아름다워요, 하인리."

속삭이면서 그의 눈가와 귓가에 가볍게 입을 맞췄다.

"퀸…… 나비에."

그의 셔츠 안으로 손을 집어넣으며 귓불을 깨물자, 하인리가 낮게 흐느끼는 소리를 냈다. 그의 신음을 듣자 며칠 동안 내리눌렀던 애정이 한순간에 폭발했다. 상자에 넣고 꽉꽉 억지로 눌러뒀지만 결국 안에 든 게 너무 많으면 내용물이 쏟아져 나오는 것처럼, 갑자기 이 남자가 너무 사랑스러워서 견디기 힘들게 여겨졌다. 손바닥에 닿는 그의 피부를 마음껏 즐기다가 나는 천천히 그의 바지로 손을 내렸다.

"하인리. 다리 벌려요."

하지만 내 보물에 도착하기도 전에 하인리가 다리를 오므리며 몸을 뒤로 뺐다. 왜 이러나 싶어 보자, 그가 약간 원망스러운 눈으로 날 보고 있었다.

"하인리?"

이름을 부르자, 그는 몇 번 입술을 달싹거렸다. 뭐 때문인진 모르겠지만 몹시 갈등하는 얼굴이었다. 한참을 그런 후에야 하인리는 자기 이마를 감싸며 물었다.

"퀸. 그대는…… 제 몸 외엔 관심이 없습니까?"

몇 시간 후면 티파티였다. 라스타는 흉터를 가리려 낸 앞머리를 다듬고, 부푼 배에 무리가 가지 않을 가볍고 편한 드레스를 입었다. 요즘 들어 몸이 부쩍 무거웠고 배가 자주 당겼다. 다리는 너무 저렸고 화장실에 가는 횟수는 늘었으며 가만히 있어도 손발이 부었다. 옆에서 베르디 자작 부인이 열심히 챙겨주고는 있었지만, 그래도 몸은 힘들었다.

"아가야. 슬슬 네가 나오려고 그러나 봐."

라스타는 배를 쓸면서 아가에게 속삭였다. 요즘 들어서는 아기의 성별에도 관심이 갔다. 전에는 아들이든 딸이든 신경 쓰지 않았다. 바로 아들이 태어나 후계자 자리를 공고히 하면 좋지만, 딸이 태어나더라도 이후에 다시 아들을 낳으면 되니까. 오히려 딸 하나 아들 하나씩 데리고 있으면 더욱 좋지 않을까, 이런 마음도 있었다. 하지만 소비에슈와 사이가 조금 멀어진 지금은 아기가 무조건 아들이어야만 했다.

동대제국은 단 한 번도 여자 황제가 나온 적이 없었다. 아기를 위해서도 자신을 위해서도, 태어날 아기는 무조건 아들이어야 했다.

그때 누군가 문을 두드렸다. 하녀였다.

"한 신사분께서 이걸 전하라 하셨습니다."

하녀는 그렇게 말하면서 라스타에게 들고 온 편지를 내밀었다. 그러고는 머뭇거리다 덧붙였다.

"이걸 전해드리고 답장을 받아다 달라고……. 그러면서 제게 돈을 쥐여주었습니다."

"얼마나?"

"제법 많이요."

무슨 편지기에? 라스타는 하녀를 세워둔 채 봉투를 뜯어 편지를 꺼냈다. 두 눈이 빠르게 편지를 훑었다. 소비에슈가 하도 닦달을 한 통에 이제 읽고 쓰는 건 능숙하게 할 수 있었다. 편지를 다 읽은 라스타의 입가에 기쁜 빛이 떠올랐다.

"좋은 소식인가요?"

"재밌는 소식."

라스타는 편지를 들고 책상으로 가서 빈 편지지를 꺼내고 펜에 잉크를 묻혔다.

나비에 님이 불임인지에 대해서는 저도 확실히 알지 못합니다. 다만,

오랜 시간 소비에슈 폐하와 부부로 지냈는데도 아기가 생기지 않으니, 그러려니 추측을 하는 것이지요. 하지만 황제 폐하께서 나비에 님과 이혼한 사유가 불임 문제인 건 확실합니다.

소비에슈가 나비에가 불임이 아니라 생각했다면 굳이 이혼을 하면서까지 자신과 결혼할 리가 없었다. 라스타는 소비에슈가 나비에와 이혼을 한 게 불임의 확실한 증거라고 생각했다. 하지만 이렇게만 쓰고 나니 너무 노골적으로 재밌어 하는 티가 났다. 라스타는 고민하다가 좀 착해 보일 문구를 집어넣었다.

그러나 불임일지도 모른단 불확실한 추측만으로 내치기엔 가엾은 일입니다. 나비에 님은 좋은 황후가 될 테니, 불확실한 일로 나비에 님을 궁지로 몰아가지 않았으면 합니다.

편지를 봉투에 넣고 봉인 인장까지 찍은 후, 라스타는 하녀에게 봉투를 도로 내밀었다. 베르디 자작 부인은 아까 하다 멈춘 빗질을 다시 시작했고, 라스타는 한결 좋아진 기분으로 콧노래를 불렀다.

그러나 이 기분은 티파티에 참석하자 대번에 바뀌었다. 곧 태어날 아기에 대한 일이 화제로 나왔는데, 한 귀족이 걱정스레 한 말 때문이었다.

"아기님이 태어나면 건강히 자라셔야 할 텐데요……."

안타까워하는 목소리지만, 잘 들으면 슬쩍 뼈가 느껴졌다. '건강하시길 바랍니다'도 아니고 '건강히 자라야 할 텐데요……'라니. 왜 굳이 저렇게 의미심장하게 말꼬리를 흐리지?

심지어 다른 귀족은 그 말에 이렇게 대답했다.

"트로비 공작가는 대대로 황가의 충신이었지요. 하지만 다음 황제에겐 충성하지 않을지도 모르겠습니다."

이 작자들은 지금 남의 자식 미래에 저주라도 하는 건가? 불쾌해진 라스타가 미간을 찡그리고 쳐다보자, 트로비 공작이 이야기를 꺼낸 사람이 손을 내저으며 얼른 덧붙였다.

"아무래도 사이가 좋기 어려운 관계니까요."

변명을 들어도 라스타의 기분은 여전히 나빴다. 하지만 라스타는 그 말이 옳다 여겼다. 트로비 공작 부부는 그녀에게 불만을 가지고 있으니, 당연히 아기에게 충성하지 않을 것이다. 아기가 황태자가 되어 교육을 받을 때에도, 장성해서 새로운 황제가 되었을 때에도 내내 불만을 제기하며 앞을 막을지도 몰랐다.

그 생각을 하자 라스타는 두려워졌다. 트로비 공작가는 동대제국의 명문가였다. 막상 관료로 일하는 경우는 적지만, 사교계에 영향력이 컸다. 게다가 파르앙 후작. 그자는 또 어떻고? 젊은 나이에 후작 자리를 물려받은 그는 제멋대로인 성품이었고, 친구인 코샤르가 추방된 일로 이쪽에 단단히 원한을 품고 있었다. 이 사람 역시 아기에게 도움이 되지 않을 인간이다.

'뽑아내야 돼.'

티파티가 끝나 방으로 돌아온 라스타는 굳게 결심했다. 궁전에서 살아남기 위해서 이미 몇 가지 나쁜 일을 저질렀다. 여기서 한두 가지 더한다고 해도 문제없었다. 어차피 궁전이 그런 곳 아닌가.

'내가 아기를 지켜줘야지.'

아기의 앞길을 막을 사람들이라면 치워버려야 한다. 라스타는 결정을 내리자마자 로테슈 자작이 고용한 용병을 불렀다. 세 시간이 채 지나지 않아 용병이 나타났다.

"부르셨는지요."

라스타는 커다란 보석 목걸이를 용병에게 던지며 명령했다.

"사람도 죽인다고 했지?"

"……예."

"귀족도 죽일 수 있어?"

용병은 재밌는 소리를 들었단 것처럼 웃었다.

"귀족이나 평민이나 죽이는 데는 아무 차이 없습니다."

마음에 드는 소리였다.

"그럼 트로비 공작 부부를 죽여줘."

"!"

"지금은 잠시 서대제국에 가 있지만 곧 이쪽으로 올 거야. 급하게 죽일 필요는 없어. 라스타의 아기가 태어나기 전에만 죽이면 돼. 그러니까 잘 준비해뒀다가 제대로 죽여."

용병은 잠시 생각해보다가 대답했다.

"트로비 공작 부부를 죽이는 일이라면 추가금을 내셔야 합니다. 더 힘들고 위험한 일이니까요."

"돈은 얼마가 들어도 좋아."

"기본 비용만 1만 크랑입니다."

"1만 크랑이라고?"

라스타는 기겁해서 펄쩍 뛰었다. 생각보다 액수가 너무 컸다.

"사람 하나 죽이는 데 1만 크랑이나 한단 말이야?"

"한 명이 아니라 두 명이지요. 게다가 지나가는 행인 둘을 죽이는 게 아닙니다. 겹겹이 둘러싼 호위들이 있을 텐데, 그 사이를 뚫고 지나가 죽여야 하는 거라고요."

그건 그랬다. 하지만 역시 1만 크랑은 너무 많지 않나? 라스타는 아랫입술을 깨물었다. 로테슈 자작이 구해온 용병 아니랄까 봐, 욕심 많은 게 아주 똑같았다.

"죽인 후 빠져나오는 것도 일이고, 이후에는 트로비 공작가에서 절 죽이려 사람들을 풀 겁니다. 서대제국에 있다는 트로비 공작가의 따님도 절 죽이려 사람들을 풀 수 있지요. 죽을 위험을 무릅써야 하는 건 물론 이후의 안전까지 생각한다면, 사실 1만 크랑도 적지 않나요?"

반박할 말이 없었다. 라스타는 결국 알겠다고 용병을 내보냈다.

'1만 크랑······.'

하지만 1만 크랑은 장부를 다룰 수 없는 그녀에게는 역시 너무 큰돈이었다. 랑트 남작은 돈이 필요하다고 요구하면 어디에 쓸지 묻지 않고 바로바로 내어주지만, 1만 크랑을 쓰겠다고 하면 무슨 일인지 물어볼 거다. 잔소리가 심한 남자니까. 랑트 남작이 묻지 않더라도 소비에슈가 물어볼지도 몰랐다.

'어쩌지?'

결국 라스타는 다시 에르기의 손을 빌리기로 했다. 그 외엔 이렇게 커다란 돈을 성큼 내어줄 사람이 없었다. 다행히 에르기는 이번에도 웃으며 라스타의 손을 잡아주었다.

"물론 드려야지요."

"매번 미안해요······."

"괜찮습니다. 다 갚아주실 텐데요. 안 그럽니까?"

"물론이에요. 염려 마요."

에르기 공작은 돈을 빌려줄 때 늘 작성했던 서류를 가져왔다. 라스타는 서류에 이름을 적으며 공작의 눈치를 살폈다. 눈이 마주치자, 에르기 공작이 웃으면서 "왜 그럽니까?" 하고 물었다.

라스타는 고개를 저었다.

"공작은 정말로 아름답단 생각을 하고 있었어요."

"라스타 님도 아름답습니다."

"아니, 정말로…… 악마가 있다면 그대처럼 생겼을 것 같아요."

"악마요?"

재밌다는 듯 에르기 공작이 입술 끝을 올렸다.

"기분 나쁘게 생각하지 마요. 그냥, 어디서 그런 말을 들었거든요. 악마는 사람들을 홀려야 해서 무척 아름답다고……."

하인리에게 그를 멀리한단 오해를 받는 것과 그의 몸에만 관심을 두는 사람으로 보이는 것. 둘 중 뭐가 더 나쁠까. 전자는 냉정한 사람으로 보일 테고. 후자는 변태로 보이겠지. 생각하니 억울해져서, 나는 글씨를 쓰다 말고 결국 펜을 놓고 일어났다.

아니, 내가 뭘 어쨌다고? 분위기가 그렇게 흘러갔잖아? 흐름을 탄 것뿐인데 왜? 내가 자길 만져서? 자기도 날 만지잖아? 자기가 만지면 애정인데 내가 만지면 변태란 거야? 몸밖에 관심이 없냐고? 몸에만 관심을 두었다면 내가 고민하고 있을 리가 없지.

차라리 그랬다면 좋겠다. 낮에는 일을 하고 밤에는 그의 몸을 가지고 놀면서 즐거운 하루하루를 보냈을 테니까! 그의 몸 외에도 관심이 가니까 괴로운 건데, 어떻게……

술주정뱅이 독수리 같으니라고. 자기는 목욕을 같이 하자든가 어디서 해보자든가 무슨 자세로 해보자든가 역할극을 하자든가 온갖 이야기를 다 해대면서! 내가 바지에 손 좀 넣었다고 변태라니!

"황후 폐하? 심기가 불편해 보이십니다."

입술을 깨문 채 응접실을 빠르게 돌아다녔더니, 시녀들이 덩달아 불안한 모양이다. 걱정스럽게 묻는 주베르 백작 부인에게 나는 괜찮다고 고개를 저었다.

"그냥 골치 아픈 문제가 있어서 그래요. 괜찮아요."

그러자 로라가 다람쥐처럼 뛰어와 물었다.

"무슨 일인가요? 저희랑 같이 의논해요, 황후 폐하! 그러면 고민이 빨리 풀릴지도 몰라요. 머리를 맞대면 길이 생긴다잖아요?"

고마워, 로라. 하지만 내 남편이 날 자기 몸만 노리는 색정광 취급을 한단 고민을 털어놓을 수는 없어.

이런 낯부끄러운 일은 누구와도 의논할 수 없다. 의논이 뭐야. 누가 이런 일을 알게만 되어도 난 부끄러워서 죽을지도 몰랐다.

그때 누군가 문을 노크했다.

"제가 나가볼게요!"

신이 나서 문으로 달려간 로라는 잠시 후 황급히 다시 돌아와 외쳤다.

"황후 폐하, 카프멘 대공께서 찾아오셨어요!"

아…… 맙소사. 안 돼! 하필 지금 그 사람이라니!

"나중에 오라고 전해줄래요?"

"급한 일이라 하시던데……."

"급한 일이라니요?"

"상단에 관련된 일이래요!"

정말 어처구니없는 타이밍이다. 이를 악물고 주먹을 쥐어보았지만 어쩔 수 없었다.

"들어오라 해요."

제발 카프멘 대공 앞에서 아까 일이 떠오르지 않기를.

계단 가에 비슷한 또래의 영애 세 명이 쪼르르 나란히 앉아 있었고, 앞에서는 커다란 개 두 마리가 서로 꼬리물기를 하며 놀고 있었다. 개들은 신이 나서 컹컹거리고 펄쩍펄쩍 뛰어다녔지만, 영애들은 무료한 표정이었다.

투아니아 공작 부인이 가버리고 나비에 황후까지 가버리자 요즘들어 사교계는 급격히 심심해졌다. 크고 작은 규모의 파티는 여기저기서 벌어졌지만, 아주 신분 높은 사람이 주최하는 파티가 없어져서 좀 지루했다.

높은 신분의 사람이 파티를 열어야 다양한 사람들이 모이는 법인데. 트로비 공작 부부는 서대제국에 가 있고, 투아니아 공작은 이혼한 후 시무룩해져서 저택에 틀어박혔다. 파르앙 후작은 원래도 파티보다는 사냥 대회나 검술, 전서조 훈련 따위에 열을 올리는 타입이었다. 카를 후작은 황제의 수석비서이기 때문인지 눈치를 보느라 파티를 거의 열지 않고, 릴테앙 대공의 파티는 기분이 나빠서 가기 싫다. 황후인 라스타는 남자들만 모아놓고 노니, 영애들이 지루해할 수밖에 없었다.

그때 멍하니 앉아 있던 르베티가 조심스럽게 물었다.

"너희는 연애해본 적 있어?"

알리슈테는 깜짝 놀라 르베티를 쳐다보았다.

"너 누구 좋아해?"

알리슈테는 원래 로라와 가장 친했지만, 로라가 서대제국으로 유학을 간 이후로는 르베티, 안느와 어울려 다녔다. 르베티는 '이걸 좋아한다고 해야 하나?' 생각하다가 솔직하게 대답했다.

"아니."

"그런데 갑자기 왜 연애 얘기야?"

조용히 듣던 안느가 야무진 목소리로 말했다.

"연애는 결혼하고 하는 거야. 결혼 전에는 누구랑 사귀었단 소문 돌아봐야 좋을 거 하나도 없어, 르베티."

르베티는 입술을 부루퉁하게 내밀었다. 그녀도 귀족들의 '결혼 따로 연애 따로' 사상에 대해서는 잘 알지만, 그 사상 때문에 가장 좋아하는 나비에 황후가 이혼했다 보니 그 말이 좀 짜증스러웠다.

"좋아해서 연애하려는 건 아니야. 필요해서 하려는 거지."

"왜? 결혼하려고?"

"어느 정도는."

심심해하던 알리슈테와 안느가 눈을 빛내며 르베티를 보았다.

"누구랑?"

"누구랑 결혼하고 싶어서 그래?"

"아버지가 반대하셔? 아버지한테 부탁해서 그쪽 집안에 결혼 얘기를 꺼내봐."

르베티는 입술을 삐쭉거렸다. 그럴 수 있다면 진작 그랬겠지. 하지만 그녀가 노리는 건 평범한 귀족이 아니라 무려 황제였다. 게다가 사랑해서 노리는 게 아니라, 복수를 하려고 노리는 거다. 유혹했다가 뻥 차버리려고. 아버지와 오빠가 이 일을 도와줄 리 없었다. 물론 도와주려 한들, 그녀의 집안은 정부 이야기를 꺼내볼 만큼 신분이 높지도 않았지만.

"그게 안 되니까 이러지. 한번 유혹해보려 시도는 했는데, 그쪽에선 나한테 영 관심이 없어 보여."

"몇 살인데? 혹시 너무 나이가 많거나 어린 거 아냐? 그러면 관심이 없을 수도 있어."

안느가 이번에도 영리하게 말하자, 르베티는 '으음……' 하고 생각해보다가 대답했다.

"또래는 아니야. 연상. 하지만 나이 차이가 많이 나진 않아."

"넌 밝고 건강한 게 매력이잖아. 그걸 드러내봐."

"어떻게?"

"네가 튼튼한 모습을 보여주면 어떨까? 사냥 대회 같은 거 열리면, 그 사람 앞에서 아주 멋지게 활을 쏘는 거야."

"난 활을 못 쏘는데."

"그럼 멋지게 말을 타면 되지!"

영애들은 머리를 맞대고 이런저런 의견을 주었지만, 둘 다 숙맥들인지라 별 도움은 되지 않았다. 결국 르베티는 유혹 이야기를 잊고 셋이서 낄낄 웃으며 장난을 치다가, 친구들과 헤어진 후에야 '아' 하고 탄식했다.

'유혹 화제가 왜 손금 이야기로 가버렸지?'

르베티는 자기 머리를 콩콩 두드리면서 멍청하다고 탄식했다. 그래도 친구들과 놀고 나니 한껏 재밌어져서, 르베티는 가벼운 발걸음으로 걸어갔다.

그런데 한창 걸어가고 있을 때였다. 누군가 뒤를 쫓아온단 느낌이 들었다. 르베티는 멈춰 서서 뒤를 살폈다.

'아닌가?'

날이 저물어가고 있지만 지나다니는 사람이 하나둘이 아니어서, 누가 쫓아오는 건지 아닌지 구분도 가지 않았다. 좀 찝찝했지만 르베티는 결국 다시 걸어갔다. 이렇게 행인이 많은데, 설마 대놓고 쫓아오는 사람은 없겠지.

"……."

그러나 몇 걸음 걸어가자 다시 불쾌한 공포가 치솟았다. 르베티는 한참을 바쁘게 걸어도 이상한 느낌이 떨쳐지지 않자, 다시 멈춰서서 뒤를 돌아보았다. 사람들은 여전히 바쁘게 오가고 있었고, 누군가 쫓아오는 기색은 없었다.

'착각인가?'

고개를 갸웃하며 고개를 돌리려던 르베티는 소름 돋는 사실을 발견하고 다시 확 고개를 돌렸다. 저 지나다니는 사람들! 분명 아까 뒤돌았을 때에도 저 사람들이었다. 이 사실을 깨닫자 르베티는 소름이 돋으며 왈칵 겁이 났다. 그녀는 황급히 뒤돌아 급하게 달려갔다. 그러자 지나다니던 사람들이 동시에 멈춰 서더니, 동시에 그녀의 뒷모습을 향해 고개를 돌렸다. 그 모습을, 골목길 구석 나무 상자 사이에 쪼그리고 앉은 어린아이가 사탕을 먹으며 구경했다.

르베티가 공식적으로 사람들 앞에 나타난 건 이날이 마지막이었다.

카프멘 대공 앞에서 하인리와 있던 일을 생각할까 봐, 나는 그가 나타난 시점부터 내내 숫자만 반복해서 셌다. 카프멘 대공은 주춤 멈춰 서더니 반은 웃고 반은 우는 얼굴로 말했다.

"죄송하지만 황후 폐하. 그러시면 제가 황후 폐하의 말을 구분하기 어렵습니다."

"구분이 잘 안 가나요?"

"소리가 동시에 들리니까요."

어쩌지. 하지만 생각을 멈출 수는 없었다. 카프멘 대공은 어색하게 한 번 웃었다. 그러나 곧 아주 심각한 표정이 되어 말했다.

"무슨 생각을 들키지 않으려 그러시는지는 모르겠지만, 이 이야기를 들으면 다른 생각이 안 나실 겁니다. 시범 무역을 위해 출발한 상단 세 팀 중 한 팀이, 화이트 몬드에서 붙잡혔습니다."

그의 말이 맞았다. 곧바로 다른 생각은 아무것도 나지 않았다.

"그게 무슨 말인가요?"

서대제국은 보석과 각종 자원이 풍부하고 광산도 가장 많은 나라였지만, 인접한 바다가 없었다. 서대제국의 주위는 산과 나라뿐이었다. 커다란 강과 호수가 여러 군데 있고 비도 적당히 내려서 물이 부족할 일은 없었지만, 수군은 아예 없었다. 필요도 없었고. 서대제국이 뛰어난 육군을 가지게 된 건 이런 지형적 이점이자 단점 때문이었다.

이런 이유로 서대제국은 몇 군데의 항구를 빌려서 사용했는데, 그중 가장 가까운 나라가 화이트 몬드였다. 서대제국에서는 20년이 넘게 화이트 몬드의 항구를 빌려서 사용하고 있었고, 이번 사절단 중 한 팀도 화이트 몬드의 항구를 통과해 립트로 갈 계획이었다. 제일 짧은 거리로 가기에, 가장 효율적인 성과를 기대한 팀이기도 했다.

그런데 붙잡히다니?

"문제라도 생긴 건가요?"

"자세한 이야기는 저도 모르겠습니다. 그 팀과 합류해 안내하기로 한 제 부하가 도중에 병이 나서 잠시 뒤처지게 되었는데, 뒤늦게 가보니 이미 화이트 몬드에서 그 상단을 붙잡은 모양이었습니다."

나는 황급히 자리에서 일어났다.

"일단 하인리에게 가봐야겠어요."

내가 이 일을 담당한다지만, 국가 간의 문제라면 내 선에서 독단

적으로 해결할 일이 아니었다.

도대체 무슨 문제가 생긴 거지? 화이트 몬드는 서왕국 시절부터 우방이 아니었나? 그런데 서왕국이 서대제국이 된 시점에 갑자기 왜?

차라리 뚜렷한 문제가 생겨서 잡힌 거라면 그게 낫겠다. 해결을 하면 될 테니. 하지만 그런 게 아니라면…….

"퀸. 그렇지 않아도 퀸을 찾고 있었습니다."

집무실 앞에 가자마자 나는 하인리와 바로 마주쳤다. 하인리는 집무실 안에서 막 나온 상태였는데, 맥켄나의 표정이 몹시 심각했다.

하인리는…… 웃고 있어?

잘못 봤나? 잘못 본 모양이다. 그도 심각한 얼굴이었다.

"퀸, 들었습니까?"

"화이트 몬드 이야기인가요?"

"네. 전서조가 왔는데, 상단 쪽에서는 무슨 일로 자기들이 붙잡힌 건지도 모르겠다 합니다."

평민 복장을 하고 나간 소비에슈가 시찰을 하다 말고 한 가게 앞에서 멈춰 섰다. 뒤를 따르던 기사단장은 소비에슈가 보는 방향을 따라 시선을 옮겼다. 투명한 유리로 한쪽 벽을 세운 가게였는데, 가게 안쪽으로 익숙한 사람이 보였다. 기사단장은 속으로 탄식했다. 그 사람은 전 황후였다. 커다란 그림 속의 나비에 황후.

소비에슈는 잠시 가만히 선 채 생각에 잠겨 있더니, 가게 안으로 들어갔다.

"어서 오십쇼!"

가게 주인은 손님이 들어오자 신이 나서 달려 나왔다. 가볍던 가게 주인의 발걸음은 소비에슈를 보자 저절로 느려졌다. 평민 복장을 한 채 얼굴을 반쯤 가렸지만, 소비에슈에게서는 저절로 흘러나오는 위압감이 있었다. 귀족들을 수없이 상대해본 가게 주인은 소비에슈가 굉장히 신분 높은 사람이란 걸 바로 알아차리고 입을 다물었다. 저런 지체 높은 사람들은 묻기 전에 대답하는 걸 좋아하지 않았다. 그냥 볼 만큼 보도록 두는 게 나았다.

덕택에 소비에슈는 다른 사람의 방해 없이 벽에 걸린 그림을 마음껏 감상했다. 그림 속의 나비에는 붉은 드레스를 입은 채 무심한 눈길로 앉아 있었다. 특이한 건 나비에의 무릎을 베고 누워 있는 소비에슈 자신의 모습이었다. 소비에슈는 지끈거리는 통증에 인상을 찡그렸다. 숨을 쉬는 게 무겁단 기분이 들었다.

"도련님?"

기민하게 그를 살피던 기사단장이 황급히 소비에슈를 부축했다.

"되었다."

소비에슈는 손을 저어 괜찮단 신호를 보내고서, 아린 심장을 가볍게 두드려 통증을 덜어내려 시도했다. 서대제국에서의 고통을 잊으려 최대한 바쁘게 지냈는데. 왜 하필 이곳에서……. 감당하기 어렵던 통증이 떠오르자 두려운 마음에 소름이 돋았다. 소비에슈는 확 몸을 돌려 가게 밖으로 나갔다. 그러나 세 걸음을 가지 못하고 결국 도로 가게 안으로 돌아와 가게 주인에게 지시했다.

"저 그림을 내게 팔아라."

이곳이 그림을 파는 가게는 맞지만, 가게 주인은 원래 저 그림은 팔 생각이 없었다. 저 그림은 그의 가게에 쭉 걸어둔 채 이 가게의 상징으로 삼을 생각이었다. 하지만 거절하기에는 소비에슈의 위압감이 너무 컸다. 결국 가게 주인은 머뭇거리다가 엄청난 금액의 액수를 불렀다.

"저 그림은 몹시 값비싼 그림입니다. 괜찮으시겠습니까?"

"상관없다."

딱 잘라 말한 소비에슈는 기사단장에게 그림에 검은 천을 씌워 자신의 침실에 가져다 두란 지시를 내린 후 가게 밖으로 나왔다. 그러고는 빠르게 잠행을 마저 끝낸 다음 궁전으로 돌아왔다.

"그림은?"

"폐하의 침실에 있습니다. 위치를 알려주시면 바로 걸겠습니다."

소비에슈는 그림을 침대에 누워서 볼 수 있는 자리에 걸게 했다.

사람들이 모두 나간 후. 소비에슈는 침대에 앉은 채 본격적으로 넋을 놓고 그림을 바라보았다. 참으로 생생하고 아름다운 그림이었다. 갑자기 눈가가 뜨거워진 소비에슈는 짧게 욕을 뱉으며 머리를 짚었다. 그날 호되게 앓은 후 잘 살고 있었는데. 도대체 왜 갑자기 또……. 그러나 고통을 느끼면서도 그림에서 시선을 뗄 수가 없었다.

바람이 거의 불지 않던 약간 더운 날. 황궁 안에 있는 들판으로 소풍을 간 적이 있다. 그날, 그녀의 무릎을 베고 누운 채 나비에의 턱을 누르며 놀려댔다. 나비에는 소비에슈의 머리카락을 쓸다가 그가 놀려댈 때면 실수인 척 머리카락을 한 움큼씩 잡아당겼고, 그는 반대로 돌아누워서 나비에의 발을 간지럽혔다. 간지럼을 잘 타는 나비에가 웃어대는 소리가 귓가에 생생하게 들려왔다.

"제기랄."

다시금 눈가에 힘이 들어가며 진한 고통이 몰려왔다. 그는 숨을 힘겹게 내쉬다가 결국 흘러내린 눈물을 닦았다.

이게 뭐지. 도대체 이게 뭔데 전혀 예상치 못한 순간에 튀어나오는 건가.

눈물 때문에 그림까지 흐려져 보인다. 그는 손으로 눈물을 대충 닦다가, 그림에서 마음에 들지 않는 부분을 발견했다.

눈동자. 나비에의 눈동자였다. 그 눈동자가 자신을 보는 게 아니라 어딘가 다른 곳을 보고 있었다.

"어딜 봐?"

소비에슈는 그림 속 나비에가 듣기라도 하는 것처럼 물었다. 자신은 그녀를 올려다보고 있는데, 나비에는 왜 그를 내려다보고 있지 않지? 그녀가 돌아보는 뒤쪽에 다른 사람이 있을 것 같아 불쾌해졌다.

"나비에."

소비에슈는 그림 가까이 다가가 나비에의 드레스에 이마를 대고 흐느꼈다.

"나비에. 그쪽 말고. 이쪽으로 봐줘."

대답은 들려오지 않았다. 소비에슈는 무너지듯 꿇어앉아 결국 소리를 내어 흐느꼈다.

"나비에, 보고 싶어. 나비에. 네가 보고 싶다. 나비에. 네가 돌아
왔으면 좋겠어."

잠들기 전. 한참을 운 후 가까스로 진정한 소비에슈는, 이번에
는 몹시 후회하기 시작했다. 충동적으로 나비에 그림을 구입한 게
멍청한 짓으로 여겨졌다. 방 청소를 하러 드나드는 사람이 몇인
데……. 아니, 이미 그림을 벽에 걸면서 볼 사람은 다 보았을 것이
다. 이불 속으로 파고들면서 소비에슈는 내일 저 그림을 다시 떼리
라 다짐했다.

그러나 다음 날 아침 소비에슈가 한 행동은 그림을 떼는 게 아니
었다. 그는 우선 궁정화가를 불렀다. 그리고 궁정화가가 찾아오자
그림을 보여주며 지시했다.

"그림의 눈동자 방향을 바꾸어라."

"어느 쪽 눈동자를 말씀하시는지……."

화가는 조심스럽게 물었다. 그림 속 등장인물은 두 명이었고, 둘
다 다른 방향을 보고 있었다. 나비에는 옆을 보고 소비에슈는 나비
에를 보고 있었다. 어느 쪽의 눈동자 방향을 바꾸는지에 따라 그림
의 분위기가 확 달라질 터였다. 화가는 질문을 하긴 했지만, 아마
소비에슈가 자신의 눈동자 방향을 바꾸게 지시할 거라 여겼다.

"나비에가 내 쪽을 내려다보도록 해라."

그러나 소비에슈의 요구는 화가의 예상과 정반대였다. 화가는 잠시 당황했다. 진심으로 하는 소리실까?

소비에슈의 표정은 심드렁했다. 적어도 농담을 하는 것 같진 않았다. 이런 일로 농담하는 사람도 없겠지만. 화가가 알겠다 대답하고 물러나자, 소비에슈는 한결 편안한 마음으로 침대에 앉아 다시 그림을 감상했다.

화이트 몬드에 대한 일을 의논하기 위해서 나와 하인리, 카프멘 대공, 맥켄나, 그리고 이 일을 맡은 관료들이 한자리에 모였다. 우리는 몇 시간이나 머리를 맞대고 이 일에 대해 이야기했다.

"최근에 분쟁은 없었나? 우리 쪽 관점이 아니라, 그쪽 관점에서 기분이 나쁠 만한 사건으로."

"아니요, 바로 한 주 전까지만 해도 아무 문제 없었습니다."

"화이트 몬드 대사는? 이 일에 대해 알고 있나?"

"그쪽에서도 당황해서 외교부로 연락을 취하고 있답니다."

"상단에서는 트러블이 없었다고 하지만, 그건 또 우리 측의 이야기이지 않습니까. 어쩌면 문제가 생겼는데 인지하지 못한 걸지도 모릅니다, 폐하."

여러 가지 의견이 나왔지만, 어쨌든 결론은 '모른다'였다.

맥켄나가 걱정스럽게 말했다.

"최악의 상황은 화이트 몬드에서 서대제국의 칭제에 불만을 갖고 이런 행동을 했을지도 모른단 겁니다. 그렇게 되면 좀……이 아니라 많이 곤란해지겠지요."

하인리는 고개를 끄덕이고 지시했다.

"맞는 말이다. 케트런 후작. 이 일과 관련해 화이트 몬드 쪽에 어떻게 된 일인지 묻도록 하라."

"예, 폐하."

"카프멘 대공. 근방에 머무르고 있단 부하에게 상황을 계속 살펴 달라 전해주시오."

"그러겠습니다."

세 시간에 가까운 회의를 끝내자 케트런 후작은 측근들을 이끌고 바삐 가버렸다. 그를 믿어도 괜찮을까? 멀어지는 뒷모습을 우두커니 보고 있자, 하인리가 옆에서 말했다.

"그 정도로 멍청한 사람은 아닐걸요."

하지만 이미 멍청한 행동을 한 번 했지. 크리스타와 하인리 사이의 스캔들을 더 키우려 했잖아?

……하긴. 크리스타와 하인리의 밀회를 본 사람이 많은 상황이었으니, 충분히 모험해볼 만한 거짓말이라고, 나름대로는 이것저것 계산하고 행동했겠지만.

그래도 나보다는 하인리가 케트런 후작에 대해 더 잘 알겠지. 케트런 후작이 아니라, 하인리를 믿는 마음으로 고개를 끄덕였다. 하인리도 날 바라보며 고개를 끄덕였고, 우리는 동료 의식에 똘똘 뭉쳐서 서로를 응시했다.

하지만 그것도 잠시였다. 곧 마지막에 우리가 어떻게 헤어졌는지 떠오르자 바로 인상이 구겨졌다. 확 고개를 돌리자, 하인리가 황급히 내 손을 붙잡았다.

그 순간. 이번엔 카프멘 대공이 흠칫해서 하인리를 쳐다보더니, 급한 볼일이 생각났다 웅얼거리면서 도망치듯 자리를 떴다. 하인리가 뭔 생각을 하고 있었기에 도망까지 친 건진 모르겠지만…….

"퀸."

덩달아 다른 곳으로 가려 하자, 하인리가 날 부르며 거듭 내 손을 꽉 쥐었다. 돌아보자 그가 애처로운 표정을 짓고 있었다.

"날 두고 갈 거예요?"

보는 사람의 가슴을 철렁하게 할 만한 표정이었지만, 하인리의 내숭이 대단하단 걸 이미 알아버린 후였다. 진심으로 만든 표정인지 아닌지 알 수 없었다. 게다가 애초에 우리가 어색해진 게 누구 때문인데?

"일할 시간 아닌가요?"

결국 딱 잘라 말하고서 돌아섰다. 틀린 말도 아니기에, 나는 곧장 집무실을 향해 걸어갔다. 아까는 내 방에 있었지만 이렇게 된 이상 몇 가지 사안들을 더 점검해볼 생각이었다. 화이트 몬드에 발목이 잡힌 상단 일이 오랫동안 해결되지 못할 수도 있으니, 다른 상단을 추가 투입하는 경우도 생각해봐야겠고…….

그러나 완전히 복도를 벗어나기 전에 다시 하인리가 내 옆으로 다가오더니 박자를 맞춰 걸으며 말했다.

"퀸. 화났나요?"

"전혀."

"화난 것 같은데."

"화나지 않았어요. 난 허튼소리엔 반응하지 않으니까."

"화났네요."

"바쁘지 않나요? 그대도 그만 일하러 가요, 하인리."

발걸음을 빨리해도 하인리는 옆에서 찰떡처럼 붙어 왔다. 다리 길이 때문에 이렇다. 나중에는 결국 멈춰 서서 팔짱을 끼고 옆을 보았다. 하인리는 덩달아 멈춰 서더니, 몹시도 약한 표정을 지으며 말했다.

"미안해요. 그땐 내가 너무 감정적이었어요. 그대가 이렇게 싫어할 줄 알았더라면, 그냥 말하지 말걸 그랬어요."

"……."

"우리가 가까워지고 있다 생각했는데, 갑자기 멀리하니까…… 정말 미안해요."

하인리는 조심스레 손을 뻗더니 내 손을 꽉 잡고서 엄지로 내 손등을 문질렀다. 그의 사과를 듣자 내가 한심하게 여겨졌다. 그와 함께 있는 시간을 억지로 줄이려 든 건 내 쪽이었다. 몸 어쩌고 하는 말에 울컥하긴 했지만, 그 역시 울컥할 수 있지. 하인리는 날 사랑한다고 했으니까. 어쩌면 난 그를 사랑하고 싶지 않다는 두려움에 취해서, 그를 외롭게 만들어버린 건 아닐까?

하인리가 내 부모님 앞에서 활짝 웃던 모습이 떠오르자 마음이 아려왔다. 그를 행복하게 해주겠다 마음먹었는데. 어쩌다 또 이렇게 되었을까.

하인리는 내 눈치를 살피더니 두 손으로 내 뺨을 감쌌다.

"퀸. 왜 이렇게 슬픈 표정입니까. 그러지 마요."

아까보다 애처로움이 배가 되었다. 또 내숭 부리는 거냐는 말이 목 끝까지 올라왔지만 그가 사랑스럽게 여겨졌고, 사랑스럽지만 저 귀여운 입술을 콱 잡아당기고 싶은 이율배반적인 감정들이 동시에 치솟았다.

하인리는 그래도 내가 풀리지 않는다 여겼던지 내 오른손을 자기 두 손으로 받쳐 들더니, 손바닥에 뺨을 대고 가볍게 비비적거렸다.

"화 풀어요. 응?"

이렇게까지 하는데, 저 얼굴을 보고 어떻게 화가 풀리지 않을 수 있을까. 결국 솔직하게 털어놓았다.

"화나지 않았어요."

"정말입니까?"

"그냥……."

머뭇거리다가 솔직하게 털어놓았다.

"그대의 말이 사실일지도 모른단 생각이 들어서요."

그냥 이런 생각이 들었다. 하인리를 사랑하고 싶지 않아 발버둥 치면서도 그를 사랑스럽게 여기는 건, 어떤 의미로는 정말 그의 몸만 사랑하는 게 아닐까? 하인리의 몸을 사랑하면서도 마음은 부담스러워하는 거니까…….

하인리는 입술을 몇 번 달싹이더니 가볍게 웃었다. 그러고는 무어라 말을 하려던 찰나. 어딘가에서 "도련님, 그쪽은 안 돼요!" 하는 작은 고함 소리가 들려왔다. 무슨 일인가 싶어 소리가 난 쪽을 쳐다보자, 얼마 가지 않아 수풀이 바스락거리다가 작은 남자아이가 통 튀어나왔다.

누구?

처음 보는 아이여서 빤히 내려다보고 있자니, 하인리가 '어' 하고 인상을 찡그렸다.

"아는 아이인가요?"

궁금해서 묻자, 그는 "네. 어디서 많이 본 애인데……"라면서 고개를 기웃했다. 어디서 보긴 봤는데 제대로 기억이 나지 않는 듯했다. 반면 아이는 대번에 하인리를 알아보고서 외쳤다.

"아빠!"

……아빠?

무슨 소린가 싶어 고개를 돌리자, 하인리가 황급히 내 쪽을 향해 고개를 젓더니 생각났다는 듯 외쳤다.

"아. 이 애, 맥켄나의 조카입니다."

"그럼 그대의……."

"아뇨, 저와는 아무 관계 없는 아이입니다."

하인리는 딱 잘라 말하면서도 아이가 "아빠!" 하면서 달려오자 웃으면서 대번에 아이를 들어 올렸다.

"잘 지냈어, 셀리?"

"나 셀리 아닌데."

그런 것치곤 이름도 기억하지 못하는 듯했지만.

"셴이었던가?"

뒤에서 "세바스티안입니다, 폐하." 하는 짧은 한숨이 들렸다.

쳐다보자 맥켄나가 귀찮다는 듯 허리에 손을 얹고 서 있었다. 아이는 맥켄나를 향해서도 "아빠!" 하고 외쳤다.

"죄송합니다, 황후 폐하. 제 조카이고, 황제 폐하와는 아무 관계 없는 아이예요. 궁전 구경을 하고 싶다 해서 부분적으로만 허락해 줬는데, 왜 여기까지 왔는지 모르겠습니다."

아이는 맥켄나를 아빠라고 부르면서 다시 엉겼고, 맥켄나는 쪼끄만 애가 남의 혼삿길을 막는다며 펄쩍 뛰면서도 아이를 안고 달랬다. 말은 틱틱거리지만 조카를 귀여워하는 티가 물씬 났다. 보기 좋은 광경이라 생각하며 웃고 있자니, 이번엔 아이가 날 향해 "아빠!" 하고 외쳤다.

"아빠라니."

그 말이 우스운지 하인리가 소리 죽여 웃어댔다. 슬쩍 흘겨보고서 아이의 머리를 쓸어주자, 아이는 맥켄나에게 내려달라며 칭얼거리더니 이번엔 내게 답삭 안겨 왔다. 붙임성이 좋은 아이였다.

"아가, 몇 살이에요?"

"열두 살……."

"쪼끄만 게 어디서 거짓말이야? 황후 폐하, 쟤 세 살입니다."

"열두 살!"

"넌 세 살이라니까?"

아이와 티격태격하는 맥켄나를 구경하고 있자니, 처음 보는 여자가 기사들에게 붙잡혀 왔다.

그녀는 "저 정말 수상한 사람이 아니에요!"라고 주장하고 있었는데, 맥켄나를 보자 울 것 같은 얼굴로 "큰도련님!" 하고 외쳤다.

"유모는 왜 또 잡혀 와요?"

"도련님을 쫓아가다가 궁전에서 소란을 피웠다고 잡혔습니다. 큰도련님, 제가 수상한 사람이 아니란 것 좀 이 기사님한테 알려주세요!"

맥켄나 집안사람들은 다 소란스럽구나. 맥켄나가 기사에게 아이와 여자의 신분을 밝히는 사이, 나는 그들이 떠드는 걸 보며 연신 웃음을 터트렸다.

잠시 후, 맥켄나는 하인리와 내게 양해를 구하고서 아이를 데리고 어딘가로 가버렸다. 멀어지는 그들을 구경하고 있자니, 문득 하인리에게 시선이 갔다.

소비에슈는 자기 아이를 가지고 싶어서 안달이 나 있었지. 하인리는 어떨까? 이름도 잘 모르는 아이를 덥석 안아 드는 걸 보니 하인리도 아이를 좋아하는 건 아닐까?

하인리가 내게 침대의 비밀을 알려주면서, 실제로 불임이었다한들 이번엔 아기를 가질 수 있을 거란 식으로 말했지. 하지만 그토록 자주 사랑을 나누었는데도 아직 아기가 생길 기미는 없었다.

나도 모르게 내 배에 손이 갔다. 평평하고…… 평평하다. 소비에슈의 말이 떠올라 덜컥 겁이 났다. 마력 침대가 몸을 회복시킨다고 해서 과연 아기를 가질 수 있게도 해줄까? 크리스타와 하인리의 형은 끝까지 아이를 낳지 못했잖아?

만약 우리 사이에도 아이가 생기지 않는다면…….

아기라……. 흔들의자에 앉은 채 가만히 배 위에 손을 얹고 내가 엄마가 된 기분을 떠올려보려 시도했다. 쉽게 상상이 가지 않았다. 동생이 있었더라면 상상하기 쉬웠을까? 어린아이들을 본 적도 많이 없다 보니 더욱 어려웠다. 아이의 이름도 모르면서 안아 들고 좋아하던 하인리의 모습이 떠올랐다. 자기 아이를 가지고 싶어 발을 동동 구르던 소비에슈도.

하인리도 말을 하지 않을 뿐, 속으로는 소비에슈처럼 자기 아이를 몹시 가지고 싶어 할까? 후계자가 있어야 하인리의 황위도 더욱 탄탄해지니까? 그런데 정말 내가 불임이면 어쩌지? 동대제국과 같은 일이 반복되려나?

"황후 폐하?"

멍하니 앉아 있자니, 주베르 백작 부인이 간식을 들고 오다 말고 걱정스럽게 불렀다. 황급히 배에서 손을 치웠다. 하지만 이미 그녀의 눈에는 걱정이 가득했다. 내가 배를 문지르며 멍청하게 앉아 있던 걸 본 게 분명했다.

"재스민 티인가요?"

웃으면서 일부러 쟁반 위의 연노랑색 찻잔을 가리켰다. 주베르 백작 부인은 입술을 달싹였지만, 모른 척 손을 뻗어 찻잔을 가져왔다. 그러나 머리 위로 무거운 한숨 소리가 들렸다.

일부러 차를 입안에 머금고 천천히 마시면서, 머릿속을 뒤적여 몇 가지 변명거리를 찾았다. 주베르 백작 부인이 아기 이야기를 꺼내면 괜찮다고 둘러댈 수 있도록. 다행히 그보다 먼저 로즈가 들어오며 말했다.

"황후 폐하, 황제 폐하께서 오셨어요."

"지금?"

좋은 때이긴 하지만…… 갑자기 지금 왜?

화이트 몬드에 대한 회의를 한 지도 얼마 지나지 않았다. 함께할 저녁 식사 시간도 아니고. 어색한 분위기를 풀기 위해 온 거라면 괜찮지만…… 조금 불안해진다. 카프멘 대공이 화이트 몬드에 대한 소식을 들고 찾아온 것처럼, 하인리도 급히 날 찾아야 할 일이 생겼을 가능성이 높겠지?

예상은 맞아떨어졌다.

"퀸, 듣기 불쾌한 이야기를 해야 할 것 같습니다."

하인리는 마주 앉아서 어렵게 입을 열었다.

"그 여자에 대한 이야기입니다."

하인리가 '그 여자'라 부르는 건 라스타다. 그리고 하인리는 웬만한 일로는 내 앞에서 라스타나 소비에슈에 대한 이야기를 꺼내지 않는다. 자세를 바로 하고서 치솟는 불안감을 눌렀다.

"무슨 일인가요?"

"그 여자가 용병을 고용해 암살을 의뢰했다 합니다."

하인리가 내게 이 이야기를 한다는 건…….

"날 노리는 건가요?"

당혹스럽기도 하고 어이없기도 해서 물었다. 하인리는 고개를 저었다.

"아버님과 어머님을 노리고 있습니다."

"내 아버지와 어머니를?"

깜짝 놀라 저절로 목소리가 높아졌다. 라스타가 내 암살을 의뢰했다 해도 황당했겠지만, 내 부모님 암살을 의뢰했다고 하니 몹시 터무니없게 여겨졌다.

"어째서요?"

"거기까진 모르겠습니다. 그분들이 그 여자와 대놓고 싸울 분들도 아니니까요."

부모님은 라스타와 소비에슈가 보기 싫으면 저택에 틀어박힐 분들이시지. 하인리의 말이 맞다. 그렇기에 더욱 이상했다. 도대체 내 부모님을 왜? 그것도 이제 와서?

차라리 아직 라스타가 정부이고 내가 황후인 시절이라면 몰라. 이미 나는 서대제국으로 왔고, 그녀는 동대제국의 황후 자리를 차지했다. 그런데 지금 와서 내 부모님을 공격할 필요가 있을…… 아아.

"내 가문이 자기 아기에게 방해가 될 거라 여기나 보군요."

"저도 그런 쪽 문제가 아닐까 생각하고 있습니다."

"그 용병은 실력이 뛰어난가요?"

치솟는 불안감에 서둘러 물었다. 하인리는 안심하라는 듯 가볍게 웃으며 말했다.

"걱정 말아요, 퀸. 제 정보원이 그 여자가 고용한 용병과 자기 부하를 바꿔치기했거든요."

"정보원이요?"

"네. 덕택에 이 정보가 제게 온 거고요."

"아아."

심장 언저리를 손으로 눌렀다. 하인리의 말을 듣자 빠르게 뛰던 심장이 이제야 조금 진정되었다.

"기한으로 받은 날짜도 넉넉하다 하니, 우선 당장은 안심해도 됩니다."

하인리는 달래는 목소리를 냈지만, 본인은 여전히 심각한 얼굴이었다.

"하지만 용병 한 명만 고용한 게 아닐지도 모르니 조심해서 나쁠 건 없겠지요."

"부모님께 말씀드려야겠군요. 호위를 강화해야겠어요."

나도 최대한 차분하게 대답했지만 속에서는 불길이 일었다. 화가 나는 정도가 아니었다. 몹시 분하고 머릿속이 차가워졌다.

내가 동대제국에 있을 때 라스타의 행동을 그대로 보아준 건, 그녀의 행동이 소비에슈의 책임하에 있었기 때문이었다. 소비에슈는 라스타보다 훨씬 권력이 높았고, 라스타를 정부로 데려온 것도 소비에슈이니, 소비에슈가 라스타의 행동과 말을 책임져야 옳다고 봤다. 게다가 권력으로 전력을 다해 라스타를 눌러봤자, 내가 오히려 악한 황후가 되어버릴 처지였다. 사람들은 약자의 입장에 공감하니까. 하지만 이젠 라스타는 자기 행동에 스스로 책임을 질 위치에 있었다. 그런데 권력을 가지자마자 하는 행동이 내 부모를 암살하려는 거라고?

"가만히 있을 수 없겠군요."

18

조산

하인리는 약간 놀란 표정이었다. 왜 놀라는 거지? 내가 못 할 말을 했나?

"왜 그러나요?"

못 할 말을 한 것 같진 않은데.

"뭐가 이상해요?"

대놓고 물어보자, 하인리는 눈썹을 치켜세우더니 웃으면서 대답했다.

"아닙니다. 퀸이 직접 나서려는 게 신기해서요."

신기할 게 있나? 가족을 건드리려 하면 누구라도 나서게 된다. 아주아주 온건한 사람이라도 가족을 지키려 나설 텐데, 나는 그리 온건한 사람도 아니었다.

하인리가 얼른 덧붙였다.

"동대제국에 있을 때, 퀸은 그 여자를 제대로 상대하지 않으려는 것 같았거든요. 얽히는 것조차 싫어한다 생각했습니다."

"맞아요. 얽히고 싶지 않았어요."

라스타와 얽힐 때마다 소비에슈는 모두 다 내 탓이라 했으니까. 나중에는 아예 내 쪽에서 라스타의 근처에도 가고 싶지 않아졌지. 소비에슈의 눈을 피해 라스타를 괴롭히기에는, 내 자존심이 허락하지 않았고.

"하지만 이젠 상황이 달라졌으니까요."

라스타는 이전엔 소비에슈의 총애에 모든 걸 의지하는 힘없는 정부였지만, 지금은 소비에슈의 총애 없이도 잘 살아갈 수 있는 황후였다. 얼마든지 내 부모님에게 해를 가할 수 있는 입장. 힘없는 정부라 생각했을 때에도 그녀는 내 오빠와 나를 쫓아내는 데 큰 공헌을 하지 않았나. 그녀를 무시할 수 없었다.

하인리가 물었다.

"어떻게 할지는 생각해두었습니까?"

"다른 데 신경 쓸 정신조차 없게 만들 거예요. 자기 앞가림만으로도 바쁘게 만들어야지요."

하인리가 나간 후, 나는 부관을 불러 지시했다.

"동대제국의 베어상회와 교류하는 상단을 찾아 책임자를 데려오게."

"상단 규모가 작은 곳을 데려올까요, 큰 곳을 데려올까요?"

"큰 상단 쪽이 좋겠지."

부관은 오래 지나지 않아 딱 적당한 상단 주인을 데려왔다.

"그대가 동대제국의 베어상회와 주기적으로 교류한다 들었는데."

상단 주인은 내가 왜 자기를 부른 건지 모르기에 조심스럽게 대답했다.

"예, 황후 폐하."

"그대에게 시킬 일이 있다."

"하명하십시오."

"어려운 일이 아니니 긴장은 풀어도 괜찮아."

긴장을 풀라고 하자 상단 주인은 더욱 긴장해서 두 손을 꼭 마주 쥐었다. 내가 무리한 요구를 할 거라 여기는 눈치였다. 하지만 정말로 그는 긴장할 필요가 없었다. 내 머릿속에는 라스타가 다른 생각을 하지 못하도록 몰아붙일 계획이 하나 있는데, 그 계획으로 인해 상단 주인이 피해를 볼 일은 전혀 없었으니까.

"제가 어떻게 하면 되는지…….."

"베어상회와 교역을 할 때, 어음이 제대로 잘 발행된 게 맞는지, 어음이 제대로 쓰이고 있는지 등을 꼼꼼하게 확인하도록 유도하거라. 그게 끝이다."

쉽지?

"어음이요?"

"그래. 어떤 핑계를 대든 좋아. 어음 위조 사기가 유행이라 들었다든가, 어음 위조로 크게 손해를 본 상단이 있다든가, 이런 식으로 둘러대어 겁을 주면 된다."

상인이 마른침을 삼켰다.

"정말로 그것뿐이면 되는지요?"

"그래."

생각보단 쉬운 일 같은지, 상인은 안심해서 그러겠다 대답했다.

화이트 몬드에 보낸 대신이 돌아왔다. 대신은 씻을 새도 없이 바로 하인리를 찾아가 자신의 방문 결과를 보고했다.

"상단은 모두 무사합니다. 그들이 문제를 일으킨 것도 아니었습니다."

"한데 왜 붙잡아둔 거지? 아무 문제도 일으키지 않은 우리 상단을?"

하인리는 책상에 팔을 괴며 물었다. 희미하게 웃고 있지만 기분이 상한 눈치였다. 실제로도 하인리는, 과연 동대제국의 상단이 지나가더라도 작은 왕국에서 이렇게 행동했을지 생각하고 있었다. 대답은 '아니오'였다.

"화이트 몬드 측에서는, 서대제국이 칭제한 일을 위협으로 받아들이는 듯했습니다."

대신은 하인리의 눈치를 보며 말했다.

하인리는 입으로만 웃으면서 이마를 구겼다.

"위협?"

기가 막힌단 목소리였다. 대신은 "네." 하고 얼른 조심스럽게 설명했다.

"네. 우리 측 군사가 상인으로 위장해 항구를 지나가는 척하다

침략할지도 모른다든가, 그런 생각을 하는 모양이었습니다."

옆에서 듣고 있던 맥켄나가 혀를 차며 말했다.

"황제국이 되었으니 속국을 만들 거라 생각했나 봅니다."

하인리는 안타깝다는 듯이 중얼거렸다.

"오랜 우방이었는데 불안하단 이유만으로 이렇게 나오다니. 참
으로 안타깝군."

말하는 하인리의 시선은, 화이트 몬드에서 서대제국으로 와 있
는 외무부 대신에게 고정되어 있었다. 그 무언의 비난에 화이트 몬
드의 외무부 대신은 당황해서 얼른 허리를 숙여 사죄했다.

"송구합니다, 폐하."

화이트 몬드의 대신은 이 자리가 가시방석이라도 된 듯 불편해
서, 연신 두 손을 꽉 쥐고 떼질 못했다. 하인리는 그런 대신에게 직
접적으로 말했다.

"그대가 직접 화이트 몬드로 돌아가서, 서대제국은 화이트 몬드
쪽에서 '이런 식'으로 나오지 않는다면 먼저 칼을 쥘 마음이 없단
걸 확실하게 전해주게."

"예. 그러겠습니다."

화이트 몬드의 대신이 꾸벅거리며 집무실 밖으로 나가자, 하인리
는 편하게 다리를 꼬고 앉으며 눈을 가늘게 떴다. 무언가를 곰곰이
생각하는 표정이었으나, 상황에 맞지 않게 유쾌해하는 낯빛이었다.

"왜 그러십니까, 폐하?"

"한 번 배신한 우방을 이전처럼 다시 믿긴 어렵지. 안 그래, 맥켄
나?"

"화이트 몬드에서 항구를 다시 열어주더라도 믿기 어렵단 말씀이신지요?"

"그래."

"그런데 왜 자꾸 웃으시는지요, 폐하? 화이트 몬드에서 뒤통수를 때린 게 기뻐 보이십니다."

"기쁠 것까지야 있나."

하인리는 슬그머니 올라가는 입꼬리 끝을 자기 손으로 애써 누르며 말했다.

"그냥, 우리만의 항구가 있어도 괜찮겠단 생각이 들어서."

"화이트 몬드를 침략하실 생각이신지요?"

"말했잖아. 한 번 지레 겁먹고 뒤통수를 친 이들이야. 이번엔 순순히 마음을 바꾼다 해도, 다음엔? 그들이 더 중요한 때에 또 이렇게 뒤통수를 치면 그 손해는?"

"그건 그렇지요."

"……계산을 해봐야겠다."

매번 하인리는 내게 음식을 해주었지. 오늘은 우리 둘 사이의 어색한 기류를 완전히 없애기 위해, 내가 그에게 요리를 해줄 생각이다. 나는 평소 하인리가 자주 사용한다는 그의 전용 조리실을 찾아갔다. 깔끔하고 단정하게 정리된 조리실은 실용성보다는 미관을 중시해 만들어진 티가 났지만, 있을 건 다 갖춰져 있었다.

팔을 걷어붙이고서 내가 할 수 있는 요리가 무엇인지 떠올렸다. 몇 종류 되지 않았다. 옥수수수프? 버섯수프? 야채수프? ……오믈렛으로 할까. 화려한 음식이야 항상 먹는 거고. 오늘은 그냥 내가 직접 만든다는 데 의의를 두는 거니까. 그래. 괜히 잘 만들지도 못하는 걸 만드느니 간단하지만 맛있는 걸로 만들자.

결정을 내리자마자 그릇에 계란을 깨 넣고 열심히 휘저었다. 그리고 한 시간 후, 저녁 식사를 할 때 하인리에게 직접 내가 만든 오믈렛을 건넸다. 하인리는 기뻐하면서 오믈렛을 먹었다.

"맛이 어때요?"

"제가 먹어본 오믈렛 중 제일 맛있습니다."

빈말이겠지만 기분은 좋았다. 나는 그가 먹는 모습을 찬찬히 구경하면서, 요 며칠 내내 자꾸만 머릿속을 헤집은 '사랑이냐 안정이냐'의 갈등을 이 순간만큼은 누르려 애썼다.

"퀸은 안 먹습니까?"

그러고 있자니 하인리가 내게 질문했다.

"아."

그제야 나는 내가 모든 음식을 통틀어 딱 두 입 먹었다는 걸 눈치챘다. 하인리는 내가 만들어준 오믈렛 접시를 내밀며 권했다.

"퀸도 먹어봐요. 정말 맛있습니다. 빈말이 아니라 진심으로."

나는 포크로 오믈렛을 떠서 입안에 넣고 대충 몇 번 씹은 다음 삼켰다. 그런데 이상했다. 그의 말처럼 맛있게 되긴 한 것 같은데, 입에 잘 넘어가지 않았다. 게다가 입에 남은 오믈렛의 맛도 어쩐지 찝찝하게 여겨졌다. 문득 내가 만든 게 오믈렛이 아니라 병아리 죽같단 생각이 들면서 괜히 속도 더부룩해졌다. 황급히 물 한 컵을 다 비워버리자, 하인리가 떨떠름한 목소리로 물었다.

"퀸? 혹시 이 안에 뭐 꺼림칙한 재료가 들어갔나요?"

"아니. 그냥 내가 입맛이 없어서 그래요."

"괜찮습니까?"

"그럼요. 한 번씩 다들 이럴 때가 있잖아요."

하인리는 손을 뻗더니 내 이마에 손바닥을 가져다 댔다. 이마에 닿는 그의 손이 시원해서 기분 좋았다. 가만히 눈을 감고 있자, 하인리가 "약간 열이 나는데요." 하고 중얼거렸다.

"궁의를 불러야겠습니다, 퀸."

"괜찮아요. 입맛이 없는 정도로 궁의라니."

나는 얼른 고개를 젓고서 요리사가 만든 샐러드를 몇 개 입에 넣고 억지로 웃었다. 내 입맛이 없는 이유야 뻔하지. 라스타가 내 부모님을 죽이려 한다는데, 입맛이 돌면 이상하잖아. 하지만 궁의는 내가 무리를 해서 피곤한 거라며, 일하는 걸 방해할지도 몰랐다. 아직 할 일이 많은데 이 정도 증상으로 궁의를 부르고 싶진 않았다.

"혹시 르베티를 본 적이 있느냐?"

며칠 만에 찾아온 로테슈 자작이 질문했을 때, 라스타는 몹시 기뻐서 작게 비명을 지를 뻔했다. 그 자객이 성공했구나!

"아니. 왜 그래?"

라스타는 밝게 튀어나오려는 목소리를 억지로 낮게 깔며 물었다. 로테슈 자작의 표정이 어두워졌다.

"며칠째 돌아오질 않고 있어."

"그래?"

라스타는 심드렁하게 되묻고는 진심으로 말했다.

"몰라. 라스타는 개랑 친하지도 않고 따로 어울린 적도 없잖아? 뭘 하고 돌아다니는지 관심도 없어."

로테슈 자작은 이마를 찌푸렸지만 별 대꾸를 하지 않았다. 르베티에 대한 걱정이 가득해서 말다툼조차 하고 싶지 않은 듯했다. 라스타는 입가에 떠오른 미소를 찻잔으로 감췄다.

"걔가 어린애도 아니고 알아서 잘 놀고 다니겠지. 당신은 내가 부탁한 일이나 신경 써."

라스타가 고용한 자객이 찾아온 건, 로테슈 자작이 떠난 다음 날 밤이었다. 자객은 놀랍게도 라스타의 방 안까지 수월하게 들어왔다. 창가에 서 있는 자객을 보고 라스타는 놀라서 비명까지 지를 뻔했다. 하지만 곧 자객의 특이한 체형을 알아보고는 황급히 물었다.

"르베티는?"

흥분해서 묻는 라스타에게, 자객은 심드렁하게 대답했다.

"납치해서 불법 노예상에게 건넸습니다. 판 돈은……."

"이리 줘. 그걸로 맛있는 걸 사 먹을 거야. 상응하는 금액은 그쪽한테 따로 줄 테니까."

자객이 챙겨 온 돈을 내밀자 라스타는 얼른 그 돈을 주머니에 넣고, 자객에게는 계약 잔금과 추가금을 건넸다. 자객이 자신의 정체를 알아내 여기까지 찾아온 게 불안했지만, 암살자 길드에 소속된 이들은 입이 무겁기로 유명했다. 고객의 정체를 털어놓는 자객은 쓸모가 없는 법이기에, 무슨 일이 있어도 고객의 신분을 비밀로 지켰기 때문이었다. 자객은 돈과 보석을 확인한 후 고개를 끄덕이고서 다시 창문으로 나가려 했다.

"잠시만."

라스타는 그런 자객을 다시 붙잡고 부탁했다.

"나중에 그 애가 팔리면 어디에 팔렸는지 내게 알려줘. 이에 대한 보상은 당연히 따로 나갈 거야."

자객은 알겠다 말하고 눈 깜짝할 사이에 사라졌다.

라스타는 침대에 앉아 두근거리는 심장을 눌렀다. 나중에 르베티가 절망에 빠져 있을 때, 구경 가서 이렇게 말할 셈이었다.

그렇게 천하다 무시하던 노예가 되니 어떤 기분이야?

그 아이는 표정이 일그러져서 울겠지. 아니면 절망하거나 욕설을 퍼부을지도 모르겠다. 라스타는 배를 잡고 유쾌하게 웃었다. 적에게 똑같이 복수할 수 있단 건 상상만으로도 즐거운 일이었다.

이후 에벨리에게 보내둔 하녀가, 에벨리의 목걸이를 훔쳐오는 데 성공하자 라스타의 기분은 더욱 우뚝 올라갔다.

"잘했어. 넌 정말 유능하구나."

라스타는 그 하녀에게도 커다란 보석 목걸이를 건네며 명령했다.

"앞으로도 계속 그 애를 지켜보면서 이상한 부분이 있다면 바로 알려줘. 폐하께서 찾으신다거나, 선물을 보내신다거나, 하여튼 그런 것들."

"물론이지요. 저만 믿으세요, 황후 폐하."

혼자 방 안에 남은 라스타는 에벨리의 목걸이를 들어 올려 자세히 살피다 코웃음 쳤다. 그러나 목걸이를 자세히 보자, 좋았던 기분이 다시 내려갔다. 라스타는 목걸이를 바닥에 팽개쳐서 몇 번 쾅쾅 발로 밟아댔다.

그 시각, 르베티는 뭐가 뭔지 알 수 없는 상황에 놓여 있었다. 친구들과 놀고 돌아가던 길에 섬뜩한 광경을 보았다. 수많은 사람들이 행인인 척 자신을 뒤쫓는 소름 끼치는 광경을. 그에 놀라 도망치려 했으나 누군가의 습격을 받고 기절해버렸다. 깨어났을 땐 짐승들이나 갇힐 법한 우리 안에 갇혀 있었고, 몹시 포악하게 생긴 남자가 낄낄 웃으면서 망토를 덮어쓴 사람에게 돈을 건네고 있었다.

"저 잘난 맛에 살던 귀족들은 꺾어내는 재미가 있지. 아주 인기가 좋아. 그래봐야 몇 년 뒤면 평범한 노예로 변하겠지만. 다음에 또 팔 일이 있거든 찾아주쇼."

르베티는 공포에 질려 벌벌 떨었다. 노예라고? 지금 저 납치범이 무슨 짓을 한 거야?

망토를 덮어쓴 사람이 나가자, 포악한 인상의 남자는 르베티를 커다란 금덩어리처럼 바라보며 끌끌 웃었다.

"너도 참, 제대로 원한을 산 모양이구나."

"도, 도와주세요, 돈은 얼마든 드릴 테니까!"

"네가 줄 수 있는 돈보단 널 팔아서 얻을 돈이 더 많을 텐데?"

"아니에요, 그렇지 않아요!"

"게다가 네가 풀려나면 입을 어떻게 놀리고 다닐 줄 알고?"

포악한 인상의 남자는 친절한 척 웃고는 밖으로 나가버렸다. 르베티는 어두운 우리 안에 갇힌 채 엉엉 울면서 아빠와 오빠를 찾았다. 그러나 안락한 집 안에 있을 그들이 르베티의 목소리를 들을 리 없었다.

르베티는 공포에 질린 채 꼬박 나흘을 보냈다. 그사이 망토를 덮어쓴 사람 열두 명이 차례로 찾아와 르베티를 구경하고는 포악한 인상의 남자와 가격을 의논하고 떠났다.

코앞에서 자신을 얼마에 사겠다, 얼마에 팔겠다, 얼마부터는 안 된다 등등의 말이 오가는 걸 보는 건 몹시도 고통스러운 일이었다. 르베티는 사람이 참으로 잔인하고 모진 존재라는 걸 깨달았다. 납치된 걸 뻔히 알면서도 구해주려는 사람은 단 한 명도 없었다.

그리고 나흘째 되던 날. 가장 마지막으로 찾아온 손님이 르베티를 구입했다. 그는 다른 손님들이 얼마를 제시했는지 묻더니, 망설임 없이 제안했다.

"가장 높은 금액의 두 배."

르베티는 두 손이 뒤로 꽁꽁 묶인 채 입에는 재갈이 물려서 마지막 손님을 따라나서게 되었다. 마차를 타고 가는 내내 얼마나 울었는지 모른다. 마차가 멈춘 곳은 평소 르베티가 꿈꾸던 소박하고 예쁜 저택이었으나, 그런 저택조차 눈에 들어오지 않았다.

그러나 망토로 온몸을 가리고 있던 마지막 손님이 망토를 벗었을 때는 르베티도 울던 걸 멈추고 눈을 동그랗게 떴다. 마지막 손님은 망토 안에 황궁 근위기사단 제복을 입고 있었다. 그는 망토를 옆으로 치워두고는 르베티에게 공손히 사과했다.

　"무섭게 해서 미안합니다, 레이디 르베티."

　그는 르베티의 입에 물린 재갈과 손을 묶은 끈을 풀어준 후 다시 뒤로 물러났다. 르베티는 딸꾹질을 하며 기사를 쳐다보았다.

　"누구세요?"

　"근위기사단 소속의 오로레오입니다. 르베티 양을 구출하란 황제 폐하의 명령이 있었습니다."

　"폐하요?"

　르베티는 더욱 놀라 눈을 동그랗게 떴다. 여기서 소비에슈 황제 이름은 왜 나오는 거지? 아니, 소비에슈 황제가 자신이 납치된 건 어떻게 안 거고?

　대공의 자식쯤 되면 황제가 직접 기사를 풀어 구출을 명할 수도 있지만, 르베티는 자신의 가문이 그 정도 수준은 아니란 걸 알고 있었다. 그렇기에 뜬금없이 나온 소비에슈의 이름이 믿기 어려웠다.

　얼떨떨해 있는 르베티에게 기사가 말했다.

　"레이디 르베티, 그대의 납치를 사주한 건 라스타 님입니다."

　난데없이 나온 라스타의 이름에 르베티는 화들짝 놀랐다.

'라스타가 내 납치를 사주했다고?'

사이가 나쁘긴 했지만 납치를 사주했단 이야기를 듣자 소름이 돋았다. 르베티는 황후가 된 지금도 라스타를 아직 무시했으나, 그 애가 가지게 된 권력은 무시하지 않았다. 제국의 황후가 자신의 납치를 사주했단 건 몹시 무서운 일이었다. 르베티는 자신의 팔을 감싸고 떨었다. 지금은 무사하지만 또 이런 일이 벌어진다면? 라스타가 납치를 사주한 게 아니라 암살을 사주한다면? 앞으로 더 무시무시한 일이 벌어질까 봐 겁이 났다.

혹시 라스타는 과거의 흔적을 지우려는 걸까? 노예였던 과거를 지우기 위해 림웰 가문을 없애버릴 생각일까?

"혹시 제 가족들은……."

"무사합니다."

기사의 담담한 대답에 르베티는 최악의 공포에서 가까스로 빠져나왔다. 여전히 앞길이 막막했지만, 가족들이 무사한 걸 확인했으니 그나마 다행이었다.

"그런데…… 폐하께선 어떻게 제가 납치된 걸 알고 오로레오 경을 보내주신 건가요?"

"하녀의 습격으로 라스타 님이 머리를 다치지 않습니까. 그 일 이후 라스타 님의 안전이 염려되신다며 라스타 님을 은밀히 호위할 사람을 보내셨습니다."

은밀히? 사람을 지키는 데 왜 굳이 은밀히 호위를 보내지? 르베티가 어리둥절해 눈을 깜빡이자, 기사가 얼른 덧붙였다.

"라스타 님은 측근이며 호위를 물리고 돌아다니는 일이 많으셔서요."

"아……."

"어쨌든 그 덕에 라스타 님이 자객을 고용해 레이디 르베티를 암살하려던 정황을 잡게 되었습니다. 무사히 구출할 수 있어 다행입니다."

르베티는 고개를 끄덕였다. 하긴. 중요한 건 자신이 무사하단 점이었다. 한숨을 푹 내쉬는 르베티를, 기사는 잠시 쳐다보다가 설명했다.

"하지만 당분간은 이곳에서 지내셨으면 합니다, 레이디 르베티."

"네? 여기서요?"

르베티는 깜짝 놀라 주위를 둘러보았다. 이제야 소박하지만 깔끔한 저택의 외양이 눈에 들어왔다. 잘 정리되어 있었고 집에는 온기가 돌았지만, 가구며 소파 등은 모조리 새것이었다. 사람이 지내던 곳 같지 않았다.

"여기는……?"

"황제 폐하 소유의 저택입니다. 죄송하지만 레이디 르베티. 지금 수도로 돌아간다면 다시 습격을 받을지도 모릅니다."

르베티는 얼핏 보았던 습격자를 떠올리고서 황급히 말했다.

"습격자가 무척 특이한 체형이었어요! 제가 그걸 증언할게요. 어쩌면 그 암살자를 잡을 수 있을지도 몰라요!"

"그 암살자를 잡고 나면 또 다른 암살자가 올 겁니다."

"아."

기사의 단호한 말에 르베티는 탄식하며 소파에 무너지듯 앉았다.

"적당한 때가 되면 제가 다시 찾아오겠습니다. 그동안은 여기서 편히 지내십시오, 레이디 르베티. 무서운 일은 다 잊어버리고요."

르베티는 그녀를 쫓아오던 수많은 사람들과 우리에 갇힌 그녀의 값을 흥정하던 사람들을 떠올렸다. 라스타도 라스타이지만, 그 사람들 역시 아주 무섭고 소름 끼쳤다. 르베티는 고개를 끄덕였다. 확실히. 지금 이대로 수도로 돌아갔다간, 친구들이고 뭐고 근처에 오기만 해도 싫을 것 같았다.

"네. 여기서 지낼게요. 그리고 구해주셔서 고맙습니다. 폐하께도 감사하다고 전해주세요."

"레이디 르베티. 오늘 일을 잘 기억해두십시오."

"네?"

"나중에 쓸 데가 있을 겁니다. 분명."

르베티를 안전한 저택에 데려다준 기사는 이후 곧장 수도로 돌아와 소비에슈를 찾아갔다. 소비에슈는 기사가 급히 작성한 간략한 보고서를 받아 읽고는 고개를 끄덕이며 칭찬했다.

"잘했다. 고생이 많았겠군."

기사가 나간 후, 소비에슈는 기사에게 받은 보고서를 자신의 책상 서랍 한쪽에 넣어두었다. 서랍을 닫기 전. 소비에슈는 잘 정리된 서랍 안쪽을 지그시 바라보았다. 이 안에 라스타의 모든 죄가 다 들어 있었다. 적어도 그가 아는 죄는 모두 다.

몇 시간 후. 심란해진 마음을 추스른 소비에슈는 비서를 시켜 라스타를 자신의 방으로 불러오라 지시했다. 하지만 라스타는 배가 아파서 거기까지 갈 수 없으니, 소비에슈가 와주십사 하는 부탁을 역으로 해왔다. 배가 아프단 핑계를 대지만, 아마 소비에슈의 방에 있는 파란 새를 보기 싫어서 댄 핑계일 것이다.

소비에슈 역시 일부러 한번 찔러보았을 뿐, 라스타가 방으로 올 거란 생각은 하지도 않았다. 소비에슈는 직접 라스타의 방으로 찾아갔다. 라스타는 소비에슈의 명령에 꾀병을 부린 게 영 신경 쓰였던지 서궁 앞에 초조하게 서 있다가, 얼른 다가와 살가운 목소리를 냈다.

"폐하, 라스타가 동궁까지 갈 기운이 없었어요. 지금은 나아졌지만 아깐 정말 많이 아팠거든요."

"배가 유달리 자주 아픈 것 같은데. 궁의는 불러보았느냐?"

"바쁜 사람을 계속 부르는 건 좀……."

"그러라고 고용한 사람이다. 약간이라도 몸이 좋지 않으면 꼭 부르도록 해."

"알겠어요."

황후의 방 안으로 들어온 소비에슈를, 라스타는 기대 가득한 눈길로 흘긋거렸다. 간만에 온화한 분위기였다. 오늘 일로 약간 어색해진 두 사람의 분위기가 풀렸으면 싶었다.

"저어, 폐하. 요즘은 라스타에게 노래를 안 불러주시는데…… 배속의 아가가 폐하의 노래를 듣고 싶어 해요."

소비에슈는 아기에게 무척 약했고, 라스타는 그 사실을 잘 알고 있었다. 소비에슈는 잠시 침묵했으나, 곧 라스타의 가까이에 앉아 나직한 목소리로 듣기 좋은 노래를 불러주었다.

라스타는 눈을 감고 소비에슈의 노래를 들었다. 고막을 간지럽히는 듯한 노래가 마음에 들었다. 노래가 끝나자 라스타는 나른한 기분에 휩싸여 소비에슈의 어깨에 기대 눈을 감았다. 언제나 곁에서 힘이 되어주는 에르기 공작도 좋았지만, 역시 소비에슈도 좋았다. 다정할 때의 소비에슈는 그녀가 본 어떤 사람들보다도 상냥했다.

"나한테 할 말이 없느냐."

툭 던지는 목소리조차도 낮고 부드럽다. 라스타는 여전히 눈을 감은 채 고개를 저었다.

"없어요."

"잘 생각해보아라. 정말 없느냐?"

그러나 소비에슈는 다시 거듭 물었다. 목소리는 싸늘하지도 차갑지도 않았지만, 이런 질문을 거듭 듣게 되자 라스타는 덜컥 겁이 났다.

뭐지? 왜 이런 질문을 하는 거지? 뭘 알고서 물어보는 건가?

라스타는 고개를 들고 눈을 떴다. 사실 최근 들어 소비에슈에게 눈치 보일 일을 많이 했다. 아주 많이. 도둑이 제 발 저리다고 했나. 라스타의 머릿속에 여러 가지 찔리는 일들이 동시다발적으로 떠올랐다.

"없는데요."

그러나 그중 어떤 것도 털어놓을 수는 없었다. 라스타는 딱 잘라 거짓말을 하고서, 벌떡 일어났다. 생각해보니 그녀에게도 소비에슈에게 추궁할 만한 게 하나 있었다. 좀 더 묵혀두었다가 꺼낼 생각이었지만…… 일이 이렇게 된 이상 지금 사용하는 게 낫겠지.

"폐하께서는 라스타에게 할 말, 없어요?"

라스타는 새초롬하게 묻고서 허리에 손을 올렸다. 소비에슈가 의자 등받이에 몸을 기대며 눈을 가늘게 떴다.

"글쎄. 하지만 네가 따지고 싶어 하는 건 있는 모양이군. 뭐지?"

라스타는 성큼성큼 자신의 화장대로 걸어가 서랍을 열었다. 서랍 안에 손을 넣은 그녀는 미역 줄기를 뽑아내듯 목걸이 하나를 쑥 건져내 소비에슈의 앞으로 가져와 내밀었다.

"이거요."

소비에슈는 목걸이를 받아 들었다. 목걸이는 몹시 값비싸 보였지만 그의 미적 취향에 부합하지 않았다. 우아한 맛이 없고 너무 번쩍거리기만 했다.

"뭐지 이 싸구려 같은 건?"

소비에슈가 딱 잘라 묻자, 라스타는 '어라?' 하는 표정으로 입을 벌렸다.

"뭐냐 물었다, 라스타."

소비에슈가 거듭 물었다. 라스타는 '이게 아닌데.' 하는 표정으로 더듬거렸다.

"폐하께서 에벨리한테 주신 거 아니에요? 정부로 들이면서……?"

소비에슈는 황당하다는 듯 웃었다.

"내 안목을 밑바닥으로 보는군."

목걸이가 무척 값비싸 보인다고 화를 냈던 라스타는 괜히 부끄러워졌다. 다른 사람은 몰라도 황제인 소비에슈가 저렇게 말하니, 이 목걸이를 높이 평가한 자신의 안목이 정말 엉터리로 여겨졌다.

"어쨌든 라스타. 내가 이 목걸이를 에벨리에게 주었냐 묻는 걸 보니, 이 목걸이는 에벨리의 것이로군. 맞지?"

"그게……."

"남의 목걸이를 함부로 가져오면 안 되지."

"폐하께서 다른 여자를 신경 쓴다는 게 너무 질투 났어요……. 목걸이는 남궁에서 주운 건데, 일부러 돌려주지 않았어요. 죄송해요."

소비에슈는 목걸이를 자신의 코트 주머니에 집어넣었다.

"사람을 시켜 돌려주라 하겠다."

며칠 전 화이트 몬드 사건이 알려졌을 때. 당일에는 관련자들만이 모여 회의를 하고 결론을 내렸다. 하지만 정식으로 회의가 열리는 오늘은, 관련되지 않은 사람들까지도 모두 모여서 그 일을 의논했다. 물론 관련되지 않은 사람이라 한들 다 서대제국 사람이니까, 화이트 몬드와의 일이 나쁘게 풀려가면 어떻게든 엮이게 될 테지만. 그 때문일까. 회의 내내 사람들은 흥분해서 다양한 의견을 힘있게 주장했다.

"이번 일이 잘 풀리더라도, 화이트 몬드에서 또 언제 뒤통수를 칠지 모릅니다. 공격을 받기 전에 미리 해버려야 합니다!"

"굳이 분란을 만들 필요가 뭐가 있습니까? 우선은 사태를 지켜보지요."

"일이 벌어진 후에 뒷감당을 하면요? 그 사이에서 희생된 우리 국민들은 뭐 죕니까?"

"그렇다고 일이 터지지도 않았는데 전쟁을 벌이면, 화이트 몬드의 무고한 국민들은 또 무슨 죄입니까?"

"서대제국 국민과 화이트 몬드 국민 중 누군가 희생해야 한다면, 당연히 화이트 몬드의 국민이어야 합니다. 우리는 서대제국 사람이니까요!"

"이 일은 단순히 화이트 몬드와의 문제가 아닙니다. 우리의 칭제를 못마땅하게 여기는 나라들과 제국으로 자리 잡아야 하는 우리나라 사이의 싸움입니다!"

"제국으로서의 위상과 힘을 보여줄 차례입니다. 화이트 몬드를 본보기 삼아 처리해야 합니다!"

전쟁을 쉽게들 말하는구나. 하긴. 화이트 몬드 쪽도 마찬가지겠지. 불안하다 해도 우선 서대제국 쪽에 말을 해야지, 지나가는 상단을 갑자기 붙잡아 가두면 어떡한단 말인가.

의견을 말하고 싶어 입술이 꿈틀거리는 걸 가까스로 참았다. 나라와 나라 사이의 일은 아직 이곳에 온 지 1년도 안 된 내가 나서기 애매하니, 말을 조심해야 했다. 서대제국 사람들에겐 아직 나도 외국인으로 여겨질 테니까. 다행히 오랜 토론 끝에 다음 주제로 넘어갔고, 이후에는 날 선 분위기가 조금 가라앉았다.

그런데 회의가 거의 끝나갈 때 즈음. 한미한 관직의 귀족이 발언하고 싶다며 손을 들었다. 회의의 진행을 맡은 맥켄나가 그를 향해 말해도 좋단 신호를 보냈다.

귀족은 주저하며 몇 걸음 앞으로 나왔다.

이런 자리가 처음인가? 왜 저렇게 덜덜 떨지? 신입일지도 모르겠다. 나는 이름도 얼굴도 기억나지 않는 그쪽을 잠시 보다가, 다른 생각할 게 있어 시선을 내렸다. 그러나 돌연 들려온 내 이야기에, 다시 시선을 들어 덜덜 떠는 관리를 쳐다보아야 했다.

"황후 폐하께서 동대제국 황제와 이혼한 이유가 불임 때문이란 소문이 돕니다."

저절로 인상이 찡그려졌다. 눈을 가늘게 뜨고 쳐다보자, 관리의 떨림이 더 심해졌다. 저런 엄청난 말을 하면서 왜 저렇게 덜덜 떠는 거야, 대체?

"물론 저, 저는 그 엉터리 소문을 믿지 않습니다, 황후 폐하, 황제 폐하."

안 믿었으면 여기서 말을 꺼내지도 않았겠지.

"하지만 이는 무척 무섭고 중요한 소문이니, 그 일이 정말인지 아닌지 꼭 황후 폐하께 여쭈어야 한다 생각했습니다."

두 손을 모아 쥔 귀족이 나를 올려다보며 울 것처럼 물었다.

"황후 폐하, 소문이 사실인지요?"

내 앞에서 입을 연 건 저 귀족이지만, 저 귀족이 이런 질문을 하도록 유도한 건 다른 사람일 거다. 자연스레 시선이 케트런 후작에게로 옮겨 갔다. 크리스타의 사촌. 케트런 후작은 입가를 올린 채 날 바라보고 있었다. 눈이 마주치자 그가 더욱 짙게 웃었다.

"당연히 아닙니다."

내가 딱 잘라 말하자, 그의 미소가 더욱 묘해졌다. 힐긋 옆을 보니 하인리의 표정은 얼음장 같았다.

회의가 끝난 후. 나는 단상을 내려가 일부러 케트런 후작 쪽으로 걸어갔다. 그의 주위에서 이런저런 말을 나누던 귀족들은, 내가 다가오자 황급히 인사를 올리고 달아났다. 케트런 후작은 태연하고 대범하게 인사를 올렸다.

"황후 폐하."

케트런 후작은 자기가 말단 관리를 시켜 내 불임설을 꺼냈단 걸 감출 생각도 없나 보다. 표정에서부터 '내가 한 짓이지'라고 드러내고 있네. 이 사람은 자기가 음흉하고 꿍꿍이 가득한 미소를 짓는단 걸 알까?

"내가 설령 불임이라 해도 그쪽 가문에서 다음 황후가 나올 일은 없습니다."

나는 그의 인사를 받는 대신 내가 할 말을 조용하고 나지막하게 읊었다.

"무슨 말씀이신지……."

"괜한 헛바람을 불어넣어봤자 소용없을 거란 뜻이지요."

내가 대놓고 말할 줄 몰랐나 보다. 케트런 후작의 미간에 몇 줄 금이 갔다. 그도 입을 열었다. 날 열 받게 할 말을 하려는 거겠지. 그래, 말해봐.

그러나 케트런 후작이 입을 열기 전, 내 대각선 뒤쪽에서 기다란 창이 툭 떨어졌다. 케트런 후작은 얼른 손을 뻗어 자기 이마에 부딪힐 뻔한 창을 잡았다. 창을 놓친 건 하인리의 뒤에 선 근위기사였다.

"죄송합니다."

근위기사는 놀라서 황급히 하인리에게 사과했다.

"괜찮다. 실수할 수도 있지."

실수할 수도 있지만, 이런 경우 사과를 들어야 하는 건 창에 맞을 뻔한 케트런 후작이 아닐까. 같은 생각인지 케트런 후작도 인상을 구겼다.

"참 어린아이 같은 복수를 좋아하시는군요."

결국 화가 난 그는 누구에게 하는지 알 수 없는 말을 툭 내뱉고는, 공손하게 인사를 한 후 먼저 회의실을 빠져나갔다.

목욕을 하는 내내 말단 관리의 입을 통해 케트런 후작이 한 말을 떠올렸다. 그가 무슨 의도로 내게 그런 말을 했는지는 제쳐두고. 정말 그런 소문이 돌고 있을까? 내 귀엔 왜 들리지 않았지? 소문이 돌았다면 니안이나 다른 시녀들이 전해주었을 거다. 그렇다면 애초에 없던 소문을 케트런 후작이 만들어낸 걸까? 케트런 후작은 왜 그런 소문을 만들어냈나. 만들어낸 건가 누군가에게 들은 건가. 라스타? 동대제국 귀족? 흐르고 흘러 내려온 이야기? 설마 소비에슈는 아니겠지. 온전히 없던 이야기를 지어내진 않았을 거다. 그러기엔 위험 요소가 큰 사안이니까. 그러니 본인도 '다른 사람의 입을 통해 말을 꺼낸다'와 '소문을 안 믿는 것처럼 말한다'는 두 가지 안

전장치를 만든 게 아니겠나.

너무 생각을 오래 했나 보다. 어느새 따뜻하던 물이 식었는지, 팔에 소름이 돋았다. 나는 욕조에서 일어나 커다란 타월로 물기를 닦고, 실내복을 입은 다음 욕실 밖으로 나갔다. 젖은 머리카락을 말리기 위해 거울 앞에 서서 수건으로 머리를 문지르자, 거울 너머로 안락의자에 앉은 하인리가 보였다. 그는 진지한 표정을 지은 채 고개를 숙이고 미동도 않고 있었다. 아까부터 저 상태다. 나는 머리카락을 수건으로 돌돌 말아 대충 뒤로 넘기고서 그에게 다가갔다.

"뭐 하나요?"

고개를 들이밀어 확인하니 어류 사전이었다.

……새라서 물고기를 좋아하나?

"물고기를 좋아해요?"

뜬금없이 어류 사전을 골똘히 보는 게 귀여워서 묻자, 하인리는 곰곰이 책을 살피다가 뒤늦게 정신을 차리고는 슬그머니 웃었다.

"아아. 낚시를 준비하는 중이었어요. 오늘 보니까 제법 큰 물고기가 뛰어다니더라구요."

"낚시 좋아해요?"

"아주 많이요."

다정하게 웃는데 왜 이렇게 못돼 보이지?

손을 뻗어 하인리의 뺨을 눌렀다. 하인리는 내 손바닥에 자기 뺨을 기대고 비볐다.

"낚시가 끝나면 맛있게 생선 요리를 해줄게요, 퀸. 후작이 그대

입맛에도 맞았으면 좋겠어요."

후작?

서대제국에는 나비에의 불임 소문이 없었다. 지금까지는. 하지만 이젠 다들 그 이야기를 하게 될 것이다.

케트런 후작은 만족스레 웃었다. 일단 씨앗은 잘 뿌려두었다. 어차피 불임 여부는 하루 이틀 내에 알 수 있는 것도 아니다. 이대로 의심이 자라날 때까지 기다리기만 하면, 뒷일은 감당할 수 없을 만큼 자라난 소문이 알아서 해주겠지. 그는 그때까지 인내심을 가지기만 하면 되었다.

이후 케트런 후작은 코샤르가 동대제국에서 추방당한 사유에 대해 조사하기 시작했다. 당장은 코샤르의 인기가 커서 찔러 넣기 어렵지만, 나비에의 불임 이야기가 파다해졌을 때 같이 엮으면 아주 재밌는 그림이 나올 것이다. 어떤 식으로든.

그런데 한창 조사하던 도중이었다.

"후작님, 놀라운 이야기가 있습니다."

코샤르를 조사하러 보낸 부하가 생각지도 않은 소문을 물고 왔다. 하인리 황제의 숨겨진 연인에 대한 이야기였다.

"숨겨진 연인?"

"네. 성에서 파견한 근위기사 한 명이 그곳을 들락날락하며 챙길 정도라 합니다. 그 외에 사복 차림의 호위도 늘 집 앞을 지킨다 하고요."

"확실한 거냐?"

그럴듯한 이야기긴 했다. 하인리 왕자는 에르기 공작과 더불어
사교계에서 가장 유명한 바람둥이였다. 전 세계를 돌아다니며 방
탕하게 놀았는데, 숨겨진 여자 하나 정도야. 아니, 소문과 비교하면
숨겨둔 여자가 하나뿐이라는 게 더 놀라운지도 모른다.

"원래 다른 곳에 있다가 근방 마을로 이사 왔는데, 하인리 폐하
의 이야기를 듣다가 울음을 터트리는 등 이상한 행동을 한답니다."

케트런 후작은 미간을 찡그렸다.

"하지만 이상하군. 폐하는 그런 사람이나 소문이 돌아도 신경 쓰
지 않을 성정이신데. 숨겨두고 뭐고 할 필요가 있나?"

"모르겠습니다. 혹시 과거의 연인이 아니라 현재의 연인이 아닐
까요? 일부러 근위기사를 보내 챙기는 점도 그렇고……."

"그래. 그건 꽤 그럴듯해."

케트런 후작은 곰곰이 생각해보다가, 부하를 데리고 직접 그 여
자가 산다는 마을에 찾아가보았다. 그 여자가 산다는 집 근처에 숨
어 아홉 시간을 꼬박 기다리자, 정말로 근위기사 한 명이 망토를
뒤집어쓰고 나타나 여자에게 하얀 천으로 덮어 내용물을 감춘 바
구니를 내밀었다.

"매번 고맙습니다."

여자는 고맙지만 당연하다는 듯이 바구니를 받아 들었다.

케트런 후작은 마른침을 삼켰다. 찾아온 근위기사도 근위기사지
만, 저기 문 앞에서 사복 차림으로 지키고 선 저 남자. 분명 하인리

의 근위기사였다. 국무회의 때 저 근위기사가 실수로 떨어트린 창에 맞을 뻔했기에, 얼굴을 똑똑히 기억하고 있었다.

'숨어 사는 여자와 두 명의 근위기사라!'

케트린 후작의 입가에 짙은 미소가 어렸다. 그 미소는 집 안에서 금발의 잘생긴 소년이 뛰어나와 여자에게 재잘거리자 더욱 짙어졌다.

며칠 동안 상황을 지켜보던 케트린 후작은, 마침내 마음을 먹고 그 여자를 찾아갔다. 여자는 처음엔 케트린 후작을 몹시 경계했지만, 그가 신분을 밝힌 다음 '그쪽의 사정을 알고 있다'며 온갖 감언이설을 펼친 후 돕겠다고 나서자 마지못해 그를 집 안으로 들였다.

"금발 아이는 아드님이신지?"

"예. 제 아들입니다."

"혹시…… 폐하의 아드님이십니까?"

"……저는 그렇다고 생각하고 있어요."

케트린 후작은 속으로 쾌재를 불렀다.

"그런데 왜 여기에서 지냅니까? 아이를 데리고 황궁으로 들어와야지요?"

"폐하께 폐가 되고 싶지 않은걸요. 그분은 신혼이시고……."

"하긴. 갑자기 나타나서 연인이라 주장한다면 폐하께서 당황하시겠지요. 폐하께서 믿지 않으면 다른 사람들도 믿지 않을 테고요."

여자는 우물거리다가 품 안에서 아름다운 펜던트를 꺼내 내밀었다.

"폐하께서 애정의 증표로 이걸 주셨는데. 이게 있어도 사람들이 믿지 않을까요?"

케트런 후작은 속으로 만세를 불렀다. 펜던트는 정말로 왕실의 문양이 맞았다. 과거에 한때 사귀었던 사람과 왕실 문양까지 줄 정도로 가까웠던 사람. 이 두 존재는 비중까지 달랐다. 케트런 후작은 여자가 몹시 쓸모 있으리란 계산을 하고 웃었다.

"그 증표를 내게 줄 수 있습니까? 폐하께 보여드리고 싶은데."

그러나 여자는 증표를 도로 가져가며 차갑게 선을 그었다.

"제가 뭘 믿고 후작님께 이걸 빌려드린단 거지요?"

케트런 후작은 몇 번 여자를 설득하다가, 안 되겠다 싶어서 자신의 후작 증표를 내밀었다. 그의 가문 문양이 새겨진 증표였다.

"이걸 드리지요. 나중에 다시 서로 바꿉시다."

케트런 가문의 문양을 받고서야 여자는 자신이 가진 문양을 케트런 후작에게 넘겼다.

이후 수도로 돌아간 그는, 하인리와 독대하자 나비에의 불임 소문을 이야기하며 요구했다.

"그런 일이 있어선 안 되겠지만 혹시, 아주 혹시라도 황후께서 정말 불임이시라면……."

"그런 일은 없다."

"만약을 말씀드리는 겁니다, 폐하. 이런 일은 감정에 휩쓸리지 말고 신중해야 하니까요."

"……."

"만약 황후 폐하께서 불임이시라면, 다음 황후는 저희 가문에서 뽑아주시겠습니까?"

"감정적으로 생각해도, 감정에 휩쓸리지 않아도, 그대의 가문에서 다음 황후를 뽑을 일은 없을 것 같은데."

"하지만 폐하께서는 황후 폐하께서 두 번이나 같은 일로 상처받는 걸 원하지 않으실 텐데요."

"당연히 그럴 일은 없네, 후작."

하인리가 단호하게 거절하자 케트런 후작은 억지로 웃었다. 하지만 집으로 돌아오자마자, 그는 하인리가 숨겨둔 여자의 존재를 세상에 공개해버리기로 했다.

"괜찮을까요?"

"아이가 황족이라 공개하는 건 위험이 크지. 게다가 본인은 맞다지만, 확실한지 여부도 알 수 없고. 하지만 그 여자가 하인리 전하의 여자인 건 확실하지 않나. 적어도 남들은 확실하게 볼 테지."

케트런 후작은 자신만만하게 말하고서 여자를 찾아가 제안했다.

"다시 폐하의 옆으로 가고 싶지 않으십니까? 제가 무대를 만들어드리지요. 거기서 폐하의 사람이라고만 밝혀주십시오. 그러면 현재 황후께서 누리는 모든 것을 그대가 나누어 가질 수 있습니다."

"전 큰 욕심이 없어요."

"원래 가졌어야 할 걸 찾으란 겁니다. 바구니만 찔끔찔끔 받을 게 아니라요."

여자는 생각을 해보겠다고 한 후 한참 만에야 고맙다고 웅얼거렸다.

이틀 뒤, 국무회의 날. 케트런 후작은 뿌듯한 얼굴로 여자를 데려왔다. 하인리가 여자를 보고 놀란 표정을 짓자, 케트런 후작의 뿌듯한 충족감은 더욱 커다래졌다.

건방진 애송이 같으니라고. 그렇게 처음부터 말을 잘 들었으면 됐잖아? 케트런 후작은 속으로 싸늘하게 빈정거렸다.

이 자리에 황후가 함께 있었더라면 더 재미있었겠지만, 그녀는 다른 일이 바빠 회의에 참석하지 못한 상태였다. 여자가 중앙으로 한 걸음 한 걸음 나올 때마다 사람들의 시선이 그쪽에 몰렸다. 케트런 후작의 예상과 달리, 하인리는 여자를 모르는 척하지는 않았다.

"오랜만에 보는군, 레이디 알리야."

"메리야입니다, 전하."

"이쪽도 폐하라네."

오히려 정답게 대화를 나누는 모습을 보이자, 케트런 후작은 더욱 잘되었다 여겼다. 사람들 앞에서 저렇게 대화까지 잘 나눈 여자가 하인리를 원망하며 옛정 운운하면 사람들은 더욱 잘 믿겠지.

"그래, 메리야 양. 여기엔 무슨 일로 온 거지? 그대가 여기에 올 일이 있나?"

제 앞길에 무슨 일이 벌어질 줄도 모른 채 하인리가 태연히 묻자, 케트런 후작은 스멀스멀 흘러나오는 미소를 감추려 입술을 깨물었다.

"케트런 후작님과의 약속 때문에 왔습니다."

그러나 여자의 말을 듣자, 케트런 후작의 좋은 기분은 반이 깎여 나갔다. 뭐 저런 멍청한……! 그가 저 여자를 이곳에 데려와준 건 맞지만, 대놓고 자기를 부추긴 게 이쪽이란 걸 말하면 어쩐단 말인가!

하인리의 시선이 케트런 후작에게 닿았다.

"무슨 약속을 했기에?"

"거기까진 알려드리기 어렵습니다. 케트런 후작님이 제게 어떤 약속을 했고, 미래를 약속해주셨단 것만 알려드리겠습니다. 그런데 그분이 약속을 지키려 하지 않고 절 내팽개치는 건 물론 어처구니 없는 일을 지시하시니, 너무 화가 나고 속상해 이 자리에 서게 되었어요."

케트런 후작의 눈앞이 하얘졌다. 지금 저 여자가 무슨 말을 하고 있는 거지? 그녀는 마치 자신과 후작 사이에 모종의 거래가 있었던 것처럼 굴고 있었다.

의미심장한 말에 사람들의 시선이 케트런 후작에게 쏠렸다. 케트런 후작은 더 참지 못하고 앞으로 나서며, 최대한 여유로운 척 목소리를 꾸며냈다.

"저 영애는 자신이 황제 폐하의 여자라 주장했고, 저는 꽤 그럴 듯하다 여겨서 폐하께 데려다주겠다 약조했지요. 전 지금 이 자리에 데려온 걸로 약속을 지켰다 생각했는데. 영애의 생각은 다른가 봅니다."

말이 끝나기 무섭게 여자가 "배신자!"라고 외치며 케트런 후작에게 달려들었다. 머리카락을 죄다 뽑아버릴 태세로 손가락에 힘을 줘 앞을 휘젓자, 케트런 후작은 황급히 몸을 뒤로 빼고 기사들이 달려와 여자를 붙잡았다.

"이게 무슨 짓이냐!"

케트런 후작이 이를 갈며 외치자, 여자는 가지고 있던 케트런 후작의 증표를 내보이며 외쳤다.

"이런 걸 주면서까지 약속을 해놓고, 날 감히 폐하께 사기를 치는 이상한 여자로 몰아갈 셈인가요? 그대는 참으로 못됐습니다!"

사람들이 웅성거리기 시작하자 케트런 후작은 귀까지 붉어졌다. 그는 이를 악물었다. 여기서 하인리 왕자의 인장을 꺼내 보일 수는 있겠지만, 그러면 자신이 하인리를 공격하기 위해 저 여자를 부추긴 게 너무 티가 나게 된다.

국무회의가 끝난 후, 케트런 후작은 이를 갈며 여자에게 따졌다.

"도대체 무슨 짓이지?"

여자는 아무렇지 않게 웃으면서 말했다.

"그쪽이 원하던 걸 한 것뿐인데요. 방향을 조금 바꿨을 뿐."

몹시 태연하고 자신만만한 태도였다. 국무회의에서 난동을 부린 것조차 무서워하지 않은 태도에는 믿는 구석이 단단해 보였다. 케트런 후작은 자신이 속았다는 걸 깨닫고, 아차 싶어서 하인리를 찾아갔다.

"폐하께서 꾸민 일이십니까? 그 여자, 애초에 폐하의 사람이었습니까?"

씩씩거리는 케트런 후작의 말에 하인리는 눈을 동그랗게 떠 보였다. 무슨 말이세요? 하는 듯이. 그 표정은 하도 순진하고 맑아서, 케트런 후작은 순간 '아닌가?' 하고 생각했다. 긴가민가 싶어서 잠시 케트런 후작이 말도 행동도 하지 못하는 사이. 하인리가 그 표정을 유지한 채 자기 주머니에서 무언가를 꺼냈다. 케트런 후작 가문의 증표였다.

"그건!"

하인리는 여전히 그 동그란 눈을 한 채 증표를 후작의 눈앞에 대고 세 번 까딱까딱 흔들더니, 눈웃음을 지으며 증표를 도로 주머니에 집어넣었다.

"폐하!"

"사람들이 많이 궁금해하더군. 그 영애가 케트런 후작과 도대체 무슨 사이인지, 후작은 영애에게 뭘 약속한 건지 등등. 어쩌지? 뭐라고 대답할까, 후작?"

케트런 후작은 이를 갈았다. 그러나 대답할 말이 궁했다. 하인리는 윙크하며 그의 어깨를 두 번 툭툭 두드렸다.

"내가 뭐라 대답할지 고민해보는 동안, 후작도 앞으로의 처신에 대해 고민해보게."

서로에게 좋은 답을 내리자고, 중얼거린 하인리가 먼저 자리를 떠나자 케트런 후작은 으아악 소리를 내며 발을 탕 굴렀다. 맥켄나는 복도에 서서 하인리를 기다리고 있다가, 방 안에서 들려오는 소리에 쯧쯧 혀를 찼다.

"폐하를 물 먹이려 해놓고서도 멀쩡한 걸 고마워할 줄은 모르고. 참 등신입니다. 그렇지요?"

"마법, 가문, 외교관으로서의 재능, 셋 중 딱 하나만 부족해도 바꿔버리고 싶은데. 아쉽군."

덩달아 혀를 찬 하인리는 증표를 맥켄나에게 건네며 지시했다.

"이 정도면 마지막 기회는 충분히 준 거겠지."

이어서 그는 케트런 후작에게 창을 떨어트리는 일부터 시작해 몇 주나 애먼 집의 호위를 한 근위기사에게도 노고를 치하했다.

에벨리는 또다시 이스쿠아 자작 부부와 싸움이 붙었다. 남궁 귀빈에게 초대를 받아 갔는데, 하필 자작 부부도 그곳에 있던 탓이었다. 이스쿠아 자작 부부는 사람들이 주위에 있기 때문인지 퍽 얌전하게 굴었지만, 때때로 웃으면서 에벨리를 모욕하는 말을 했다.

가재는 게 편이라고, 에벨리에게 호감을 가진 이들도 결국 자작 부부와 같은 귀족이다 보니, 이스쿠아 자작 부부가 에벨리의 신분을 두고 모욕적인 농담을 하면 말리기보단 덩달아 웃었다.

에벨리는 남궁 귀빈들이 자신에게 보여주는 호감은, 인간 대 인간의 호감이 아니란 걸 알아차렸다. 그들은 높은 위치에서 적선하듯 '꽤 괜찮아 보이는 평민'에게 친절을 베푸는 것뿐이었다.

우울해진 에벨리는 방으로 돌아오자마자 거추장스럽게 꽁꽁 동여맨 상체의 리본을 한 손으로 잡아 뜯듯 퍽퍽 풀었다. 갑갑한 껍질을 벗듯 옷을 홀랑 벗고서, 그녀는 성큼성큼 욕실로 들어갔다. 한창 씻는 와중에야 에벨리는 자신이 늘 걸고 다니던 목걸이가 사라졌단 걸 발견했다.

"목걸이!"

에벨리는 물기도 다 닦지 못한 채 욕실을 나와서, 옷을 헤집고 침대 밑을 뒤지고 카펫 아래를 확인했다. 그러나 목걸이는 어디에서도 보이지 않았다. 초대받아 간 남궁 귀빈에게도 찾아갔지만, 역시 목걸이는 없었다.

"젠장!"

에벨리는 이를 갈며 방으로 돌아와 탁자를 쾅 내리쳤다. 목걸이를 꼭 가지고 있으라 했는데. 도대체 언제 어디서 어떻게 사라진 건지도 모르겠다. 방 안에 없는 걸 보면, 오늘 잃어버린 게 아닐지도 몰랐다.

분노를 마구잡이로 토해내던 에벨리는, 그러다가 문득 이상한 점을 눈치챘다.

'어?'

에벨리는 화내던 걸 멈추고 자신의 몸 안 마력을 확인했다. 마력이란 존재가 사라진 것처럼 텅 비어버린 몸에 약간이지만 마력이 돌아와 있었다.

'어떻게?'

목걸이를 착용하고 있을 때에는 잠들기 전 아무리 확인하려 해도 알 수 없었다. 목걸이 자체에 마력이 담겨 있었으니까. 당시엔 이유를 몰랐지만, 이제 보니 돌아온 마력이 너무 적어서 목걸이의 마력에 묻혀 구분이 가지 않았던 모양이다. 그러나 막상 목걸이가 사라지니 마력이 돌아온 티가 났다. 예전처럼 넘쳐나는 마력은 아니었지만 그래도 돌아온 게 아닌가! 에벨리는 너무 기뻐서 풀쩍풀쩍 뛰다가, 얼른 궁정 마법사에게 달려갔다.

"마법사님! 저 마력이 돌아왔어요!"

황궁 복도에서 뛰어다니지 말라고 한 소리를 하던 마법사는, 깜짝 놀라 자기가 비명을 질렀다. 둘은 얼싸안고 기뻐했다. 궁정 마법사는 뒤늦게 제정신을 차리고 놀라 물었다.

"어떻게? 언제 돌아왔느냐?"

"모르겠어요. 제가 착용하고 있던 목걸이가 마력이 담긴 목걸이였거든요. 그 목걸이에 눌려서, 정확히 언제 마력이 다시 돌아온 건지는 모르겠어요."

"마력 목걸이?"

"네."

"혹시 그 마력 목걸이 때문에 네 힘이 돌아온 걸까?"

"모르겠어요."

에벨리는 침울해져서 고개를 저었다.

"게다가 그 마력 목걸이, 잃어버렸거든요. 도둑맞은 건지 제가 떨어트린 건지도 모르겠고요."

"내가 폐하께 말씀드려서 샅샅이 찾아볼 수 있도록 해주마."

궁정 마법사는 영리한 조수에게 장담하고는, 그길로 곧장 소비에슈를 찾아가 사정을 이야기하고 청했다.

"그러니 폐하, 사람들을 궁 안에 풀어 에벨리의 목걸이를 찾을 수 있도록 도와주시옵소서. 만약 그 목걸이가 정말 에벨리가 마력을 되찾는 데 도움이 되었다면, 전국적으로 발생 중인 마법사 감소 현상을 해결하는 데도 도움이 될지 모릅니다."

소비에슈는 눈썹을 치켜뜨더니, 서랍에서 납작한 상자를 꺼내 내밀었다.

"혹시 이건가?"

상자 안에는 화려한 보석 목걸이가 들어 있었다. 라스타가 남궁에서 주웠다던 에벨리의 목걸이였다. 진즉 주었어야 했는데. 일이 바빠 잠시 잊고 있었다.

"확인해보아라."

궁정 마법사는 두 손으로 소비에슈가 건넨 상자를 공손히 받아 들었다. 마법사의 눈이 굶주린 들개처럼 샅샅이 목걸이를 훑었다. 소비에슈는 궁정 마법사의 표정을 유심히 살폈다. 마침내 마법사의 안색이 밝아졌다.

"이 목걸이가 에벨리의 것인진 모르겠사오나, 마력이 담긴 목걸이는 확실합니다."

"목걸이를 가져가 에벨리에게 자기 것이 맞는지 물어보거라."

"예."

"맞다고 하면 그 애에게 빌려 연구토록 하라."

"만약 아니라면……."

소비에슈는 목걸이를 에벨리에게 선물한 게 아니냐며 따지던 라스타를 떠올리고는, 간단하게 대답했다.

"맞을 거다."

확신 어린 어조였다.

"예, 폐하."

소비에슈에게 인사를 하고 물러난 궁정 마법사는, 그길로 곧장 에벨리를 찾아갔다. 에벨리는 마법사의 연구실에서 그가 돌아오길 초조하게 기다리고 있다가, 마법사가 들어오자 한걸음에 다가왔다.

"폐하께서 뭐라고 하세요? 도와주신대요?"

"자, 보거라."

마법사가 목걸이를 상자째 내밀었다. 얼른 손을 뻗어 상자를 받아 든 에벨리는, 목걸이를 보자마자 외쳤다.

"이게 맞아요!"

에벨리는 기뻐서 발까지 동동 구르다 물었다.

"어떻게 바로 찾으셨어요?"

"폐하께서 주우신 모양이었다."

"예? 이걸요?"

황제가 남궁에서 사라진 목걸이를 무슨 수로 주웠단 거지? 에벨리는 이상하단 생각을 했으나, 그 부분을 자세히 물어보진 않았다. 조금만 생각해도 답이 훤히 나오는데, 굳이 불쾌한 사실을 확인받고 싶지 않았다.

"어쨌든 잘되었다, 에벨리. 정말로 이 목걸이 때문에 네 마력이 돌아온 거라면, 남은 마력도 모두 찾을 수 있을 게다!"

게다가 지금 중요한 건 이 사실이었다. 궁정 마법사가 흥분해서 콧김까지 내뿜으며 외치자, 에벨리는 덩달아 주먹을 꽉 쥐고 고개를 끄덕였다.

"네!"

"다른 마법사들의 마력도 돌려줄 수 있을 거야."

에벨리는 주먹을 쥐어 가슴께를 눌렀다. 심장이 쿵쿵 뛰었다. 몹시 설레고 기뻤다. 마법사에게서 마력이 사라진다는 건 몹시나 비참하고 절망적인 기분이다. 에벨리는 그 사실을 잘 알기에, 자신과 같은 처지의 마법사들에게 도움이 되고 싶었다.

"꼭 그렇게 됐으면 좋겠어요."

그런데 에벨리가 막 말을 마친 순간. 자기도 목걸이를 봐도 되겠냐면서 손을 뻗었던 궁정 마법사의 또 다른 조수가 돌연 비명을 질렀다. 에벨리는 말을 멈추고 비명이 들려온 방향을 보았다. 선배 조수가 번개에 맞은 사람처럼 서 있었다.

"선배?"

왜 그러시냐고 묻기도 전, 그가 바닥에 쾅 쓰러졌다. 눈 깜짝할 사이에 벌어진 일이었다. 고목나무가 넘어가는 것처럼 머리와 바닥이 부딪치는 소리가 거세게 울렸다.

"아스야!"

기겁해서 제자에게 달려간 궁정 마법사는 황급히 쓰러진 제자의 어깨를 흔들었다.

"아스야! 왜 이러느냐? 애야!"

그는 제자의 이름을 연달아 외치다가 덜덜 떨며 책상으로 손을 뻗었다. 보지도 않고 책상 위의 책을 잡히는 대로 긁어모아 제자의 머리를 받쳤다. 답답한 단추를 풀어주고 소매를 걷어주었지만 제자는 여전히 의식이 없었다.

"에벨리, 의사를 데려와라!"

"네!"

놀라서 넋이 나가 있던 에벨리는, 그제야 황급히 연구실을 나갔다. 바닥에 내팽개쳐진 목걸이의 마력석이 요사스럽게 빛나다 어두워졌으나, 에벨리와 궁정 마법사 모두 그 광경을 보지 못했다.

쓰러진 제자는 꼬박 하루가 지나서 깨어났다. 다행히 쓰러질 때 세게 부딪친 머리는 멀쩡했다. 어깨뼈 부근에 멍이 들긴 했지만, 이 역시 문제 될 정도는 아니었다. 그러나 끔찍한 사실이 그를 기다리고 있었다. 마력 상실 문제였다. 원래 그는 궁정 마법사의 조수가 될 만큼 유능했고, 마법에 대한 열정도 가득했다. 그런데 그 짧은 시간에, 풍부한 마력이 모조리 사라져버린 것이다.

"말도 안 돼요!"

제자는 충격을 받아 도로 기절했다. 이 사건을 보고받자마자 쓰러진 제자를 찾아간 소비에슈는, 최선을 다해 절망에 빠진 조수를 달래주었다. 조수는 황제가 직접 자신을 보듬어주는 데 감동했지만, 절망에서 빠져나오진 못했다. 평생을 마법사로 살아온 그에겐 마력이 사라졌단 상실감이 너무나 컸다.

"꼭 원인을 찾아서 네 힘을 돌려주마."

소비에슈는 절망한 조수에게 약속했다. 실제로도 그날 이후, 그는 하루 종일 이 일에 매달렸다. 우선 궁정 마법사와 에벨리, 그 외의 다른 조수들을 불러 개개인의 이야기를 듣고, 이후에는 몇 명씩 그룹을 지어 불러 이야기를 들었다.

같은 일을 겪어도 모든 사람은 자신의 관점에 맞게 기억한다. 악의가 없더라도 마찬가지였다. 이 때문에 일부러 여러 관점의 이야기를 들어 객관성을 갖추려는 것이었다.

이런 절차가 끝난 뒤에는 궁정 마법사들을 불러 의논했다. 며칠간 마력의 이론과 현상에 대한 복잡한 이야기가 오고 간 끝에, 이 일이 마법사 감소 현상과 관련이 있을 확률이 높다는 유의미한 결론이 나왔다.

결론이 나오자 소비에슈는 다시 에벨리를 불렀다. 이 사건의 발단이 된 목걸이를 가져온 게 그녀이니, 그 목걸이의 출처를 명확히 해야 했다.

"목걸이를 준 사람이 '정확히' 누구이지?"

"학장님이요."

"네게 목걸이를 줄 때 별말은 하지 않았느냐?"

"마력 목걸이를 곁에 두면 마력을 감지하는 데 도움이 되지 않겠냐고…… 그냥 그렇게만 말씀하셨어요."

에벨리가 돌아간 후, 소비에슈는 비서를 불러 지시했다.

"월월로 가서 학장을 찾아라. 에벨리에게 건넨 목걸이의 출처에 대해 떠보고, 목걸이를 건넨 후원자가 누구인지 자세히 알아 오라."

무엇이든 준비는 미리미리 할수록 좋은 법이다. 하인리의 생일도 마찬가지였다. 그의 생일은 아직 몇 달이 남았지만, 나는 미리 선물을 고민하기 시작했다.

하인리는 목욕을 같이하자고 조르지만 어림도 없지. 티파티를 나가면 귀족들이 '폐하 선물로 무엇을 준비하셨나요?'라고 분명 내게 물어볼 텐데. 여기에 대고 '난 폐하와 알몸으로 같이 목욕할 생각이에요. 거품과 물에 젖은 내가 폐하의 선물이죠.' 따위의 대답을 할 수는 없잖아? 상상만으로도 망측한 일이었다.

내가 괜한 지레짐작을 하는 게 아니었다. 귀족들은 나와 선물 종류가 겹치는 건 피하고 싶을 테니, 무조건 이 질문을 하게 되어 있다. 하인리야 원래 바람둥이란 소문이 도니까, '폐하께선 평범한 바람둥이인 줄 알았는데, 아주 변태적인 바람둥이시더군요.' 정도로 소문이 멎겠지만, 나는 다르다. 나는 누가 내게 하인리의 선물로 뭘 준비했냐고 물을 때, 당당하게 대답할 수 있는 선물이 꼭 필요하다.

제대로 된 선물, 남들에게 말할 수 있는 선물…… 과연 뭘까? 그렇게 한참을 고민한 끝에 드디어 결정을 내렸다. 케이크. 생일 케이크를 직접 만들어줘야지.

전에 하인리는 내가 오믈렛을 만들어준 것만으로도 몹시 감격했다. 선물을 생략하고 케이크만 주려는 건 아니지만, 선물에 케이크를 곁들인다면 아주 기뻐할 게 분명했다. 환히 밝아진 그의 표정을 상상하자 벌써부터 심장이 뿌듯해져서, 나는 손으로 쇄골 부위를 문질러서 벌써 설레는 마음을 눌렀다.

품목을 결정하고 나니, 이후로 어떻게 해야 할지 대번에 길이 보였다. 어머니의 도움을 받아야지. 그에게 동대제국 식의, 동대제국에서도 우리 트로비 가문 식의 케이크를 만들어주는 거다. 어머니는 나와 오빠, 아버지의 생일이 되면 직접 케이크를 만들어 아침에 자르게 해주셨다. 무척 드문 일이었다. 어머니는 원래 요리를 싫어하시니까. 하지만 생일날만큼은 꼭 직접 케이크를 만들어주셨는데, 그 케이크가 굉장히 맛있다. 하인리에게도 그 맛을 보여주고 싶었다. 마침 어머니도 궁전에 같이 머무르니 얼마나 좋은 일이야? 나는 결정을 하자마자 어머니를 찾아가 부탁했다.

"케이크?"

어머니는 내 질문에 눈을 약간 커다랗게 떴다. 내가 이런 질문을 할 줄 전혀 몰랐다는 듯이. 곧 어머니의 눈가에 웃음기가 번졌다.

"넌 요리를 싫어하잖니, 나비에."

"생일이니까요. 어머니가 특별한 날에 해주었듯이, 나도 하인리에게 특별한 기억을 주고 싶어요."

"하인리는 널 많이 사랑한단다. 네가 자길 위해 싫어하는 요리를 하길 원하지 않을 거야."

"하인리는 내가 요리를 싫어한단 걸 몰라요, 어머니. 그리고 어머니, 전 요리를 싫어하는 것도 아니구요."

귀찮을 뿐이지.

어머니는 내 말에 심드렁한 표정을 지었다.

"글쎄. 네가 굳이 그런 짓을 해야 할지 모르겠구나."

하지만 내가 어머니의 특제 케이크 레시피를 알려달라 거듭 부탁하자, 결국 알겠다 말씀하시더니 종이를 꺼내 그 위에 무언가를 빼곡히 적었다.

"자. 이대로 보고 하면 된다."

종이 위에 적힌 건 재료와 조리 순서였다.

"고마워요."

나는 어머니에게 거듭 고맙다 인사한 후, 하인리의 취미를 위해 만들어진 조리실을 빌려 그곳에서 케이크 만들기를 연습했다. 빵을 반죽하고 팔이 빠져라 생크림을 젓고 우유를 섞었다. 하지만 완성된 케이크는 어머니의 케이크와 맛이 전혀 달랐다. 두세 번 시도해도 마찬가지. 결국 다시 어머니를 찾아가 부탁했다.

"어머니, 케이크가 잘 만들어지지 않아요."

"내가 써준 그대로 했니?"

"순서도 재료도 그대로 했는데 영 맛이 달라요."

"……."

"괜찮다면 어머니가 시범을 보여주시면 안 될까요?"

나는 어머니에게 받은 레시피를 내려놓으며 물었다. 어머니는 냉담한 표정으로 내가 내려놓은 레시피를 내려다보았다. 당장이라도 입이 열리고 '이것도 못 만든다고?'라고 혀를 차실 것 같은 표정이었다. 하지만 아무리 기다려도 어머니는 말이 없었다.

"어머니?"

결국 기다리다 못해 다시 부르자, 어머니는 한숨을 내쉬고서 털어놓았다.

"사실 그 케이크는 주방장이 만들었던 거란다."

뭐?

순간 너무 놀라서 내가 뭘 들은 건지 모르겠다.

누가 만든 거라고? 주방장?

"하지만 이건 어머니가 내 생일마다 만들어준……."

"주방장이 만들었단다."

당황해서 어머니를 쳐다보았다. 어머니는 여전히 냉랭한 표정이었지만, 나와 눈을 마주치지 않고 있었다. 그러고는 몸을 옆으로 돌려 아예 시선을 피하시더니, 무척 논리적인 것처럼 물었다.

"나비에. 넌 폐하가 '네가 직접 만든 케이크'를 기뻐하며 먹는 걸 보고 싶은 거지?"

"네, 어머니."

"맛있는 케이크를 구해서 네가 만들었다고 하거라. 그러면 돼."

"……."

"생각해보거라. 네가 만든 맛없는 음식을 먹는 것과 네가 만들었다 착각하고 맛있는 음식을 먹는 것. 폐하께서 어느 쪽을 더 기뻐할까?"

네 솜씨가 아니란 걸 들키지만 않으면 된단다, 상대는 네가 만든 건지 아닌지 어차피 구분하지도 못해. 덧붙인 어머니가 빙그레 웃더니 아버지에겐 비밀이라며 내 등을 토닥였다.

처음 알게 된 진실에 충격을 받은 나비에가 진실을 추스르는 사이. 서대제국을 출발한 비자리 상단은 동대제국의 수도에 도착했다. 비자리 상단의 단주 피렌시오는 베어상회 본부 건물 안으로 들어서고 있었다.

"어서 오십시오!"

미리 연락을 받고 나와 있던 상회 사람들이 깍듯이 인사했다. 하지만 비자리 상단을 어렵게 여겨서 깍듯이 인사한다기보다는, 자신들이 이처럼 예의 바르다는 걸 알리기 위해 일부러 과도하게 인사하는 것처럼 보였다. 적어도 피렌시오 단주는 그런 느낌을 받았다.

"하하, 환대에 감사합니다!"

그러나 아니꼽게 여기면서도 피렌시오 단주는 그런 내색은 전혀 하지 않았다. 오히려 그는 목소리를 높여 아주 기쁜 척 웃어댔다. 평소라면 '하던 대로 하시지 왜 이러시나' 하고 약간 빈정거렸겠지만, 오늘 그에겐 중히 해야 할 일이 있었다. 황후의 은밀한 심부름이었다. 사실 심부름 자체는 그리 어렵지 않았지만, 그래도 시킨 상대가 황후이다 보니 괜히 긴장되었다.

"회장님은 접객실에서 단주님을 기다리고 계십니다."

내부를 둘러보고 있자, 베어상회 회장의 비서가 다가와 공손히 안내했다. 접객실에 들어가니, 책상 위에 오늘 필요한 서류를 미리 늘어놓고 대기 중인 베어상회 회장이 보였다.

두 사람은 인사를 나누고 몇 마디 의례적인 덕담을 주고받았다. 그리고 얼마 후, 두 사람은 오늘 회담의 목적을 이루기 위해 여러 가지 사안을 논의했다. 회담이 거의 끝나갈 무렵. 베어상회 회장은 서대제국의 특산 보석을 사는 대가로 자기 상회의 어음을 내밀었다.

"흠……."

피렌시오 단주는 어음을 받아 들고 표면을 뚫어져라 쳐다보았다. 진위 여부를 확인하는 행위였다. 평소에도 피렌시오 단주는 저렇게 행동했기에, 베어상회 회장은 불쾌하게 여기면서도 자기 앞의 음료수만 마셨다. 그러나 시간이 지날수록 평소와 다른 점이 드러났다. 피렌시오 회장이 어음을 관찰하는 시간이었다. 이전보다 너무 오래 걸렸다.

"무슨 문제라도 있소이까?"

보다 못한 베어상회 회장이 짜증스럽게 물었다.

"아, 죄송하외다."

피렌시오 회장은 옳다구나 싶어서 얼른 나비에 황후에게 명령받은 말을 꺼냈다.

"기분 나빠하지 말길 바랍니다. 요즘 어음 위조 사건이 많다 들어서 이리 하는 것이니."

"어음 위조? 내 상단의 어음은 절대로 위조할 수 없게 되어 있소."

"기술의 발전은 상단만 하는 게 아니지요. 도적들도 한답니다. 세상이 참으로 험악하고 간교해지지 않았습니까?"

피렌시오 회장이 돌아간 후. 베어상회 회장은 화가 나고 어이도 없어서 헛웃음을 지었다.

뭐, 어음 위조? 기술 발전은 도적들도 해?

"어디서 남의 어음을 그따위로 말해?"

어음은 상단의 신용이었다. 위조될 수 없는 어음을 만들수록 상단의 신뢰도가 올라갔다. 베어상회의 어음은 유명했고, 동대제국의 황족들이 공식적으로 사용할 정도였다. 최근에는 라스타 황후가 베어상회에서 발행한 어음으로 대대적인 복지 후원금을 뿌려서, 덩달아 상회의 평판도 올라간 상태였다.

그런데 위조? 아주 괘씸했다.

하지만 그는 아주 신중한 성격이었다. 몇 번 어음 일로 만난 적이 있는 전 황후가, 최고 상단의 위치에 있으려면 이 정도는 되어야 하냐고 놀라 감탄했을 정도였다. 그는 신경 쓰이는 점이 있으면 무조건 확인했다. 아주 사소한 것이라도.

베어상회 회장은 밤늦게 장부를 정리하다가, 결국 불안한 기분을 떨치지 못하고 비서에게 지시했다.

"최근 1년간의 장부와 어음을 모두 가져오너라."

"여기 있습니다."

"진한 커피를 한 잔 가져다 다오."

회장은 책상에 붉은 등불을 걸어놓고 안경을 쓴 후, 신중하게 1년 전의 날짜부터 어음 발행 날짜, 회수된 어음의 진위 여부, 어음 사용자 등을 살피기 시작했다. 아무 문제 없었다. 1년 전 레이게스 백작 부인이 사용한 어음부터 최근 발르아 경의 사용까지. 전혀 문제없다.

가장 액수가 큰 라스타 황후의 사용도…….

'음?'

회장은 인상을 찡그리고서 장부를 좀 더 가까이로 끌어다 당겼다.

회장은 눈을 가늘게 뜨고 자신의 기억과 장부, 일지를 샅샅이 뒤졌다. 이상했다. 아주 이상했다. 그는 이 1년 내에 라스타 황후에게 어음을 발행한 적이 없었다. 1년 전에 발행했을 확률은 더욱 없었다. 그때 그녀는 사교계에 등장하지도 않은 인물이었고, 가난한 평민으로 살았다지 않는가. 아니, 설령 그녀가 이전부터 정체를 감추고 사교계를 휘젓고 다녔다 한들 말도 안 되는 일이었다. 라스타 황후가 이번에 사용한 건 황실 어음이니까.

"이상해……."

회장은 의자 손걸이를 초조하게 두드렸다. 어음을 발행한 적은 없는데 사용한 기록은 남아 있다. 당시 담당자는 어음의 진위 여부만 확인한 듯한데, 어음의 진위 여부를 떠나 생각하니 분명 꺼림칙한 점이 있었다.

회장은 다시 비서를 불러 지시했다.

"어음 발행 내역서와 회수된 어음을 모두 가져오너라."

"전부 말입니까?"

"그래."

"상단까지 가야 해서…… 시간이 조금 걸릴 겁니다, 회장님. 늦은 시간인데, 내일 확인하시는 게 낫지 않을까요? 내일까지 본부 방으로 가져다 두겠습니다."

"아니, 지금 해결해야겠다. 지금 봐두지 않으면 잠도 안 올 것 같아."

회장의 어두운 목소리에, 무언가 심각한 일이 생긴 건가 싶어 비서의 낯빛도 덩달아 어두워졌다. 한 시간 정도를 기다리자 비서가 커다란 상자를 안고 나타났다.

비서를 내보낸 회장은 얼른 어음 발행 내역서를 꺼내 자신의 기억을 확인했다. 역시 여기에도 어음을 발행한 기록은 없다. 혹시나 싶어 이전 1년 기록을 확인해도 마찬가지. 다음에는 발행 후 회수된 어음을 펼쳐놓고, 자신은 특수 처리된 돋보기안경으로 바꿔 착용했다. 이걸 사용하면 라스타 황후가 쓴 어음을 구분해내는 건 쉬웠다. 황실 전용 어음은 황제와 황후에게만 발급이 되는데, 베어상회에서는 그 어음에만 특수한 처리를 해두었으니까.

황실에서 나가는 어음 흐름을 지켜보는 것만으로도 어디에 투자를 해야 할지, 앞으로 어디가 흥하고 어디가 가라앉을지 등을 미리 계산할 수 있기 때문에 슬쩍 사용한 편법이었다.

"흐음."

회장의 입에서 무거운 한숨이 흘러나왔다. 역시나. 상회에서는 1년 사이에 황실로 어음을 발급한 적이 없었다. 그렇다면 둘 중 하나였다. 사람들이 라스타 황후를 몹시 칭송하게 한 그 막대한 후원금이, 사실은 황제가 쥐여준 돈일 경우. 혹은 전 황후의 어음을 자기가 사용했을 경우.

'어느 쪽이든 실망이구나.'

전자라면 황제의 위세를 빌려 정의로운 척했으니 우습고, 후자라면 자신이 발단이 되어 이혼한 전처의 돈을 멋대로 사용했으니 참으로 간교한 행동이었다. 라스타가 정말로 평민들의 빛이 되어줄까, 냉소적으로 여기면서도 은연중 기대했던 회장은 몹시 실망했다.

하지만 진짜 문제가 되는 건 그의 노력적인 실망감뿐만이 아니었다. 회장은 거실로 내려가 벽난로 맞은편에서 구겨진 신문을 집었다. 한 귀퉁이에 손녀딸이 찢으며 논 흔적이 남은 신문은, 오늘 아침 그의 며느리가 읽으며 혀를 차던 내용이 있었다.

"아버님, 이거 읽어봤어요? 조앤슨 기자는 황후하고 대판 싸우기라도 했나 봐요. 또 까네요. 이 사람, 전에는 황후 찬양 기사만 쓰지 않았나?"

당시엔 손주들과 놀아주느라 제대로 듣지 못했는데. 분명 내용 중에…….

'여기 있군.'

조앤슨이 적은 기사를 찾아낸 회장은 그걸 들고 방으로 돌아와 전등 아래 펼쳤다. 일반 안경으로 바꿔 쓰고 내용을 차근차근 읽어 내려가자, 꺼림칙하던 불안이 실체를 쓰고서 또렷하게 형태를 갖췄다.

기자 조앤슨은 자신이 귀족들의 사교 파티 이야기를 기사로 쓰게 될 줄 몰랐다며, 라스타 황후가 남자 귀족들만 모아놓고 놀고 있단 소식을 전하면서 마지막을 이렇게 썼다.

위에서 내려다보면 자신이 있던 곳이 더욱 아찔하게 여겨지는 걸까? 신분의 사다리를 올라간 분은 아래를 내려다볼 생각은 없는 모양이다.

'분명 전에는 라스타 황후의 하녀들이 계속 죄를 저질러 교체된단 이야기를 썼지…….'

황후가 된 지 1년도 되지 않은 사람, 게다가 평민들의 온갖 환호성을 들으며 황후가 된 사람에게 벌써부터 이런저런 추문이 터져 나오고 있었다.

어음에 대한 일은 아직 그만 아는 모양인데……. 라스타 황후가 사용한 어음이 황제의 것이 아니라 전 황후의 어음이라면? 전 황후가 어음을 두고 갔다며 돌려달라 하거나 전 황후의 시녀, 보좌관

등이 이를 눈치챘다면? 그가 입을 다물어준다 한들 어음에 관한 일
도 어떤 식으로 터져 나올지 몰랐다.

'걱정이구나.'

라스타 황후가 베어상회를 통해 막대한 기부금을 뿌린 일로, 베
어상회는 라스타 황후와 더불어 큰 칭송을 얻었다. 지금은 상회 이
미지에 도움이 되지만, 라스타 황후가 진흙탕에 빠져버리면 그땐
상회 역시도 가만히 있다 덩달아 이미지가 나빠질 터였다.

'미리 손을 써서 잘라두어야 하는가…….'

회장의 머리가 철저하게 계산적으로 굴러가기 시작했다.

다음 날. 아침 일찍 상회로 나간 그는 직접 비질을 하면서 복잡
한 머리를 정리했다. 머리가 아플 때, 삭삭 소리를 내며 생각을 정
리하는 건 그의 습관이었다. 회장의 습관을 아는 직원이 출근하다
가 놀라 물었다.

"회장님, 뭐 고민거리라도 있으십니까?"

"음. 라스타 황후에 대한 일 때문일세."

"황후님이요?"

우리가 황후와 관련되어 걱정할 일이 있나? 직원은 고개를 기웃
하다가 '아!' 하고 무언가를 떠올렸다.

"혹시 전에 그 일 때문에 이러십니까?"

"그 일이라니?"

"왜 전에, 제가 말씀드렸지 않습니까. 회장님께서 자리를 비우셨을 때요. 황제 폐하의 기사들이 찾아와서 여자에 관련된 뭘 찾으려 했다고요."

"여자?"

"네. 당시엔 황후님은 아직 정부셨죠?"

직원의 말에 회장의 머릿속에 또렷한 결론이 생겼다.

선을 긋자.

회장은 그게 이득이란 결정을 내렸다. 황제의 기사들이 뭔가를 찾던 게 라스타 황후와 관련이 없을 수도 있긴 하다. 하지만 1년도 안 된 황후에게서 이렇게 꺼림칙한 일들이 연달아 터지고 있다니. 절대로 좋은 징조가 아니었다.

회장의 얼굴이 차가워지자, 직원은 자신이 말실수를 했나 싶어 멀뚱히 그의 눈치를 살폈다.

"회장님……?"

"황궁에 사람을 보내야겠다."

"예?"

"확인해볼 게 있어."

고개를 끄덕인 회장이 직원에게 비를 건넸다. 직원이 얼결에 빗자루를 건네받고 어리둥절해하는 사이, 회장은 곧장 자신의 방으로 돌아와 비서를 불렀다. 아침잠이 많은 비서는 퀭한 얼굴로 들어왔다가, 회장의 부리부리한 눈을 보고 황급히 마른세수를 하고 물었다.

"네, 회장님."

"궁전에 사람을 보내서, 우리 상단의 구어음이 위조되었다고 말하거라."

"예?"

비서는 깜짝 놀라 펄쩍 뛰었다.

"거짓말이잖습니까? 게다가 상단의 어음이 얼마나 중요한데, 그게 위조되었다 말하다니요?"

"구어음은 지금은 사용하지 않고 있지 않으냐."

"그건 그렇지만……."

"황제 폐하께 발행된 건 구어음이 아니니 괜찮지만, 그래도 혹시 모르니 최근 새로 제조한 신어음으로 바꾸어드린다 말하고 어음을 모두 달라 청해라. 하루면 끝나는 작업이니까 염려 말고 보내시라고."

비서의 표정이 괴상해졌다. 회장이 왜 이런 이상한 행동을 하는지 통 짐작이 가지 않는 듯했다.

화이트 본드 측에서 아직 대답이 오지 않았기에 그 일은 '긴급' 딱지가 붙은 채 우선순위에서 반보 뒤로 물러났다.

하인리는 그들의 대답을 기다리면서 당장 해야 할 일들을 우선 처리하기 시작했다. 다른 나라들도 서대제국의 칭제에 위협을 느끼는지 알기 위해 각국에 친서를 든 사절단을 보내고, 앞으로의 일을 대비해 국방비 예산을 올리는 안건을 검토했다.

하나같이 골치 아픈 일들이었고 섬세하게 다루어야 할 일들이었다. 그 탓일까. 평소에는 밤만 되면 새로운 기운이 샘솟기라도 하는 듯 다가오던 하인리가, 오늘은 축 늘어진 채 침대에 눕자마자 곯아떨어졌다. 그 잠든 모습을 유심히 구경하다가 슬며시 손을 뻗었다. 밀가루와 눈을 섞어둔 것처럼 깨끗하고 보드라운 피부를 살짝살짝 주무르자, 하인리가 입을 우물거리며 인상을 썼다.

피로에 지친 모습조차 아름답구나.

머뭇거리다가 슬쩍 그의 얼굴과 마주 보고 누웠다. 한 손으로 내 머리를 받치고서, 다른 한 손으로 그의 얼굴을 만지작거렸다. 꾹꾹 눌러두려고 한 마음이 무방비한 그를 보자 슬금슬금 꾸물거리며 흘러나왔다.

사랑스럽다. 그는 사랑스럽다. 사랑스러워서 위험해.

얼굴을 가까이 가져다 대고 후 그의 속눈썹을 슬쩍 불어보았다. 하인리의 눈꺼풀이 파르르 떨렸다. 간지러운지 다시 인상을 찡그리고 얼굴을 베개에 파묻는다.

귀여워.

그의 머리카락 사이에 내 손을 넣어 문질렀다. 손가락에 와 닿는 보드라운 느낌이 좋았다. 이마에 거듭 입을 맞추다가, 혹시 하인리가 깼을까 봐 깜짝 놀라 숨을 죽였다. 숨도 쉬지 않은 채 그의 숨소리를 확인했다. 평온하게 잠들어 있었다. 다행이다. 안심했지만 다시 그에게서 약간 얼굴을 떼고서 뺨과 눈가를 만지작거렸다.

이제는 그를 보고 있으면 헷갈렸다. 난 그를 사랑하나? 사랑하기 직전인가? 사랑하는데 사랑하고 싶지 않은 건가?

소비에슈를 마음에 두고서도 이혼 직전에야 마음을 깨달을 정도로, 나는 그런 쪽으로는 둔한 편이었다. 한 번도 둔하다고 생각하지 못했는데, 하인리를 보고 있자면 내가 둔하단 걸 알 수 있었다. 하인리는 어떻게 고민 없이, 망설이는 것 하나 없이 내게 사랑을 고백하고 맹세할 수 있을까? 그는 내가 자기를 버릴까 봐 두려운 마음이 없나? 그는 도대체 뭘 믿고 그가 날 사랑하고 있다 확신하지?

습관적으로 그의 머리카락을 만지작거리고 있자니 이상할 정도로 손끝이 간지러워졌다. 간지러운 감각을 떨치기 위해 그의 머리카락을 약간 더 세게 문질렀지만, 그래도 감각이 사라지지 않았다. 왜 이러지? 추상적인 간지러움이 아니라 진짜로 가려웠다. 벌레에 물렸을 때보다 더 간지러웠다. 결국 머리카락 사이에서 손을 떼려는 그 순간, 하인리가 갑자기 눈을 번쩍 뜨더니 황급히 몸을 옆으로 굴렸다.

툭, 그가 침대에서 떨어지는 소리가 났다.

"하인리?"

갑자기 왜 그래? 놀라서 덩달아 몸을 일으키다가, 팔에 힘이 빠져서 나는 도로 엎어졌다.

저게 대체……?

침대에 어설픈 꼴로 엎어진 채, 나는 입을 뻐끔거렸다. 당황해서 비명도 나오지 않았다. 그가 갑자기 몸을 피한 이유를 알 수 있었다. 하인리가 누워 있던 자리에 하얀색에 가까운 파란 얼음이 생겨나 있었다.

"하인리?"

당황해서 그를 다시 부르면서, 천천히 침대에서 일어났다. 이게 대체 무슨 일이지? 이해가 가지 않는 일에 저절로 긴장되었다. 혹시 누군가 침입한 건가? 보이지 않는 적이 하인리 쪽만 얼리기라도 한 거야?

"하인리."

"여기 있습니다, 퀸."

하인리가 맞은편에서 일어나며 대답했다. 나는 그의 모습을 보고 더욱 놀랐다. 그의 머리카락이 눈밭이라도 구른 것처럼 하얀 얼음으로 뒤덮여 있었다. 툭툭 머리카락을 쳐서 얼음을 털어낸 하인리는, 자기가 누워 있던 자리와 나를 번갈아 보더니 끙 소리를 내며 웃는지 우는지 구분이 가지 않는 표정을 지었다.

"슬슬 체질이 변하는 것 같네요."

"체질이라니요?"

"마력이 통하는 몸으로 만들어준다고 했잖아요, 저 침대랑……내가."

천천히 내 곁으로 다가온 하인리가 조심스럽게 내 손을, 그의 머리카락을 만지던 내 손을 들어 올렸다.

"저 얼음을 내가 만들었단 건가요?"

"아마도."

하인리가 내 손을 무척이나 조심해서 만지는 동안, 나도 내 손을 빤히 쳐다보았다. 아까의 간지러운 기분은 그새 사라져 있었고 오히려 손끝이 시원했다. 그렇지만 그 외엔 이상한 부분이 전혀 없었다. 얼음도 묻어 있지 않고, 손이 유달리 차갑지도 않았다.

"다시 사용할 수 있겠어요?"

어색하게 손을 쳐다보고 있자니, 하인리가 물었다. 고개를 저었다. 난 그저 잠든 하인리를 가지고 놀고 있을 뿐이었다. 뭘 어떻게 하겠단 생각도 없었고, 그를 공격할 마음도 없었다. 지금도 어떻게 된 영문인지 알 수 없는데, 다시 사용하다니…….

"내가 한 짓인 건 확실해요?"

거듭 묻자 하인리가 바로 "네." 하고 대답했다.

"그대가 한 건 아닌가요?"

"아닙니다. 절대 아니에요."

하인리는 단호하게 말하고서 내 손을 천천히 놓아주었다. 그러고는 뿌듯하게 웃으면서 중얼거렸다.

"진짜 별명처럼 되어버렸네요."

"별명?"

"얼음이잖아요."

"……."

"철도 있지만. 그래도 철이 아니어서 다행이에요."

농담조로 말한 하인리가 아직도 얼음이 덜 떼진 자기 머리카락을 만지작거리며 웃었다.

"머리카락이 철에 뒤덮였을 생각을 하니까 좀 무서워서……."

흥분해서 한숨도 자지 못했다.

내가 마법을 사용했다고? 정말? 정말로?

놀란 마음이 가시자 신기했고, 신기한 마음이 가시자 아주 이상한 기분이 들었다. 마법사가 되고 싶다고 여긴 적은 한 번도 없는데. 막상 마법사가 될 수 있단 생각을 하자 자꾸 설렜다. 아침 식사를 앞에 두고서도 음식이 입안으로 넘어가질 않았다.

"제대로 사용할 수 없다면 아직 완전히 발현이 끝나진 않은 거예요. 그러니까 지금은 마력이 그대의 몸에 가장 적당한 능력을 찾고 있는 거지요."

"가장 적당한 능력……. 그럼 내게 가장 적당한 능력이 얼음이란 건가요? 내가 차가운 사람이라?"

걱정스럽게 묻자, 하인리는 입술을 꽉 깨물고서 나를 흔들리는 눈으로 바라보았다. 웃음이 터지려는 걸 꽉 참으려는 듯이.

내가 무슨 말을 했다고?

어리둥절해서 그를 마주 쳐다보자, 하인리는 가까스로 웃음을 삼키고 설명을 이었다.

"퀸이 차갑기 때문에 얼음 능력인 건 아니에요. 그리고 아직 얼음인지 아닌지도 확실치 않고요."

"하지만 그대의 머리카락과 침대가 얼었는데……."

"그쪽 계통인 건 맞을 거예요. 그렇지만 그게 얼음인지, 눈인지, 물인지, 이런 건 완전히 발현하기 전에는 알 수 없어요."

"아."

아직도 얼떨떨하다. 이런 기분은 정말 아주 어릴 때, 처음으로 황후가 되어 실무를 맡게 되었을 때 이후로 처음이었다. 내가 아는 게 거의 없는 완전한 미지의 영역에 발을 디딘 기분. 어쩐지 소름이 돋았다.

두근거리는 마음을 애써 누르고 있자니, 하인리가 돌연 걱정스러운 목소리로 중얼거렸다.

"제가 좀 더 확실하게 이끌어주고 도움을 주면 좋겠지만, 전 아주 어릴 때 발현을 한 거라서 설명하기가 어렵네요."

"설명을 들어야 하나요?"

"꼭 필요한 건 아니지만, 아무래도 전문가의 도움을 받아 다듬으면 좋지요. 간략하게라도."

그러고 보니 하인리도 마법 아카데미 출신은 아니지만 그곳에 잠시 다니긴 한 것 같았지. 도움을 얻으려 그런 거구나.

"아카데미에 한번 다녀오는 게 좋을 것 같은데……."

아카데미가 동대제국에 있기 때문인지, 하인리의 표정이 어두워졌다. 덩달아 긴장해 바라보자, 하인리가 갑자기 인상을 찡그리며 물었다.

"그런데 퀸. 요즘 식사량이 너무 줄어든 것 같은데요?"

소비에슈가 에벨리의 목걸이에 대해 알아보라며 보낸 비서는, 며칠 후 돌아와 딱딱하게 굳은 얼굴로 보고했다.

"학장은 '후원자'를 통해 에벨리에게 목걸이를 주었다 말하지만, 그 '후원자'가 누구인지에 대해서는 말하려 들지 않았습니다."

학장의 입을 열기 위해 몇 마디 거친 말이 오고 간 게 틀림없었다. 비서의 표정에 또렷이 드러난 불쾌함이, 당시의 상황을 짐작하게 했다.

"입이 무겁다는 건 아는 게 있단 거지."

소비에슈는 펜을 손안에서 굴리며 흡족한 듯이 웃었다. 캐내기 어려운 정보일수록 많은 것을 담고 있는 법이었다. 학장이 입을 무겁게 한다면, 턱을 조여 입을 열면 된다. 그 후에 나올 일들은 충분히 그만한 가치가 있겠지.

"내가 직접 월월로 가봐야겠다."

월월이 자치구처럼 운용되고 있다고는 하지만 어디까지나 동대제국의 영토였다. 그들을 압박하지 않는 건 이쪽의 배려이지 그럴 힘이 없어서가 아니란 걸, 아무래도 학장에게 한번 상기시켜주어야 할 것 같았다.

비서를 물린 후, 소비에슈는 카를 후작을 불러 자신의 일정을 확인했다. 쉬는 날이 거의 없을 정도로 그의 일과는 빽빽했다. 나비에가 맡아 해주던 일을 지금은 혼자서 처리하다 보니 더욱 바빠진 탓이었다.

"조정 가능한 일정이 어떤 거지? 월월에 다녀와야 하는데."

"이쪽 안건은 급한 거라 당장 해결해야 합니다. 이쪽은…… 이쪽은 조절할 수 있을지도 모르겠군요."

그런데 한창 대화를 나누고 있자니, 또 다른 비서인 피르누 백작이 들어와 보고했다.

"폐하, 베어상회에서 사람이 왔습니다."

"급한 게 아니라면 나중에."

"급하다고 해야 할지…… 좀 이상한 청을 하였습니다."

"이상한 청이라니?"

"베어상회에서 예전에 발행한 어음을 누가 위조하려는 정황이 있다 합니다."

"어음을?"

소비에슈가 인상을 찡그렸다. 카를 후작도 덩달아 허리를 세우고 피르누 백작을 돌아보았다. 베어상회의 어음은 대대로 황실에서도 사용하고 있었다. 어음 위조라니. 이건 굉장히 중대한 문제였다.

"위조가 된 건 아니고, 그냥 그런 정황이 보인답니다. 하지만 옛날에 발행된 어음이다 보니 불안한 모양이었습니다."

"그렇겠지."

"네, 그래서 우선 액수가 큰 어음을 새로운 방식으로 만든 어음으로 바꿀 거라더군요. 폐하께서 사용하는 어음은 모두 액수가 크니 꼭 바꿔드리고 싶다고, 어음을 보내주시면 하루 안에 바꿔서 보내겠다 합니다."

당장 어음을 쓸 일은 없기에 소비에슈는 흔쾌히 허락했다.

"그러도록 해라."

베어상회에서 나온 사람은 황실 근위대원들의 호위를 받으며 본부로 갔다. 황실 근위대원들은 그 사람이 상회에 들어가 회장을 만

나는 것까지 확인하고서야 황궁으로 돌아갔다.

"가져왔습니다, 회장님."

"수고했다."

회장은 어음이 담긴 봉투를 받아서 내려놓고, 서랍을 열어 황실 어음을 구분할 수 있는 특수한 안경을 꺼내 착용했다. 맞다. 모두 다 황실 어음이다.

그는 다음엔 어음 발행 장부와 사용 내역서를 꺼내 개수와 액수를 확인했다. 이 모든 절차는 빠르고 신속하게 끝났다. 중요한 일이기에 세 번 네 번 거듭 확인한 회장은 안경을 벗으며 탄식했다.

"라스타 황후가 사용한 건 나비에 황후님의 어음이로구나!"

황후의 어음과 황제의 어음을 구분할 수 있는 건 아니다. 하지만 소비에슈 황제에게 발행된 어음은 발행과 지출, 남은 액수가 딱딱 들어맞았다. 즉, 중간에 라스타 황후에게 새어 나갈 틈이 없었다. 그렇다면 답은 하나였다. 라스타 황후가 전 황후의 돈을 자신의 것처럼 써버린 것이다.

'참으로 악독하구나.'

회장은 혀를 찼다. 오랜 세월 커다란 상회의 주인으로 살아오면서 그 역시 계산적인 일을 많이 했다. 정의감보다 이득을 앞세울 때도 많았다. 하지만 자기 돈이 아닌 돈을 함부로 건드린 적은 없었다. 게다가 나비에 황후가 누구인가. 라스타 황후 때문에 이혼당한 사람이 아닌가. 그런 사람의 돈을 자기가 사용하다니……. 심지어 그 돈을 이용해 자신의 명성을 높이고 사람들의 칭송을 받았다.

세상에는 더 나쁜 황제와 황후가 많았다. 몇만 명의 사람들을 죽이거나, 필요 이상의 세금을 걷어 나라를 망치는 이들도 많았다. 어쩌면 라스타 황후는 그들보다는 죄가 덜할지도 모른다.

그러나 괘씸했다. 베어상회 회장은 나비에 황후와 몇 번 함께 식사한 적이 있었다. 솔직히 인간미가 있는 황후는 아니었다. 식사하는 내내, 그는 앞에 있는 사람이 예절 교본인지 살아 있기는 한 건지 떨떠름한 기분에 젖었다. 그렇지만 그는 나비에 황후가 싫지 않았다. 나비에 황후는 친절한 미소를 보이진 않았지만, 친절한 가면을 쓰고 있다가 뒤돌아 배신하지도 않았고, 부탁을 들어줄 것처럼 굴다가 뒤돌아 말을 바꾸지도 않았다. 그녀는 따뜻하고 포근한 사람은 아니지만, 신뢰할 수 있고 믿을 수 있는 사람이었다. 인자하고 자애로운 마음으로 가엾은 이들을 감싸주진 않았지만, 말만 다정한 이들보다 더욱 확실히 그들을 챙겼다.

라스타가 황후가 되었을 때, 그는 여러 가지로 복잡한 심정에 며칠을 우울하게 보냈다. 가난한 평민 출신의 황후가 나온 게 평민의 입장에서는 뿌듯했고, 그 황후의 온화한 마음 씀씀이를 들으며 탄복했다. 막대한 금액을 바로 후원금으로 풀었을 때는 정말 착한 사람이라고 감탄했다.

동시에 죄 없는 나비에 황후가 밀려나듯 사라져버리는 게 씁쓸했다. 나비에 황후가 새롭게 도입한 복지 정책에 감탄하며 기뻐하던 사람들이, 그 혜택이 당연해지자 처음의 기쁨을 잊고 새 황후에게 열광하는 게 착잡하게 여겨졌다.

하지만 베어상회 회장이 나비에 황후에게 가진 마음은 그게 다였다. 그는 나비에 황후를 위해 새로운 권력과 척을 질 마음은 없었다. 라스타가 새로운 황후가 되었지만 이전과 달라진 건 하나도 없었기에 더욱 그랬다. 그는 시대의 분위기에 자연스럽게 따라 흘러가고 순응했다. 이 흐름을 타서 더욱 자신의 상단을 넓히고 탄탄하게 하는 일만 생각했다. 그런데 감춰져 있던 어두운 진실을 제 손으로 들춰내버렸다. 회장은 허망하고 허탈한 기분이 급격히 몰려오자, 눈을 감고 의자 등받이에 몸을 푹 기댔다.

"그리 가셨구나……."

눈을 감고 허무한 기분으로 중얼거리자, 괜히 눈가가 시큰해졌다. 라스타 황후가 막대한 어음을 뿌린 건 그녀의 결혼식 날이었다. 그 결혼식에 나비에 황후도 초대됐었다. 라스타를 찬양하는 사람들이 전 황후는 참 염치도 없다고, 낯짝이 두껍다고 수군거리는 소리를 들었다. 그 정도는 아니라 생각했지만, 회장도 나비에 황후가 철면피란 생각은 했다. 전남편의 결혼식에 재혼한 남편과 참석하다니.

물론 국가 대 국가의 일로 별수 없긴 했겠지만, 그래도 아프다 둘러대고서 안 올 수도 있지 않나? 과연 재혼 황후가 되려면 좀 뻔뻔하긴 해야 하는구나, 하고 나비에 황후의 딱딱하던 모습을 떠올리며 생각했다.

그러나 처음부터 잘못된 생각이었다. 그의 오해였고, 그의 편견이었다. 회장은 라스타 황후가 자신의 돈을 뿌리며 사람들의 찬양을 받을 때, 나비에 황후가 어떤 마음이었을지 떠올리며 탄식했다. 억울했겠지. 화도 나고 슬펐을 것이다. 아무리 냉랭한 사람이라도 감정이 없는 건 아닐 터인데. 기가 막히고 어이가 없었을 텐데.

결혼 행진 때 사람들이 열광하던 라스타 황후의 모습이 떠올랐다. 싸늘한 침묵을 헤치고 그 뒤를 따라가던 나비에 황후의 모습이 떠올랐다.

"그리 가셨어……."

회장은 괜히 코가 찡해졌다. 얼마나 억울하고 얼마나 괴로웠을지, 그 갑갑한 마음이 짐작도 가지 않아서 새삼 미안해졌다. 나비에 황후를 아주 좋아하지 않았는데도 이런 마음이었다. 15분가량을 그렇게 훌쩍거리던 회장은, 문을 노크하는 소리에 뒤늦게 정신을 차렸다.

"회장님?"

두꺼운 서류를 들고 들어온 비서가 놀라서 눈가가 벌게진 회장에게 달려왔다.

"괜찮으십니까?"

괜찮다고 손을 저으며, 회장은 차가운 목소리로 지시했다.

"됐다. 됐으니, 그, 조앤슨이란 기자를 찾아 데려와라."

얼마 지나지 않아 조앤슨이 작고 두꺼운 수첩과 펜을 한 손에 든 채 찾아왔다. 베어상회의 회장이 자신을 부를 일이 있나, 생각하는 얼굴이었다. 평소라면 맞는 말이었을 것이다.

"어서 오게."

회장은 손가락으로 책상 너머의 의자를 가리켰다. 조앤슨은 떨떠름한 표정으로 회장과 의자를 번갈아 보다가 거기에 앉았다.

"절 찾으셨다 들었습니다."

"얼굴이 많이 상했군."

"바빴거든요."

"라스타 황후를 모욕하는 기삿거리를 찾아다니느라 바빴나?"

조용히 수첩을 펼치던 조앤슨의 손이 멈칫했다. 그는 종이를 만지작거리다가 픽 가볍게 웃고서 수첩을 덮었다. 하지만 들어 올린 시선은 흉흉하고 매서웠다.

"그러고 보니 회장님은 라스타 황후의 열렬한 지지자시던가? 무척 좋은 관계라 들었는데요."

그 표정을 보자마자 회장은 자기가 딱 적당한 사람을 찾아냈단 걸 알 수 있었다. 하지만…….

"좀 더 이성적으로 굴도록 하게."

어쩐 일인지, 조앤슨은 지금 굉장히 날이 서 있었다. 회장의 단호한 말에 조앤슨이 어이없다는 듯 고개를 기웃했다. 펜대를 쥔 손에 힘이 가해지는 게 멀리서도 보였다.

"만나자마자 적의부터 보이는 멍청한 기자라면 필요 없겠군. 상대가 적인지 아닌지조차 구분하지 못하는 기자라면 더더욱 쓸모없지. 나가게."

그 모습을 지켜보던 회장은 쌀쌀맞게 말하고서 책상에 붙은 종을 쳤다. 비서가 들어오자마자 회장은 "손님이 가신다는군." 하고 말했다. 그러고는 아예 조앤슨에겐 관심도 가지 않는다는 듯 옆으로 의자를 돌려 신문을 꺼냈다.

비서가 조앤슨의 팔을 당겼다.

"돌아가시지요."

사람을 불러놓고서는 저게 뭐 하는 짓인가? 조앤슨은 회장의 작태에 순간 어이가 없었다. 자기가 라스타 황후에 관해 나쁜 기사를 적는다고 뭐 가지고 놀기라도 하려는 건가? 코웃음을 친 조앤슨은 벌떡 일어나 비서를 따라 문밖으로 나갔다. 그러나 세 걸음 만에 도로 돌아와 의자에 앉아 사과했다.

"죄송합니다. 제가 생각이 짧았습니다."

회장의 말에 담겨 있던 묘한 뉘앙스를 이제야 파악한 것이었다. 적인지 아군인지 구분하지 못한다? 이 말을 사용하는 사람의 대다수는 적은 아니었다. 혹은 아군이 되고 싶단 사람이거나. 동생이 사라진 후, 온갖 부정적이고 격렬한 감정에 묻혀 있던 그의 이성이 찔끔 위로 솟아나 제 존재를 알려왔다. 딱 적당한 타이밍이었다.

"아주 멍청이는 아니야."

회장은 코웃음을 치고서 옆으로 향했던 의자를 도로 정면으로 돌렸다. 비서는 눈치 좋게 다시 문을 닫고 나갔다.

조앤슨은 덮었던 수첩을 도로 펼쳐서 무릎 위에 내려놓고 회장을 뜨거운 눈으로 바라보았다. 회장은 그를 라스타 황후의 단점 이야기로 떠보고, 그다음엔 적이 아니란 뉘앙스를 풍겼다. 회장이 하려는 이야기가 라스타 황후와 관련된 게 분명했다.

"라스타 황후가 결혼식 날 2,000만 크랑이나 되는 어음을 모두 후원금으로 사용하겠다고 해서 난리가 났지. 기억나나?"

역시. 회장의 입에선 라스타 황후의 이름이 나왔다. 조앤슨의 입꼬리가 뒤틀려 올라갔다.

"기억하지 못할 리가요. 제가 그 일을 가지고 일주일 내내 그 사람을 찬양해댔는데요. 그 사람이 지금까지 한 일 중 처음이자 마지막으로 대단한 일이었죠."

"그 어음, 누구 것인지 아는가."

조앤슨의 표정이 멈칫했다. 저런 질문을 한다는 건…….

"라스타 황후의 어음이 아니군요."

이어서 그 표정은 싸늘한 비웃음으로 변했다.

"황제가, 자기 아내의 위세라도 세워주고 싶었던 모양입니다?"

"유감이지만 황제 폐하의 어음은 줄어들지 않았네."

"……."

멀뚱히 눈을 깜빡이던 조앤슨은 뒤늦게 말을 이해하고는 소스라치게 놀라 벌떡 일어났다. 쾅 소리를 내며 의자가 뒤로 넘어갔다.

"설마……!"

"나비에 황후의 어음이었네."

"그런…… 그런 말도 안 되는!"

회장은 자신이 밤을 꼬박 새워가며 알아낸 일들을 이야기해주었다. 조앤슨은 손까지 덜덜 떨며 그 이야기를 다 듣고, 결혼식 날 나비에 황후 앞에서 라스타가 그 어음을 사용했단 이야기를 듣자 기가 막혀서 입을 다물지 못했다.

회장과 달리 조앤슨은 나비에 황후에게 아무 감정 자체가 없었다. 그는 나비에 황후가 일을 잘하는 건 신분제의 혜택을 보았기 때문이라 여겼고, 라스타가 정부로 나타났을 때도 사람들이 나비에 황후를 동정하는 걸 이해하지 못했다. 좋은 집에서 태어나 잘 먹고 잘 살며 권력의 정점을 찍은 나비에 황후. 가지지 못한 건 남편의 애정뿐. 당장 내일 먹고살 궁리를 해야 하는 이들이 나비에 황후를 걱정하는 게 어이없게만 여겨졌다.

그는 나비에 황후보다, 저 자리에 오르기까지 온갖 고생을 했을 정부 라스타 쪽이 더욱 가엾었다. 정부가 된 후에도 귀족들이 비웃고 황후는 냉대할 텐데, 나비에 황후가 가엾다고? 말도 안 된다 여겼다.

이후 이혼이란 약간의 고통을 겪긴 했지만, 나비에 황후는 결국 또 이웃 나라 왕과 재혼했다. 참, 뭔 복을 타고나서 저렇게 사람이 평온한 삶을 살아가나, 조앤슨은 그런 생각까지 했다.

그런데 라스타 황후가 생색을 내며 쓴 돈이 나비에 황후의 돈이었다고? 심지어 그 돈을 나비에 황후의 코앞에서 사용하며 사람들의 칭송을 받았다고? 조앤슨은 기가 막히고 어이가 없어서 입만 뻐끔거렸다. 그가 지금까지 상식으로만 알던 세상이 획 뒤집힌 것 같았다.

평민의 빛과 희망인 라스타 황후가 동생의 실종과 관련 있다는 데 놀란 만큼, 뼛속부터 귀족이라는 냉랭한 나비에 황후가 라스타 황후의 기행을 보면서 꾹 참고 있었다는 것도 놀라웠다.

"이건…… 이건 정말……."

회장은 차갑게 지시했다.

"이 일을 기사로 쓰게. 황실에서 어떤 보복이 있을지 모르니, 완전히 확정 짓지는 말되, 의문을 제기하는 정도로만."

나비에 황후의 아픈 마음을 떠올리며 잠시 허무한 기분에 젖었
지만, 회장은 철저하게 계산적인 사람이었다. 그가 조앤슨을 불러
이런 지시를 하는 건, 절대로 감정적인 결과가 아니었다. 신뢰. 그
가 라스타 황후에게 신뢰를 잃었기 때문이었고, 라스타 황후에게
닥칠 일들을 예감하고 발을 빼기로 했기 때문이었다.

"그리고 베어상회와 라스타 황후는 어떤 관계도 없단 걸 확실하
게 해줘. 선을 그어두란 말이야."

다음 날, 라스타는 일어나자마자 차가운 물을 한 잔 마셨다. 평
소보다 몸이 좀 더 무겁게 여겨졌다. 힘없이 의자에 앉아 있으려니,
하녀들이 머리를 빗겨주고 보드라운 천으로 얼굴을 씻겨주었다.
그들이 머리카락을 매만져주는 사이, 라스타는 다른 하녀가 건넨
신문을 들어 읽었다.

신문을 건네는 하녀의 표정이 아주 이상했지만, 라스타는 별생
각을 하지 않았다. 그냥 재밌는 소식이 있겠거니 여겼다. 잠시 후,
신문을 읽던 라스타의 손이 덜덜 떨렸다. 그 잔경련은 점점 몸 전
체로 번져갔다.

"황후 폐하?"

머리를 다듬던 하녀가 놀라서 몸을 숙였다. 라스타의 낯빛이 새
하얬다.

"황후 폐하!"

"배가…… 배가……."

라스타가 들고 있던 신문이 툭 바닥으로 떨어지며 펼쳐졌다. 하녀의 눈길이 황후의 어음에 대한 의혹을 제기한 기사로 향했다. 그녀는 잠시 눈을 커다랗게 떴지만, 라스타의 몸이 기우뚱하자 신문에서 시선을 떼고 라스타를 받아 들었다.

"으으…… 으아아아!"

라스타의 비명은 저 깊은 동굴 밑바닥에서 내지르는 듯했다. 그녀는 온 힘을 긁어모아 소리를 내뱉고서 완전히 무너지듯 쓰러졌다. 온 얼굴이 식은땀으로 축축했다.

"궁, 궁의를! 궁의를 불러와라!"

라스타가 그의 방에 오는 걸 또 거절하고 틀어박혔단 이야기에, 소비에슈는 차갑게 중얼거렸다.

"시도 때도 없이 아기를 방패로 삼는군."

순순히 올 거란 생각은 하지도 않았지만, 그래도 매번 같은 변명을 해대는 게 참 신기하기까지 했다. 차라리 변명이라도 좀 바꿔보는 성의는 없나?

비서가 소비에슈의 눈치를 살폈다.

"폐하께서 좀 더 강하게 말씀하시면……."

"되었다. 또 배가 아프다 해대면 곤란할 테니."

손을 저은 소비에슈는 협탁에서 작고 단단한 진주색 상자를 들어 뚜껑을 벗기고 새장 앞으로 다가갔다. 그걸 본 파랑새는 털을 고르다 말고 소비에슈의 앞으로 달려와 서둘러 입을 벌렸다. 소비에슈는 상자에 담긴 모이를 모이통에 조금 덜어주면서 새의 땜빵을 살폈다. 약간 그 부분의 숱이 적었지만, 그래도 이젠 제법 깃털이 다시 올라와 있었다.

소비에슈는 신이 나서 모이를 먹는 새를 물끄러미 바라보다가 쓸쓸하게 웃었다. 나비에에게 주려다가 튕겼던 이 새는 이젠 그의 소소한 평온이 되었다. 그리고 새가 점점 귀엽게 여겨질수록 그는 이 약한 새의 깃털을 뽑아버린 라스타에게 실망스러웠다. 이렇게 연약하고 여린 존재를 어떻게……

"나중에."

"예, 폐하."

"아기가 태어나면 유모에게 맡기는 게 낫겠지."

"예?"

"내가 없을 때 아기를 볼 사람이 필요하니까."

"아……"

"슬슬 육아 서적도 읽어둬야겠지."

"……"

"아기는 작으니까. 여리고."

비서는 소비에슈의 의식의 흐름을 따라가지 못하고 입을 다물었다. 폐하께서 아기를 보지 않을 땐 라스타 님이 돌보면 되지 않을까요? '내가 없을 땐 유모가 본다'는 건 그 외의 시간은 폐하께서 직접 보살피신단 건가요? 육아 서적을 읽으신다는 건 양육을 온전히 폐하께서 하시겠단 건가요? 여러 가지 질문이 거의 튀어 나갈 듯 목구멍까지 올라왔으나, 비서는 가까스로 참아냈다.

비서가 당황해할 만도 했다. 황족은 물론 귀족만 되어도 아기를 직접 키우진 않았다. 보통의 경우 아기들의 주 양육자는 보모였다. 하지만 만약 비서가 이 질문을 했더라도, 소비에슈는 개의치 않고 대답해주었을 것이다. 첫 번째 질문에는 '아니'로, 이후 질문에는 '그래'로.

"노예 문서는? 아직도 찾지 못했느냐?"

"송구합니다. 사람을 대거 풀어 찾는다면 쉽겠지만, 그럴 수 없다 보니 생각처럼 빨리빨리 일이 진행되지 못하고 있습니다, 폐하."

"최대한 빨리 구해야 한다. 최대한 빨리."

비서가 나가자 소비에슈는 새장에 손가락을 넣어 새를 한 번 쓰다듬어주고서, 자신의 침대로 돌아와 앉았다. 깍지 낀 손에 이마를 올린 채 그는 눈을 감고 초조한 기분을 눌렀다. 그가 르베티를 구한 건 그녀가 라스타가 저지른 죄의 증인이기 때문이지만, 로테슈 자작의 입을 막기 위해서이기도 했다. 그 외에도 노예 문서가 터질 경우를 대비해 몇 가지 방안을 마련해두었지만, 가장 좋은 건 문서를 먼저 찾아내 파기하는 것이었다. 그러나 조사 자체가 지지부진하다 보니 자꾸 안절부절못하게 되었다.

한참을 그렇게 있다가 소비에슈는 머리가 지끈거려와 침대에 잠시 누웠다. 그러나 두통이 가라앉기도 전에 예상치 못한 커다란 외침이 문밖에서 들려왔다.

"폐하, 황후 폐하께서, 황후 폐하께서 조산하신답니다!"

소비에슈는 몸을 번쩍 일으켰다. 조산이라고?

문을 열고 응접실로 나가자, 시종이 기뻐하는 건지 걱정하는 건지 알기 힘든 낯으로 서 있었다. 그 표정을 보자 소비에슈는 뒤늦게 상황을 이해했다.

"조산이라니!"

소비에슈는 서둘러 문을 열고 밖으로 나가 곧장 서궁으로 뛰어갔다.

두 번의 출산을 겪으며 라스타가 깨달은 건, 나쁜 환경에서 출산하든 좋은 환경에서 출산하든 아픈 건 똑같단 거였다. 배 안에 손을 넣어 가닥가닥 내장을 헤집는 통증에, 라스타는 비명을 지르며 허공을 휘저었다. 끝나지 않을 것 같은 고통은 몇 시간이 지나서야 차츰 가라앉았다. 식은땀에 온몸이 흠뻑 젖은 채, 그녀는 고통의 여파로 헐떡였다.

'아들이어야 하는데.'

온몸을 힘없이 늘어뜨린 상태로 그녀는 생각했다.

'아들이어야 돼.'

소비에슈와 사이가 각별하다면 아들이든 딸이든 상관없겠지만, 지금은 상황이 달랐다. 꼭 아들이어야 했다. 두 번의 기회는 오지 않을 터였다.

"황후 폐하, 황후 폐하! 참으로 예쁜 아기님이십니다!"

옆에서 베르디 자작 부인이 기뻐하며 불러댔으나, 라스타는 대답할 기운도 없어서 힘없이 고개만 옆으로 돌렸다. 눈꺼풀을 몇 번 깜빡이면서 흐릿한 초점을 찾으려 애썼다. 애매하던 초점이 맞춰지자, 베르디 자작 부인이 작은 무언가를 부드러운 천으로 감싸서 안고 있는 게 보였다.

아이가 으앵으앵 기운차게 울어대는 동안, 하녀들은 따뜻한 물과 수건을 대야에 받아 와 라스타의 얼굴과 목덜미를 닦아주었다.

"아기는?"

라스타는 힘없는 목소리로 베르디 자작 부인에게 물었다.

"아들이야?"

웃고 있던 베르디 자작 부인의 얼굴이 일순 굳었다 풀리는 걸, 라스타는 똑똑히 보았다.

"딸이구나."

라스타는 멍하니 중얼거렸다.

"딸이야."

다시 눈앞이 흐릿해졌다. 라스타는 눈을 끔뻑거리다가 입술을 깨물고 울먹였다. 안 되는데. 무조건 아들이어야 했는데. 깊은 절망감이 끈적한 늪처럼 그녀의 발목을 꾸물꾸물 타고 올라왔다. 라스타는 눈물을 흘리며 두 손으로 자신의 머리를 감쌌다.

"흐으……."

아기를 위해서도 자신을 위해서도, 무조건 아들이어야 했다. 그런데 딸이라니. 라스타는 막연한 불안감에 몸을 떨었다. 산고는 가라앉았으나 이번에는 마음이 아파왔다.

"황후 폐하. 아기님을 보세요."

베르디 자작 부인이 아기를 건네려 했지만, 라스타는 고개를 저으며 손을 저었다.

"나중에."

지금은 너무 실망스러워서 아기를 보고 싶지 않았다. 이럴 때 아기를 보았다가, 괜히 아기를 원망하게 될까 봐 겁이 났다.

"이따가 안을게."

아기가 다시 으앵으앵 울기 시작하자, 베르디 자작 부인은 약간 굽혔던 허리를 도로 폈다. 그러고 있자니, 하녀 한 명이 쪼르르 달려와 라스타에게 전했다.

"황후 폐하, 황제 폐하께서 방 안에 들어와도 좋은지 황후 폐하께 여쭈라 하였습니다."

"폐하께서 오셨어?"

"몇 시간째 계속 문 앞에서 기다리고 계셨어요."

라스타는 눈을 비비고서 베르디 자작 부인에게 팔을 벌렸다.

"아기를 줘. 폐하께도 들어오시라 전하고."

라스타의 품에 안기자 아기는 순식간에 조용해졌다. 작은 팔을 휘적거리면서, 누가 자신의 어머니인지 안다는 듯 손가락을 꼬물거렸다. 아기를 향한 벅찬 사랑과 거듭되는 실망감. 두 가지의 상반된 감정에 라스타는 다시 흐느꼈다.

"라스타?"

그사이, 방으로 들어온 소비에슈가 놀라서 라스타를 불렀다. 라스타는 애써 울음을 삼키고 소비에슈를 향해 처연하게 웃어 보였다.

"폐하, 정말 예쁜 아가예요."

소비에슈는 채신머리가 없을 정도로 급히 달려와 아기를 받아 안았다.

"예쁜…… 흐으. 예쁜 딸이에요."

소비에슈의 얼굴이 아기를 보자마자 환해졌지만, 라스타는 뿌예진 눈물을 닦느라 그걸 보지 못했다.

소비에슈는 아기를 소중히 감싸 안고서, 손을 어떻게 해야 할지 몰라 허둥거렸다. 아직 육아 서적도 못 읽었고 유모도 못 구했는데. 순식간에 덮친 일에 당혹스러웠다. 게다가 조산이기 때문일까. 개월 수가 많이 찼는데도 아기는 너무 작았다.

하지만 쭈글쭈글한 아기의 피부마저 너무나 사랑스럽게만 보여서, 소비에슈는 참지 못하고 눈물을 글썽였다. 이 아기를 지키기 위해서 그가 가장 사랑하던 여자와 헤어졌다. 이 아기를 위해서.

"폐하, 이렇게 드셔야 합니다."

그 모습을 걱정스레 바라보던 베르디 자작 부인이, 조심스럽게 아기 안는 자세를 고쳐주었다.

"이렇게? 이러면 되느냐?"

"예."

소비에슈는 아기를 고쳐 안고서, 커다란 손으로 작고 빨갛고 쪼글쪼글한 아기를 아주 조심스럽게 쓸었다.

"라스타가 아기를 낳았다고요? 벌써?"

소식이 전해진 건 그리 좋은 타이밍은 아니었다. 오빠가 상시천에 대한 일을 해결하고 돌아와서, 그 일을 축하하기 위해 가족들끼리 모였을 때니까.

아주 나쁜 타이밍이지.

소식이 전해지자 가족들의 얼굴이 제각기 다른 형태로 일그러졌다.

'급한 소식'이라며 라스타의 출산 소식을 가져온 비서는 나와 하인리의 눈치를 살피며 우물거렸다. 사실, 비서는 하인리에게 미리 경고하긴 했다. 동대제국에서 소식이 왔는데, 하인리가 따로 확인하는 게 낫겠다고. 하지만 하인리는 나와 부모님, 오빠 앞에서 당당한 모습을 보이고 싶었는지, 이 자리에서 듣겠다고 말했다.

결국, 오빠의 귀환을 축하하는 자리는 어영부영 흩어졌다.

"지금 낳은 거라면 조산이겠군?"

부모님과 오빠를 남겨두고 둘이서 빠져나오자, 하인리는 무거운 목소리로 비서에게 물었다.

"예. 공주라고 합니다."

비서는 이번엔 내 눈치를 살피며 대답했다. 나는 무표정을 유지한 채 아무렇지 않게 앞으로 앞으로 걷기만 했다.

"그…… 황제 폐하. 그리고 저…… 초대장이 왔습니다."

"초대장이라니?"

"첫 황손의 탄생을 축하하기 위한 연회랍니다."

"거기에 우리 부부를 초대한다고?"

"음. 초대장 말미에 '바쁜 일이 있다면 오지 않아도 섭섭해하지 않겠다'는 구문이 있긴 하였습니다."

반사적으로 입꼬리 끝이 뒤틀려 올라갔다. 초대할 때 '바쁘면 오지 마'라는 구절은 웬만해선 붙이지 않는다. 그런데도 굳이 그 말을 덧붙였단 건, 이거였다. 어쩔 수 없이 초대장은 보내겠지만, 오지 마. 하긴. 아기의 탄생을 축하해야 하는 날에, 나와 하인리가 나타나면 소비에슈도 당혹스럽겠지.

"아기를 조산하다니. 참 우습군요."

비서가 하인리의 눈치를 보며 물러가자, 하인리는 쌀쌀맞은 목소리로 코웃음 쳤다.

"그렇지 않습니까, 퀸?"

"무슨 뜻인가요?"

"레이디 니안이 조산한 일을 가지고서 마구 공격해댔지 않습니까. 그런데 본인도 조산하다니."

어디가 아프단 이야기도 없었고. 업무를 맡고 있지 않다 들었으니, 무리해서 일하다가 조산했을 것 같지도 않고…….

"안 좋은 일이 있나 보군요."

그 '안 좋은 일'이 무엇인지는 그로부터 네 시간이 지난 후 니안에게 들을 수 있었다.

"그 여자, 결혼식에 엄청난 금액의 후원금을 뿌렸다면서요? 그 돈이 황후 폐하의 돈일지도 모른단 의혹이 제기된 모양이더군요."

뜻밖에도 라스타가 조산할 만큼 큰 충격을 준 건, 내가 우리 부모님을 지키기 위해 들춰버린 어음 사건인 듯했다. 그 일만 가지고 조산을 했을 리는 없겠지만.

"고소한 일입니다. 그렇지 않나요, 황후 폐하?"

"그렇군요……."

어음 일을 찔러준 게 나란 걸 모르는 니안은, 이 일이 그저 통쾌한 듯 시원스레 웃었다.

하지만 나는 묘한 기분이 들었다. 의도한 게 아니지만, 내가 라스타에게 처음으로 상처를 준 셈이지 않나. 이걸 알게 되면 소비에슈는 어떻게 나오려나. 내가 황후이고 라스타가 정부일 때라면, 펄쩍 뛰면서 기겁했겠지. 하지만 지금은 그가 어떤 반응을 보일지 모르겠다.

"아기는 건강하다던가요?"

"조산이라지만 아주 이른 조산은 아니니까요. 좀 작긴 해도 건강한 모양이었습니다."

"소비에슈 폐하는 이제 원하는 모든 걸 이루었으니 아주 기뻐하겠군요."

소비에슈의 반응을 떠올리는 것만으로도 저절로 웃음이 난다. 기뻐서가 아니라 불쾌해서.

그 아기는 소비에슈에게는 날 쫓아내더라도 지키고 싶던 행복한 가정의 상징이지. 그리고 내게는, 잘못하면 내가 떠맡아버릴 뻔했던, 그리고 나를 완전히 밀어내버린 불화의 열매였다. 이제 막 태어난 아기가 무슨 잘못이 있겠냐마는, 그리 축하하는 마음은 들지 않왔다. ……소비에슈가 어련히 알아서 잘 기르겠지.

내가 그 일에 무심해져 가는 탓일까. 꽤 놀랍다면 놀라운 소식을 들었는데, 기분이 날뛰는 게 아니라 오히려 나른한 기분이 들며 잠이 쏟아졌다. 나는 잠시 멍한 기분으로 소파 팔걸이에 몸을 기댄 채, 니안과 다른 시녀들이 떠드는 이야기를 듣기만 했다. 그러다가 깜짝 잠이 들었나 보다. 꾸벅꾸벅 졸고 있다가 눈을 떠보니, 시녀들과 니안 모두 보이지 않았다.

"레이디 니안? 주베르 백작 부인? 로즈 양? 로라 양?"

어리둥절해서 소리 내어 그들을 하나하나 불러보다가, 내가 너무 오래 잠들어 있었단 걸 깨달았다. 내가 곤히 자니까 다들 깨우지 않고 나갔구나. 이곳에 온 후 너무 정신이 해이해진 모양이야. 황후로서 안 될 일인데. 자책하고 있자니, 빼꼼 열린 문틈으로 금색 꽁지 깃털이 보였다.

"퀸?"

하인리가 저기서 뭘 하는 거지? 나는 새의 이름을 부르며 몸을 일으켰다.

"퀸."

그러나 다정한 목소리를 내면서 그에게 다가갔는데, 문을 열어보니 퀸이 없었다.

"퀸?"

어리둥절해서 고개를 들자, 저만치 뒤뚱뒤뚱 바쁘게 도망가는 통통한 엉덩이가 보였다. 술래잡기하잔 건가?

날아가지 않고 뒤뚱거리며 뛰는 게 귀여워서, 일부러 느릿한 걸음으로 따라갔다. 그런데 이상하게도 하인리가 새의 몸을 한 채 복도로 나가는 게 아닌가.

"퀸?"

그 모습을 하고 밖으로 나가도 되나? 놀라서 달려가자, 퀸은 날개를 퍼덕이더니 자기도 더욱 빠르게 달려갔다. 그런데 그 걸음이 어찌나 빠른지 잡기가 힘들었다. 하지만 꼭 잡아야 한단 생각이 들었다. 어째서인진 모르겠지만, 퀸을 꽉 붙잡아야 할 것 같았다. 나는 치마를 들어 올리고서 그를 향해 같이 뛰었다. 긴 복도를 뛰고 둥근 계단을 내려간 퀸은 홀의 옥좌 앞에 와서야 멈춰 섰다.

"왜 여기까지 왔어요?"

드디어 그를 잡았다는 데 안심하면서, 나는 얼른 퀸을 들어 올렸다. 그러자 퀸이 걱정스럽게 끙끙거리며 옥좌를 날개로 가리켰다.

옥좌가 왜요? 물어보면서 퀸이 가리킨 방향을 보는 순간, 나도 놀라 뒷걸음질 쳤다. 어마어마하게 거대한 독수리가, 괴물 독수리가 옥좌를 꼭 끌어안은 채 눈을 부리부리하게 뜨고 있었다. 마치 이건 자기 것이라는 듯.

뭐야 저건? 지금 하인리의 옥좌를 탐내는 거야? 발끈해서 얼른 달려가 괴물 독수리의 엉덩이를 팡팡 때리자, 괴물 독수리는 마지 못해 옥좌를 놓더니 내 눈치를 살피다가 갑자기 덩치를 줄이기 시작했다. 눈 깜짝할 사이에 괴물 독수리는 퀸의 크기만큼 줄어들었고, 퀸보다 작아졌고, 나중에는 아주아주 작아졌다. 새끼만큼.

게다가 황금빛의 아름다운 깃털 역시도 보송보송하고 하얀 애기 털이 되어 있었다. 그게 귀여워서 안아 들자, 괴물 독수리는 삑삑

울더니 내 손바닥에 대고 얼굴을 문지르며 순한 척 굴기 시작했다.

앙큼한 내숭을 부리는 게 꼭 하인리 같구나…… 생각하는 순간.

"황후 폐하?"

니안의 목소리에 나는 눈을 뜨고 몸을 일으켰다.

"괜찮으세요?"

"아기 괴물은?"

"예?"

주위를 둘러보았다. 시녀들이 의자에 둘러앉은 채 다과를 먹고 있었다.

'어?'

참 이상한 일이었지. 그렇게 생생한 꿈이라니. 아직도 쫄래쫄래 뛰어가던 하인리의 꽁무니와 괴물 독수리의 생김새가 선명한데 그 게 꿈이라니.

니안은 내가 피곤한 모양이라고 바로 돌아갔고, 시녀들도 한숨 자고 일어나라며 내 방 침대에 잠자리를 봐주었다.

깜빡 잠들고 일어났는데도 나는 침대에 눕자마자 다시 바로 잠 들었다. 하지만 이번에는 괴물 독수리도 퀸도 등장하지 않았다. 아 니, 아예 꿈을 꾸지 않았다. 정신없이 자다 일어나보니 어느새 저녁 때였으니까. 신기한 건 그날 저녁, 같이 식사를 하며 하인리가 해준 이야기였다.

"낮에 일하다가 잠깐 졸았는데, 아주 이상한 악몽을 꿨어요."

"악몽이요?"

"음…… 제가 모으는 보석 컬렉션이 있는데요."

알고 있다. 이미 여러 번 자랑했잖아.

결혼 전에도 매번 보석 산출국이라며 자랑하기에 짐작하긴 했지만, 하인리는 보석을 정말로 많이 좋아한다. 그의 방과 보고에 가면 유명한 보석이 특징에 따라 종류별로 전시되어 있을 정도였다.

"보석을 닦으러 들어갔더니 그사이에 못 보던 알이 하나 생겼더라고요."

"알이요?"

"예. 녹색 섞인 황금색이었는데, 보석보다 더 예뻤습니다. 귀여워서 잘 닦고 보듬어주었더니 세상에. 거기서 새끼 새가 나오지 뭡니까."

새끼 새……?

"깃털도 부실하고 날개도 작고 좀 못생겼는데 귀엽더라고요. 그래서 품에 안고서 잘 다독여주었더니, 그 새가 이 보석을 먹이로 달라 저 보석을 먹이로 달라 칭얼거렸습니다. 무서운 건, 제가 또 달라는 대로 제 보석을 다 주고 있더라고요."

하인리는 생각만으로도 끔찍하게 여겨지는지 낯빛이 해쓱해져서 중얼거렸다.

"꿈속의 제가 미쳤나 봅니다. 어쨌든 보석을 먹여줬더니, 그 새가 쑥쑥 커서 순식간에 거대해졌습니다."

거대한 새……. 내 꿈속에서 본 그 괴물 독수리가 떠오른다. 기시감에 고개를 기웃하고 있자니, 하인리가 치를 떨며 말을 이었다.

"꿈이잖아요? 갑자기 장소가 바뀌었어요. 이번엔 그 거대해진 새가 제 옥좌를 감싸더니, 이것도 달라며 졸라대더군요. 얄미운데, 이상하게 혼을 낼 수도 없어서 얼른 퀸에게 도움을 청하러 왔습니다. 여기. 이 방에요."

기시감이 더욱 강하게 든다. 내 꿈이랑 좀 겹치는 것 같지 않나?

"퀸의 도움을 받아서 그 거대한 새를 옥좌에서 떼놓는 데 성공했습니다."

하인리는 고개를 절레절레 젓더니 심각한 표정으로 물었다.

"혹시 누군가 제게 역심을 품고 있단 예지몽이었을까요?"

"그건 모르겠지만…… 나도 비슷한 꿈을 꿨어요."

"어? 정말입니까?"

하인리에게 내 꿈 이야기를 들려주자, 그는 눈을 휘둥그렇게 떴다. 그가 듣기에도 우리의 꿈이 완전히 겹치는 건 아니지만 얼추 비슷하게 들리는 모양이었다. 그러다 갑자기 하인리가 표정을 단단하게 굳히기에, 나는 일부러 좋은 말로 그를 위로해주었다.

"이렇게 비슷한 꿈을 꾼 걸 보면, 우리가 정말로 마음이 통하는 부부가 됐나 봐요."

그가 이 꿈을 예지몽으로 여기고서 반란을 걱정할까 염려되어서였다. 물론 반란은 미리미리 대책을 세워야 하는 건 맞지만. 그래도 어느 정도 기미가 보일 때 염려해야지, 아직 그런 기미가 없는데도 그 생각만 하면서 온종일 걱정만 하고 지내면 괜히 정신만 피곤할 뿐이다.

"그러니 너무 걱정하지 말아요, 하인리. 나쁜 예지몽이 아닐 거예요."

그러나 걱정을 했던 게 아닌가? 하인리는 한 손으로 자기 뺨을 짚더니 입을 반쯤 벌렸다.

"아, 아닙니다, 퀸. 그래서 놀란 게 아니라……."

"그럼?"

"저기 다른 대륙이요. 먼 다른 대륙에, 부부가 같은 꿈을 꾸면 아기가 내려온 거란 미신이 있다던데요."

뭐? 그의 말에 절로 웃음이 터져 나왔다.

"말도 안 돼요."

"하지만 아기 독수리가 등장하다니. 의미심장하지 않습니까, 퀸?"

"그럴 리 없어요."

나는 고개를 저었다. 하인리가 눈을 반짝거리고 있어서 이렇게 단호히 부인하긴 미안하지만, 내 말이 맞을 터였다.

"이전까지 월경을 제대로 한걸요. 알잖아요?"

"슬슬 다음 월경 시기 아닙니까?"

그건 그렇지만…….

"배 속에 아기가 있더라도 이제 2주나 3주쯤 되었을 텐데. 그 정도 시기엔 아기가 있는지 없는지 정확히 알 수도 없잖아요."

임신인 줄 알고 일찍 연회를 했는데, 알고 보니 임신이 아니었던 사례가 적지 않다. 나는 그러고 싶지 않았다. 게다가 임신을 생각해 볼 뚜렷한 증세가 있지도 않은데 난데없이 임신이라니.

하지만 하인리는 여전히 긍정적이었다.

"그러면 맞을 수도 있는 거잖아요. 제 생각엔 맞는 것 같습니다, 퀸."

나는 또 고개를 저었다. 기대했다가 실망하는 건 사람을 더욱 괴롭게 한다. 설령 아기를 가진 게 맞더라도, 시간이 지나서 확실해진 다음에 알고 싶었다.

"퀸, 한번 진찰을 받아보는 거야 뭐 어때요?"

그러나 하인리는 웬일로 고집을 부렸다. 평소에는, 그러니까 밤에 침대 위에서가 아니라면 대부분 내 뜻을 그대로 따라주는 하인리답지 않았다.

내가 샐러드 소스를 묻힌 감자를 퍼석퍼석 깨물며 쳐다보자, 하인리가 몹시 미안해하는 얼굴로 사과했다.

"미안해요, 퀸. 하지만 퀸은 아침부터 밤까지, 가끔은 새벽부터 새벽까지 일하잖아요. 조금이라도 가능성이 있다면 미리 알고 조심하는 게 맞을 것 같아서요."

"할 일이 많아서 그래요."

"임신이 아니더라도 퀸, 그대는 좀 더 제대로 휴식해야 해요."

정기적으로 진료를 받아봐야 매번 같은 소리가 나오겠지. 동대제국에 있을 때도 궁의는 늘 내게 '제발 쉬세요'라고 말했다. 서대제국의 궁의라고 다를까? 아니. 이번에도 마찬가지겠지. 조금 다른 게 있다면, 하인리는 궁의가 그런 말을 하면 정말로 내 일거리들을 모조리 뺏어 갈 사람이란 거였지만. 실제로 그런 일이 있진 않았지만, 하인리가 내게 보이는 배려심을 보면 충분히 가능한 이야기였다.

"퀸."

하인리가 감미로운 목소리로 나를 부르며 손을 뻗었다.

"나비에. 응?"

혼나자마자 얼른 몸을 작게 만들더니 약한 척 손바닥에 뺨을 비비던 새끼 독수리가 떠올랐다.

"……알았어요."

내키지 않지만, 결국 마지못해 승낙하고 말았다.

"하지만 너무 기대하지 마요, 하인리."

다음 날, 아침 식사를 마치고 옷을 입자마자 하인리가 궁의를 불러왔다. 그나마 다행인 건 하인리가 궁의에게 '임신인지 봐달라'고 말을 하지 않았단 점이었다. 혹시 아닐 경우 내가 민망할 걸 배려한 것인지, 궁의는 자신이 그냥 '전체적인 내 몸 상태'를 진단하기 위해 불려 왔다고 생각하는 눈치였다.

궁의가 나를 진단하는 동안, 하인리는 초조하게 내 표정을 살폈다. 반면 나는 반쯤 멍한 기분으로 애써 다른 일을 떠올리려 노력했다. 화이트 몬드라든가, 화대륙에 도착했을 사절단이라든가, 그런 일들을.

마침내 전완부에 닿아 있던 궁의의 손이 떨어졌다. 내내 다른 일을 생각하려 했으면서, 그가 손을 떼자마자 나도 모르게 궁의의 입술로 눈길이 닿았다.

궁의가 천천히 입을 열었다.

"가까스로 얻은 아기님이 공주님이라니요……."

카를 후작이 힘없이 중얼거렸다. 그의 표정은 실망으로 가득했다. 본인도 그런 기색을 굳이 감추려 하지 않았다. 그냥 평범하게 태어난 공주라면 카를 후작도 몹시 기꺼워했을 것이다. 하지만 이 공주는 뛰어난 황후를 버리고 얻은 황손이었다. 자연스럽게 태어날 황손에 대해 기대감이 높아질 수밖에 없었다. 그렇지 않으면 동대제국의 입장에서는 손해일 뿐이니까. 그런데 황자라도, 그냥 황자가 아니라 아주 영특하고 영민한 황자여야 본전치기인 판에 공주라니.

아기의 외모는 참으로 어여뻤다. 머리카락은 연하고 눈동자는 새까맣고, 이목구비는 벌써부터 오밀조밀 또렷했다. 갓 태어났을 때는 쪼글쪼글했지만 하루 만에 붉던 피부는 뽀얗게 고와졌다. 라스타를 쏙 빼닮은 아기는 카를 후작이 본 아기 중 가장 사랑스러운 생김새였다. 그러나 지금 소비에슈에게 필요한 건 예쁜 아기가 아니라, 건강하고 영민한 후계자였다. 아기에겐 미안하지만, 카를 후작으로선 못마땅할 수밖에 없었다.

"폐하. 라스타 님에게서 둘째를 보실 건지요?"

결국 카를 후작은 직설적으로 소비에슈에게 물었다. 황제의 최측근인 그는, 소비에슈가 내내 라스타의 약점이 될 일들을 모아온 걸 알고 있었다. 당연히 둘째를 라스타에게서 볼 일도 없다 생각했다. 하지만 혹시나 싶어 물어보는 것이었다. 소비에슈가 아기를 안은 채 고개를 젓자, 카를 후작이 초조한 목소리로 말했다.

"허면 폐하, 라스타 님과 빨리 이혼하시고 이번에는 제대로 된 가문의 훌륭한 영애를 맞이해 황자님을 보셔야 합니다."

이미 생겨난 아기를 어찌할 수는 없으니 라스타와 결혼했지만, 그 어쩔 수 없이 생긴 아기는 이미 태어났다. 둘째를 낳아야 한다면 여러모로 처지가 난처한 라스타를 굳이 또 선택할 필요는 없지 않나, 하는 게 카를 후작의 생각이었다.

"라스타 님을 폐하셔도, 황후일 때 태어난 분이니 공주님은 계속 공주님이지 않으십니까."

아기가 칭얼거리며 손을 뻗어 소비에슈의 턱이며 뺨을 꼼지락거렸다. 가만히 카를 후작의 이야기를 듣고 있던 소비에슈는, 무거운 얼굴로 고개를 저었다.

"새 황후가 들어오면 이 아이 입장이 난처해지지 않느냐."

"설마 라스타 님을 계속 황후로 두실 생각이십니까?"

"그럴 리가. 라스타와는 이혼할 생각이다. 빠른 이혼이 되지 않는다면 좀 더…… 거친 방법을 써야겠지만."

"그러면 황자님은요?"

황자님은 누가 낳는단 말입니까? 카를 후작은 입을 뻐끔거리다가 "설마" 하고 눈을 커다랗게 떴다.

"폐하, 아직도 나비에 님이 돌아오길 기다리십니까?"

"나비에가 돌아오면 좋겠지. 하지만 나비에가 돌아오는 게 아니라도 다음 황후는 들이지 않을 거다."

카를 후작은 당황스러워졌다. 라스타는 폐할 거고. 다음 황후는 들이지 않을 거고. 그러면 황자는? 후계자는?

소비에슈는 카를 후작의 생각이 훤히 눈에 보인다는 듯 그를 가는 눈으로 쳐다보다가, 다시 자신의 딸을 보듬어 안고서 말했다.

"중요한 건 이 아기가 내 피를 이었단 거지, 딸인지 아들인지가 아니지."

"예?"

"난 이 아기를 내 후계자로 기를 거다, 카를 후작."

카를 후작은 잠시 멍하니 눈을 끔뻑였다. 그는 뒤늦게 화들짝 놀라 외쳤다.

"폐하! 동대제국엔 여자 황제가 없었습니다! 황제가 될 수 있는 건 황후 소생의 황자뿐입니다!"

카를 후작은 경악해서 입을 다물지 못했다. 실제적으로 통치를 한 게 황후나 태후인 적은 있지만, 그래도 명목상의 황제는 모두 다 황후 소생의 황자였다. 그런데 공주를 후계자로 삼을 거라니!

"그건 역사도 법도 아닙니다, 폐하!"

"이 아이가 최초의 여자 황제가 되면 거기서부터 역사가 시작되겠지. 황자만 후계자가 되어야 한단 건 애초에 법도 아니고, 관습일 뿐이잖아?"

딱 잘라 되물은 소비에슈는 아기를 소중히 끌어안고서, 꿀물 같은 시선으로 딸을 바라보았다.

"공주의 이름은 글로리엠이라 하겠다. 세상의 모든 영광이 이 아기를 향하도록."

카를 후작은 다리에 힘이 빠져서 비틀비틀 의자에 앉았다.

"하지만 반발이……."

"당연히 다짜고짜 당장 진행하진 않을 거다. 때가 될 때까진 공개하지도 않을 거고. 천천히 준비를 해나가야지."

소비에슈는 딱 잘라 말하고서 아이의 눈을 가만히 들여다보았다. 이미 그의 머릿속으로 몇십 가지의 방법들이 줄줄이 떠오르고 있었다.

아이는 똑똑할 거고, 최고의 선생이 붙어 더욱 영리해질 거다. 일찍부터 정무와 실무를 가르쳐 모든 준비를 시켜두어야지. 황후가 없으면 이 아이가 사교계를 주관해야 할 테니, 일찍부터 인맥을 쌓기도 좋을 테고.

마법사. 그래, 우선 마법사들이 줄어드는 현상부터 빨리 해결해야 한다. 동대제국 황제의 권력은 마법사들에게서 나온다. 고리타분한 귀족들의 반발을 수월하게 누르려면 마법사들의 힘을 재정비해 꽉 틀어쥐어야 했다. 군대 역시도 제대로 통솔해야 하고…….

"할 일이 많구나, 아가야."

아기가 꾸룩거리는 이상한 소리를 내면서 작은 손을 허공을 향해 펼쳤다.

"네 손에 세상을 쥐여주마."

소비에슈는 그 작은 손에 자신의 손가락을 쥐여주며 속삭였다.

"건강하고 똑똑하게 자라거라."

알겠다는 듯, 자신만 믿으라는 듯 아기는 소비에슈의 손가락을 꼭 쥐었다.

카를 후작은 여전히 놀란 가슴을 진정시키지 못한 채, 그 모습을 멍하니 바라보다가 깊은 한숨을 내쉬었다. 하긴. 시대는 바뀌는 법이고 역사는 시작점이 있는 법이다. 아기가 나비에 황후 정도로만 영리하게 자라준다면, 충분히 가능한 일이긴 했다. 동대제국에 여자 황제가 없을 뿐, 다른 몇몇 나라들은 이미 여자 왕이 나오기도 했으니.

"허면 폐하. 라스타 님에게는 이 일을 말씀하실 겁니까? 공주님을 후계자로 만들 거란 이야기요."

소비에슈는 인상을 찡그리더니 당연하다는 투로 말했다.

"절대 알리지 마라."

라스타가 몸을 좀 회복하자, 황제의 첫아기 탄생을 축하하는 연회가 3일 밤낮에 걸쳐 열렸다. 라스타가 회복하는 사이 미리 초대장을 받았던 수많은 귀족과 외국의 귀빈들은, 마차 가득 선물을 들고 모여들었다. 그들은 아름답기로 소문난 황제와 황후 사이에서 태어난 아기를 보고 싶어 신이 났다.

연회장에 도착한 손님들은 소문 속 글로리엠 공주를 보고 몹시 감탄했다. 라스타를 쏙 빼닮은 공주는 작은 요정처럼 사랑스러웠다. 달수를 못 채우고 태어난 탓인지 작고 연약해 보였지만, 건강에

해가 갈 정도는 아닌 듯했다.

"참으로 어여쁜 아기님이십니다."

"벌써부터 이렇게 사랑스러우시니, 폐하께서 몹시 기쁘시겠습니다."

"이토록 영민해 보이는 공주님은 뵌 적이 없습니다, 폐하!"

손님들이 입을 모아 소비에슈에게 칭찬을 늘어놓았다.

소비에슈는 새끼를 자랑하는 수달처럼 아기를 품에 안은 채 떼어놓질 않았고, 무뚝뚝하던 황제의 그런 태도는, 보는 사람들로 하여금 저절로 웃음 짓게 했다.

라스타는 그 행복한 광경을 바라보며 생각했다. 지금 괴로운 건 자신뿐인 것 같다고. 그녀는 푹신한 의자에 몸을 뉘인 채, 소비에슈가 안고 다니는 딸을 멍하니 바라보았다.

세 번. 공주가 태어난 후, 그녀가 아기를 만나본 횟수였다.

뒤에서 누군가 "어흠…… 어흠!" 하고 헛기침하는 소리가 들려왔다. 이어서 자기들끼리 낄낄거리면서 비웃는 소리도. 어음 사건을 가지고 그녀를 비웃고 놀려대는 소리였다. 라스타는 아직 부기가 다 가라앉지 않은 배 위에 손을 올리고 입술을 악물었다.

소비에슈가 아기를 예뻐하자 슬슬 라스타의 눈치를 보던 궁정인들은, 소비에슈가 아기만 예뻐하자 태도를 달리하기 시작했다. 소비에슈가 심지어 라스타가 아기를 제대로 만나지도 못하게 하자, 사람들은 어음 사건으로 화가 난 소비에슈가 일부러 라스타와 아기를 떼어놓는다 여겼다.

라스타가 보기에도 그랬다. 몸을 치료하라며 수많은 궁의와 보살필 사람들을 보내주었지만, 소비에슈의 태도에서 명백한 벽을 느낄 수 있었다. 그 벽 안에 라스타 그녀는 없었다. 그녀가 낳고 뺏긴 아기와 소비에슈만이 있을 뿐.

19

라스타의 절망

"아무래도…… 그렇겠지요?"

"저 정도로…… 잖아요."

"……하니까."

"하긴, 몰락 귀족 출신의 평민이……."

소곤거리는 목소리가 거슬렸다. 라스타는 천천히 걷다 말고 소리가 들려온 쪽을 노려보았다. 자기들끼리 저딴 말을 수군거릴 거면 들리게 하지나 말든가! 들릴 듯 말 듯한 목소리로 키득거리며 비웃어대는 게 몹시 짜증 났다. 하지만 라스타는 지금 자신이 서 있는 바로 이 위치에서, 한때는 나비에가 저런 수군거림을 들었단 걸 알지 못했다. 라스타의 뒤에 선 하녀들도 알지 못했다. 이 사실을 아는 건 창백해진 표정의 베르디 자작 부인뿐이었다.

베르디 자작 부인은 문득 겹쳐 보이는 작년의 일을 떠올리며 쓸쓸하게 말했다.

"황후 폐하. 신경 쓰지 마세요. 함부로 떠들어대는 소리는 신경 쓰는 게 손해입니다."

"들리는데 어떻게 신경 쓰지 않겠어."

라스타는 차갑게 쏘아붙였지만, 표정은 거의 울기 직전이었다.

'왜 이렇게 된 거지?'

아기가 태어났을 뿐인데, 세상이 바뀌어버렸다. 궁정인들은 더욱 밝고 활기차졌는데, 그녀의 세상만이 갑자기 어두워졌다.

아기의 탄생을 축하하는 파티 날, 그녀는 주인공이 아니었다. 아기는 사람들의 온갖 칭송을 들었고 소비에슈는 온갖 축하를 받았는데, 아기를 세상에 태어나게 해준 그녀는 놀림거리가 되었다. 이게 가능하기나 한 일인가? 그 아기는 그녀가 몇 개월이나 힘들게 지키고 보살펴온 아기였다. 그녀가 만든 그녀의 분신이나 다름없었다. 그런데 어째서⋯⋯?

"다음 대 황후는 누가 될 것 같나요?"

"폐하의 또래 영애들은 대부분 결혼을 해서⋯⋯."

"그러면 로라 양 또래 영애들이 후보가 되려나요?"

"에벨리 양이 황후가 될 가능성도 있지 않습니까?"

"설마 폐하께서 두 번이나 평민을 황후로 받아들이시려고요."

"하긴. 평민들은 똑똑해도 염치가 없는 것 같았어요. 지금 황후 폐하를 봐요. 남의 어음을 가지고 세상에⋯⋯ 뻔뻔하기도 하지."

"서즈 공주도 아직 미혼 아니던가요?"

소리가 들려오는 쪽으로 다가간 라스타는, 그들이 다음 황후 이야기를 벌써부터 하고 있자 충격을 받아 멈춰 섰다.

저들이 정말, 자신이 무슨 말실수를 해도 귀엽다 사랑스럽다 해주던 이들과 동일인일까? 어음 사건이 있긴 했지만, 오롯이 그 때문에 저들의 태도가 바뀐 건 아니었다. 소비에슈의 냉대도 원인이겠지만, 오롯이 그 때문에 저들의 태도가 바뀐 것도 아니었다. 그전부터도 저렇게 무시하는 기미는 있었다. 그녀가 황후가 되었을 때부터.

그녀가 정부일 때에는 모든 실수를 관대하고 너그럽게 보아주던 귀족들은, 그녀가 위로 올라가자마자 갑자기 사사건건 모든 일을 까칠하게 평가하기 시작했다. 그녀가 황후가 되었단 것만으로도 끔찍하단 것처럼, 일단 모든 행동을 다 꼬투리 잡고 뜯어댔다. 그래. 저들은 원래도 저랬다. 단지 이전에는 은밀하게 저랬고, 지금은 대놓고 저런단 차이가 있을 뿐.

라스타는 그들에게 달려가 한 소리를 퍼부을지 말지 고민하다가, 힘없이 왔던 길을 되돌아갔다. 저들이 무서워서가 아니었다. 소란을 피웠다가, 소비에슈가 조금이나마 남은 정을 거둬 가는 게 두려워서였다. 약속된 황후의 시간은 1년. 황자를 낳았다면 기간을 늘릴 수 있었겠지만, 지금은 그조차 불가능하다. 쫓겨나지 않을 방안을 찾을 때까지는 최대한 조용히 지내야 했다.

랑트 남작은 계단을 내려오다가, 창문을 통해 이 모습을 보고는 쯧쯧쯧 혀를 찼다. 먼발치에 있는지라 소리는 제대로 들리지 않았지만, 상황을 파악하는 건 전혀 어렵지 않았다. 보나 마나 궁정인들이 떠도는 소문을 제멋대로 지껄여댔을 거고, 라스타는 산책을 하다가 그 이야기를 들었을 것이다. 안색이 파래져서 떠나는 걸 보니, 아주 악질적인 이야기들을 떠들고 있던 게 분명했다.

'주위가 죄다 하녀들뿐이니 나서는 사람도 없군.'

주위에 있던 게 시녀라면, 저런 모욕적인 이야기를 들으면 바로 팔을 걷어붙이고 나섰을 것이다. 하녀보다 시녀들이 더 정의감이 투철해서가 아니라, 시녀들에겐 그럴 만한 힘과 무시당하지 않을 권력이 있기 때문이었다. 하지만 하녀들은 달랐다. 아무리 황후에게 소속된 하녀들이라 해도 그녀들은 모두 평민이었다. 하녀들이 귀족들의 뒷담화에 끼어들어 화를 내는 건, 간을 배 밖에 꺼내놓지 않는 이상 불가능했다.

랑트 남작은 들고 있던 서류를 비서실에 전달하자마자 바로 소비에슈를 찾았다.

"폐하. 긴히 드릴 말씀이 있습니다."

"급한 건인가?"

"황후 폐하에 대한 일입니다."

"급한 건 아닌 모양이군. 나중에."

그러나 소비에슈는 랑트 남작에게 바로 이야기할 기회조차 주지 않았다. 그의 덤덤한 지시에 랑트 남작은 괜히 자기가 다 서운해졌다. 예전에는 안 저러셨는데. 물론 실제로도 바빠 보이긴 했지만, 소비에슈는 원래 라스타에 대한 일이라면 만사를 제쳐놓고 바로 들어주지 않았던가.

결국, 랑트 남작은 두어 시간을 기다린 후에야 자신의 용건을 고할 수 있었다.

"폐하. 황후 폐하를 좀 더 신경 써주셔야 할 것 같습니다."

소비에슈는 피로에 지친 눈가를 누르다가 인상을 찌푸렸다.

"신경이라면 지금도 충분히 써주고 있을 텐데. 최고의 의료진을 붙여두었고, 스물네 시간 내내 간병할 사람도 붙여두었다. 산모에게 좋다는 음식이며 물건은 모조리 구해서 보냈고, 여러 가지 선물들을 방 안 한가득 채웠어. 도대체 뭘 더 하란 거지?"

물질적으로야 확실히 풍요롭게 공급하긴 했다. 하지만 아무리 보석이며 좋은 음식을 바리바리 보내도, 소비에슈가 얼굴 한 번 비추지 않으면 효과가 뚝 떨어지는 법이다. 게다가 결정적인 건…….

"공주님을 전혀 보여주지 않고 계시잖습니까……."

랑트 남작이 힘없이 중얼거리며 힐긋 옆을 보았다. 그곳엔 딱딱한 집무실과 어울리지 않는 귀여운 아기 요람이 있었다. 요람 안에서 잠들어 있는 사람이 누군지는 보지 않아도 뻔했다. 소비에슈가 일을 하다가 시시때때로 아기를 살핀다는 건 이미 궁전 안 모두가 아는 일이었다.

그러나 랑트 남작이 애처롭게 아기를 보아도 소비에슈는 넘어가기는커녕 오히려 기가 막힌단 듯 헛웃음을 뱉었다.

"랑트 남작. 조그맣고 연약한 새, 그것도 새장 안에 들어서 해도 끼치지 못할 새의 깃털을 제멋대로 뽑아버리고 그걸 나비에의 짓이라 탓한 라스타가, 과연 자기 아기는 잘 돌볼 것 같으냐?"

"새와 아기는 다르지 않습니까, 폐하. 사냥을 잘한다고 해서 흉악한 사람이 아닌 것처럼요."

"하나를 보면 열을 안다고 했지. 게다가 어차피 정을 떼야 하는데, 계속 만나봤자 미련만 생길 뿐이다."

그러나 단호한 말과 달리, 소비에슈는 첫째 아기의 머리카락을 소중히 간직하고 있던 라스타를 떠올렸다.

"폐하, 공주님을 위해서도 황후 폐하와 만날 수 있게 해주십시오. 공주님도 어머니 품을 그리워하실 겁니다."

결국, 소비에슈는 오래 생각한 끝에 저녁 무렵 아기를 라스타에게 보냈다. 생각해보니 첫째와 둘째 모두 생이별을 해야 하는 게 안됐다 싶기도 했고, 공주를 위해서도 그게 나을 거란 생각에서였다.

베르디 자작 부인은 황제의 시종이 공주를 데려오자, 기뻐하며 얼른 안아 들었다. 원해서 라스타의 곁에 있게 된 건 아니었으나, 어쨌든 그녀는 라스타가 임신했을 때부터 늘 곁을 지켜왔다. 출산 때도 곁을 지켰던 터라, 그녀는 자기도 모르는 새 아기에게 정이 들었다. 그 탓에 소비에슈가 아기를 데려가 얼굴도 보여주지 않자 몹시 속상했는데. 이렇게 다시 안게 되니 몹시 기뻤다.

"어쩜 이리 조용하고 어여쁘실까."

베르디 자작 부인은 아기를 안고 어르며 입이 찢어져라 좋아하다가, 얼른 침실에 누워 있는 라스타에게 다가가 아기를 보였다.

"황후 폐하, 공주님입니다. 폐하께서 공주님을 보내주셨습니다."

"우리 아기야?"

라스타는 바로 벌떡 일어났다. 그늘져 있던 얼굴도 대번에 환해졌다. 그러나 막상 아기를 받진 못하고 주먹을 쥐었다 펴기만 반복했다. 그러고는 초조하게 울상을 지었다 웃었다 다시 울상을 지었다. 아기가 너무 사랑스럽지만, 이 아기 때문에 자신의 처지가 순식간에 고꾸라졌단 걸 떠올리자 괴로워졌기 때문이다.

"황후 폐하, 공주님을 안아보셔요."

보다 못한 베르디 자작 부인이 공주를 직접 안겨주려 했지만, 라스타는 머뭇거리기만 할 뿐 여전히 안아 들지 않았다. 그러나 애매한 자세가 불편해진 공주가 으애앵 울기 시작하자, 라스타는 자기도 모르게 손을 뻗어 황급히 아기를 끌어안고 보듬었다.

"아가 미안해. 아가, 엄마가 미안해."

라스타는 아기의 등을 토닥거리면서 얼른 아기를 얼렀다. 아기는 작고 따뜻했다. 조그만 몸뚱이가 품 안에서 꼬물거리자, 라스타는 가슴에서 무언가가 훅 부풀어 오르는 감정을 느꼈다. 두 번의 출산을 겪었지만 실제로 아기를 안아보는 건 이번이 처음이었다. 그래서인가. 무척 묘하고 이상한 기분이었다. 그러나 기분 좋은 이상함이었다.

"꿈틀거려."

라스타가 중얼거리자, 아기가 라스타를 바라보며 눈물로 가득한 두 눈을 깜빡거렸다. 그 순간, 라스타는 깨달았다. 나는 이 아이를 절대로 원망할 수 없겠구나. 그녀는 이미 딸을 사랑하고 있었다. 이 사실을 자각하자, 아까의 허무하고 약한 마음이 사라졌다. 아기를 지켜야겠단 각오가 들었다.

'그래. 내가 힘을 내야 해.'

넋 놓고 있을 때가 아니었다. 이대로 있다가 자신이 황후 자리에서 쫓겨나면, 이 아이는 다른 여자 밑에서 자라게 된다. 이번에는 좋은 집안의 똑똑하고 영리한 영애가 황후가 될 텐데. 자신이란 흠을 가진 아기가 그 밑에서 얼마나 눈칫밥을 먹게 될지 눈에 선했다.

새로운 황후가 아무리 천사처럼 착하다 한들, 그 황후의 아이와 자신의 아이는 계속 비교되며 성장할 테고, 그 황후의 외가에서는 첫째 황녀를 못마땅하게 여길 것이다. 아니면 측근들이라도. 무시를 받더라도 자신이 황후 자리를 지키고 있어야만 했다. 그래야만 아기를 지킬 수 있었다.

그 순간, 공주가 울음을 뚝 그쳤다. 어머니의 품이 좋아서였는지, 아니면 자세가 안정되어서였는지는 모른다. 그러나 공주가 울음을 그치고 얌전해지자, 온몸으로 느껴지던 아기의 박동 어린 생명력이 금세 사그라들었다.

아기가 무거운 머리를 감당하지 못하고 머리를 기우뚱하면서 몸이 축 늘어졌다. 라스타는 당황해서 머리를 늘어뜨린 아기를 내려다보았다. 품 안에서 느껴지는 감각이, 죽은 갓난아기를 끌어안던 과거의 감각을 되살렸다. 그 생각을 하자마자 머리부터 발끝까지 번개처럼 치고 내려가는 오싹한 공포에, 라스타는 아악 비명을 지르며 아기를 집어 던졌다.

"저리 가! 가라고!"

아기를 던진 라스타는 두 손으로 자기 머리를 잡고서 몸을 떨었다. 손에 시체 냄새가 밴 것 같았다. 그녀는 황급히 두 팔을 마구잡이로 무릎이며 이불에 닦아냈다.

"공주님!"

베르디 자작 부인은 경악해서 황급히 아기를 안았다. 바닥에 팽개쳐진 아기는 미친 듯이 울어 젖혔고, 라스타는 그제야 손을 내리더니 멍한 시선을 보내며 물었다.

"사, 살아 있어?"

베르디 자작 부인의 머릿속에 '보면 안 될 것'을 본 후 혀가 잘려 감옥에 갇힌 델리스와, 말실수했던 이유로 아버지가 사형당할 뻔한 하녀가 떠올랐다. 그리고 아기를 집어 던지던 라스타의 모습까지.

베르디 자작 부인은 마른침을 꿀꺽 삼켰다.

"살아 있어?"

라스타가 다시 물었다. 그 목소리가 쇠를 긁는 것처럼 들렸다. 눈동자의 초점도 평소와 달랐다. 베르디 자작 부인은 이후 일어날 일을 알아차렸다. 지금은 어째서인지 라스타가 넋을 놓고 있지만, 곧 정신을 차리면 '봐선 안 될' 장면을 본 그녀를 죽이려 들 것이다. 그녀는 뒤로 주춤 물러나며 아기를 꼭 끌어안았다.

"자작 부인? 내가 묻잖아? 살아 있어?"

라스타가 다시 멍하게 묻자, 베르디 자작 부인은 턱 막힌 입을 가까스로 열어 목소리를 끄집어냈다.

"아기가…… 놀란 모양입니다. 잠시, 만요. 살펴보겠습니다."

라스타를 자극하지 않기 위해 조용히 말한 그녀는, 뒷걸음질 쳐서 서둘러 침실을 빠져나왔다. 그러고는 응접실을 나가 복도를 그대로 내달렸다. 당장에라도 라스타의 명령을 받은 기사와 하녀들이 그녀를 쫓아올까 봐 겁이 났지만, 자작 부인은 필사적으로 아기를 안고 동궁으로 달렸다.

한발 늦게 죽은 아기의 충격에서 벗어난 라스타는, 베르디 자작 부인이 아기를 안고 어딘가로 가버렸단 걸 알아차렸다. 자신이 아기를 집어 던지는 걸 베르디 자작 부인이 봐버렸단 것도.

'안 돼!'

"자작 부인은?"

라스타는 복도로 나가 황급히 기사에게 물었다.

"자작 부인이 내 아기를 데리고 어디로 갔어?"

기사는 어리둥절한 얼굴로 대답했다.

"아기를 안고 급히 달려갔습니다."

라스타는 낯빛이 하얘져서 명령했다.

"그년을 잡아! 당장! 그년이 내 아기를 납치했어!"

기사들은 잠시 놀라서 서로를 눈짓했다. 황후의 하나뿐인 시녀가 궁 안에서 공주를 납치할 일이 없다 여겨진 탓이다. 하지만 핏대가 선 라스타의 눈동자며 새하얀 얼굴이, 이 상황이 장난이 아니란 걸 느끼게 했다. 기사들은 서둘러 복도를 뛰어갔다. 그러나 이미 베르디 자작 부인은 동궁에 도착해 있었다. 헉헉거리며 달려온 그녀를, 근위기사들이 달려와 부축했다.

"무슨 일이십니까?"

"폐, 폐하를, 폐하를 뵈어야 합니다."

베르디 자작 부인이 필사적으로 부탁했다. 그 표정이 완전히 공포에 질려 있어서, 기사들은 무슨 일인지 먼저 말하라 요구하는 대신 소비에슈에게 그녀를 데려다주었다. 소비에슈는 베르디 자작 부인이 공주를 안고 왔단 이야기에, 그녀를 응접실로 들여보내주었다.

베르디 자작 부인은 소비에슈를 보자마자 무릎을 꿇고서 외쳤다.

"폐하, 황후 폐하께서 공주님을 바닥에 집어 던지셨습니다! 공주님을 지켜주세요!"

"이, 임신, 임신하셨습니다!"

입을 연 속도는 느렸지만 튀어나온 말은 빨랐다. 너무 빠른 말을 주체하지 못한 궁의는 몇 번이나 같은 단어를 반복했다. 그러다가 자기가 한 말에 자기가 놀라 펄쩍 뛰더니, 눈을 댕그랗게 뜨고 나를 쳐다보았다.

"황후 폐하! 세상에! 세상에! 아이고 세상에!"

나는 그런 궁의를 오히려 이상하게 쳐다보았다. 아무 생각도 들지 않았다. 아무 생각도. 그야말로 머리가 텅 비어버린 것처럼, 떠오르는 게 없었다. 멍하니 그를 보고 있으려니, 궁의가 헛기침을 하고서 어색하게 웃었다.

"침착하시군요. 과연 황후 폐하이십니다."

하인리를 보았다. 하인리는 한 손을 주먹을 꼭 쥐고, 다른 한 손으론 자기 입가를 가리고 있었다. 꽉 쥔 주먹이 부들부들 떨리는 게 보였다. 고장이라도 난 듯 그대로 있던 하인리는, 내 쪽을 갑자기 획 돌아보더니 눈가가 그렁그렁해졌다. 입을 가리고 있던 손을 치우자, 그가 입술을 꽉 깨물고 있는 게 보였다.

"퀸."

하인리는 떨리는 목소리로 날 부르며 두 팔을 뻗어 꽉 끌어안
았다.

"확실한 건가요? 오진일 확률이 높지 않던가요?"

그러나 내가 단호하게 궁의에게 묻자, 하인리의 팔에서 힘이 스
르르 빠졌다. 그는 민망한지 내 몸에 팔을 두른 채 꿈지럭거리다가
슬금슬금 팔을 내렸다. 혼란스러운 표정으로 나와 하인리를 번갈
아 살피던 궁의가, 내 질문에 얼른 대답했다.

"물론 이 시기엔 오진하기 쉽습니다. 하지만 황후 폐하, 저는 단
한 번도 이 일로 오진을 한 적이 없습니다."

그렇지만 나는 동대제국에 있을 무렵 몇 번의 오진을 목격했지.

"언제쯤 확실하게 알 수 있나요?"

"2주 후면 확실하게 알 수 있습니다."

"그럼 그때 다시 진료를 받지요."

나는 궁의에게 절대로 이 일을 누구에게도 알리지 말라 당부했
고, 신이 나서 펄쩍펄쩍 뛰던 궁의는 시무룩해져서 알겠다고 대답
했다.

"그래도 혹시 모르니 일을 줄이고 쉬는 시간을 늘리셔야 합니다,
황후 폐하."

궁의가 나간 후. 나는 하인리에게도 거듭 단단히 부탁했다.

"하인리. 그대도 이 일을 누구에게도 말하지 말아요. 괜히 임신이
라 밝혔다가 아니면 우리를 우습게 여길 사람들이 몇 있으니까요."

그런데 이상했다. 평소처럼 침착하게 말하고 있는데. 나오는 목소리가 양의 울음소리처럼 들렸다. 듣기 우스울 정도로 목소리가 떨리고 있었다.

'왜 이러지?'

당황스러워서 몇 번 헛기침하고 입을 여는데도 마찬가지였다. 곤혹스러운 기분으로 입술을 씹고 있자니, 갑자기 온몸이 가려워졌다. 뒤늦게 내 감정의 실체를 알았다. 이건 두려움이었고 초조함이었다.

2주 뒤에, 궁의가 오진이라고 하면 어쩌지? 그 생각이 불쑥 치솟자, 떨림이 목에서 몸으로 옮아갔다. 신경질적으로 손을 꼼지락거리다가 내 팔을 감싸 안았지만 떨림은 가시지 않았다.

그 위를 하인리가 자신의 몸으로 덮어주었다.

시간은 너무나 느리게 지나갔다. 그러나 막상 밤이 되어 생각해 보면, 또 너무 빨리 지나가는 것 같기도 했다. 그동안에 하인리는 잊어버리기라도 한 듯 내게 임신이나 아기 이야기를 실수로라도 꺼내지 않았지만, 절대로 까먹어서 그런 건 아닐 거다. 하루가 멀다 하고 늘 색욕에 불타는 욕정 독수리가 부부 침대에 누워서도 나를 자기 품에 넣고 꼭 끌어안고 있기만 했으니까. 나름대로 신경을 쓰는 거지.

'내가 부담감을 느낄까 봐 임신 이야기는 일부러 피하는 거겠지.'

궁의에게 다시 진료를 받기로 한 전날 밤. 나는 하인리의 가슴에 몸을 기대고 누운 채, 그의 턱과 볼을 만지며 초조한 마음을 달랬다. 한편으로는 하인리가 참 대견했다. 수다쟁이가 입을 다물고 있으려면 힘들 텐데. 그래도 2주나 날 위해 꿋꿋하게 입을 다물어주다니. 그 생각을 하자 돌연 무언가 벅차오르는 게 있어서, 나는 그의 머리카락을 지분거리다가, 하인리의 가슴팍 옷자락을 풀고 그 위에 귀를 가져다 댔다. 기분 좋은 심장 소리를 들으며 그의 체온을 느끼자, 어수선하던 마음이 놀랍게도 조금씩 가라앉았다.

신기해. 언제 이 남자가 나한테 이렇게 큰 의미가 되었을까? 사랑하지 않으려 애쓰는 게 이제 의미가 있긴 하려나?

속으로 한탄하자 저절로 한숨이 나온다. 내일 드디어 결과가 나오지. 하인리, 내일 우리는 어떤 기분으로 다시 이 자리에 누울까? 내일 우리는…….

"날 죽일 셈이에요, 퀸?"

"하인리?"

"신이시여…….”

"왜 그래요?"

하인리는 대답하는 대신 내 이마에 입을 맞추더니, 끙끙거리며 내 몸 아래에서 빠져나와 거북이처럼 몸을 말았다. 나는 내가 그의 맨몸에서 너무 사부작댔단 걸 깨달았다. 하인리가 거기에 한껏 자극받았다는 것도.

"괜찮아요?"

"잔인해요…….”

힘없이 중얼거린 하인리는 결국 침실 밖으로 나갔다. 나는 그의 베개를 가져다 끌어안고서, 하인리의 방으로 통하는 문을 바라보았다. 그가 돌아오길 기다리려 했는데. 그의 온기가 묻은 베개를 안고 있자 조금씩 잠이 몰려왔다.

다음 날. 늦은 오전에 날 찾아온 궁의는 오히려 나보다 자기가 더 바짝 긴장한 얼굴이었다. 진료를 시작하기 전에는, 자기가 할 말 한마디에 세상이 멸망할지도 모른다는 듯 비장한 표정까지 지었다.

그가 진료 도구들을 챙기는 동안, 하인리는 내 손을 꼭 잡아주었다가 궁의에게 방해된단 소리를 듣고서 얼른 손을 치웠다.

나는 마른침을 삼키고 천천히 숨을 골랐다. 째깍거리는 시계 소리가 심장을 작은북처럼 두드렸다. 얼마나 그러고 있었을까. 이제 슬슬 결과가 나왔을 텐데, 싶을 즈음. 궁의가 진료 도구를 빼서 옆에 내려놓더니 나를 향해 허리 굽혀 외쳤다.

"경하드립니다, 황후 폐하! 임신이 확실합니다! 아기님을 품으셨습니다!"

그가 말을 끝내자마자 옆에서 훌쩍이는 소리가 났다. 옆을 보자, 하인리가 그렁그렁한 눈으로 나를 바라보고 있었다. 눈이 마주치자 그는 얼른 내 손을 꼭 잡고서, 다른 손으로 날 감싸듯 안았다.

궁의도 이번에는 방해된다며 말리지 않았다. 방 안이 조용한 가운데, 하인리가 훌쩍이는 소리만 계속해서 들려왔다. 나는 이번에도 아무 생각이 들지 않았고, 궁의는 내가 기뻐하는 모습을 보려는 듯 싱글벙글 웃고 있다가 다시 민망한 표정을 지었다.

궁의가 몇 가지 당부를 하고 나간 뒤에야 나는 내 머릿속이 텅 비어버렸단 걸 깨달았다. 사라졌던 이성이 점차 돌아오자, 궁의를 다시 불러 재진료를 받고 싶어졌다. 정말 확실한가? 실수가 아니고? 정말로 내가 아기를 가졌다고? 내가?

"아기가……."

"우리 꿈에 나타났던 그 못난 애기 독수리가 우리 애기인가 봐요, 퀸."

"못나지 않았어요. 보송보송하고 귀여웠는데."

단호하게 반박하자, 하인리가 맞다고, 참으로 귀여운 아가 독수리였다고 말하면서 내 뺨에 연신 입을 맞췄다. 그가 나를 번쩍 들어 올려 끌어안는 바람에, 나는 황급히 그의 머리통을 붙잡았다.

"하인리!"

"이대로 돌리면 어지럽겠죠?"

하인리는 날 들어 올린 채로 연신 내 얼굴에 입을 맞추고는, 나를 의자에 내려주고서 새로 변해 춤을 추기 시작했다. 2주 동안 이 화제는 언급도 하지 않던 사람답지 않았다. 아니, 2주 전에도 그는 아기를 가지고 싶다든가 하는 말은 꺼내지도 않았는데. 저렇게 좋은가?

차마 잘 춘다고는 할 수 없는 퀸의 춤을 지켜보자니, 긴장이 풀리면서 이제야 웃음이 나왔다. 뒤이어 벅찬 기분이 들었고, 괜히 눈시울이 뜨거워졌다.

'임신했구나. 내가 엄마가 되는구나.'

엄마가 되고 싶던 적은 없었다. 내게 있어 엄마는 나의 어머니이지, 내가 아니니까. 하지만 엄마가 되지 못할 거라 생각했던 적도 없었다. 아기는 황후가 된다면 당연히 가져야 하는 거지, 내가 원해서 가지는 존재가 아니었으니까. 아기, 후계자, 황족. 이건 황후 자리와 붙어 있는 한 세트였다.

그런데 이건…… 달랐다. 실제로 아기를 가졌단 이야기를 듣는 건, 내가 상상해온 그런 기분과 전혀 달랐다. 마냥 당연하지도 마냥 기쁘지도 않았다.

"내 아이."

예상치 못한 순간, 뜻밖에 내게 몸을 기댄 생명은 묘한 감동과 두려움을 동시에 주었다. 이 아이는 내가 생명을 만들어낼 수 있는 위대한 존재라는 걸 알려주었고, 이 생명을 오롯이 내 생명력만으로 키워내야 한다는 두려움을 가져다주었다.

그러나 이 아이가 몇 년 후면 나나 하인리처럼 커다래져서 온갖 말을 하고, 웃고, 세상에 한 사람의 몫을 하게 될 거란 생각을 하자, 나 스스로가, 그리고 이 세상의 모든 부모가 너무나 대단하게 여겨졌다. 이전에는 한 번도 생각해보지 못한 관점이었다.

배 안에 있어도 티가 나지 않는, 2주 전에는 존재조차 불확실했던 이 생명이 2년 후에는 커다란 아기가 되어 있을 거라니. 배 위에 손을 올리고 있자니 결국 눈물이 흘러나온다.

─ 구?

그걸 본 퀸은 춤추던 걸 멈추고 내게 다가와 배에 얼굴을 기댔다. 그러고는 커다란 날개를 펼쳐서, 내 배와 허리를 자신의 날개로 덮었다. 나중에는 하인리가 사람 모습으로 돌아왔지만, 그러고서도 우리는 그 상태로 오래오래 머물렀다.

"우리 피가 섞인 아이가 태어난다니…… 생각할수록 너무 벅찹니다, 퀸."

"기쁜가요?"

"태어날 아이는 그 존재만으로도 나와 그대를 담고 있는 거잖아요."

하인리는 그날 하루 계속 소소한 실수를 반복했다. 서류에 글자를 틀리게 적어서 맥켄나가 인상을 찡그리기도 했고, 잉크병을 거의 다 완성한 서류 위에 엎질러서 서류 자체를 아예 새로 써야 하기도 했다. 비서들의 이름을 바꿔 부르거나 망토를 뒤집어 입기도 일쑤였다. 음식을 먹을 때에는 포크와 나이프를 바꿔 사용하는 등 내내 나사가 빠진 것처럼 굴었다. 그러면서도 입꼬리가 헤실헤실 풀려 있어서, 맥켄나는 몹시 불쾌해했다.

"되게 기분 좋아 보이시는데, 무슨 일 있으신지요?"

내게 슬쩍 대놓고 묻기까지 했다. 하지만 나는 고개를 저었다.

"글쎄요."

맥켄나에겐 미안하지만 이렇게 대답해야 할 이유가 있지.

궁의가 내게 임신 소식을 알려준 후. 하인리는 원래 내 임신을 그대로 공표하려 했다. 그는 아버지와 어머니, 오빠, 귀족, 신하, 국민, 외국인들에게까지 이 소식을 알려야 한다며 흥분해서 중얼거렸다. 하지만 내가 절대 안 된다고 말렸다.

— 이참에 문제 될 사람들을 골라내기로 해요.

— 문제 될 사람들이라면…… 아아. 혹시?

— 지금 우리를 공격하는 사람들이, 우리 아이가 태어난다고 해서 갑자기 조용해지진 않을 겁니다. 아이가 태어나기 전에 위협이 될 만한 사람을 미리 골라 권력을 깎아야 해요.

하인리는 아쉬운 기색이었지만 곧 내 말에 동의해주었다.

불임설을 계속 키워주면 크리스타의 남은 세력들이 벌 떼처럼 달려들겠지. 우리는 그들의 행동을 지켜보면서, 지금은 크리스타 쪽이어도 개선의 여지가 있는 사람과 시간이 지나도 한배에 탈 수 없는 사람을 구분할 셈이었다.

하지만 며칠 후, 나와 하인리는 맥켄나에게는 임신 소식을 미리 알려주기로 합의했다. 어쩔 수 없었다. 궁의가 내 하루 일과표를 보더니, 머리를 쥐어뜯으면서 절대로 안 된다고 기겁해 외치는 바람에……. 궁의는 내가 최소 일곱 시간은 푹 자야 하고, 식사도 정해진 시각에 해야 하며, 지금 업무의 4분의 1은 줄여야 한다고 당부했다.

"가장 위험한 게 임신 초기입니다, 황후 폐하. 황후 폐하는 임신 초기고요. 무조건 조심하셔야 한단 말입니다. 먹고 놀고 쉬고 좋은 것만 보고 들을 판에, 새벽까지 일이라니요!"

궁의의 조언을 따르려면 내 업무를 하인리가 결혼하기 전에 그랬던 것처럼 맥켄나가 도로 덜어 가야 할 텐데. 차마 아무것도 모르는 맥켄나에게 "난 좀 쉬어야겠어. 그대가 일을 가져가서 더 많이 일해요"라고 할 수는 없었다.

맥켄나는 내 임신 이야기에 처음에는 몹시 기뻐서 펄쩍 뛰었지만, 업무를 덜어 가야 한단 이야기에 바로 시무룩해졌다. 하지만 이 와중에 일을 덜어 갈 수 없다고 반박할 수도 없는지, 결국 울 것 같은 얼굴로 "네에." 하고 길게 말꼬리를 들여 대답했다.

"전 일과 결혼했으니 일이나 하고 살아야지요. 황후 폐하께서는 일곱 시간을 푹 주무세요. 제가 두 시간밖에 못 자게 되겠지만요."

"그 정도로 일을 다 몰아주진 않을 거예요, 맥켄나."

"황후 폐하께서 안 그러셔도 옆에 계신 어느 분이 몰아주실 게 분명한걸요……."

시무룩해진 맥켄나는 하지만 또 금세 얼굴이 밝아져서 물었다.

"비밀로 하신다니 아기방은 바로 만들지 못하겠지만, 둥지는 미리 만들어도 되겠군요!"

"둥지?"

"둥지는 제가 만들어드리겠습니다, 황후 폐하. 아기 새들은 작고 여려서 둥지를 섬세하게 만들어야 하거든요. 요즘 유행은 실크 둥지라던데요."

잠시만. 둥지라니?

난데없는 베르디 자작 부인의 말에 소비에슈는 미간을 찌푸렸다. 뜬금없이 찾아와서는 라스타가 공주를 바닥에 집어 던졌다니? 그러나 우선은 아기를 챙기는 게 먼저였다. 소비에슈는 자지러지게 울어대는 아기를, 베르디 자작 부인에게서 받아 들고서 살폈다. 겉으로 보기엔 다친 데가 없어 보였지만, 분명 무슨 일이 있긴 있는 듯했다. 평소 울 때와는 우는 정도가 달랐다. 지금은 정말 딱 경기를 일으키기 직전처럼 보였다.

"아기가 왜 이러느냐? 공주야. 아가!"

당혹스러운 마음이 가시자 소비에슈는 아기를 살피며 매섭게 호통쳤다.

"무슨 일이냐! 애가 왜 이러느냐!"

"황후 폐하께서 공주님을 집어 던지셔서, 바닥에 팽개쳐지셨습니다!"

베르디 자작 부인이 거듭 외쳤다. 아기의 비명 같은 울음소리도 그에 화답하듯 방 안이 찢어지게 울리자, 소비에슈는 아기를 안은 채 밖으로 나가려는 듯 몸을 움직였다.

"궁의를 불러와라! 아니, 내가 간다."

그때였다.

"그 여자 말을 믿지 마세요, 폐하!"

황급히 호위들을 이끌고 베르디 자작 부인을 찾아온 라스타가, 응접실 문 앞에서 외쳤다. 상황이 하도 급하게 돌아가다 보니, 아직 응접실 문도 닫지 않은 채였던 것이다. 라스타는 응접실 안으로 들어와 창백한 얼굴로 외쳤다.

"폐하, 베르디 자작 부인은 미쳤어요! 아기를 집어 던진 건 저 여자예요!"

베르디 자작 부인은 눈을 커다랗게 뜨고서 "아닙니다!"하고 반박했다. 라스타는 베르디 자작 부인을 매섭게 노려보며 말을 이었다.

"아기를 집어 던져놓고서, 라스타에게 혼날까 봐 아기를 안고 달아나버렸습니다. 폐하, 저 간악한 여자가 우리 공주를 죽이려 했어요! 공주를 죽이려 한 죄는 사형받아 마땅해요! 사형시켜야 해요!"

소비에슈는 눈을 찌푸리고서 베르디 자작 부인과 라스타를 번갈아 살폈다.

"폐하, 생각해보세요. 라스타가 우리 아기를 집어 던지겠어요? 말도 안 되는 일이잖아요."

라스타는 처연한 목소리로 거듭 말하며, 두 손을 뻗어 아기를 달라 청했다.

소비에슈는 아기를 건네주는 대신 뒤로 물러났다. 하지만 머릿속으로는 라스타의 말이 일리가 있다고 여겼다. 갓난아기를 집어 던지는 건 보통 정신으로는 할 수조차 없는 일이었다. 라스타가 생각보다 잔인한 구석이 있단 건 맞지만, 설마 자기 아이를 집어 던질 것 같진 않았다. 그러나 같은 이치로, 베르디 자작 부인 역시 굳이 아기를 던질 이유가 없었다. 미치지 않고서야.

그때였다. 아기의 울음소리만이 울리던 방 안에, 갑자기 찢어지는 새의 울음소리가 더해졌다. 침실에서 들려오는 소리였다.

때마침 궁의가 불려 왔다. 소비에슈가 직접 뛰어나가려다 라스타 때문에 막히자, 그사이에 먼저 궁의를 찾아간 사람이 불러온 것이었다.

궁의가 아기를 보는 사이, 소비에슈는 새장을 들고 응접실로 왔다. 새는 라스타를 보자마자 고막을 찢어버릴 정도로 매서운 소리를 내며 더욱 소란을 피웠다. 그 울음소리는 전혀 귀엽지도 맑지도 않아서, 라스타는 겁이 나서 뒤로 움찔 물러났다.

반면 소비에슈는 새가 라스타를 보며 울어대기 시작하자, 누구의 말을 믿어야 할지 확실하게 마음을 정하고서 라스타에게 명령했다.

"우선 돌아가라 라스타."

"그럼 베르디 자작 부인은⋯⋯."

"따로 지시를 내릴 테니 너는 우선 돌아가거라."

"폐하, 라스타는⋯⋯."

"돌아가라 하였다."

차가운 목소리가 무겁게 라스타를 밀어냈다. 라스타는 우물거리며 서 있다가, 아직까지 소비에슈의 앞에 무릎을 꿇고 있는 베르디 자작 부인을 보았다. 그 꼴을 보자 속에서 분노가 확 타올랐다. 황후를 배신하고 갈 곳 없어진 박쥐 새끼. 내 덕에 돈도 받고 있을 곳까지 생겼는데 어떻게 감히⋯⋯!

하지만 아무리 이를 갈아도 지금 당장은 어찌할 도리가 없었다. 저 영악한 여우가 소비에슈의 앞에서, 자기가 공주의 어머니라도 되는 양 흐느끼고 있지 않은가.

"돌아가겠습니다. 하지만 폐하, 라스타가 공주를 해칠 리가 없다는 걸 잘 생각해주세요. 저 여자는 생판 남이고, 라스타는 공주의 엄마란 점도요."

가까스로 진정한 라스타는 최대한 태연히 말하고서 획 돌아서서 서궁으로 돌아갔다.

라스타가 가버리자, 소비에슈는 응접실 문을 닫게 한 후 베르디 자작 부인에게 물었다.

"아들이 있다 했지?"

"예, 예, 폐하."

"아기를 길러본 적이 있느냐."

"예. 유모를 쓸 돈이 없어서…… 제 손으로 직접 아이를 길렀습니다."

영문 모를 질문에 베르디 자작 부인이 허둥지둥 대답했다. 소비에슈는 고개를 끄덕였다. 그러고는 전혀 예상하지 못한 말을 내뱉었다.

"내 방 옆에 아기방을 만들고 있다. 그곳에서 공주와 함께 지내며 아기를 보호하라."

공주의 유모가 되란 뜻이었다. 목숨을 구하고자 여기로 달려오긴 했으나 이건 전혀 예상하지 못한 일이기에, 베르디 자작 부인은 그의 말을 바로 이해하지 못했다. 하지만 몸은 본능적으로 꾸벅꾸벅 인사를 하게 만들었다. 그녀는 이마가 바닥에 닿도록 숙이면서 "감사합니다, 폐하!"를 거듭 외쳤다.

베르디 자작 부인이 나가자, 소비에슈는 이번에는 궁의에게 물었다.

"공주는?"

"많이 놀라신 듯하지만 천만다행으로 다친 곳은 없습니다. 하지만 바닥에 떨어졌던 거라면 정말 큰일 날 뻔했습니다, 폐하. 갓난아기는 말랑하고 푹신한 곳에 던져도 큰일 납니다."

아기를 도톰한 천으로 겹겹이 싼 데다가 떨어진 곳도 푹신한 카펫이었던 게 그나마 다행이었다. 까딱 잘못하면 목이 부러질 수도 있는 일이었다.

놀란 마음이 가시자 소비에슈는 속이 뒤집힐 만큼 분노가 솟았다. 파란 새를 쥐어뜯어 둘 때부터 싹수가 보였지만, 이 조그만 갓난아기를 집어 던져? 자기를 지키려고 영악해지는 줄 알았더니, 영악한 수준을 넘어서 있었다. 생각 같아서는 당장 끌어내 쫓아버리고 싶을 정도였다. 하지만 1년도 되지 않은 결혼 상대를, 그것도 갓 출산한 산모를 내쳤다가는 어떤 소리가 나올지 뻔했다. 라스타를 싫어하는 사람들조차 가엾다며 혀를 찰 터였다. 사람의 감정은 수시로 오락가락하지 않던가. 라스타를 싫어하는 것과 동정하는 건 아무 관련이 없었다.

라스타가 아기를 던진 일을 공론화시키면 쫓아내는 건 물론 감옥에 평생 가둬둘 수도 있겠지만, 소비에슈는 그것 역시 내키지 않았다. 성장한 공주가 그 일을 듣고 충격을 받으면 안 되니까.

'얌전히 지내면 공주를 위해서라도 평생 호화롭게 전 황후로 살 수 있게 도와주었을 텐데. 멍청하구나.'

지금까지 소비에슈는 라스타의 죄를 하나하나 서류로 만들어 모아왔다. 다른 사람들이 보기엔 '저걸 다 눈감아주시나?' 싶을 정도로, 그는 모든 걸 참아내며 묵묵히 죄의 목록을 모으기만 했다. 그러나 그 서류들은 장작이었다. 불이 붙을지 말지도 알 수 없지만, 불이 붙는다면 활활 타오를 장작. 많이 쌓일수록 불길이 거세질 그런 장작이었다. 그 장작에 드디어 커다란 불덩이가 붙어버렸다. 아기를 집어 던진 일은 소비에슈가 참아줄 수 있는 선을 훨씬 넘어서 있었다. 소비에슈는 애써 분노를 누르며 칭얼거리는 아기의 등을 토닥였다. 그러나 두 눈은 무섭게 가라앉았다.

'절대로 그냥 이혼할 수는 없을 거다, 라스타.'

그 시각. 라스타는 베르디 자작 부인이 자신을 배신했다는 데 분노하고, 자신이 아기를 던졌다는 데 충격을 받아서 서궁에 돌아오자마자 비명을 지르면서 방 안의 물건을 마구 때려 부수기 시작했다.

"흐으…… 흐어어엉! 아가야! 아가야 엄마 일부러 그런 거 아니야!"

울다 보니, 배신감보다 아기에게 미안한 마음이 더욱 커져서 라스타는 아기가 떨어졌던 카펫에 무릎을 꿇고 뺨을 대고서 흐느꼈다.

"아가야, 엄마 정말 일부러 그런 거 아니야……."

소중한 딸을 집어 던진 자신이 끔찍하게 여겨졌다. 하지만 죽은 아기를 안았던 그 소름 돋는 감각이 너무 선명해서, 또다시 그러지 않을 거라 자신도 확신할 수가 없었다.

"흐으…… 흐어어…… 아가야……. 내 딸. 내 아가인데."

얼마나 아팠을까. 얼마나 놀랐을까. 괴로운 심정에 가슴을 퍽퍽 두드리던 라스타는 반쯤 정신이 나갈 것처럼 끅끅거렸다. 출산 후 아직 다 낫지 못한 몸이 비명을 질러대고 있었다.

그때, 문을 두드리는 소리가 났다.

"나가! 아무도 들어오지 마! 들어오지 마!"

라스타는 버럭 소리를 지르며 상체만 일으켰다. 그러나 문밖의 상대는 라스타의 비명을 듣지 않고 바로 들어왔다. 하필 들어온 이는 로테슈 자작이었다. 지금 손꼽히도록 꼴 보기 싫은 사람 중 하나.

"왜 온 거야! 왜! 나가! 명령이야! 명령이라고!"

그러나 라스타가 아무리 고함을 토해내도, 로테슈 자작은 꿋꿋 하게 다가와서는 낮은 목소리로 다그쳤다.

"이럴 때가 아니다, 이것아. 정신 차려. 네 친부가 찾아왔어!"

로테슈 자작이 들어올 수 있던 건 라스타의 호위들 덕이었다. 창 백해진 얼굴로 돌아온 라스타가 방 안에서 비명을 질러대자, 호위 들이 겁이 나 로테슈 자작을 일부러 들여보내준 것이었다. 호위들 은 로테슈 자작과 라스타가 사이가 좋다 오해 중이었기에, 친구인 자작이라면 황후를 진정시킬 수 있을 거라 생각했다. 하녀들도 비 슷하게 생각해서 자작을 붙잡지 않았다. 더욱이 그녀들은 평민이었다. 로테슈 자작이 허락 없이 들어가더라도 막아볼 엄두조차 낼 수 없었다.

하지만 그들의 기대와 달리, 이제 막 궁전에 들어온 로테슈 자작 은 라스타가 무슨 일을 겪었는지 전혀 몰랐기에 라스타를 위로할 생각 자체도 하지 못했다. 게다가 그는 자신이 들고 온 라스타의 친부 문제가 가장 위급하다고 생각했기에, 라스타를 달래기는커녕 넋 놓은 그녀를 살펴보지조차 않았다.

라스타는 맥없이 흔들리다가 멍한 표정을 일그러뜨렸다. 그러고 는 눈에서 열을 뿜으며 자작의 멱살을 잡았다.

"개새끼! 개자식! 악마한테 혓바닥을 잘라 바쳐야 할 자식! 너 때문이야! 너 때문에 내가 내 아이를 안을 수가 없어! 너 때문에 내 가 내 아이를 안을 수가 없다고!"

그녀는 온 힘을 다해 로테슈 자작을 마구 흔들었다. 이 새끼가 죽은 아기를 안겨주지만 않았다면. 열 달을 고대해 낳은 첫째 아기 가 품 안에서 머리를 축 늘어뜨린 채 죽어 있지만 않았다면! 흔들 거리다가 툭 떨어진 그 머리를 보지만 않았더라면! 그러면 이번엔 딸을 안을 수 있었을 텐데. 꼭 안고 자장가를 불러주고, 내가 네 엄 마라고 속삭여주고, 널 만나서 기쁘다고 말해줄 수 있었을 텐데. 자 신을 쏙 닮은 아기를 위해 모자를 떠주고, 요즘 배우기 시작한 수 를 손수건에 예쁘게 놓아줄 수 있었는데!

품안에 안겼던 따뜻하고 작은 몸이, 자신을 향해 뻗어 오던 조그 만 손가락이, 까맣고 사랑스럽던 눈길이, 풋풋한 아기 냄새가 떠오 르자 라스타는 억장이 무너졌다. 그녀는 흐어어어 소리를 내며 로테슈 자작의 얼굴을 마구잡이로 내리쳤다.

"나쁜 새끼! 넌 나쁜 새끼야! 못된 새끼라고! 죽어버려!"

"그만! 그만해! 그만해라!"

로테슈 자작은 황후가 된 라스타를 쉬이 떼어내지도 못하고서 버럭버럭 소리 질렀다. 한참이 지나 손에 힘이 풀린 라스타가 그를 놓아주자, 로테슈 자작은 그제야 씩씩거리며 구겨진 옷을 팡팡 털었다.

"황후라는 것이 채신머리없기는."

"닥쳐!"

라스타가 다시 그를 내리쳤지만, 자작은 이번에는 몸을 날렵하게 뒤로 피하며 혀를 찼다.

"내가 닥치면 네 아비 소식을 내가 어찌 전한다고."

분노로 형형하던 눈길에 그제야 의아한 빛이 돌았다.

"아버지라니? 이스쿠아 자작?"

"내 앞에서까지 연기를 할 필요가 있느냐? 가짜 아빠 말고. 네 친아빠 말이다. 그 사기꾼."

까만 눈동자가 빠르게 흔들렸다. 아까는 반쯤 정신이 나가서 자작의 말을 알아듣지 못했는데. 이제야 자작의 말이 제대로 이해되었다.

"아버지가 왜?"

라스타는 얼떨떨한 얼굴로 물었다.

"아버지 소식이 있을 리가 없잖아?"

로테슈 자작은 쯧쯧 혀를 찼다.

"뭐긴 뭐겠느냐, 네가 황후가 됐단 걸 알고 뭘 좀 뜯어먹으러 오는 거겠지. 그 작자는 그러고도 남을 인간 아니냐."

창백하던 얼굴이 벌겋게 일그러졌다.

"정말이야?"

"뭐. 대놓고 돈을 달란 말을 한 건 아니다만. 내 집으로 찾아와서 네 초상화를 내밀면서 그러더라. 우리 라스타가 성공했네요, 하고."

"그……냥 찾아왔을지도 모르잖아."

"또 온다던데."

라스타는 차갑게 딱 잘랐다.

"내가 천한 노예의 핏줄일 리가 없잖아."

"나도 그렇게 발뺌은 해봤다만. 확신하고 있더라."

"쫓아내."

라스타는 단호하게 말하고서 몸을 일으켰다. 아버지에게 돈을 뜯긴 적은 없다. 하지만 노예로 지낼 때는 한 번도 얼굴을 비추지 않다가, 이제 와 새삼 찾는다니. 의도가 곱게 보이지 않았다.

그러나 로테슈 자작은 심드렁했다.

"그냥 폐하께 부탁드리지 그러느냐?"

"뭐?"

"폐하는 네 출신을 다 알고 계시지 않느냐. 알면서도 눈감아주시고. 이런 일은 나보단 폐하께 말씀드리는 게 가장 깔끔하게 해결될 텐데?"

"당신은 뭐 하고? 이럴 때 도움이 되려고 돈을 받아 간 거 아니었어?"

로테슈 자작의 표정이 삽시간에 일그러졌다.

"르베티가 사라졌다 했잖느냐."

"……아직 못 찾았어?"

"그래. 못 찾았다. 그래서 난 내 딸도 찾아야 하고, 네가 부탁한 네 양부모 친딸도 찾아야 해."

라스타는 입술을 깨물었다. 그까짓 일. 세 가지 동시에 못 하나? '찾으면서 쫓아내면 되겠네'라는 말이 턱 끝까지 올라왔다. 그러나 그녀는 르베티 실종의 교사범이었다. 입이 잘 열리지 않았다.

"귀찮아서 그러는 게 아니라, 요즘 정말로 바빠. 알렌 얼굴도 거의 못 볼 지경이야."

로테슈 자작은 한숨을 내쉬고는, 몸을 일으키며 벽걸이 시계를 확인했다. 자기가 정말로 바쁘다는 걸 알리려는 것처럼.

"당장 오늘 저녁 마차로 출발해서 파르메 지방부터 쭉 훑으며 올라올 거다. 그러니 급한 일이 있어도 찾지 마라."

딱 잘라 말한 로테슈 자작은, 이 와중에도 보석은 한 움큼 뜯어 갔다. 여기저기 돌아다니려면 여비가 많이 필요하단 게 이유였다.

'어쩌지.'

그러나 오늘은 로테슈 자작에게 강탈당한 보석을 아까워할 시간 조차 없었다. 로테슈 자작이 떠나자 라스타는 초조하게 방 안을 서성였다. 자작의 제안처럼 소비에슈에게 말해 해결할 수 있다면 얼마나 좋을까. 하지만 그가 그녀를 내치며 베르디 자작 부인을 편든 지 두 시간도 지나지 않았다.

지금 찾아가서 도와달라 하면…… 도와줄까? 새삼 그녀가 노예

핏줄인 걸 떠올리고서, 번거롭다며 그녀와 공주를 모두 내치진 않을까?

고민 끝에 라스타는 일단 에르기 공작을 찾아가보기로 결정했다. 그는 이 세상에서 가장 듬직한 남자였다. 그라면 좋은 수를 내어줄 것 같았다.

나는 몸에 좋지만 몹시 쓴 약을 마시면서, 맥켄나가 해준 이야기를 떠올렸다. 그의 일족 아기들은 의무적으로 하루에 몇 시간씩은 꼭 새로 변해야 한다 했지. 둥지는 그때 필요하다고…….

새로 몇 시간을 보내지 않으면 어떻게 되느냐 물었더니, 당연하다는 듯 대답했다.

― 언제 어느때 갑자기 새로 변할지 모르게 되죠.

숟가락을 내려놓고 아직은 편편하기만 한 배를 내려다보았다. 꿈속에서 보았던 보송보송한 솜털을 가진 새가 떠올랐다. 내 아기가 그런 귀여운 모습으로도 변할 수 있단 거지? 하인리 같은? 아기가 새의 모습일 땐 아무래도 나보다 하인리가 돌보기 편하겠지. 사람 아기도 작지만 아기 새 형태라면 더 작을 테니까.

하인리가 손바닥 크기도 안 되는 작은 새를 자기 품에 넣고서 좋아하는 모습이 눈에 선했다. 보드라운 담요로 돌돌 싸서 얼굴만 삐죽 내민 아기의 모습도 금세 그려졌다. 잘 돌볼 수 있을까? 걱정되면서도, 저절로 입꼬리가 실룩샐룩 올라갔다.

"황후 폐하?"

이런. 너무 어색하게 입 언저리를 더듬거렸나 봐. 마스타스가 날 이상한 사람 보듯 보고 있잖아.

"괜찮으십니까?"

"난 괜찮아요."

얼른 대답하다가, 갑자기 마스타스와 시녀들에게조차 임신 소식을 속이는 게 미안해져서 나는 괜히 한번 웃었다. 내가 아기를 가졌다면 시녀들 모두 진심으로 기뻐할 텐데. 하지만 내 임신 사실은 아직 기밀이었다. 이 일을 이용해 함정을 파기로 했으니, 조심 또 조심해야 했다.

"아, 맞다. 황후 폐하. 코샤르 경이요."

미안한 마음에 괜히 입가를 쓸고 있자니, 다행히 마스타스가 먼저 화제를 돌렸다.

"생각보다 많이 연약하시던데요?"

이상한 방향으로.

이게 무슨 소리야? 오빠가 연약하다고?

"코샤르 경을 보니까요, 이런 생각이 들었어요. 와, 이걸 두고 청순하다는 거구나. 이게 청순이구나."

게다가 청순?

"혹시 다른 사람을 만나고 온 건 아닌가요, 마스타스 양?"

그럴 리가 없는데 싶어서 물어보았으나, 마스타스는 하하 웃으면서 손을 저었다.

"에이, 폐하. 그 얼굴을 헷갈릴 리가 있나요."

헷갈린 것 같은데……. 아니면 오빠가 이제 이미지 관리를 시작했나? 일부러 마스타스 앞에서 유별나게 얌전히 행동한 걸까?

이틀 내내 내리던 비가 잦아들자 세상이 순식간에 맑은 공기로 가득 찼다. 푸른 잎사귀와 노란 꽃잎들 위에 빗방울이 고이고, 빗방울은 햇살에 반사되어 보석처럼 반짝거렸다. 정원은 한층 더 아름다워졌다. 나는 창문을 열고 그 풍경을 바라보다가, 하인리 식으로 말해보았다.

"낚시하기 좋은 날이네요."

'……하지 말자. 안 어울려.'

이후에는 간단한 티파티를 열기 위해, 사이좋은 귀족과 나쁜 귀족들에게 초대장을 보냈다. 시녀들은 내가 편지를 써서 건네면 그걸 봉투에 넣고 봉투에 주소를 적는 일을 돕다가, 몇몇 이름을 보고는 당황해서 물었다.

"이 사람도 초대한다고요?"

"황후 폐하, 그 사람은 전 왕비와 아주 친하게 지냈습니다."

"집안 자체가 전 왕비 집안과 사이가 좋다 알고 있는데요."

티파티야 그렇다 쳐도. 내가 뜬금없이 사이 나쁜 귀족들까지 초대한다니 걱정되는 모양이었다. 게다가 시녀들이 거론한 이들은, 내가 그녀들과 '위험 2등급'이라고 장난삼아 급수를 매긴 이들이었다. 급수가 높을수록 나에 대한 적대 감정이 큰 이들이고, 1등급은 케트런 가문과 리버티 가문, 즈멘시아 가문이다. 2등급은 그들에게 거머리처럼 달라붙어서 알맹이를 쏙쏙 빨아먹으며 그걸 자랑하는 이들이고.

시녀들이 당황할 만도 했다. 대책을 세우지도 않고 무작정 위험 2등급들을 부르겠다는 거니까. 그래도 의견을 바꾸진 않았다. 지금 초대는 내 불임설을 좀 더 공고히 하기 위한 함정인데. 날 위로해 줄 사람들만 불러선 소용이 없잖아?

"생각이 있어 그러니 괜찮아요."

초대장을 보낸 후에는 정원에 커다란 테이블을 가져다 두고 위에 음식을 준비하게 했다. 서너 시간이 지나자 초대장을 받은 이들이 하나둘 모였다. 그들은 내게 인사를 하고, 자기들끼리도 인사를 하면서 자리를 잡고 앉았다.

이후 차를 마시고 음식을 먹을 때에도 분위기는 밝고 따스했다. 위험 2등급으로 분류된 이들도 별다른 문제를 일으키지 않았다. 티 파티를 하는 내내 이렇게 적당한 분위기가 유지된다면, 오늘 부른 그룹은 위험 2.5등급에서 3등급으로 낮춰줄 셈이었다. 그리고 또 다른 적대 귀족들을 불러 차례로 테스트를 해봐야겠지.

"들었나요? 이마뤼 양이 벌써 아이를 가졌대요."

하지만 파티를 연 지 35분이 지날 무렵, 위험 2등급들이 드디어 본심을 슬그머니 드러냈다. 나는 웃음을 참기 위해, 일부러 입가를 닦는 척 손수건으로 표정을 가렸다.

"어머 벌써요? 이마뤼 양은 결혼한 지 아직 석 달 정도밖에 안 되지 않았나?"

"거의 넉 달이 되어가죠. 결혼 직후 바로 가졌나 봐요."

"좋은 소식이네요!"

얼핏 들어서는 별얘기가 아니었다. 갓 결혼한 귀부인 하나가 아기를 가졌단 소식일 뿐이니. 어쩌면 축하해줘야 하는 일인지도 모른다. 하지만 이마뤄는 크리스타가 아끼던 시녀였다. 즉, 저 말을 꺼내는 이들은, 나보다 늦게 결혼한 사람도 먼저 아기를 가지는데, 나는 너무 아기 소식이 늦는 게 아니냐고 돌려서 비웃는 거였다. 2.5등급으로 낮추는 게 아니라 1.5등급으로 올려야 하는 건 아닌지 모르겠네.

"그런데 황후 폐하. 황후 폐하께는 언제쯤 좋은 소식을 들을 수 있을까요?"

음. 최소한 지금 저 말을 뱉은 사람은 위험 1.5로 확실하게 올려야겠다.

나는 튀어나오려는 웃음을 애써 억누르고 심각한 표정을 지었다.

"어련히 두 분 폐하께서 알아서 하시겠습니까. 괜히 이러쿵저러쿵 관여하지 마십시오."

마스타스가 냉랭하게 말하는 걸 기점으로, 따스하고 밝은 분위기는 순식간에 사라졌다. 마스타스가 반응해주자, 위험 2등급 몇몇은 물 만난 물고기처럼 열심히 아가미를 펄떡거리기 시작했다.

"왜 이렇게 흥분하시는지, 마스타스 양?"

"그냥 물어본 것뿐이잖아요. 두 분 폐하의 아기님은 우리나라의 미래니까."

"그럼요. 얼마든지 할 수 있는 질문이지요."

"얼른 아기님을 가지셔서, '그런 소문'도 가라앉혀야 하고…….
그렇죠?"

위험 2등급들이 자기들끼리 눈짓하며 웃음을 터트리자, 분위기
는 더욱 차가워졌다.

"무슨 소문 말인가요? 우리는 들은 게 없는데."

"두 분 폐하에 대해 설마 이상한 말을 퍼트리는 건 아니겠지요?"

"이상한 소문이 도는 게 아니라, 이상한 소문만 가까이하는 거
아닌가?"

나중에는 아예 대놓고 패를 지어 말다툼하는 형국이 되어버렸다.

이대로 두면 2등급 중에 누군가 분명 말실수할 것 같은데. 그걸
기다리다 꼬투리를 잡는 건 황후답지 않겠지? 적당히 끊어야겠다.

적당히 분위기가 무르익기를 기다렸다가, 나는 들고 있던 찻잔
이 테이블 아래를 향하게 하고서 손을 쫙 펼쳤다. 찻잔은 쨍그랑
소리를 내며 산산이 조각나 깨졌다. 2등급은 물론 내 편을 들던 귀
족들까지도 눈이 휘둥그레졌다.

"아. 실수로 떨어트렸네요."

나는 턱도 없는 거짓말을 하고서, 평소보다 좀 더 차갑게 웃으며
말했다.

"후계자도 중요하지만 당장은 나라를 안정시키는 게 더 중요하
지요. 화이트 몬드며 다른 외국과의 불화가 코앞 아닌가요?"

남들 눈에, 내가 후계자에 대한 화제를 불쾌해하는 것처럼 보이
게 하려고 준비한 대사였다. 효과가 좋았다. 위험 2등급 몇몇이 유
달리 기쁜 빛으로 그렇다고 맞장구를 쳐주었으니까.

'이름 외워야지.'

저녁 식사를 끝내고 부부침실에 들어가자마자, 나는 얼른 수첩을 꺼내 낮에 말을 유난히 나쁘게 해대던 2등급들의 이름을 적었다. 내 눈치를 살피면서 '이건 좀' 하는 표정으로 맹숭맹숭하게 굴던 이들은 2.5등급에서 3등급으로 내려갔고, 말을 나쁘게 했던 지금 수첩 속 2등급들은, 이제 1.5등급으로 올려서 앞으로 더 주시할 생각이었다.

그런데 이 과정이 재밌어 보이기라도 한 건가.

"그게 뭡니까, 퀸?"

하인리가 내 어깨너머로 머리를 내밀며 물었다.

"사이 나쁜 귀족들 이름이네요?"

그러고는 수첩 속 이름을 확인하자 대번에 이렇게 물었다. 당연하겠지만 그에게도 낯익은 이름들인 듯했다.

"나도 그대처럼 해보고 있어요."

"저처럼요?"

"나도 낚시를 해볼 생각이에요."

내 생각에 이건 낚시라기보단 함정에 가깝지만 뭐.

"낚시요?"

내가 오늘 티파티 이야기를 설명해주자, 하인리는 묘한 표정으로 내 말을 듣더니 이야기가 다 끝나기도 전에 아랫입술을 꽉 깨물었다.

"하인리?"

손을 뻗어 그가 입술을 깨물지 못하게 입가를 문질러주자, 그는 내 손가락에 하나하나 입을 맞추며 웃었다. 도대체 어느 포인트가 저렇게 좋은진 모르겠지만 무척 즐거워 보였다. 심지어 하인리는 웃는 게 끝나자 이렇게 말했다.

"난 우리 아가가 퀸을 닮았으면 좋겠습니다."

"무슨 소리예요?"

"그냥. 그러면 너무 귀여울 것 같아서요."

설마. 하인리, 내가 귀엽다고 저렇게 웃어댄 건가? 가끔 생각하는 거지만, 하인리는 취향이 좀 이상하다. 귀여운 건 자기인데. 게다가 날 닮은 아기가 귀여울 리 없잖아. 난 어린 시절에도 귀여운 아이가 아니었는데.

오히려 하인리를 닮으면 귀엽겠지, 생각하다가 문득 꿈속에서 본 아기 새가 떠올랐다. 눈에 뻔히 보이는 앙큼한 내숭을 부리고 있었지. 정말로 귀여웠다. 귀여웠는데…… 생각해보니 좀 걱정이 된다. 귀여운 거랑 별개로, 그런 성격의 아이는 어떻게 교육해야 하지? 그런 아이라면 내 앞에서는 말을 잘 듣는 척하다가, 내가 안 보는 데에서 말썽을 부리지 않을까?

황족 아이가 말썽을 피우면 뒷감당이 어렵다. 제대로 혼을 내기도 어려워서 시달리는 이들의 수가 많아지고. 그런데 그냥 말썽꾸러기도 아니라 내숭 부리는 말썽꾸러기…… 큰일 아닌가?

"하인리?"

"네, 퀸."

"어린 시절 얘기 좀 들려줄래요?"

하인리는 잠시 머뭇거리더니 환해진 얼굴로 물었다.

"나에 대해 더 알고 싶어진 건가요, 퀸?"

"부모는 아이의 거울이라 하잖아요. 그대도 알고 싶고, 그대를 닮을 가능성이 높은 우리 아이에 대해서도 미리 대비, 아니, 상상해보고 싶어요."

아이 성격이 날 닮는다면 교육하기 어렵진 않을 거다. 난 정말로 말을 잘 듣는 아이였으니까. 자만이 아니다. 이건 우리 부모님과 소비에슈의 부모님, 집사, 내 성장을 지켜봐온 모든 이들이 보증해준 사실이었다.

그렇지만 하인리는 어떻지? 앞에서는 착하게 굴지만 뒤에서는 제멋대로고, 밝고 사랑스럽지만 여기저기 돌아다니길 좋아하고, 영리하고 쾌활하지만 장난이 심하다. 성인인 지금도 그런데 좀 더 들쑥날쑥한 아이 상태라면…….

아니, 긍정적으로 생각해보자. 잘 조합이 될 수도 있잖아? 앞에서는 제멋대로이지만 뒤에서는 말을 잘 듣는 내숭쟁이가…… 아냐, 이건 이거 나름대로 곤란해.

그래도 일단 하인리의 어린 시절을 들어보는 게 판단하기 낫겠지.

"하인리, 말해줘요."

기대와 불안에 가득 차서, 결국 진지하게 물었다. 하인리는 약간 미간을 찡그리며 대답했다.

"음. 난 개인적으로 부모는 아이의 거울이라든가, 그런 말에 동의하지 않아요."

"왜요?"

"난 그렇게 의존적이지 않았거든요. 우리 부모님과 많이 달랐죠."

아…….

"그럼 어땠어요? 말은 잘 들었나요?"

"그건 잘 기억나지 않습니다."

안 들었단 거네.

"하지만 밖으로 마구 돌아다닌 건 기억납니다, 퀸. 여기저기. 맥켄나를 데리고 다녔지요."

좋은 추억을 회상하듯 빙그레 웃는 하인리를 보고 있자니, 미래의 아이 성격이 눈에 그려져서 불안해졌다.

하지만 그래. 이건 어디까지나 내 입장이지. 얌전한 어린 시절을 보낸 내 입장. 어쩌면 하인리의 입장에선 자기 같은 아이를 좋아할 수도 있잖아? 자기가 데리고 다니고 싶어 할 수도 있고.

"그럼 하인리. 우리 아이가, 그대 성격을 닮으면 어떨 것 같아요?"

"어휴, 퀸도 참. 무슨 그런 악담을."

아…… 이 일을 어쩐다.

임신을 한 후 맥켄나가 일을 상당히 많이 가져가주어서 내 여유 시간은 훌쩍 많아졌다. 장점도 있고 단점도 있는데, 단점이 이거다. 갑자기 늘어난 여유 시간에 뭘 해야 할지 모르겠단 거. 게다가 시간이 넘쳐나니 엉뚱한 생각이 자꾸 떠오른다. 지금 내 머릿속을 사로잡은 건 어제부터 계속된 주제. '태어날 아이의 성격'에 대해서였다.

결국, 읽히지도 않는 책은 그냥 덮어두고 맥켄나를 찾아갔다. 그는 하인리와 어린 시절부터 같이 자랐지. 맥켄나라면 어린 하인리에 대해 좀 객관적인 이야기를 들려줄 수 있을 거야.

그러나 하필 맥켄나는 하인리와 함께 있어서, 나는 작은 목소리로 맥켄나만 살짝 불러냈다.

"맥켄나. 맥켄나."

"황후 폐하?"

다행히 맥켄나는 눈치가 좋아서, 얼마 가지 않아 바로 다가왔다.

"왜 여기 숨어 계십니까? 일만 안 하시면 되지, 숨어 다니실 필요까진 없는데요."

"물어볼 게 있어서 왔어요."

"무엇입니까?"

"그대가 폐하와 어린 시절부터 친했다고 들었는데."

"아 예 뭐…… 친한 편이었지요."

"어린 시절에 폐하께선 어떤 분이셨나요?"

내 질문에 맥켄나의 표정이 0.5초도 지나지 않아 일그러졌다. 나와 눈이 마주치자 활짝 웃으면서 "맑은 분이었지요"라고 대답했지만, 분명 처음 나타난 표정은 미소가 아니었다.

"그냥 궁금해서 그래요. 아이가 태어나면 날 닮을지 폐하를 닮을지도 궁금하고."

분명 말하고 싶지 않아 하는 태도여서, 나는 일부러 긍정적인 의도를 슬쩍 흘리며 내 배를 가리켰다. 그 이야기가 효과가 있었나? 맥켄나는 한참을 우물거리더니, 재빨리 고개를 뒤로 돌려 집무실 안의 하인리를 확인한 후 작은 목소리로 말했다.

"제가 제대로 이야기를 풀어드리죠. 오늘 저녁 8시, 여기로 오십시오."

아니, 그렇게 본격적일 필요는…….

"하인리 폐하의 어린 시절 초상화를 몇 점 가지고 있는데, 챙겨 오겠습니다."

괜찮을 것 같기도 하고.

"알았어요."

결국 저녁 8시, 시녀들에게만 살짝 이 일을 알린 후 나는 마스타스를 데리고 집무실로 내려왔다. 맥켄나는 이미 먼저 와서 기다리는 중이었는데, 옆에는 커다란 상자가 놓여 있었다. 저 상자에 하인리의 어린 시절 초상화를 담아온 건가?

"아, 황후 폐하."

맞나 보다. 내가 들어가자, 맥켄나가 얼른 상자 뚜껑을 열고서 그 안에 든 작은 초상화 액자를 꺼내 보여주는 걸 보니.

"짠. 폐하의 어릴 때 초상화입니다."

이걸 보러 온 건 아니지만, 일단 궁금하니까 보자. 나는 두 손을 뻗어 액자를 받아 들었다. 초상화 속 하인리는 여덟 살? 일곱 살? 그 정도로 보였다. 그 어린 하인리를 보자 저절로 감탄사가 나왔다.

와 정말⋯⋯.

"말썽꾸러기 같네요."

왜 이렇게 표정이 부루퉁한 거지? 지금은 생글생글 웃고 다니는데. 어린 시절엔 왜 이렇게 볼이 뽈록 튀어나왔지?

"화난 건가요?"

"네. 무슨 행사 때문에 억지로 그리게 된 거거든요."

"귀엽네요."

"짠. 이것도 보십시오, 황후 폐하."

맥켄나가 다음으로 건넨 초상화에는 더 어린 시절의 하인리가 방긋 웃고 있었다. 다섯 살? 여섯 살?

"와."

이번에도 저절로 감탄사가 나왔다. 이렇게 작은데 어떻게 지금 얼굴이 그대로 있지? 하지만 웃고 있어도 고집이 세 보였다.

신기해서 보고 있자니, 맥켄나가 몇 개 더 초상화를 보여주었다. 신이 나서 그걸 구경하다가, 나는 뒤늦게 두 가지 의아한 점을 떠올렸다. 나는 여기에 하인리 어린 시절 이야기를 들으러 온 거 아니었나? 게다가 맥켄나가 왜 이런 걸 가지고 있지? 보통 사촌 초상화를 이렇게 보관하나?

"사이가 많이 좋았나 봐요?"

난 오빠랑 사이가 좋지만, 오빠 초상화를 이렇게 많이 가지고 있진 않다. 잘 찾아보면 두세 개 있긴 하겠지만, 그것도 어디에 보관되어 있는진 잘 모르겠다.

신기해서 묻자, 맥켄나는 히죽히죽 웃더니 초상화를 다시 상자에 넣으며 말했다.

"하인리 폐하께서 잘못을 할 때마다, 기록 겸 혼낼 겸 선대 왕비님이 그림으로 남기라 하셨거든요."

"폐하의 어머님이요?"

"네. 하인리 폐하께선 제자리에 앉아 있는 걸 원체 싫어하시다 보니까, 이런 식으로 벌을 주셨습니다."

아아 그래서 표정이 대체로 뚱하구나.

"원래는 커서 직접 세어보라고 폐하께 직접 맡기셨는데, 폐하께서 열두 살 때 증거인멸을 야금야금 시도하다 딱 걸리셔서요. 이후로 제가 맡게 된 거지요."

들으니 귀엽긴 한데…… 역시 말썽꾸러기였나.

나도 모르게 배 위에 손이 올라간다. 아기는 태어나지도 않았는데, 벌써부터 작은 하인리가 사고를 치는 모습이 눈에 생생했다.

하지만 이런 이야기를 들어도 사고 치는 아이를 훈육하는 방법은 영 감이 잡히지 않았다. 지금까진 육아나 아기에 대해 생각해본 적이 아예 없었으니까. 물론 날 닮아서 사고를 안 칠 수도 있긴 하지만…… 아냐, 날 닮으면 날 닮는 대로 문제점이 있을 텐데.

고민하는 사이, 맥켄나는 이제 시작이라는 듯 해죽 웃으면서 가장 가까이의 초상화를 집었다.

"여기 얽힌 사연은 말이죠……."

그러나 그가 말을 제대로 시작하기도 전. 누군가 "똑똑" 하고 입으로 문 두드리는 소리를 냈다. 돌아보자, 하인리가 마지못해 웃는 얼굴로 문가에 기대어 서 있었다.

라스타가 남궁 길을 걸어가자, 근처를 산책하던 외국 귀빈들이 자기들끼리 눈짓을 주고받으며 소곤거렸다. 황제가 라스타를 이전처럼 대하지 않는다는 건 이미 모두가 알고 있었다. 그러나 이 변화를 동정하는 이는 적었다. 대부분은 곤혹스러운 처지에 빠진 황후를 보며 그저 재밌어하기만 했다.

주먹을 꽉 쥔 채, 라스타는 의식적으로 가슴을 펴고 허리를 꼿꼿하게 해서 걸어갔다. 하지만 에르기 공작을 만나자 완전히 무너지듯 주저앉고 말았다.

"라스타 님?"

에르기 공작이 놀라서 그녀를 부축했다.

"괜찮습니까?"

대답 대신, 라스타는 진심으로 칭얼거렸다.

"라스타는 사람들이 싫어요. 미워요."

에르기 공작이 작게 혀를 찼다. 로테슈 자작과 달리 그는 이미 동궁에서 일어난 일에 대해 들어서 알고 있었다. 그는 라스타가 그 일 때문에 찾아온 것으로 생각하고 위로했다.

"폐하께서도 곧 마음을 푸실 겁니다. 그렇지 않더라도 라스타 님에겐 이 에르기가 있지 않습니까."

그러나 아니었다. 라스타는 재빨리 고개를 저었다.

"아니, 그게 아니에요. 폐하도 폐하지만, 지금은 다른 문제가 더 급해요."

"다른 문제가 더 있다고요?"

게다가 이것보다 더 급한 문제라고? 에르기 공작이 뒤늦게 의아해 묻자, 라스타는 손을 벌벌 떨며 설명했다.

"라스타의 친아버지가 로테슈 자작에게 다녀갔대요. 분명 라스타에게 돈을 뜯으려 할 거예요."

"친아버지가요?"

에르기 공작의 눈썹이 씰룩 올라갔다. 몹시 놀란 얼굴이었다. 라스타는 빠르게 고개를 끄덕거렸다.

"어떻게 해요? 로테슈 자작은 바빠서 라스타를 돕지 못한대요. 폐하께 말하라는데, 폐하는 지금 라스타를 도와줄 리 없어요."

"아버지가 정확히 원하는 게 뭔진 압니까?"

"돈이겠죠."

라스타는 딱 잘라 말하고서 치맛자락을 꽉 움켜잡았다. 공포가 가시자 분노가 솟았다. 그녀가 노예가 된 것도 아버지 때문이었고, 그녀를 노예로 내버려둔 것도 아버지였다. 버려진 거나 다름없이 살아왔다. 그랬으면 평생 그렇게 남으로 살든가. 이제 와 새삼 찾아오다니. 절대로 좋은 이유일 리 없었다.

"어떻게 해야 할지 모르겠어요."

라스타는 손바닥을 비벼 호호 불며 중얼거렸다.

로테슈 자작이 고용해준 용병에겐 트로비 공작가 부부를 암살하라 의뢰해두었고, 자신이 고용한 암살자는 르베티에게 보냈다. 다시 그 정도 수준의 심부름꾼을 당장 고용하기도 어려웠거니와, 아무리 그래도 친아버지를 죽이는 건 영 꺼림칙했다. 평생 만나지 못할 곳으로 멀리 가져다 버리는 정도라면 가능하겠지만.

에르기는 안타깝다는 듯 혀를 차며 라스타의 등을 부드럽게 토닥거렸다.

"어쩔 수 없지요. 이런 경우엔 그냥 달라는 대로 돈을 쥐여주는 게 나을 겁니다."

"그러다가 버릇을 잘못 들이면 한두 번으로 그치지 않고 계속 돈을 요구할까 봐……."

"그렇다 하더라도 적당히 달래어 보내는 게 가장 깔끔합니다. 아무리 그래도 라스타 님의 친아버지인데, 돈을 주면 입은 다물겠지요."

"그럴까요?"

"그럼요. 돈은 어느 정도를 요구할 것 같습니까?"

"그건 잘 모르겠어요."

라스타가 파르르 고개를 저었다.

"하지만 라스타는 당장 그자에게 줄 돈이 없어요. 소소한 금액이라면 있지만, 큰 금액이 없는데."

에르기는 뭐 그런 시시한 일로 고민이냐는 듯 웃고는, 서랍으로 가더니 안쪽에서 무언가를 써서 가져왔다. 막대한 금액이 써진 수표였다. 하지만 라스타는 평소처럼 바로 받지 못하고 우물거렸다.

"라스타는…… 하지만 이러면 라스타가 너무 받기만 하는 것 같은데……."

어음 사건이 터진 지 얼마 되지 않다 보니, 덥석 큰돈을 받는 게 조심스러운 모양이었다.

"괜찮습니다. 무리가 가는 금액도 아니니까."

다정하고 부드러운 목소리로 "한두 번도 아니잖습니까?" 하고 덧붙인 에르기 공작은, 라스타에게 다시 수표를 내밀었다. 맞는 말이기에 라스타는 곧 납득하고 수표를 받았다.

"고마워요."

"친구끼리는 도와야지요."

"그대가 말한 항구…… 꼭 그대에게 줄 수 있도록 라스타도 노력할게요."

지저분한 거리에서 에르기 공작은 단연 눈에 띄었다.

술에 취해 고함을 질러대는 주정뱅이도, 힘을 과시하느라 여기저기 주먹질을 해대는 폭력배도, 취객들을 쫓아내느라 화가 머리 끝까지 차오른 술집 주인조차, 에르기 공작이 지나갈 때면 약속이라도 한 것처럼 입을 다물었다. 남들보다 머리 두 개는 큰 키, 척 보기에도 부담스러울 만큼 고급스러워 보이는 옷차림에 오만한 표정까지. 누가 보아도 에르기 공작은 귀족 아니면 왕족이었다.

이 거리의 사람들은, 저렇게 신분 높아 보이는 사람과 싸웠다간 자기들이 손해란 걸 잘 알고 있었다. 그런데 개중 한 명이 갑자기 불쑥 "이봐." 하고 에르기 공작을 부르더니, 그쪽으로 다가가기 시작했다. 싸움이라고는 전혀 하지 못할 것처럼 왜소한 체구의 남자였다.

왜소한 체구여도 싸움을 잘하는 사람들이 있지만, 이 사람에게는 그런 분위기조차 없기에 취객과 주점 손님들은 자기들끼리 히죽거리면서, 저 마른 남자가 배짱은 두둑하지만 목숨 아까운 줄 모른다고 소곤거렸다.

하지만 남자는 마치 에르기 공작과 아는 사이라는 듯, 공작이 멈춰 서자 더욱 가까이 다가가 히죽히죽 웃으면서 친한 척 말을 걸었다.

"내 딸을 찾을 수 있게 도와줘서 고마워."

"딸이라니? 내가 그런 적이 있었나?"

"뭐, 그쪽이 찾아준 건 아니지만. 그래도 로테슈 자작을 만날 수 있게 해줬잖아?"

에르기 공작의 표정엔 변화가 없었느나 그래도 남자는 헤실헤실 웃으면서 계속 친근한 목소리를 냈다.

"하지만 이 이상 인사는 안 할게. 보답도 안 할 거야. 어차피 그쪽도 꿍꿍이가 있어서 날 도운 거잖아? 그렇지? 그러니까 다음엔 마주쳐도 모른 척하라 한 거고?"

남자의 말에 따르면 두 사람은 서로 모른 척하기로 약속이 된 사이다. 그런데도 남자는 이 점을 굳이 사람들 앞에서 지적하고 있었다. 이 때문일까. 남자의 사근사근한 목소리는 어딘가 비열하게 들렸다.

그러나 남자의 말이 사실이라면 화가 날 상황인데도, 에르기 공작은 한쪽 입꼬리만 삐뚜름하게 올리고서, 자신에게 자꾸 달라붙는 은발 남자를 쳐다보았다.

이 비열한 남자. 옷은 낡았지만 고급이고, 덩치는 왜소하지만 이목구비가 반듯해 제대로 잘 차려입으면 제법 인기가 있을 법한 이 남자가 바로 라스타의 친아버지였다.

에르기가 노골적으로 그를 관찰하자, 남자는 더욱 히죽 웃었다. 그러고는 두 손을 주머니에 찔러 넣은 채, 목소리를 낮춰서 물었다.

"그런데 나으리, 나으리는 내 딸과 무슨 사이지? 응? 하긴, 무슨 사이든 무슨 상관이야. 중요한 건 나으리가 내 딸 정보를 팔아먹고 다닌단 건데. 그렇지?"

빈정거린 남자는, 이번엔 에르기 쪽으로 몸을 붙이며 손바닥을 펼쳤다.

"그래서 말인데. 나으리도 나한테 돈을 내놔. 아니면 내 딸에게, 나으리가 뒤에서 뭔 짓을 하고 다니는지 전부 말해버릴 테니까. 입을 다무는 덴 돈이 필요해. 그렇지?"

그가 손가락을 비비적거리면서 음흉하게 웃었다. 곧 딸을 만나 돈을 뜯고, 여기서도 돈을 뜯을 생각에 몹시 기뻐 보였다.

"타고난 몹쓸 놈이로군."

그 모습을 보며 에르기는 진심으로 감탄했다. 여러 가지 위험한 일을 하고 다니면서 온갖 몹쓸 사람을 다 보았지만, 이 사람처럼 뻔뻔한 사람은 정말 손에 꼽혔다.

남자는 에르기가 자기 욕을 하든 말든 상관없다는 듯 손을 다시 쥐었다 펴며 조롱했다.

"왜 이래 나으리. 돈도 많아 보이는데, 자기는 내 딸 정보나 팔아 먹으면서 남한테 뜯기는 건 싫……."

그러나 남자가 말을 마치기 전. 에르기의 손이 남자의 뒤통수를 쥐더니, 근처의 벽으로 쾅 소리가 날 정도로 밀어 넣었다. 근처에서 술을 마시던 이들이 깜짝 놀라 달아났다. 남자는 두 손을 허우적거렸다.

"뭐야! 놔! 놓으라고!"

에르기는 놓지 않았다. 대신 벽에 남자를 그대로 누른 채, 손을 뻗어 남자의 목을 뜯어버릴 것처럼 움켜잡고 말했다.

"말해. 상관없어."

기도가 압박되고 머리는 엄청난 힘에 뻐근하게 눌리자, 남자는 다급하게 양팔을 움직였다. 자기 머리가 달라붙은 벽을 황급히 두드리면서, 그는 제발 자기 좀 놓아달라고 꺽꺽거렸다. 에르기는 남자의 눈이 뒤로 뒤집어지기 전에야 그의 목을 놓아주고는, 협박조차 하지 않고 가버렸다. 거리의 난봉꾼들이 황급히 그에게서 물러났다.

남자는 몇 번이나 콜록거렸다. 그는 눈가에 찔끔 고인 눈물을 닦왔다. 욕을 퍼붓고 싶었지만, 에르기는 이미 저만치 걸어가고 있었다. 그 뒷모습을 노려보며 남자는 헛웃음을 지었다.

"저런 눈깔을 가진 게 귀족이라고? 살인마 같은 새끼."

누구는 사기 좀 쳤다고 감옥에 가고 딸을 노예로 뺏겼는데, 귀족들은 저딴 식으로 굴어도 멀쩡하다니. 재수 없다. 남자는 툴툴거리며 퉤 침을 뱉고서 단단히 별렀다.

"그래. 네 말대로 해주마. 내가 내 딸에게 다 말할 거다, 이 쓰레기 새끼야. 내 딸이 황후야! 내 딸이 황후라고!"

남자의 쩌렁쩌렁한 목소리가 에르기의 귀에까지 들어갔다.

"저게 무슨 소리야?"

옆의 가판대에서 조각낸 과일을 그릇에 덜던 상인이 중얼거리는 소리도 들렸다.

'내가 나설 것도 없게 하는군.'

여전히 들려오는 남자의 자신만만한 고함을 들으며, 에르기는 고개를 저었다.

오늘은 친부가 찾아오기로 한 날이었다. 라스타는 아침부터 멍한 기분으로 시간을 날려 보냈다. 솔직한 심정? 몹시 괴로웠다. 라스타는 아버지의 얼굴도 보고 싶지 않았다. 아니, 이야기도 듣고 싶지 않았다. 그녀는 자신을 노예로 낳은 부모님이 싫었다. 노예로 낳은 것뿐만 아니라, 애정조차 주지 않은 부모였다. 그런데 이제 와

당당하게 앞에 나타난단 뻔뻔한 정신이라니. 이 정도면 경이로울 지경 아닌가?

"황후 폐하, 정말로 음식을 따로 준비하지 않아도 괜찮을까요?"

"됐어. 특별한 손님도 아니야."

라스타의 대답에 하녀가 얼른 물러났다. 하지만 물러나는 표정에 호기심이 가득했다. 도대체 누가 오기에 황후가 아침부터 저러나, 왜 차나 과자조차 준비하지 못하게 할까, 이런 것 따위가 궁금한 얼굴이었다. 하녀들은 찾아올 사람이 황후의 친부란 걸 모르니 그럴 만도 했다.

라스타는 이를 갈았다. 어제저녁만 해도 그녀 역시 전혀 모르는 일이었다. 각오는 했지만, 당장 오늘 만날 거란 생각은 하지 못했다. 내가 만나는 걸 거부하면 어쩔까. 그러면 안 보고 끝날 일일지도 몰라, 이런 생각도 했다. 아버지가 또 올 거라며 로테슈 자작에게 말하고 갔다지만, 이쪽으로 직접 온 건 아니지 않던가. 하지만 저녁에 로테슈 자작가에서 보낸 심부름꾼이, 라스타의 소망을 꺾어버렸다.

그때 하녀가 다시 다가와 손님이 도착했단 걸 알렸다.

"응접실로 들여보내."

라스타는 백까지 센 후 응접실로 나갔다. 밖으로 나가자마자 소파에 앉은 낯선 남자가 보였다. 추레한 남자였다. 등은 약간 휘었고 어딘가 깨끗하지 못한 느낌을 주었다. 이목구비는 단정했지만 음흉한 표정에 묻혔다.

라스타는 주먹을 꽉 쥐고서 호흡을 골랐다. 어린 시절 이후 처음 보는 남자는, 낯설면서도 익숙했다.

"라스타. 내 딸."

남자가 히죽 웃으면서 일어났다.

내 딸. 라스타야. 라스타는 어린 시절의 아버지와 지금의 남자를 겹쳐 보았다. 더욱 소름이 돋았다.

남자는 소비에슈 같은 아버지가 아니었다. 그는 라스타를 다정하게 불렀지만 사랑하진 않았고, 괴롭히진 않았지만 챙기지도 않았다. 이런 걸 보통 '남'이라 하지 않나?

라스타에게 남자는 늘 변명했다. 우리의 신분 때문에 자신이 라스타를 챙기지 못하는 거라고. 그런 것치곤 참 태연한 사람이었다. 남자는 그녀의 생일도 기억하지 못했고, 그녀의 이름도 가끔 헷갈렸다. 몇 자나 된다고.

"잘 컸구나. 게다가 이렇게 훌륭한 사람이 됐어."

그런 주제에 저따위 말이라니.

'하긴. 저런 말은 생판 남들도 얼마든 할 수 있지.'

라스타는 냉랭하게 남자를 쳐다보다 물었다.

"왜 왔어?"

남자는 슬픈 표정을 지었다.

"왜 오다니? 딸 소식을 들었으니 찾아온 거지, 라스타. 내 딸이 무사히 지내고 있단 걸 알았는데, 당연히 찾고 싶은 거란다."

"딸이 괴롭게 지낸단 소식을 들을 땐 찾아야겠단 마음이 안 들었어?"

"이런…… 너 화났구나."

남자는 눈썹을 슬프게 올리더니, 다가와서 두 팔을 벌렸다. 라스타는 몸을 옆으로 피했다. 구역질이 났다. 예전에는 저 남자가 그녀를 보듬고 챙겨주길 바랐지만, 이젠 몸에 닿는 것도 싫었다.

"나가. 나가서 내 앞에 나타나지 마. 버리고 갔으면 평생 그렇게 살아. 나한테 그쪽은 없는 게 도움이 돼. 발목 잡지 말고 가."

라스타는 남자를 한 번 노려보고서 몸을 돌렸다. 가란다고 정말 갈 거라 생각해서 한 말은 아니었다. 요구할 게 있어 왔는데 욕만 듣고 순순히 갈 리가 있나.

그래도 이런 말을 한 건, 몹쓸 요구를 할 거라면 본인의 입으로 뱉도록 만들기 위해서였다. 절대로 자신이 나서서 효녀라도 된 것처럼 먼저 챙기진 않을 거다. 돈을 받아 가면서 '내가 딸의 돈을 뜯고 있다'는 희미한 죄책감이라도 들게 만들어야 했다. 죄책감이 있다면 새삼 찾아오지도 않았겠지만.

남자는 어린 시절 부정을 갈구하던 라스타가, 냉랭하게 그를 무시하는 데 놀라 눈을 휘둥그렇게 떴다.

"우리 딸, 아빠한테 화가 많이 났니?"

라스타가 대답하지 않고 방에 들어가버리려 하자, 남자가 서둘러 말했다.

"라스타. 혹시 키가 굉장히 크고 잘생긴 남자를 아니?"

"그런 남자가 한둘이야?"

"머리카락이 갈색 금색 섞여 있단다. 눈은 초록색이고. 무척 강인한 인상이었는데. 아, 외투를 어깨에 걸치고만 다니더라."

라스타는 순간 에르기 공작을 떠올리고 인상을 구겼다. 에르기 공작 이야기를 하는 게 맞나? 그렇다면 뜬금없이 왜 에르기 공작 이야기를 꺼낸 거지?

남자는 히죽 웃었다.

"그 남자가 내게 네가 있는 곳을 알려줬단다."

"뭐?"

"정보가 필요하니 도움을 받긴 했지만, 그리 좋은 의도는 아닌 것 같더라. 난 네 아버지, 친아버지잖니. 이런 건 네게 알려주어야지."

라스타는 헛웃음을 지었다. 뭐라는 거야, 저 인간이?

애정 한 자락 주지 않은 친아버지보다 에르기 공작이 그녀를 더욱 잘 챙겨주었다. 그런데 버린 딸 돈을 뜯으러 와놓고서는, 뭐? 에르기 공작이 그에게 정보를 알려줬어?

라스타는 반박하기도 짜증이 나서 다시 방 안에 들어가 문을 닫았다.

"라스타. 라스타."

남자는 서둘러 일어나 문 앞으로 가 문을 두드렸다. 그가 침실 문을 여러 번 두드리자, 라스타는 그제야 다시 나와서 경멸 가득한 시선으로 남자를 쳐다보았다.

"아직 안 갔어?"

"미안하다 라스타. 네가 좋아하는 남자라면 아무 말 말아야지. 암."

남자는 한때 인기가 있었기에, 사랑에 빠진 사람들이 눈과 귀를 닫기 쉽단 걸 알았다. 남자는 라스타가 어제의 그 귀족 남자를 사랑한단 걸 알아차렸다. 그리고 그 남자에 대해 뭐라 말한들 믿지 않으리란 것도. 결정을 내리자마자, 남자는 그 역겨운 귀족을 욕하는 대신 웃으며 본론을 꺼냈다.

"실은 라스타. 아버지가 요즘 좀 힘들단다. 우리 딸이 도움을 주면 좋겠어."

남자는 복수보다 실리를 추구했다. 딸이 자신을 위해 그 남자를 팽해준다면 기분이야 좋겠지만, 가장 중요한 건 그의 이득이지 복수가 아니었다.

"무슨 도움? 돈?"

"그래. 아버지가 어, 상단을 하나 차려보고 싶거든."

"얼마가 필요한데?"

"자식을 잘 두니 좋은 일이 생기는구나."

남자는 흐뭇하게 웃으면서 금액을 말했다. 에르기 공작이 건넨 돈보다 훨씬 못 미치는 금액이었다. 애초에 씀씀이가 달랐던 것이다. 금액이 생각보다 적어서 다행이라고 생각하면서도 자식을 잘 두었단 말에 불쾌해하다가, 라스타는 이상한 부분을 깨달았다.

"상단을 차린다니? 어떻게?"

라스타가 노예가 된 건 아버지가 노예였기 때문이었다. 아버지가 노예가 된 건 사기를 쳤기 때문이고.

보통 종신형 급의 죄를 지으면 자신과 가족들이 노예가 되는 형벌을 받는데, 이에 못 미치더라도 기한을 두고 노예가 되는 경우가 있었다. 여기에서 '기한을 둔다'는 건 시간이 아닌 돈의 문제였다. 보통 돈 문제로 죄를 지은 이들이 이런 벌을 많이 받았는데, 그들은 기한 노예였으므로 돈을 일정 이상 모아 피해자에게 돌려주고 국가에 벌금을 납부하면 노예에서 바로 해방될 수 있었다.

라스타의 아버지가 이 경우였다. 그리고 라스타가 알기로, 노예는 상단을 차릴 수 없었다. 라스타의 아버지가 당연하다는 듯이 대답했다.

"아버지는 열심히 돈을 모아 노예에서 해방되었단다."

라스타는 입을 벌리고 남자를 쳐다보았다. 기가 막혔다. 지금 뚫린 입이라고 뭐라 떠들어대는 거지?

"나는? 그러면 나는?"

라스타는 화가 나서 물었다.

"난 그쪽 때문에 노예가 됐는데, 그쪽은 날 두고 혼자 평민이 됐다고? 대체 언제?"

황후이면서도 그녀가 여기저기 눈치를 보는 건 다 그 노예 문서 때문이었다. 그 문서가 아니었다면 지금보다는 훨씬 사정이 나았을 거다. 물론 정부가 된 후에도 공식적으로 해방될 길은 있었지만, 그러면 사람들이 그녀가 한때 노예였단 걸 알 수밖에 없기에, 소비에슈는 공식적으로 서류를 파기하지 못하고 신분을 세탁하는 길을 택했다. 하지만 정부가 되기 전에 노예에서 해방되었더라면, 이 모든 일은 그녀와 상관없었을 터였다.

그런데 이 인간이 뭐라고? 혼자 돈을 모아 노예에서 벗어났다고?

"아, 물론 너도 빼내주려 하긴 했지."

친부는 어색하게 웃으며 둘러댔다.

"하지만 전에 찾아가보니 영주 아들과 연애도 하고 잘 사는 것 같기에, 그쪽이 해주려나 보다 싶었지. 나보단 영주가 돈도 많을 테고."

"그걸 말이라고 해?"

"정말이다. 찾아가긴 했어. 잘 지내기에 도로 온 거지."

"개소리하지 마! 잘 지내는 것 같아서 도로 갔다고? 아니! 당신 마음대로 판단하고 떠난 거잖아!"

라스타는 분노에 차 고함을 지르다가 몸을 휘청였다. 넘어질 뻔했지만, 친부는 부축해주지 않았다. 그는 제자리에서 혀만 찼다.

"어이쿠, 그러게 왜 고함을 질러."

그녀는 의자 등받이를 짚고 균형을 잡았다. 그 상태로 숨을 고르다가, 아버지를 노려보며 단호하게 말했다.

"돈은 한 푼도 못 줘! 상단을 차리든 부수든 당신이 알아서 해! 잘 지내는 모양이니까, 라스타도 관여하지 않을게!"

친부는 '설마. 정말?' 하는 표정으로 라스타를 내려다보더니, 곧 얼굴을 구기며 험악하게 물었다.

"이런 불효막심한 것 같으니. 낳아주고 길러준 아버지한테 그게 할 소리야?"

"그쪽은? 그쪽 때문에 노예가 된 딸한테 이제 와 이러고 싶어?"

"네가 황후가 된 건 다 내 덕이다. 다 내가 예쁜 얼굴로 만들어줬으니 가능한 일이야. 그런데 은혜도 모르고…… 배은망덕한 것!"

라스타는 기가 막혀서 숨까지 쉬어지지 않았다. 그녀는 입을 벌리고 눈꺼풀을 떨었다. 억울하다 못해 분통이 터졌다.

뭐 이런 인간이 다 있지?

아버지는 멋대로 험한 소리를 뱉으며 한참 화를 내다가, 돌연 히히 웃으며 말했다.

"라스타, 네가 아버지를 이렇게 험하게 내치면 내가 가만히 있을 것 같으냐? 난 네 아버지고, 네가 날 챙기는 건 당연한 의무다. 네가 날 버리겠다면, 난 사람들한테 네가 얼마나 배은망덕하고 불효막심한 자식인지 말하고 다닐 수밖에!"

어떻게 알고 왔지? 놀라서 하인리를 보고 있자니, 옆에서 작게 흐으 하는 소리가 들렸다. 돌아보자, 맥켄나가 울 것 같은 얼굴로 허둥지둥 흩어진 초상화를 도로 상자에 주워 담고 있었다. 맥켄나는 또 왜 이래?

"맥켄나? 괜찮아요?"

떨떠름하게 묻자, 맥켄나가 "암요. 암요." 하고 황급히 대답하고는, 상자를 끌어안고 일어나 뒷문으로 달려갔다. 하인리는 그 뒷모습을 향해 느긋하게 말했다.

"맥켄나. 이따 봐. 사랑해."

애정 가득한 목소리인데 왜 저렇게 파랗게 들리나 모르겠다. 이미 밖으로 나가 보이지 않게 된 맥켄나가, 흐어어어 이상하게 내는 소리가 들려왔다. 둘 사이에서 주고받는 저 애정 어린 말이, 사실은 알고 보면 경고의 의미일까? 고개를 기웃하다가, 옆에서 느껴지는 뜨거운 시선에 아차 싶었다. 나도 하인리 과거를 캐다가 걸린 거잖아!

"맥켄나?"

나 데려가!

"뭘 두고 갔어요."

나는 자연스럽게 일어선 후, 황후의 위엄을 유지하려 애쓰며 빠른 걸음으로 맥켄나를 쫓았다.

"퀸, 어디 가요."

대번에 걸렸지만.

머쓱하게 돌아보자 하인리가 어이없단 표정으로 날 보고 있었다.

"갑자기 뭐가 생각나서요."

얼른 둘러대자, 하인리는 가자미눈을 뜨고는 가까이 다가와 내 볼을 잡아 늘렸다.

"무엄하군요."

일부러 차갑게 말해봤지만, 하인리는 태연하게 웃었다.

"퀸에 대해서 알게 된 게 있어요. 뭔지 알아요? 퀸은, 자기가 민망한 상황일 때 더 위엄 있고 차갑게 군단 거예요."

어떻게 알아차린 거지? 은밀히 감추어두고 유용하게 써먹던 방법인데.

민망한 기분에 더욱 표정을 굳히자, 하인리는 내 뺨을 자기 두 손으로 감싸고 코끝에 쪽쪽쪽 입을 세 번 맞추더니 생글 웃었다.

"아 귀여워. 아 예뻐. 난 퀸이 이럴 때마다 너무 좋아요."

시선을 피하자, 그는 같이 몸을 움직여 나와 눈을 맞췄다. 시선을 떨어트리자, 이번에는 몸을 숙여 눈을 맞췄다.

하지 마!

그 상태로, 하인리는 눈웃음을 지으며 속삭이는 투로 물었다.

"퀸, 맥켄나랑 무슨 얘기 하고 있었어요?"

"그냥…… 그대의 어린 시절에 대해 듣고 싶었어요."

솔직하게 털어놓았다. 그 이면에 숨겨진 의도는 감췄지만.

아니, 그보다 다 들었으면서 왜 못 들은 척이야?

"난 그대에 대해 더 알고 싶거든요."

의도를 꽁꽁 감추고서 대답하자, 하인리는 눈이 더욱 가늘어지게 웃었다. 기분이 좋아 보였다. 넘어가는 건가……?

"거짓말."

"!"

"퀸. 그대는 거짓말도 우아하게 하네요."

하인리는 내 뺨에서 손을 내려놓고서 허리를 폈다. 나는 그의 눈치를 살폈다. 혹시 화가 났을까?

"화났어요?"

조심스럽게 묻자, 하인리는 고개를 저었다.

"그건 아니에요. 그냥 부끄러워서 그래요."

"뭐가 부끄럽나요?"

"전 어린 시절에 약간 개구쟁이였거든요. 퀸이 음, 그 이야기를 몰랐으면 좋겠어요."

"나도 얘기해줄게요. 뭐 어때요, 어릴 때 일인데."

"퀸은 말썽 한 번 안 부리고 잘 컸을 것 같은데요?"

"……"

"거봐."

하인리는 픽 웃더니, 내 이마에 자기 이마를 한 번 문지르고서 맥켄나가 하나 챙기지 못하고 간 작은 초상화를 주웠다. 두 볼이 볼록 튀어나와서 팅팅 부어 있는 어린 하인리를, 큰 하인리가 들어 올리고서 웃으며 내려다보았다.

그 모습이 어쩐지 사랑스럽게 여겨졌다. 하인리의 어머니…… 하인리가 사고를 칠 때마다 그 모습을 초상화로 남겨둔 하인리의 어머니도 같은 생각이겠지. 하인리가 얄밉게 여겨지지만, 그래도 사랑스러웠을 것이다. 그러니까 벌을 주면서도 그 모습을 하나하나 남겨 보관하신 게 아닐까?

그 생각을 하자, 내가 지금까지 쓸데없는 고민을 했단 걸 깨달았다. 사고뭉치 말썽꾸러기이든, 조용하고 말수 적은 아이이든, 난 우리 아이를 사랑할 수밖에 없을 텐데. 지금부터 지레 겁을 먹어봐야 무슨 소용일까?

"쌍둥이가 태어나도 괜찮을 것 같아요."

나도 모르게 중얼거리는 소리가 나갔다. 어느새 액자 틀에서 초상화를 꺼내고 있던 하인리가, 놀라서 도로 액자 틀을 끼우며 물었다.

"네?"

"그대를 닮은 아이 하나, 나 닮은 아이 하나. 이렇게 쌍둥이가 태어나면 좋을 것 같아요. 아니면 반반 섞어서?"

"퀸……."

"그리고 초상화는 내놔요. 은근슬쩍 자꾸 파기하지 말고."

손을 내밀자 하인리는 시무룩해서 어린 시절의 그를 내밀었다. 나는 하인리가 내민 초상화를 품에 꼭 끌어안고 득의양양하게 웃었다.

"그 이야기 들으셨어요? 아기……."

"네, 황후 폐하와 황제 폐하께서 임신에 도움이 되는 약을 드신대요."

"내가 들은 이야기와 좀 다른데요? 난 불임 치료를 받고 있다 들었어요."

"사실인가요?"

"임신에 도움 되는 약은 사실일지도 몰라요. 궁의의 사촌이 한 말을 들었어요."

"그럼 소문대로 황후 폐하께선 불임이신 건가요?"

"쉿."

"아니, 쉬쉬할 문제가 아니에요. 그런 거라면 정말 위험하잖아요? 선대 전하 때에야 건강한 동생이 있으니 괜찮았지만, 하인리 폐하는 동생도 없다고요!"

하인리와 내가 뿌려둔 씨앗이 차근차근 싹을 틔우고 있나 보다.

시녀들이 전해준 소문을 들으며, 나는 태아에게 해가 가지 않는다는 차를 마셨다. 궁의가 직접 가져다준 차로, 소문 속에서 사람들이 떠들어대는 약의 정체가 이것이었다. 불임 치료약이니 임신을 돕는 약이니 하고 소문난 건, 아마 궁의에게 그런 식으로 포장을 해서 가져오라 부탁했기 때문이겠지.

나와 하인리는 이렇게 요즘 정체불명의 약을 몰래 처방받는 시늉을 하면서, 사람들이 후계자 이야기를 꺼내기만 해도 말을 돌렸다. 덕택에 내 적들 사이에서 높아지는 소문과는 별개로, 내 주위 사람들은 오히려 아기니 후계자니 하는 이야기를 전혀 꺼내지 않게 되었다.

계획대로 되고 있으니 다행이지. 하지만…….

"이상해."

"그러니까요! 자기들 집안일이나 신경 쓰지, 왜 이러는지 모르겠습니다!"

혼자 생각하던 게 입 밖으로 튀어 나갔나 보다. 마스타스가 내 말이 귀족들을 향한다 생각했는지, 맞장구치며 주먹을 휘둘렀다.

"썩을! 연무장을 물구나무서기로 100바퀴 돌려야 합니다! 그러면 제정신을 차릴 겁니다."

고개를 저었다. 대신 화내주는 마스타스에겐 고맙지만, 난 지금 입질이 온 물고기 이야기를 하는 게 아니었다. 내가 이상하게 여기는 건 오히려 가만히 있는 쪽. 케트린 후작과 리버티 공작 쪽이었다. 내가 위험 1등급으로 분류한 그 사람들 말이다.

난 지금까지는, 불임 소문을 시작한 게 케트린 후작이라 생각했다. 그 말을 회의 도중 언급한 건 다른 귀족이었지만, 분위기 상 케트런 후작의 조종을 받는 것 같았으니까. 이후 주고받은 말도 있고.

그런데 왜? 왜 어중간한 적들은 소문을 떠들어대고 퍼트리고 확대 해석하느라 난리인데 메인이어야 할 케트런 후작은 아직까지 잠잠하지? 리버티 공작은 또 왜 이렇게 조용하고? 신중하게 군다……고 할 수도 있긴 한데. 그렇다면 이전에도 신중했어야지. 리버티 공작이야 그렇다 쳐도, 먼저 이야기를 꺼낸 케트런 후작 쪽은 가만히 있으니 오히려 더 수상했다. 하인리의 바람둥이 이미지를 이용하려다가 자기가 망신을 당한 일 때문에, 몸을 사리는 걸까?

고민 끝에 하인리를 찾아가 의견을 물었다.

"그대 생각은 어떤가요, 하인리?"

동대제국에서라면 스스로 생각할 수 있었을 거다. 난 그곳의 귀족들을 평생 보며 자라왔으니까. 하지만 아직 서대제국 귀족들은 낯설었다. 물론 몇 개월 동안 친해진 귀족은 많다. 악의를 가진 몇몇 가문을 제외하면, 많은 귀족들이 내게도 마음을 열었고. 그렇다 한들 반년도 알지 못한 이들이다. 친한 귀족이라도 성격을 다 파악하고 속내를 분석하기 힘들 텐데. 케트런 후작과는 친하지도 않았다. 그의 속내를 짐작하기엔, 난 그에 대해 아는 게 적었다. 그러니 하인리의 도움을 구하는 수밖에.

"케트런 후작 부인과 케트런 후작이 크게 싸우고 있단 얘긴 들었습니다."

"혹시 전의 그 일 때문인가요?"

"글쎄요. 그 일도 한몫을 차지했을 수도 있긴 하겠지요."

하인리는 "아아." 하고 탄식하더니 덧붙였다.

"그러고 보니 케트런 후작가에 영리한 아이가 셋이나 있습니다. 어쩌면 아이들 문제로 케트런 후작 부인이 케트런 후작과 크게 싸운 걸지도 모르겠네요. 아이들 미래를 위해선 나와 척지는 게 좋진 않으니까요."

정통성 있는 황족 중에 남아 있는 게 하인리뿐이니, 일단 지금은 몸을 굽히고 있기로 한 걸까? 아이들의 미래를 위해서?

하인리는 한숨을 내쉬었다.

"물론 어느 쪽이어도 피곤하겠지만요."

그렇지. 사이는 나쁜데 쳐내지도 못할 테고, 애매한 상태가 계속될 테니까.

한참 걱정하다가, 나는 결국 의자에 몸을 파묻으며 솔직하게 말했다.

"역시 함정을 파는 건 내가 잘하는 분야는 아닌가 봐요."

"원래 낚시의 묘미는 기다리는 거예요, 퀸."

"상대가 반응을 할지 안 할지 모르는 상황에서, 무작정 기다리는 건 지루해요."

"퀸은 그럼, 동대제국에선 정적을 어떻게 처리했습니까?"

팔짱을 낀 채 쳐다보자, 하인리가 얼른 두 손을 저었다.

"아니, 퀸이 나쁜 사람이라 정적을 처리했단 뜻은 아닙니다. 가끔은 그럴 때가 필요할 테니까요. 그 얘길 하는 거예요."

"별거 없었어요."

동대제국 땐 선대 황후 폐하의 품에서 입지를 먼저 닦아뒀기에,

노골적으로 시비를 거는 이들이 적었다. 시비를 건다고 해도 내 편을 들어줄 시녀들이 워낙 많기도 하고, 우리 가문 자체도 커다래서…….

그래도 하인리가 관심을 보이는 화제 같기에, 순화한 이야기를 몇 가지 들려주고 있을 때였다. 갑자기 손바닥이 간지럽기 시작했다. 무의식중에 손을 긁다가, 이전과 비슷한 증세 같단 생각을 했다. 하인리의 머리카락이 다 얼어붙었을 때.

그 생각을 하자마자 더욱 간지러워져서, 나는 열감을 식히기 위해 책상 위에 손을 올렸다. 놀랍게도 바로 그 순간. 책상에 얇은 얼음이 파르르르 올라왔다. 얼음은 책상을 따라 이동하다가 맞은편의 하인리 근처까지 가서 멈췄다.

"아."

놀라서 손을 보고 있자니, 하인리가 물었다.

"괜찮습니까?"

"난 아무렇지도 않아요. 조금 놀랐을 뿐이지."

그보다 두 번째로 이런 현상을 보니 더욱 신기하다. 첫 사건 이후로 아무 일이 없기에, 혹시 첫 사건이 우연은 아니었을지, 마법이 생기다가 사라진 건 아닐지 궁금했는데. 아니었구나.

손을 쥐었다 펴길 반복하다가 괜히 몇 번 허공에 대고 턴 다음 무릎 위에 올렸다. 그러다 시선이 느껴져 고개를 드니, 하인리가 걱정스럽게 나를 보고 있었다.

"왜 그래요?"

전의 기쁘기만 한 얼굴이 아니기에 묻자, 하인리는 자기 입가를 검지로 올리며 중얼거렸다.

"그러고 보니 아카데미에 대한 문제가 임신하면서 흐지부지됐네요. 아카데미엔 한 번 다녀오긴 해야 하는데, 지금이라도 빨리 다녀오는 게 나을지, 아니면 늦더라도 나중에 가는 게 나을지 모르겠습니다."

"아빠. 해보아라. 아빠."

부부 소리를 내며 아기가 까르르 웃었다. 소비에슈는 아기가 아빠라고 부른 것처럼 좋아서 웃다가, 아기의 배에 뽀뽀를 하고서 다시 한 번 말했다.

"아빠. 해보아라. 아빠."

아기가 또 부부 소리를 내자, 소비에슈는 감동해서 중얼거렸다.

"공주야, 우리 공주는 천재인가 보다."

아기가 또 웃음을 터트렸다.

베르디 자작 부인은 아기가 먹을 우유를 따뜻한 병에 덜어 데워 오다가, 그 모습을 보고서 슬프게 웃었다. 아이를 챙기는 소비에슈는 보기 좋았지만, 저 광경을 위해 희생된 이들이 몇이란 말인가. 그 생각에 기분이 싱숭생숭해졌다.

하지만 팔을 휘적거리는 공주는 정말로 사랑스러웠다. 라스타가 낳은 아기여서 예뻐할 수 없을 거라 여겼는데. 그녀의 오판이었다. 베르디 자작 부인은 공주의 유모가 된 후, 이 사랑스러운 아기에 대한 정이 매일매일 커지는 걸 스스로도 느꼈다. 하루가 멀다 하고 사고를 쳐대는 식구들 덕에 사그라든 가족애가, 공주를 기르면서 꿈틀꿈틀 살아나는 듯했다.

소비에슈는 베르디 자작 부인이 다가오자, 안고 있던 아기를 그녀에게 건넸다. 베르디 자작 부인은 아기를 받아 능숙한 자세로 공주를 고쳐 안았다.

그런데 한창 포근하고 즐거운 시간을 보내는 와중이었다. 문을 두드리는 소리가 났다.

"폐하, 카를 후작입니다."

소비에슈는 공주가 베르디 자작 부인의 품에서 꼬물거리는 걸 보다가, 아쉬워하며 아기방 밖으로 나갔다.

"무슨 일이지?"

"폐하. 꼭 보셔야 할 게 있습니다."

카를 후작은 소비에슈를 보자마자 심각하게 말을 꺼냈다. 표정만 보아도 그리 좋은 일로 온 게 아니란 티가 났다.

"조용한 곳에서 보여드리겠습니다."

소비에슈는 자신의 방 응접실로 카를 후작을 데려가 물었다.

"무슨 일인데 그러지?"

카를 후작은 겉옷 안쪽에 접어둔 신문을 꺼냈다.

"황후 폐하에 대한 기사가 떴습니다."

"좋은 기사라면 그대가 달려올 이유가 없고. 좋지 못한 기사인가 보군."

카를 후작이 차마 그렇다고 말을 하지 못하는 사이, 소비에슈는 신문을 받아 펼쳤다. 그의 눈동자가 빠르게 신문 내용을 훑었다. 얼마 가지 않아 소비에슈는 카를 후작이 보여주고 싶던 부분을 발견했다.

"이게 뭐지?"

소비에슈의 표정도 어두워졌다.

기사 자체는 신문 내에서 비중이 크지 않았다. 작은 칸에 꾹꾹 눌려 담겨서, 신문 저 끄트머리에 붙어 있었다. 그러나 기사 내용은 아슬했다. 기자는 자신이 라스타의 친아버지라 주장하는 남자를 만났단 이야기를 실었는데, 자신은 그 남자를 믿지 않는단 걸 분명히 밝히면서도, 그 남자가 주장하는 내용은 구구절절 죄다 실었다.

친아버지라는 남자의 주장은 크게 세 가지였다. 자신은 딸을 먹여 살리느라 뼈가 빠지게 일했기에 딸이 황후가 된 줄도 몰랐다. 딸은 평민인 자신을 부끄럽게 여겨서 귀족 가짜 부모를 구한 것 같다. 딸을 찾아갔지만 문전박대당하고 쫓겨났다.

간략하게 표현하면 이 정도지만, 주장 하나하나를 풀어가는 사연이 어찌나 구구절절한지, 보고 혹하는 사람이 있을 만했다.

소비에슈는 관자놀이를 짚었다. 상대가 높은 신분인 이런 기사는, 기자들이 보통 익명으로 적는다. 그런데 이 기자는 당당하게 자기 이름까지 밝혔다. 이조차 라스타에겐 불리했다. 믿는 구석이 있으니 기자가 이름을 밝히고 이런 기사를 낸 게 아니겠냐, 이런 여론이 만들어지기 딱이었다.

그나마 지금은 주장일 뿐이지만…….

"노예 문서는? 아직 못 찾았나?"

"예. 은밀히 찾아야 하다 보니 구하기가 어렵습니다."

뜨거운 덩어리가 목구멍 앞까지 치솟았다. 소비에슈는 한숨을 내쉬고 들끓는 화를 가라앉혔다. 그러나 화는 가라앉지 않고, 속은 더욱 타들어갔다. 라스타야 어차피 곧 황후 자리에서 내려올 거라지만, 공주는 아니었다. 공주는 라스타가 노예였단 게 밝혀지면 난처한 입장에 처할 터였다. 일반 공주여도 그럴 텐데. 글로리엠은 특히 최초의 동대제국 여자 황제가 될 사람이 아니던가.

"이 기자는? 지금 어디 있지? 라스타의 친부라 주장하는 사람은?"

소비에슈는 고개를 저었다.

"아니, 이 작자 말이 진짜인지부터 확인해야겠군. 라스타는 어디 있지?"

라스타는 기자와 함께 서궁에 있었다. 그녀는 원래 기자를 직접 부르진 않으려 했다. 황후로서의 권한을 행사할 때에는 먼저 보고를 하라는 둥, 소비에슈가 그녀의 권한을 확 깎아버렸기 때문이다.

하지만 친아버지에 대한 기사를 쓴 자의 이름을 본 순간, 가만히 있어선 안 된다고 마음을 바꿨다. 기자는 조앤슨이었다. 알현실에 찾아와 동생을 찾아달라던 기자. 그 전에는 평민의 희망이라며 그녀를 취재하기 위해 온 기자. 이 기자는 만날 때마다 표정이 달랐다. 처음 만났을 때에는 반짝이는 눈으로 그녀를 보았고, 두 번째 만났을 때에는 슬프고 절망적인 눈으로 그녀를 보았고, 지금은 어느 때보다도 싸늘하게 그녀를 보았다. 라스타는 조앤슨에게 슬프게 물었다.

"그쪽은 라스타에게 무슨 원한이라도 있는 거야?"

"그럴 리가요, 황후 폐하."

조앤슨은 대번에 대답했다. 하지만 그 말을 하면서도 눈빛이 흉흉했다. 불만이 없기는. 넘쳐흐르는 티가 났다.

"라스타는 그대가 내는 어처구니없는 기사들을 모두 보았지만, 그래도 그냥 넘어갔어. 기사를 내는 건 그대의 자유라고 생각했으니까. 하지만 이번엔 좀 심하잖아?"

라스타는 울 것 같은 얼굴로 조앤슨을 노려보았다.

"결혼식 전에 라스타를 취재했으니, 라스타가 부모 일로 얼마나 속앓이를 했는지 아는 사람이 그대야. 그런데 그 부모 일로 라스타를 들쑤시다니 악질적이라 생각 안 해?"

라스타는 아기를 던져버린 후 불면증에 시달리고 있었다. 그 탓에 눈 밑이 퀭하고 얼굴엔 핏기가 없어서, 몹시 가엾어 보였다. 아주 모진 사람도 지금 라스타를 보면 마음이 누그러질 것이다. 그러나 조앤슨은 아니었다. 그는 황후에 대한 배반감이 너무 강했다. 눈앞의 라스타가 동생에게 해코지를 했을 거란 확신도 있었다. 그렇다 보니 라스타가 무슨 말을 해도 흔들리지 않았다. 조앤슨은 다리를 꼬고 앉으면서, 무슨 말을 하냐는 듯 말했다.

"전 기자로서 이 사람의 주장, 저 사람의 주장을 알릴 의무가 있습니다, 황후 폐하."

그러면서도 조앤슨은 라스타의 태도를 살폈다. 귀족들은 평민이 자기 앞에서 다리 꼬는 걸 싫어했다. 단순히 인상을 찡그리면 그나마 나았고, 심한 경우 부하를 시켜 다리를 부러뜨리려 드는 귀족도 있었다. 이걸 알면서도 조앤슨이 다리를 꼬고 앉은 건, 라스타의 반응을 보기 위해서였다.

물론 라스타 황후는 진짜 귀족의 핏줄이건 아니건 평민 사이에서 자랐다. 그러니 이런 점에서 다를지도 모르지만, 그래도 귀족 핏줄이라면 자세에 대해 반응하는 게 있겠지 싶어서. 그러면서도 조앤슨은 자연스럽게 말을 이어갔다.

"제가 기사에도 분명 뚜렷하게 적어두지 않았습니까. '그런 주장을 하는 남자가 있다'라고요."

그냥 변명이 아니었다. 실제로 그는 라스타의 친부라 주장하는 사람의 기사를 실어주긴 했지만, 그 남자가 라스타의 친아버지란 확신은 없었다. 얼추 말을 그럴듯하게 하고 얼굴에 닮은 구석도 좀 있는 것 같기에 일단 기사는 써주었지만, 기사 내내 '이런 이런 주장이 있다'라는 문장을 덧붙여두었다.

라스타의 얼굴이 분노로 붉어졌다.

"말도 안 되는 헛소리를 하는데, 그걸 다 일일이 실어준다고? 그대 옆집 사는 꼬마가 폐하의 사생아라고 주장해도 다 실어줄 건가?"

"황후 폐하의 아버지라 주장하는 사람은 말을 제법 그럴듯하게 했습니다."

그렇겠지. 사기꾼이니까! 라스타는 목 끝까지 치솟은 말을 삼키려 입을 우물거렸다. 그런 라스타를 보며 조앤슨은 눈을 가늘게 떴다. 꼬고 앉은 다리에 반응하지 않는다…….

"전에 제가 알현실에 찾아온 일은 기억하십니까, 황후 폐하?"

"기억나."

"그때나 지금이나 전 같습니다. 제 동생을 돌려주십시오. 그러면 됩니다."

"그대 동생이 실종된 건 라스타와 관련이 없는데 뭘 어쩌란 말이야!"

"저도 없던 일을 지어내 쓴 적은 없습니다. 전부 다 조사를 하고 낸 기사들이니까요."

조앤슨은 꼬고 있던 다리를 풀고서 몸을 일으켰다.

"동생이 돌아오기 전까진, 황후 폐하를 물고 절대 놓지 않을 겁니다."

라스타는 의자 손잡이를 쥐었다 펴길 반복했다. 시선은 맞은편 벽에 걸린 풍성한 태피스트리에 닿아 있었으나, 정말로 태피스트리를 보는 건 아니었다. 그녀는 조앤슨의 경고를 떠올리고 있었다. 괴로웠다. 그깟 동생, 자기도 그냥 확 돌려주고 싶은데. 그게 안 되어서 이러고 있는 거 아닌가.

결국 라스타는 의자에서 일어났다. 생각하면 할수록 머리만 아프니 침대에 누워 한숨 잘 생각이었다. 현실을 잊고 도망치기에 꿈보다 좋은 곳이 어디 있을까.

"황후 폐하. 황제 폐하께서 오셨습니다."

그러나 지금은 도망갈 수조차 없나 보다. 소비에슈가 찾아왔단 소리에, 라스타는 더욱 겁이 나 힘없이 웅얼거렸다.

"들어오시라 해……."

이전에는 얼굴을 맞대는 것만으로도 좋았던 연인인데. 어떻게 1년도 못 되어서 이런 사이가 될 수 있을까? 라스타는 서글픈 기분으로 문을 열고 들어오는 남자를 바라보았다. 소비에슈는 초췌해진 라스타와 달리 여전히 위엄 넘치고 아름다운 모습이었다. 하지만 그 표정은 서늘하고 냉랭해서, 라스타는 한층 두려워졌다. 기사를 읽고 왔구나!

"정말이냐."

소비에슈는 돌려 묻지도 않았다. 그는 문을 닫자마자 대번에 질문부터 했다. 라스타가 두려워하던 대로 오늘자 신문 기사를 읽고 온 게 분명했다.

"정말이냐 물었다, 라스타. 기사가 사실이냐."

라스타는 맥없이 물었다.

"답을 내리고 오신 건가요, 답을 들으러 오신 건가요?"

처량한 목소리와 창백한 표정이 안쓰러울 법도 했으나 소비에슈의 눈길은 여전히 무심했다. 몇 달 전 배에 대고 자장가를 불러주던 남자는 어디로 간 걸까.

'그 남자는 내 아기에게 가버렸지.'

"라스타가 대답하면 믿어주시긴 할 건가요?"

"믿지 않으면? 별수는 있고?"

"……."

"솔직히 말해라. 지금 말을 해야 내가 해결해줄 수 있으니."

라스타는 입술을 깨물었다.

소비에슈는 낮은 탁자에 펼쳐진 신문을 힐긋 내려다보며 말을 이었다.

"저자가 네 친아버지이든 아니든, 저자가 불시에 찾아온 건 네 잘못이 아니지. 이걸로 네 탓을 할 마음은 없다. 그러니 솔직하게 말해. 간단하게 가자."

"라스타가 거짓말을 하면…… 폐하께선 라스타를 버리실 건가요?"

"말장난할 시간 없다 했을 텐데."

"간단하게 간다는 건 뭘 어떻게 간다는 건가요?"

"라스타."

소비에슈의 목소리가 무겁게 그녀의 목을 졸랐다.

라스타는 머뭇거리다 대답했다.

"제 친아버지가 아니에요."

물끄러미 바라보는 소비에슈의 시선을 피해, 라스타는 눈을 내리깔았다. 그런 라스타를 잠시 더 바라보다가, 소비에슈는 "그래." 하고 덤덤히 대답했다. 그러고는 곧장 돌아서 나갔다. 진짜냐고 한 번 더 묻지도 않았다.

거짓말한 걸 알아차렸나? 당장에라도 그가 돌아와 윽박지를까 봐, 라스타는 겁을 먹고서 마른침을 꼴깍꼴깍 삼키며 우두커니 서 있었다. 그러나 소비에슈는 돌아오지 않았고, 그녀는 뒤늦게 후회하는 마음이 솟았다. 하지만 소비에슈에게 문제 있는 사람처럼 보이고 싶지 않았다. 소비에슈가 일을 해결해줄 수는 있겠지만, 그 과정에서 '저 여자는 무능하고 피곤하기만 하다'고 생각할 게 싫었다.

그러나 소비에슈는 이미 라스타의 거짓말을 눈치챈 상태였다. 그는 집무실 안으로 들어가자마자, 기다리고 있던 카를 후작에게 말했다.

"결국 거짓말을 하더군."

"또 말입니까?"

카를 후작은 한숨을 내쉬었다.

"그래. 또."

"……하지만 이번은 좀 가엾군요. 애초에 라스타 님이 노예가 됐던 것도 그자 때문이었을 텐데. 이제 와 새삼 나타나다니요."

소비에슈는 고개를 끄덕였다. 애초에 그가 라스타에게 솔직하게 대답만 하면 알아서 처리해주겠다 한 것도, 그런 점들을 고려하고서 준 기회였다.

"그럼 그자는 어떻게 하실 생각이십니까, 폐하?"

"가만히 두면 내 딸에게 피해가 될 거고. 그런 뻔뻔한 자가 앞으로 바뀔 여지도 없을 테고. 더 늦기 전에 조용히 처리해라."

"당장 처리할까요?"

"지금은 사람들 시선이 많이 몰려 있어. 처리하면 오히려 더 말이 나올 테니, 사람들 관심이 다른 데로 옮겨 갔을 때 처리하라. 아니면 수도 밖으로 떠난 후나."

"빨리 처리하는 게 낫지요. 늦어지면 배가 부를 테니까요. 그러면 이동도 어렵고……."

내내 입을 다물고 내 배를 쓰다듬던 하인리가, 드디어 월월에 가는 문제를 어떻게 처리할지 결정을 내렸나 보다. 그는 배가 부른 후나 아기를 낳은 후에 가는 것보다, 지금 다녀오는 게 낫다고 여기는 모양이었다.

"하지만 초기에 가장 조심해야 한다던데."

등에 기댄 쿠션이 자꾸 기울어져서, 나는 손을 뒤로 뻗어 쿠션을 도로 세우며 말했다. 쿠션을 세우고 다시 몸을 기대자, 하인리가 자연스럽게 또 내 배 위에 손을 얹으며 대답했다.

"저도 그것 때문에 많이 걱정했는데요, 퀸. 그땐 임신 사실을 숨길 수 없잖습니까."

"그렇겠지요."

배가 동그랗게 나오면 다들 내 임신 사실을 알 테고. 두 대에 걸쳐 간신히 생긴 왕실의 핏줄이니 외국까지도 소식이 퍼지겠지.

하인리가 한숨을 내쉬었다.

"우리가 칭제한 후로 주위 나라들이 바짝 경계하는 중이지 않습니까. 퀸이 임신까지 했다고 하면, 습격자들이 눈에 불을 켤지도 몰라서요."

"맞는 말이에요."

"커다랗고 안락한 마차를 준비할게요. 여행이라 생각하고 다녀와요."

나는 그러겠다 대답하고서, 내 배 위에 올라온 하인리의 손 위에 내 손을 올렸다. 하인리는 손을 뒤집어 내 손과 깍지를 끼며 속삭였다.

"퀸. 월월에 가면 우리, 거기도 들러요."

"둘이서 식사했던 데."

"네. 거기요."

마음이 통했네요, 작게 속삭인 하인리가 깍지 낀 우리의 손에 입을 맞추며 낮게 웃었다. 손에서 언제 얼음이 튀어 나갈지 모르는데. 전혀 두려운 기색도 없었다.

나도 허리를 숙여 하인리의 이마에 입을 맞췄다. 마력 문제로 찾아가는 거지만, 그래도 간만에 둘이 외출을 할 생각을 하니 덩달아 기대되었다. 내가 그에게 청혼했던 곳도 거기고…….

마음을 먹자마자 우리는 여행 준비를 시작했다. 공식 방문을 하는 게 아니라 살짝 다녀올 생각이기에, 준비는 요란스럽지 않았다. 꼭 필요한 물건 위주로 준비했고, 마차 역시도 평범한 귀족가의 마차처럼 꾸몄다. 하인리는 수시로 월월의 맛 좋은 음식집 이름을 읊으며, 하나씩 다 돌아보자고 신이 나 이야기했다.

그러나 출발 이틀 전. 화이트 몬드 쪽으로부터 급한 전갈이 왔다. 화이트 몬드의 왕이 직접 이쪽으로 찾아와 하인리와 대면하고 싶다 청한 것이다. 항구를 빌려주는 문제에 대해 사절단을 거치지 않고 직접 토론하고 싶다고.

심지어 그 전갈이 왔을 땐 이미 왕이 그 나라를 출발한 후였다.

화이트 몬드는 먼 나라가 아니었다. 왕이 전갈을 보내고 바로 출발했다면, 특수한 일이 없는 한 나와 하인리가 자리를 비운 후 바로 이곳에 도착할 게 틀림없었다.

나는 두 손으로 머리를 붙잡고 괴로워하는 하인리를 달랬다.

"그대가 여기 남아 있어요. 혼자 다녀올 수 있으니까."

같이 여행 갈 일을 몹시 기대한 하인리에겐 미안하지만, 이렇게 해야 했다.

"안 됩니다, 퀸. 위험해요."

"랑드레 자작이 초국적 기사단을 끌고 같이 가주겠다 했어요. 위험할 게 뭐가 있어요?"

"하지만······."

"하인리. 외국의 왕이 직접 방문하는데. 우리 두 사람이 동시에 자리를 비울 순 없어요. 특히 그대는."

단호하게 말하자, 하인리는 마지못해 고개를 끄덕였다. 감정적으로 구는 일이 많은 것 같지만, 실제로 하인리는 공사 구분을 꽤 잘하는 편이었다.

"마력에 관해서만 묻고 빨리 돌아올게요."

거듭 약속하자, 하인리는 다시 시무룩해져서 고개를 끄덕였다.

달그락거리는 마차 안은 평화로웠다. 입맛이 여전히 없긴 하지만 멀미는 나지 않았고 바람은 선선했다. 햇빛도 맑아서 여행하기

참 좋은 날씨였다.

'사실 함께 오고 싶었는데.'

마차 창문에 기대어 초록색 풍경이 웅장한 건물들로 변하는 걸 바라보자, 괜히 아쉬운 기분이 들었다. 옆에서 쫑알거리는 하인리의 모습이 자꾸만 떠올랐다. 그는 대체 언제 이렇게 자연스럽게 스며들어 온 건 걸까.

"거의 다 도착한 모양입니다, 황후 폐하."

상념에 잠긴 귓가로 주베르 백작 부인의 발랄한 목소리가 들려왔다. 나는 창가에 대고 있던 팔을 내렸다. 주베르 백작 부인의 목소리를 듣자 출발하기 전의 일이 떠올라 웃음이 나왔다.

나는 원래 마법사가 될지도 모른단 일을 시녀들에게 비밀로 했는데, 그건 임신 소식을 비밀로 하는 것처럼 정치적인 이유가 있는 건 아니었다. 그냥 비장의 한 수를 남기기 위한 거지. 그렇기에 이번 여행 목적을 알려주면서 시녀들에게는 슬쩍 마법 이야기를 털어놓았다. 내 고백을 들은 시녀들은 신기해하면서도 몹시 허둥지둥했고, 다들 이번 방문에 꼭 따라오고 싶어 했다.

하지만 결국 주베르 백작 부인과 마스타스만 데려가기로 결정했는데, 로즈와 로라는 이 때문에 많이 충격을 받았다. 두 사람의 이름이 비슷하다 보니, 혹시 이름이 헷갈려서 뺀 거냐는 항의까지 받았지.

"기분이 좋으신가 봅니다, 황후 폐하?"

"음. 다음엔 로즈 양과 로라 양도 함께 오는 게 좋지 않을까, 생각하고 있었어요."

로즈와 로라의 항의를 같이 보았던지라, 주베르 백작 부인도 금세 웃음을 터트렸다. 마스타스도 한 마디를 거들려 했는데, 그보다 한발 앞서 마차가 멈추고 랑드레 자작이 문을 열어주었다.

"도착했습니다, 황후 폐하."

"알겠어요."

랑드레 자작이 손을 내밀었고, 나는 그의 에스코트를 받으며 마차에서 내렸다.

그런데…… 괜찮나? 햇빛 아래에서 보니 그의 표정이 시무룩했다. 니안과 뚝 떨어지게 되어 그런 걸까?

"먼 길을 함께 오자 부탁해 미안해요."

혹시 나 때문인가 싶어서 사과하자, 랑드레 자작은 얼른 대답했다.

"예? 아니, 아닙니다. 은인이시고, 임시지만 주군이신걸요."

아니라는 것치곤 표정이 많이 안 좋은데……. 묻는 게 실례일지 물어야 하는 건지 생각하고 있자니, 랑드레 자작이 이번엔 주베르 백작 부인의 손을 잡아 마차에서 내려주며 중얼거렸다.

"실은 니안 님 때문입니다."

주베르 백작 부인은 마차에서 내리기도 전에 황급히 물었다.

"니안이 왜요?"

동대제국에 있을 무렵, 니안은 사교계 가십거리를 몰고 다녔다. 여기 와서는 내 소문이 워낙 휘몰아쳤다 보니 좀 묻혀서 지냈지만.

주베르 백작 부인은 간만에 니안 이야기를 듣자 흥미가 돋는 듯했다. 반면 랑드레 자작은 시무룩하게 대답했다.

"리버티 후작 때문입니다."

리버티 후작은 리버티 공작의 장남이었다. 정식으로 후작 작위를 가진 게 아니라, 후계자라서 다들 후작이라 부르고 있는 인물. 좀 더 깊게 들어가면 멜레이니의 의붓동생인 위얀의 친형이지. 그런데 그가 왜?

랑드레 자작의 에스코트를 거절하고 마차에서 풀쩍 뛰어내리면서, 마스타스가 물었다.

"그 부끄러움 많은 족제비 말입니까?"

"네, 족제비."

족제비?

주베르 백작 부인은, 랑드레 자작과 니안의 일에 남자까지 끼어들자 눈이 아예 반짝반짝해져서 물었다.

"족제비가 왜요?"

랑드레 자작은 그걸 또 순순히 대답했다.

"니안 님에게 반한 것 같습니다. 니안 님이 열거나 참석하는 파티에는 규모가 작건 크건 나타나요."

주베르 백작 부인은 뭘 기대한 건지, 겨우 그 정도로 호들갑을 떨었냐는 듯 웃음을 터트리며 손을 저었다.

"난 또 뭐라고. 그런 남자가 하나둘도 아닌데 뭘 그리 신경 써요?"

"하지만 그 남자는 저보다 신분도 높고 안정적이고…… 매끈하게 생겼고."

마스타스가 얼른 끼어들어서 랑드레 자작을 위로했다.

"자작님도 충분히 미끄덩하게 생기셨습니다."

"칭찬입니까?"

"그럼요! 자작님도 훌륭한 족제비입니다."

"정말 칭찬입니까?"

이럴 때 보면 랑드레 자작은 무서운 초국적 기사단 단장 같지 않다. 나는 마스타스의 칭찬에 고개를 기웃거리는 랑드레 자작을 구경하며, 웃음을 참기 위해 입술을 꾹 깨물었다.

그런데 잘 걸어가던 랑드레 자작이 갑자기 우뚝 멈춰 서서 표정을 굳혔다. 상념에 잠긴 순진한 얼굴이 싹 사라지면서, 대번에 매서운 기사단장의 표정이 나타났다.

무슨 일이지?

나도 덩달아 그가 쳐다보는 쪽으로 고개를 돌렸다. 이유는 쉽게 알 수 있었다.

소비에슈…….

그곳에 소비에슈가 서 있었다.

소비에슈 역시 이곳에서 날 볼 줄 몰랐던지 굳은 얼굴이었다. 소비에슈를 따라온 기사들 역시도 곤란한 표정이었다. 밝던 분위기가 순식간에 무거워졌다.

우리는 잠시 어색하게 서로를 쳐다보다가, 누가 떠밀기라도 한 듯 조심스럽게 가까이 다가갔다. 못 본 척 그냥 지나쳐 가버리기엔, 우리가 목에 걸고 있는 이름표가 너무 무거웠다. 경쟁 국가의 황제와 황후로서 우리는 서로를 조심히 대해야 했다. 게다가 여긴 일직선 길이었다. 옆으로 달아나려면 수풀을 뚫고 가야 하는데. 그건 너무 도망치는 티가 나지. 세 걸음 정도 떨어진 곳에서 우리는 다시 멈춰 섰다. 나는 최대한 황후처럼 보이는 미소를 띠며 마음 없는 인사를 건넸다.

"아기 이야기를 들었어요. 축하해요."

"……고맙소."

소비에슈는 어색하게 대답했다.

나는 말없이 입꼬리만 올려서 고개를 끄덕이다가, 쓸데없는 말을 덧붙였다.

"내가 준비했던 선물은 줄 수 없게 되었군요. 버렸나요?"

라스타가 임신했을 때, 그녀의 아기에게 줄 선물로 보검을 골랐지. 화려하고 아름답지만 장식품인 보검을. 놀고먹으면서 살란 뜻으로 준비한 보검이었다.

내가 이 이야기를 왜 꺼낸 거지? 나는 질문을 던지자마자 후회했으나, 내 질문을 들은 소비에슈가 빠르게 표정이 굳는 걸 보니 마음이 약간 풀렸다.

"글쎄. 그 선물은 라스타가 가져가서 어디 있는지 난 모르겠군."

"그래요."

나는 고개를 끄덕이고서 어색하게 내가 가야 할 방향을 쳐다보았다. 소비에슈가 나온 방향이다. 좀 애매했다. 인사는 이 정도까지만 하고 이제 내 갈 길을 가도 되는 건가? 내 볼일을 보러 간다고 이제 옆으로 이동해도 되나?

"뒤로 물러나라."

아닌가 보다.

소비에슈는 굳이 자기가 데려온 호위들에게 뒤로 물러나라 지시했다. 그러고는 내 뒤에 선 이들에게도 같은 눈짓을 보냈다. 랑드레 자작 쪽을 볼 때는 좀 더 인상을 찌그리긴 했지만, 별말을 하진 않았다. 자치구처럼 운영된다고는 하지만 그래도 월월은 동대제국의 영토이니, '추방된 사람이 왜 여기 있냐'고 따질 수 있는데. 웬일로 그냥 넘어가주려는 듯했다.

결국 나도 랑드레 자작과 주베르 백작 부인, 마스타스에게 잠시 거리를 벌려달란 부탁을 했다. 그의 청을 무작정 무시하기엔 동대제국의 황제 자리는 만만하지 않으니까.

사람들이 물러나자, 소비에슈는 그제야 갈라진 목소리로 물었다.

"잘 살 줄 알았는데. 왜 이렇게 살이 빠졌어?"

놀랍게도 꽤 속상해하는 목소리였다. 하지만 살이 빠진 건 맞다. 최근 음식을 거의 먹지 못하고 있어서. 그렇다고 임신해서 입맛이 사라졌다 할 수는 없지. 대답이 궁해서 잠시 입을 다물고 있자니, 소비에슈가 다시 물었다.

"네 남편 때문에 그래?"

"아니야."

최대한 단호하게 말했다.

"그런 거라면 나비에……."

"아니라니까."

"언제든 돌아와도 돼."

하지만 소비에슈는 제 할 말만 계속했다.

"내 말 좀 들어. 아니라고 했어. 아니라잖아."

결국 좀 짜증을 담아 말했지만, 소비에슈는 여전했다.

"자존심 상할 필요 없어."

"소비에슈."

갑자기 또 왜 저러는 거지? 전에 사랑한단 고백을 하긴 했지만…… 행복하게 잘 살라고 떠나는 것처럼 말했잖아?

할 말이 뭉친 머리카락 덩어리처럼 목구멍에 올라왔다. 갑갑하고 간지럽고. 나는 입을 몇 번이나 달싹였다.

"이만 가보겠습니다."

하지만 결국 그 모든 말을 삼키고, 그와 거리를 두며 작별 인사를 건넸다.

"더 할 말이 없으신 듯하니."

그러나 소비에슈는 할 말이 남았나 보다.

"이야기 들었어."

또 뭐야, 대체!

"무슨 이야기?"

"네 남편이 널 많이 속상하게 한단 이야기."

"누가 그래?"

"많이들 그래."

"누가 전해준 이야기인진 모르겠지만 걸러 들어. 정보력이 나쁘네. 아니면 분별력이 나쁘거나."

"나비에. 자존심을 세울 일이 아니야."

아아…… 진짜. 소비에슈.

나는 그의 머리카락을 한 움큼 뽑아버리고 싶은 충동을 누르고서, 다시 선을 그었다.

"소비에슈. 폐하. 난 지금 어느 때보다 행복해요. 무슨 소릴 들었는지 모르겠지만, 폐하께서 나설 일이 아닙니다. 그대는 전남편이고. 이혼한 순간, 그대는 내 일에 관여할 수 없게 됐어요."

"어느 때보다 행복하다고? 우리가 사이좋던 때보다 행복하단 거요?"

소비에슈의 말투와 내 말투는 같이 자라온 친구에서 헤어진 연인, 황제와 황후 사이를 제멋대로 오락가락했다.

나는 입술을 깨물고 그를 쳐다보았다.

어린 시절보다 행복하냐고? 물론 가장 행복한 시절은 아무 상처도 받기 전, 어린 시절이겠지. 나쁜 일을 한 번도 겪지 않았고. 미래에 대한 희망이 찬란하게 빛났고. 주위엔 날 사랑해주는 사람들뿐이었고. 정치 싸움도 없던 때니까. 오빠와 부모님이 한집에서 지내고, 소비에슈의 부모님은 날 그저 예뻐해주었고, 라스타는 없었고, 소비에슈는 내게 가장 좋은 친구이던 시절이니까. 한 번도 배신을 겪지 않았으니까. 부모님은 지금보다 더욱 건강하고 젊었고, 고된 수업을 마치고 돌아오면 마음껏 부모님에게 매달려서 피로를 잊을 수 있었다.

그래. 아주 행복한 시절이었다. 그런데 그렇게 이어져 온 시절을 깬 장본인이 지금 눈앞의 이 남자 아니던가?

"폐하와 함께한 어린 시절도 행복했습니다."

소비에슈의 표정이 눈에 띄게 밝아졌다.

"하지만 그건 그냥 제 어린 시절이라 행복한 거지, 폐하가 옆에 있었기 때문에 행복한 건 아니에요. 아시겠습니까? 전 그 시절에서 폐하 부분을 가위로 잘라내버릴 수 있다면, 벌써 다 오려내버렸어요. 아시겠어요?"

내 뒷말을 듣자마자 다시 어두워졌지만.

이제 됐어? 쌀쌀맞은 표정을 지어내며 그를 똑바로 응시했다. 이제 난 가도 될까? 이제 그만 붙잡을래?

"하인리 황제와 크리스타 전 왕비 이야기를 들었소."

그러나 아직 끝나지 않았나 보다. 그래도 지금 말을 듣자, 소비에슈가 왜 오늘따라 유독 끈질기게 돌아오란 이야기를 꺼냈는지 이해는 갔다.

내가 서대제국에서 이번엔 하인리에게 버려질까 봐 저러는구나.

"헛소문이에요."

"확실하오?"

"네. 그리고 설령 사실이라 한들, 폐하께서 관여할 일은 아닙니다."

소비에슈와 이런 말을 나누는 것조차 정신적으로 피로하다. 나는 정말로 괴롭다는 표정을 지으며 고개를 젓고서 돌아섰다.

"이만 가겠어요."

"바래다주지."

"됐습니다."

"황후."

예의를 차리다가는 무슨 말이 더 튀어나올지 모르겠다. 예의를 잠시 옆으로 밀어두고서, 나는 말없이 앞으로 쭉 걸어갔다.

"그러고 보니 황후."

그러나 소비에슈는 내가 움직이자 따라 움직이면서 또 날 불렀다.

이혼하기 전에나 좀 그렇게 말을 많이 하지 그랬어? 부채로 저 입술을 찰싹 때리고 싶다. 레이스가 가득 달려서 따끔한 부분으로.

"여긴 무슨 일로 온 거지?"

"폐하께서 아실 일은 아닙니다."

"'나비에'가 온 일이라면 그렇겠지. 하지만 서대제국의 황후가 온 일이라면 내가 알 일 같은데."

결국 걷던 걸 또 멈춰야 했다. 인상을 쓰고 돌아보자, 그가 교묘하게 자기 위치를 이용한 사람답지 않게 먹먹한 표정으로 서 있었다. 인상이 찌그러졌다. 하지만 맞는 말이었다. 월월이 자치구처럼 돌아간다지만, 어디까지나 마법사들의 자유로운 활동을 보장하기 위해 황제가 눈감아주는 것일 뿐. 월월은 분명 동대제국의 영토였으니까.

"학장님을 만나러 왔습니다."

마지못해 본론을 아주 약간만 알려주었다. 이 정도는 말해줘도 되겠지.

"학장은 왜?"

"그것까지 말해야 하나요?"

"비밀이오?"

"네."

그런데 이번엔 소비에슈의 표정이 무척 어두워졌다. 내가 말실수를 한 건가, 염려될 만큼 갑작스러운 표정 변화였다.

갑자기 왜 이래? 놀라서 쳐다보자, 그는 아까의 먹먹하고 애절한 눈빛은 온데간데없이 신중하게 물었다.

"혹시 그대도 이 일에 관련되어 있소?"

"이 일이라니요?"

무거운 주제의 회의를 할 때만큼 진지한 표정이었다. 무슨 일인지는 모르겠지만 무슨 일이든 있긴 한 모양인데. 덩달아 표정을 굳히고 쳐다보자 그가 덧붙여 설명했다.

"마력 감소 현상 말이오."

"그게 무슨 소린가요?"

마력 증가 현상……이라면 나와 관련이 있겠지만. 그걸 알고서 묻는 건 아닌 듯한데.

모르나, 하고 작게 중얼거린 소비에슈는 대답 대신 당부했다.

"그대가 정말 모른다면 충고하지. 하인리 황제를 경계하시오."

드디어 소비에슈와 헤어져 학장실로 갈 수 있게 되었지만, 그는 완전히 내 머릿속에 발자국을 쾅 찍고 가버렸다. 여전히 그의 말이 마음에 걸렸다. 그게 무슨 뜻이었을까. 마력 감소 현상에 관련이 있냐 묻더니, 뜬금없이 조심해라? 그것도 하인리를?

그 꺼림칙한 마음은 학장을 만나자 더욱 심해졌다. 간만에 만난 학장은 평소보다 표정이 좋지 않았다. 예전의 그는 상냥하면서도 호쾌했는데. 그 모습이 사라지고, 이마에 세 줄의 주름이 깊게 잡혀 있었다. 평소라면 '그냥 뭐 안 좋은 일이 있나 보다' 할 텐데. 지금은 아까 소비에슈의 묘한 말이 떠올라 괜히 신경 쓰였다. 그래도 일단 아무것도 느끼지 못하는 척하며, 나는 학장에게 친근한 척 인사했다.

"갑작스럽게 방문하게 되어 미안합니다."

"예에……."

그러나 학장은 표정을 관리할 생각도 없는 듯했다. 그는 누가 봐도 어색하게 인사를 받았다. 단순히 학장의 기분이 안 좋아서 표정이 나쁜 게 아니란 확신이 들었다. 나한테 기분이 상한 것 같은데? 그래도 한 번 더 모른 척 그에게 부담스럽지 않을 만한 선물을 전달한 후 용건을 꺼냈다.

"실은 학장님. 도움을 청할 게 있어서 왔습니다."

"도움이요?"

"마력에 관련된 일인데……."

순간. 내가 말을 다 마치기도 전에 학장이 내 말을 끊으며 딱 잘라 말했다.

"죄송하지만 황후 폐하. 지금은 도울 수 없습니다."

역시 나한테 기분이 상했구나. 급격하게 우울해졌다. 따로 시간을 내어 어울릴 만큼 친하진 않았지만, 서로를 존중하는 관계라 생각했는데. 학장의 냉랭한 태도가 섭섭했다. 그래도 이런 속내를 내색하지 않기 위해, 나는 태연한 척 물었다.

"혹시 내가 서대제국에 갔기 때문인가요?"

이 일 외에는 학장이 내게 쌀쌀맞아질 일이 없으니까. 그러나 학장은 아니라고 했다.

"절대, 그 일과는 절대 관련이 없습니다, 황후 폐하. 오해하지 마십시오. 전 황후 폐하의 재혼에 두 팔 벌려 환영하는 쪽이었으니까요."

아니라고?

"그런데 왜 갑자기……?"

"전 마법사이고, 동대제국의 국민이니까요."

그게 무슨 상관이지? 내가 마법사가 되면 서대제국 국력에 보탬이 되니 싫단 건가? 그렇다고 하기엔 하인리에게 약간의 도움을 이미 주었잖아? 게다가 학장은 내가 마법사가 될 수 있단 것도 모르고 있고.

"지금 의혹이 거짓이란 게 밝혀지기 전까진, 서대제국을 멀리할 수밖에 없습니다."

"의혹이라니요?"

"……죄송합니다."

점점 더 영문을 알 수가 없어진다. 대체 무슨 일이야?

"황후 폐하와 관련 있는 일은 아닙니다. 있을 수도 있지만, 황후 폐하께서 그럴 분은 아니라 생각하니까요."

학장은 나를 착잡한 눈으로 바라보다가 덧붙였다.

"······아니길 바라고 있습니다."

하인리와 둘이 오기로 했던 그 가게는 결국 혼자서 왔다. 나는 전과 같은 자리에 앉아 같은 메뉴를 주문한 후, 식사가 오길 기다리는 동안 학장과 소비에슈의 말을 곰곰이 되짚었다.

그 '의혹'이란 게 도대체 뭘까······.

소비에슈는 '마력 감소 현상' 이야기를 꺼내며 표정이 어두워졌고. 학장은 자신은 동대제국 국민이자 마법사 어쩌고 하면서 '의혹' 이야기를 했지.

'혹시 그 두 사람은 서대제국이 마력 감소 현상을 일으켰다 생각하나?'

어쩌면 그런 걸지도. 아니라면 학장의 그 쌀쌀맞은 태도와, 돌아오라 애원하던 소비에슈가 갑자기 심각해지던 변화가 말이 되지 않았다. 하지만 의혹 자체는 참으로 어처구니없다. 서대제국이 그런 일을 할 리가 없잖아? 하인리가 어떤 사람인데.

······어떤 사람이지?

문득 한 톨의 마력도 없던 내가 마법사로 변해가는 중이란 게 떠올랐다. 방 안에 있던 커다란 마력 침대와 하인리가 말한 침대의 부작용 등등도. 갑자기 심장 한쪽을 붓으로 터는 간지러운 의혹이 들었다. 나는 억지로 찬물을 마셔서 의구심을 흘려보냈다.

그래. 하인리가 좀 내숭을 많이 부리긴 하지만, 그래도 그 정도로 무서운 사람일 리가 없잖아? 마력을 빼앗는다니. 에벨리의 고통스러워하던 모습이 눈앞에 그리 생생한데, 하인리가 그 원인이라니. 말도 안 되는 일이었다.

다행히 생각이 더 깊어지기 전에 직원이 주문한 요리를 가져왔다. 그러나 이미 입맛이 싹 사라진 후였다. 안 그래도 없던 입맛이 완전히 자취를 감췄다. 배는 허기를 호소하는데, 음식을 입에 넣기만 해도 인상이 찡그려졌다. 그래도 억지로 꾸역꾸역 먹고 있으려니, 점원이 신문 한 부를 가져다주었다.

"저기…… 레이디. 이걸."

혼자 앉아 인상을 쓰고 있는 게 적적해 보인 모양이었다.

"고마워요."

억지로 웃으면서 인사를 하고 한 손으로 신문을 펼쳤다. 마음은 다른 데 둥둥 떠 있었지만, 뭐든 좋으니 다른 생각을 하고 싶기도 했다. 그러나 신문을 펼치자마자 보이는 라스타의 이름에 대번에 정신이 집중되었다.

'이게 뭐야?'

나는 스푼을 내려놓고 신문을 들어 올렸다.

'라스타의 친아버지라 주장하는 사람이 나타났다고?'

아직 서대제국까지 오지 않은 소식이었다.

주베르 백작 부인은 내가 생각할 게 있다고 해서 따로 뒤쪽 테이블에 앉아 있었는데, 그녀도 점원에게 신문을 받았는지 몸을 뒤로 젖혀 내게 속삭였다.

"황후 폐하. 이거, 이거 오늘 신문 보셨습니까?"

"지금 막 봤어요."

"세상에. 이게 무슨 일이래요? 한 부 챙겨 가야겠습니다. 이렇게 고소하고 맛난 게 있나!"

신문을 자세히 읽어보았다. 라스타의 친아버지라 주장하는 남자가 나타난 건 이미 며칠 전 일이었다. 라스타는 당연히 계속 아니라 부정한 모양이었고.

'그렇겠지. 기껏 귀족 부모를 만들었는데, 친아버지가 진짜든 가짜든 받아들일 리가.'

그런데 어제저녁 말을 바꾼 모양이다. 자신의 친아버지라 주장한 남자가, 진짜 친아버지는 아니지만 자길 잠시 맡아 길러준 적 있는 사람이라고. 자기가 황후의 친아버지라며 극구 주장하던 남자도, 라스타가 그렇게 발표를 한 뒤에는 갑자기 입장을 바꿔서, 그 말이 옳다고 동의한 듯했다.

하지만 기사를 쓴 조앤슨이란 기자는 이 말 사이사이에 '사람이 어떻게 주장을 이렇게 확 바꾸냐'면서, 협박을 받거나 돈을 받아서 말을 바꾼 게 아니냐고 의혹을 제기했다. 대놓고는 아니고. 좀 돌려서.

"세상에 세상에. 황후 폐하. 이거 보셨어요?"

비슷한 부분을 보고 있나 보다. 주베르 백작 부인이 다시 호들갑스럽게 나를 불렀다.

"그 여자가 이 기자와 멱살잡이라도 했나 봐요. 아주 다각도에서 의혹을 제기하네요."

"그러게요."

기자가 기사 내에서 표면적으로 타깃으로 삼은 건 친아버지 쪽이었다. 혹시 사기꾼이 아니냐고. 하지만 굳이 돈이나 협박 이야기를 꺼냈다는 것부터가, 사실은 라스타를 비난하려고 쓴 기사란 걸 알려주고 있었다.

어쨌든 이런저런 일 끝에, 라스타는 새롭게 나타난 남자와 귀족 친부모를 모두 자기가 부양할 거라 발표했나 본데…….

하지만 이 기자, 그 마지막 소식을 전하면서도 라스타를 걱정하는 척 돌려서 모욕해놓았다.

황후 폐하께서는 너무 마음이 좋으시다. 두 부모를 모두 부양하고 싶단 심정이야 참으로 고우시지만, 일국의 황후에게는 결단력도 필요한 법이다. 민가의 사람들도 마음 씀씀이가 지나치게 후하면 사기를 당하기 쉬운데, 일국의 황후께서 이러시면 나라가 사기를 당할지도 모른다. 황후 폐하께서는 엉뚱한 부모를 부양할 게 아니라, 신전 검사를 받아 친부모를 가린 후, 진짜 부모만 부양하시면 되지 않을까?

"이게 웬일이라니. 어쩜 맛이 이리 좋을까!"

뒤에서 주베르 백작 부인의 휘파람 소리가 들려온다.

나는 물을 마시고서 신문을 도로 접었다.

아까는 소비에슈와 학장 이야기에 집중하느라 눈치채지 못했는데. 잘 들으니, 주위에서 라스타에 대해 떠드는 소리가 요란했다. 다들 이 이야기를 하고 있었다. '이미 어음 사건이 있지 않았냐, 라스타 황후는 거짓말쟁이다'라는 의견에서부터 '이 기자는 항상 라스타 황후에 대해 나쁘게 말하는 상습범이다. 알아서 걸러 들어야 한다'는 의견까지.

지금쯤 한창 아이를 낳고 기르며 잘 살 줄 알았는데. 도대체 무슨 일이 벌어진 거지, 라스타?

서대제국으로 돌아온 후. 뒤로 커다란 꼬리가 보일 기세로 달려온 하인리를 진정시키며, 나는 소비에슈와 학장에 관한 이야기를 해주었다. 그들의 이상한 태도에 대해서도.

"그대가 절대 그럴 리 없는데. 뭔가 오해를 하고 있는 것 같았어요."

"그럼 마력에 대해서 어떤 도움도 받지 못한 겁니까?"

"네. 사실 한 번 더 찾아가볼까 싶기도 했지만…… 기분이 상해서 그러지 않았어요."

나는 하인리의 손을 꼭 잡고, 그의 손등에 입을 맞추고서 말했다.

"그대가 이 고사리 같은 손으로 다른 사람들을 괴롭힐 리 없으니까."

"!"

"하인리. 난 그대가, 에벨리처럼 아파하는 사람들을 만들 리 없다고 믿어요."

"퀸……."

"마력에 관한 건 카프멘 대공에게 물어볼게요. 대공은 처음부터 끝까지 아카데미 수업을 받았으니까, 도움을 줄 수 있을지도 몰라요."

라스타에 관한 이야기는 굳이 하지 않았다. 할 필요도 없고.

하인리는 말없이 나를 꽉 끌어안아주었다.

그날 밤, 하인리의 가슴 위에 엎어져 눈을 감고 있으려니, 월월을 다녀오며 생긴 모든 시름이 싹 날아갔다. 어느새 그는 내게 이런 사람이 되어 있었다. 커다란 강아지 같기도 하고 앙큼한 독수리 같기도 한 이 옆 나라 왕자가, 이젠 정말 내 남편이 되어서, 옆에 있는 것만으로도 위안을 주는 것이다.

그의 체취를 들이마시고 있자니 며칠간의 피로가 급격히 몰려왔고, 나는 하인리의 근육을 만지작거리다가 잠이 들었다. 그러다 눈을 떴을 땐 하인리가 보이지 않았다. 멍하니 앉아 있다가, 볼일이 있겠지 싶어서 도로 누웠다. 그러나 자리에 눕는 순간 갑자기 몹시 배가 고파왔다. 하인리가 해준 얇은 빵을 먹고 싶었다. 며칠이나 제대로 먹지 못했기에, 음식 생각을 하자 괴로울 정도로 허기가 져서 결국 자리에서 일어나 하인리를 찾아 나섰다.

'방 안에는 없고……'

다음으로 그의 집무실로 가보았다. 집무실 문은 닫혀 있었다. 나중에 올까, 생각하면서 무의식중에 문고리를 툭 건드린 순간. 아주 얇게 바스락 얼음을 뒤집는 소리가 나더니, 문고리가 얼어붙으며 소리 없이 약간 열렸다.

'이런.'

내일 당장 카프멘을 만나봐야겠다. 당황하며 손을 내려다보는

데, 열린 문틈으로 나지막한 목소리가 들려왔다.

"까마귀를 보내서 상황을 알아봐. 만약 정말 그 목걸이 때문에 들킬 것 같으면, 무슨 수를 써서든 회수해 오고."

5권에서 계속

재혼 황후 4

초판 1쇄 발행 2020년 9월 29일
초판 4쇄 발행 2021년 4월 22일

지은이 알파타르트
펴낸이 김문식 최민석
기획편집 이수민 박예나 김소정
　　　　　윤예솔 박소호
디자인 배현정
마케팅 임승규
제작 제이오

펴낸곳 (주)해피북스투유
출판등록 2016년 12월 12일 제2016-000343호
주소 서울시 성북구 종암로 63, 5층 501호(종암동)
전화 02)336-1203
팩스 02)336-1209

© 알파타르트, 2020

ISBN 979-11-6479-209-2 (04810)
ISBN 979-11-6479-027-2 (세트)